經典
復刻版

司馬中原

荒原

司馬中原 著

荒原

目錄

百年蒼茫中——《荒原》、《狂風沙》再起

齊邦媛

一個全新的世紀剛剛開始。一個全新世代的讀者，仍隔著台灣海峽，在全新的版本裡看到淮河流域的狂風沙再度颳起，紅草在漫不見天際的荒原上燒著……

隔了四十年的文學情懷，另有一番悲喜，我竟不知從何說起。司馬中原這一系列魅力強烈的小說，好似一位多年難忘的老友，突然站在最新的熱鬧街口，等待那有秒數的綠燈亮了，即將穿過車潮勉強停下讓你行走的那條線，前來與我們重逢。

而如今，在這樣情景中，他怎麼仍然穿著那一身平實的唐裝，滿臉傷痕卻神情悲壯。走在面色豐潤，穿著休閒裝的人潮裡，他的百年形貌是多麼的突兀，難以融入——但是他多麼獨特，多麼吸引人！

其實我第一次看到他以這個裝扮出現時，《荒原》已出版了十年，在經濟起飛的台灣，林語堂剛剛說了「演講和女孩子的裙子一樣，愈短愈好！」的名言，台灣街上迷你裙的火勢比荒原的

紅草火勢還旺。但那一代是認識這穿破棉襖的唐裝漢子的，在女生用迷你裙，男生用長頭髮反抗老傳統的那年月，常常有人仍說，「我們抗日的時候啊……」也仍有聽衆。外省本省，南南北北的讀者吃到的水餃，仍是在同學家飯桌上包了，下鍋煮了一起吃的，不是今天這樣，工廠冰凍成一包一包的，你買回去，在孤獨的燈下煮了，自己吃的。

一九七二年深秋我開始選編、翻譯第一套在台灣寫，台灣譯，台灣出版的英文《中國現代文學選集（台灣）》時，大陸正在文化大革命最凶狠熱烈的時候，那血腥駭人的鐵幕外面，全世界充滿了好奇的關懷，所有漏出來的消息都令人懷疑甚至鄙視中國人的人性。大陸官方翻譯印刷發行到外面世界的文學作品，除了魯迅、茅盾、巴金等對舊中國的批判，只有幾本金光大道、雷鋒……等等樣板戲小說，可以說沒有文學。

而台灣那時的人口大約是一千六七百萬，九年義務教育已實施了三年，黃春明、王禎和、白先勇、陳映真等的小說，以及名家輩出的新詩與散文，已開創了一個繁複深廣的局面，給日漸蓬勃的文學批評界足夠的研討題材。自一九六五年到一九八五年，至少二十年間，在相當自由的創作天地，產生了一些活潑、開朗、自在、自省的作品。如黃春明的「我愛瑪莉」、「蘋果的滋味」、王禎和的「玫瑰玫瑰我愛你」、和七等生獨特的「我愛黑眼珠」系列，都受到喜愛與鼓勵。台灣的文學作品，成了西方漢學和比較文學界研究中國當代文學最重要的對象。

最早以英文譯本出版的有吳魯芹、殷張蘭熙、夏志清、劉紹銘的台灣小說選集，和我邀集余光中、吳奚真、何欣和李達三合編的詩、散文、小說三卷共一千多頁的選集。一九七五年由美國華盛頓大學出版社在歐美發行後許多年是西方學術界重要的教材和論文資料。集裡所選司馬中原的鄉野傳奇「紅絲鳳」和「山」，是我最早的兩篇英譯，它們故事動人，文字精煉，他那幾年出版的中、短篇小說集子有：《黎明列車》、《靈語》、《煙雲》、《十八里旱湖》、《荒鄉異聞》、《天網》、《刀兵塚》等，其中最著名的《路客與刀客》和《狂風沙》還拍攝成電影。

這些粗獷的，代表基本人性正邪之爭的，半是真實、半是傳奇的故事，發生在他少年時離開，在懷念中美化的家鄉。在二十世紀前半個五十年中飽受天災與軍閥、日寇和土匪、土共輪番摧殘之際，春草般自生自滅的鄉民，仍在無知與迷信中討生活，民間曾流傳一些英雄傳說抒解苦難。

司馬中原（本名吳延玫），一九四九年逃離戰亂隨軍來台，初來台灣的時候，連出生以來雙腳能踩穩的苦難的土地也失去了，在南台灣一間天光處處的破竹屋，冬季寒夜披著毛毯寫；夏季苦雨，用鋁盆滿室接漏聲中寫，漂流之初，極為氣恨自己的同胞逆來順受的愚昧，筆下創造這些略帶誇張性的俠義漢子，一則在希望與想像中抵擋絕望，再則作為集體憂傷的補償。

這些短篇故事，文字鮮活，把人物和行動寫得有聲有色，充滿了令人感動的力量，將司馬中原這名字打得響亮。與朱西甯著名的「破曉時分」、「鐵漿」、「冶金者」、「狼」等篇，段彩華的「花雕宴」並列。雖然同是寫大陸記憶，卻與早期陳紀瀅的《荻村傳》、潘人木的《蓮漪表妹》、姜貴的《旋風》、王藍的《藍與黑》、彭歌的《落月》等反共小說不同，他們已甚少沉痛的敘述。取材更廣，今昔觀點對照增強，藝術的表現新穎，當年僅稱他們為軍中作家或反共懷鄉作家，實在是近距離評論的缺憾。

我真正成了司馬中原忠實的讀者，是在逐字逐句的推敲翻譯了他三篇短篇之後。（首篇譯他最早最「迷」人的「黎明列車」，全篇不標點的獨白，譯時極苦，卻被初期助編的英文讀者評為「看不懂」而未收入選集。）他的長篇力作《荒原》出版且得了全國青年文藝獎之後多年，我才真正「正襟危坐」一連數日詳讀全書，書中土地人物久久不能去懷，我寫了不是全然冷靜學術的「震撼山野的哀痛」長文，被登「中外文學」，一九七四年四月號。這標題雖是引用作者自己的句子，我讀時的感動卻誠誠實實地是震撼。為了在外文系好好生存，我剛剛在美國比較文學研究拓荒者之一的印第安納大學與文學批評奮鬥了兩年，除了史詩、希臘悲喜劇和一點德國現代作品（如《浮士德》和《魔山》）默許我投入大量感情外，大多數春花秋月的好辰光都在讀理論，理論、觀點、角度、層次……司馬中原這本大大的《荒原》，和前兩年欣遇黃春明的小小的「魚」一樣，使我離辛苦得來的理論更遠了。前者熱情奔放，後者木訥誠懇。這兩篇中，說得太多和說得太少的，同是依戀之情，引發讀者最深遠的共鳴。雖然我也完全贊同T.S.Eliot對無水荒原的恐懼。

一九九〇年，在台灣開始選舉文化的迷茫中，我曾以「抬轎走出《狂風沙》」為題，研討司馬中原這部一千三百多頁的小說似是建構在神轎的意象上，轎中供奉的是一位忠義雙全的關公現代版——關八爺。但是今日思之，作者雖然用很大篇幅寫賽會的神轎，他當年心中大約無此複雜象徵意念，只是虔誠地希望關八的事蹟得以流傳罷。

司馬中原這個筆名，是一個有才華的年輕作家充滿使命感的，直截了當的宣言：要用史筆躍馬中原。他原是個天生的說故事者，任何故事到了他耳裡都可能生出飛翔的翅膀。如果他生在富裕盛世，飽讀詩書，也許可能寫湯瑪斯曼《魔山》那樣的書，但是他生在一九三〇年代的中國，他繼承了民族大義之類的「男子漢」理想，前半世所見的民族處境卻是顛沛流離、世代相傳的苦難命運。他在軍中那些年，在全中國各地來的漂流者的故事中長大。那些男子漢的故事一直在他胸中衝激，直到他在南台灣旗山的一座破竹屋裡成家，有了一張桌子，開始熱情洋溢地，在文學生命之初，以元氣充沛，千變萬化的文字把飽受天災人禍的荒原寫成一片美麗的土地；把《狂風沙》中不靠武功抵抗強權的鄉野英雄寫得充滿魅力，卓立於百年蒼茫之中。

這些下筆不能自休的長篇小說的共同背景，都是那片渾厚的、孕育了古老苦難的大草原。在這大草原上，是些野火燒不盡的善惡、愛恨對立的史詩般的爭戰。這裡面的中心人物都是天生的血性漢子，以渾忘小我的、悲天憫人的熱忱、近乎神奇的力量、挺身而出保鄉衛民、阻擋強暴、奮戰至肝腦塗地才止。

《荒原》中的歪胡癩兒和《狂風沙》中的關八，並不是單純的勇士，在司馬中原單純崇敬的筆下，也有鐵血中的迷惘，有中國人性裡最尊重的澹泊境界。他筆下的女子，大多數是妻子，女兒，或者風塵中人，在《狂風沙》後三年他以相似的鹽河背景寫的《驟雨》，是一本比較輕鬆的鄉土故事，書中的女主角閨女盈盈是一個潑辣，可愛但是有主見的女孩，她使用的自衛語言和奤神廟的種種迷信，給他一連串的鄉野傳奇又一種姿采的面貌。三百頁的《荒原》裡只有三頁寫歪胡癩兒曾有過的情愛，與妻子在月夜坐在河岸一塊石上，「她從他手裡接過孩子，解懷餵奶……」那樣溫存的夜裡，野蛛絲黏黏地把他們牽連在一起。

同書中，貴隆與銀花的婚姻，歷經現實的種種磨難，不棄不離。貴隆死後，她帶著三歲的孤兒火生去上墳，教他認識大火劫後又茁生的樹和草，「初茁的草尖直立著，像一把把嫩綠的小劍，高舉在地上朝天宣誓，宣誓它們永不死亡。」在這結尾的一章中，作者一口氣寫了四頁花草樹木的名字和生長姿態，我每讀都仍感驚訝，一個作家在怎樣精力旺盛的年月，能看過了，記得了，這些墳墓外充滿生機的希望遠景，用這樣豐富優美，抒情敘事交糾的文字寫出苦難這一種結局？

我清楚地知道，這是一個全新的世紀，也清楚地看到，它與上一個世紀初年有多大的不同。我欣然重入這些書中百年蒼茫之境。全心好奇，新世紀讀者是用何種心情看這些遙遠的人性故事？

我不常引用西方的理論談台灣的文學，因為我們新舊夾雜的歷史十分複雜，必須自尋解說途徑。但是重見三十年前自己曾投入討論的文學舊識，不禁要用哈佛漢學教授宇文所安（Stephen Owen）寫唐詩研究的一本小書《追憶》（Remembrance）最貼切的幾句話，他說的大意是「人的事蹟因被追憶而不朽，追憶者亦因詩文流傳而不朽。」

這個「政治正確」支配著匆促過境文學的世界，也許並不是什麼新世界。總會有一些天災人禍火劫後的生命，持著人性中不變的生機存活下來，告訴許多新世紀的人：他們怎樣記憶了自己的那個時代。

二〇〇六年三月

民族的苦難、韌性與希望

——評司馬中原的《荒原》

陳康芬

沒有人敲鑿古往的歲月去推究有關洪澤湖的傳說，傳說是荒謬而神奇的，像許多古老中國的神話一樣，具有和一個悠久民族的觀念融合的特質，使那荒誕的傳說在民間傳播著，經歷了無數世代的遞嬗，轉化成一種使人安心、使人敬凜的力量，繼續流淌過歷史長河。……

——司馬中原《荒原》

中國自古以農立國，世代務農的人們，生於斯，長於斯，死於斯。這些農民將先祖們代代流傳的古老傳說，以他們厚植於鄉土的溫良與韌性，固執地守護下去。那是他們僅有的小小世界，代表了一個未曾經過西方科學民主洗禮，但合情合理的生存空間。

之所以合情合理，並不是因為傳說本身的美好，相反地，這些傳說大多帶有點迷信色彩與血腥暴力，但卻是最能呈現農民信仰基礎的真實原型。這些相信傳說而堅忍活下去的農民們，在歷史的荒流中，既無以名號，也面孔模糊。

故事發生在位於蘇北與皖北之交的洪澤湖東岸——司馬中原熟悉的家鄉。那是一個豺狼出沒、盜匪橫行的一個紅草原，一個三不管的不毛地帶，歷經土匪、日寇、中共的侵擾蹂躪。農民們在這天災人禍不斷降生的不祥之地，以他們素樸頑強的土地信仰與生命韌性，守護著荒原的迷信傳說。這些農民是那麼卑微地活在鄉土的荒原上，他們不懂國民黨與共產黨的政治權力鬥爭，只是憑著民間信仰中固有的善惡分明，以及農民出身的強悍生命力量，艱難地替「老中央」保家衛國。在這些農民中，司馬中原塑造了兩個英雄：歪胡癩兒與六指兒貴隆。

歪胡癩兒秉持著一腔江湖豪情、浩然正氣，周旋於紅草原的各種勢力間，出生入死，驍勇善戰，為紅草原創造了一個在世英雄的神話傳說。而六指兒貴隆正是跟隨這個傳說的年輕佼佼者。雖然他資質平平，也缺乏歪胡癩兒的鐵漢魅力，但踏著歪胡癩兒的步伐，毫無保留地投入保家衛國的行列，終在一九四八年的剿共戰役中壯烈犧牲。

司馬中原的《荒原》，正是企圖為這些歷史無以正名，但善良勇敢的農民們立碑作傳。雖然我們知道，並不是所有的中國農民都像《荒原》般地支持國民黨的「老中央」政權。但正因為如此，《荒原》中的主題，反而使我們可以平心靜氣地從政治的國族認同，回歸到單純的文學藝術處理層面。《荒原》正是在這個平台上，反向提供我們一個不同於共產黨左翼文學路線的農民革命想像——正確地說，司馬中原以農民單純的鄉土信仰世界觀，逆證共產黨動員農村參與民族階級鬥爭的革命歷史，並不存在。

司馬中原的高明，正在於他不直接批判共產黨的邪惡陰險，而是運用民間鄉土傳說的想像世界觀，演繹一則農民為何投入「老中央」抗爭的英雄傳奇。

當然，文學想像並不一定能代表歷史所發生的真實，如果視此類寫實小說為最能體現國民黨革命建國邏輯的文學類型，《荒原》的中國鄉土想像就不會是單純的政治性文學指涉物，而是一種具有文化民族思想意義的想像方式，並在此延伸出一種以民族文化價值為前提的人性烏托邦圖像。

國共第一次合作失敗後，國民黨清黨之舉，造成共產黨在城市發展的嚴重挫敗。共產黨開始轉往以農村包圍城市的發展策略。國共二次合作，至日本投降談判破裂，雙方展開內戰期間，共產黨與農村地方的緊密聯繫，以及「民盟」等第三勢力知識份子的左傾，都對國民黨最後失去大陸政權，產生重大影響。

《荒原》的農民們不見得了解國共分合歷史的複雜鬥爭，他們之所以支持「老中央」，很單純——推翻滿清，建立民國的是「老中央」，代表中國的歷史正統，其他非正統的統治者，都是民族與土地的苦難。他們對「老中央」充滿純淨自然的人情味與信任感，正是農民極力維護的鄉土世界觀的結果，也是《荒原》繫聯農民與「老中央」之間最重要的歷史邏輯。

農民們在小說中所極力維護的亙古不變的世界觀，來自古老的中國。農村的社會組織型態向來是傳統儒家文化與帝國政治秩序的最底層。農民龐大的人口數量與農村的超穩定社會結構，架撐出一個擁有數千年歷史的古老中國。農民們在傳統儒家社會結構中所薰養出的知足、樂天、服從傳統的生命質地，以及未受知識文明污染的草莽精神，雖不質疑現實，但也從不偽善昧俗。他們在鄉土信仰中所展現的純粹人性，並不是自然的原始人性，而是歷經數千年古老中國的儒家文化傳統的浸化結果。

農民們當然不可能了解「老中央」的《三民主義》信仰是怎麼一回事。但是他們所捍衛的鄉土信仰，以及成長過程中所置身的合情合理的生存空間，卻和「老中央」建國理念的《三民主義》之間，共同延展出相同文化民族主義屬性的社會性系譜。司馬中原在他的鄉土想像中，很深層地提出不同於左翼革命文學系統的中國農民內在形象，以及他們如何介入民族存亡現實的理解。

這使得《荒原》不僅是一部藝術價值極高的鄉土小說，還具有豐富的思想文化意義。司馬中原那充滿華麗、滄涼、世故的敘事聲音，為經歷過或不曾經歷過台灣五〇年代歲月的讀者，留下一個歷史的文學見證。

（本文作者為中原大學通識教育中心講師）

款步於「荒原」內外

——兼論司馬中原之「新感覺」表現

魏子雲

前些日子，約同小說家水晶先生去訪文藝理論家姚一葦先生，當我們談到目前台灣文藝，姚先生認為小說是大帥；誠然，近數年來，我們的小說確已表現了優異的成就。那麼，如果說小說是大帥，而我則認為詩是急先鋒，它打起「現代」的旗幟已打了好幾個硬仗了。

說到小說，我們認為它將由出身軍人及出身大專外文系的小說家們來發揮領導作用。這結論自是衡量當前的情況所獲得的和。出身大專外文系（也有他系的學生）的幾位小說家，如水晶、陳映真（這位小說家不僅最厭惡顯現真面目，且發表作品亦喜時時更換筆名，既不亂寫，也不亂投，可以說是一位最最忠於寫作的小說家）、王文興、白先勇、陳秀美、歐陽子、王禎和等等，由於他們能直接從世界名著中吸取養分，所以他們一開始未受到「流行病」的傳染，試圖以新的技巧與新的藝術觀，來達成「迎頭趕上」的抱負，為中國小說建立起一個新的里程碑。

軍人出身的小說家，優秀者很多。他們大多承繼了「五四」以來的「寫實」與「新寫實」的傳統。而其中的幾位有才智的小說家，經過了十年來的努力，都已從「寫實」與「新寫實」的傳統中超越出來了。朱西甯與司馬中原便是其中的兩位最具代表性。

司馬中原的「荒原」，所屬的地理環境是洪澤湖東岸的一處叢林與草莽荒原。洪澤湖位於蘇北與皖北之交，江蘇淮（陰）泗（陽）兩縣在其東北；安徽之泗縣在其西，盱眙在其南；源流與江蘇高郵、寶應之高郵湖互通，上游即淮水。清季即為淮水上逆泥沙淤塞。由於洪澤湖遍生紅草，住在洪澤湖四鄰各縣的人，均俗稱它為「紅草湖」（「紅草」與「洪澤」亦諧音）。

那是一處八不管的地方，基乎它不僅界於縣與縣間，猶界於兩省之間，且接近魯境沂蒙山區，所以多年以來，那地方總是匪類出沒之地。筆者的出生地距洪澤湖不過百里（公里）之遙，雖未到過該處，「紅草湖」的大名與傳說，兒時曾習聽不厭。尤其遇有匪亂，「紅草湖」的名字被提到的時候更多。「荒原」的作者是淮陰人，正是在洪澤湖東北岸長大的孩子，顯然地，「荒原」就是他在那裏生活十餘年的苦難家鄉。我們看他把「荒原」周圍的地理形勢描寫得多麼詳盡周密；固然，也許那未必就是地理學家從測量架下繪成的地理形勢圖，但在小說中，它則有如一部實地拍攝成的彩色影片那麼清晰而蒙太奇地一幅幅呈現給讀者。

從故事上說，它並不是一篇完整的故事，它是抗戰末期到勝利初期——民國三十年到民國三十六年間，在荒原上發生的事故：日閥佔據了城鎮，八路盤據了四鄉，潛伏在敵後的中央軍勢單力薄，平時東躲西藏，只能尋機會出奇兵；真空地帶土匪橫行，偽軍不但仗著「皇軍」的威勢欺凌鄉人，更勾通「八路」胡作非為；再加上天災疫癘的無情，洪澤湖的四野遂到處堆滿了苦難；他們好不容易盼到抗戰勝利，卻又被中共的解放軍搶先佔領，掀起清算鬥爭。

但當地的人民，則在一位赤肝忠膽保國衛民而獨行獨闖的俠義漢子歪胡癩兒的感召下，幹了幾場抗日、抗共、打土匪的轟烈事業。作者企圖在「荒原」中向讀者陳述主要的故事，就是這些。只能說「荒原」的故事，是抗日勝利前後那幾年間發生在蘇北紅草荒原上的一堆事件。

作者表達這些事件，看去雖以時間為經，以空間為緯——沿著時間的循序向前說去，而他卻不是依照老套，一件件縷理出來先後排列下去，他則是把那些事件一件件交錯地重疊起來而又相聯起來，恰像一把打開來的紙摺扇之和一紙奏摺那樣的不同。作者一下筆就述說洪澤湖來源的傳說，繼著便描寫湖東那片紅草荒原的地理環境，讓讀者先了解「荒原」的地理形勢及生活在「荒原」中的人家，然後才能貫通於那段時間、在那個空間中發生的事件之脈絡。

如以紙摺扇比喻「荒原」的故事之結構形式，那麼，它的第一章有如紙摺扇柄上那個「鍵軸」，它已把故事中許多事件的脈絡，都根繫在它身上了。所以，從打開的摺扇上看去，一摺一摺地雖也像奏摺那樣的循序，而它們卻有一根脈絡，交錯地疊聯在那根鍵軸上。「荒原」的故事也似乎如此，全書十六章，後面十五章中所述說的故事，都像一根根聯在扇軸上的摺扇竹骨，看起來它們雖具有數字上的時間循序，而它們卻無不一件件交錯地根聯在第一章的背景上。

這是「荒原」之不同於一般小說的故事方式。這也正是二十世紀之現代藝術的表現技巧，它有如一幅現代繪畫，愛把時間上的事件交錯而重疊地堆在空間上作同一平面表現。「荒原」中表現出的事件，雖不是某些現代畫之平面的壓縮，卻也深受這種平面壓縮的技巧影響，使他產生了一種新的表現技巧。如照一幅現代畫來看，「荒原」的第一章等於畫布上的底色或襯景，其餘的那些章中的事件，則是交錯面重疊在那底色或襯景上的各種複雜線條。

展開「荒原」中那許多事件的骨幹，是六指兒貴隆與歪胡癩兒，這兩人就等於紙摺扇兩邊的那兩根主要骨骼，不僅「荒原」中的故事由他倆交替地展開正反兩面，更由他倆控制故事全局。在第二章，「荒原」的故事一開頭，六指兒貴隆與歪胡癩兒就先後顯現給讀者了。從人物的架設上看，這兩人雖有如紙摺扇兩邊的那兩根主要骨骼展開全局，但在小說人物的表現上，歪胡癩兒是作者運用中國農民在災患苦難中的理想意念，塑造成的一個合乎他們理想的英雄形象，六指兒貴隆則是承托著這個英雄形像的基石，所以在全部故事中，從始到終，貴隆一直表顯歪胡癩兒的基礎。

正因為作者能成功的運用了中國農民們自己的語言來寫作「荒原」的故事，所以凡是出現在「荒原」中的人物，個個都躍出紙外。雖說，「荒原」中的幾位主要人物，個個都塗滿了一身的「傳奇」色彩，而那些人物的特殊行為，卻是經常在中國農民們口齒間傳說著的人物形象。這一點，他特別強調在歪胡癩兒身上，先用農民的傳說（傳說都是經過誇大和虛飾過的）加厚地渲染歪胡癩兒的傳奇色彩，等到歪胡癩兒的真身面對面顯現在傳說他的人群中間時，作者又以「武俠」的筆法來點染他的不凡。於是，我們明明知道那是作者彙集了中國農民們的理念，為他們塑造出的一個理想的傳奇人物，由於作者業已在他身上注入了藝術生命，這個人物遂活生生地在讀者心目中活躍起來了。中國舊小說中的人物不也都是這種形象嗎？

一下筆，作者就寫洪澤湖來源之神話的傳說，與住在荒原上那些人家的成家立業之艱苦經過，以及荒原經過的多次劫難的歷史；再寫他們的迷信、保守、善良、固執等性格。像這樣的布局，自是作者企圖把這一片方圓不過數十里的澤地寫成為整個中國農民歷經災患的縮影。抱負是大的。當然，像他所描寫的澤地人的那種迷信、保守、善良與固執等性格，的確是中國農民的性格典型。但作者尚未能把「荒原」那個小天地擴展開來，使人看去，總覺得「荒原」中的災患，仍局囿在「荒原」裏；像發生在「荒原」中的那些事件，也並不是全中國農民所遭受到的全部歷史背景，最多只限於中國的大部份地區。在那段時間裏，中國尚有很多地方，並沒有遭受到像「荒原」那樣同樣的災害。雖說，作者在「荒原」中確已把中國農民的典型性格表達出了，也由於他未能把那個小天地擴展開去，因而把他這個具有哲學意境的主題也淤塞到荒原的澤地裏面去了。

作者自己說：「我寫『荒原』一書，是兼負歷史責任的。對於中國近年苦難的責任，我作了雙面的批判。我批判了共產黨無視於人道，我也根據事實，對政府當時的保守和部份顢頇，作了『春秋』之責。」

不錯，作者在歪胡癩兒身上映現了他內心的不平；像這麼一個有勇有謀（有膽有識）而又一心保國衛民的英雄，在敵後居然無地可容；「皇軍」通緝他，偽軍捉他，馬賊打他，而中央軍的何指揮，起先也不承認他是中央軍的人物，還要找機會抓到他，給他一頓教訓。當然，老百姓卻不管他是誰，只要你保國衛民，他們就擁護他、聽他、跟著他走，這應是作者在「荒原」中表達出的最明媚的政治思想。切實而有力。但從何指揮身上批評「政府當時的保守和部份顢頇」等問題，不但荏弱也不深入。因為這個問題大而複雜，不是僅以何指揮一個那樣的人物可以顯現一切的。

他又特別為夏福棠穿插了一章（第十五章），在故事的情節上說，這一章穿插得非常嚴實。由於他的歸來，交代了澤地在這幾年間遭受災害後的殘餘慘況，更由他交代了澤地人對歪胡癩兒的褒揚。這一章的結尾，夏大爺引用高適的「燕歌行」詩裏的兩句：「相看白刃血紛紛，死節從來豈顧勳。」作為無名無姓的歪胡癩兒的碑文，更是神來之筆。可是，夏福棠在這一章中向鄉鄰們發表的一些政治理論，以及作者在該章中分析夏福棠聽到說貴隆做了兩件大事——殺了蘇大混子並放火燒了紅草荒原，火葬了不少共軍之後的那段心理反應，雖係真理，卻都是一些浮在水上的石油滴，縱閃爍著逗人的明麗，也遠沒有它們被埋在地層下的日子被人發現油苗時之令人更感興奮。

「荒原」之特別使我推崇之處，在於它的結構之嚴密精巧、自然、適體而柔和，我在前面曾用紙摺扇的形式作比喻，但我們如一根根把其中事件之交錯與疊聯情況例舉出來，尚須一篇專文討論，本文無篇幅細另加分析了。不過，在第一章中，作者描繪荒原之地理形勢時，未將澤地通向陳家集、吳大莊以及通往縣城的要道交代出來，應是結構上的一些小疵吧。從這裏，我們可以想到司馬中原是一位極有才能的小說家，如果多讀他一些作品，更會從題材上發現他生活的豐富，以及感受性的敏捷，所以在表達技巧上也變化多端，可以想知他努力求「新」之勤之切。

固然，司馬中原的小說尚未完成他的定型性的風格，但他大部份作品的氣韻，則源自中國舊小說的傳統，並吸取了中國說書家的口吻，再揉合了現代藝術——現代詩、畫、小說等新的表現技巧，再加上他從民間摭拾到的神鬼傳說予以揉成一體，遂給中國小說開創了一種嶄新地現代風格。

照目前來說，「荒原」就是這種新的現代風格的代表。可惜的是，他未能把他要表達的問題，從荒原澤地那個小天地中超越出來；也未能把他所表現的那個時代駕馭到時間上去。這都是我個人的讀後感了。

第一章・荒原傳說

沒有人敲鑿古往的歲月去推究有關於洪澤湖的傳說，傳說是荒謬而神奇的，像許多古老中國的神話一樣，具有和一個悠久民族的觀念融和的特質，使那荒誕的傳說在民間傳播著，經歷了無數世代的遞嬗，轉化成一種使人安心、使人敬凜的力量，繼續流淌過歷史長河。

傳說本身是這樣的——古代泗州、澤花兩縣的人們不信神，不敬天，某年，龍王爺奉了玉帝的旨意來到泗澤兩縣佈雨，佈完雨，想找個神廟歇歇腳，誰知走遍兩縣，連一座龍王廟也沒有！不但沒有龍王廟，連玉帝本身也沒有落腳的地方；沒有庵觀寺廟倒也罷了，偏偏那一方人人信邪魔，有個扁腦袋的關外漢子流落澤花縣，設了巫會，唆使人供胡仙（註：狐狸），拜長仙（註：蛇），挾著兩個邪神的勢，咒神罵天，姦盜邪淫的事兒多得使龍王爺不忍瞧。回到上界去，把眼觀心記的，如此這般奏了一本，玉帝一看，泗澤兩縣這般造孽，吩咐說：「先旱它一旱。」龍王爺問：「旱多久？」玉帝拂起袍袖，伸了三個指頭。

三個指頭一伸不怎樣，泗澤兩縣三年沒見一滴雨水，太陽毒得一把火，沙灰積有尺把深，一陣風吹，滿天黃雲。各地巫會紛紛設壇祈雨，上的是活供，拜的是胡長二仙，不求還好，一求不但雨不來，連風都被風婆收進口袋攜走了，只留下黑煙滾滾的太陽。

泗州有個李善人，一向信天不信邪，在一片叫旱聲裏，全家塑了一條七尺泥龍，嵌上螺殼鱗，老倆口抬著求雨，一個十來歲的小廝小癩痢頭頂香爐跟著走，一面挨門叫喊著，要家家焚香接龍王。

「泗澤兩縣多年造孽，不敢求大雨。」善人拜禱說：「只求龍王爺打個小噴嚏，落場潤犁雨就行！目前井挖十丈不見水，再旱下去，萬戶將要絕滅了……」

龍王爺抬到大街上，住戶一條聲的罵：「什麼鬼龍王?!若是睜眼龍，早該看見沙煙！旱了咱們三年，該剝牠的龍皮，抽牠的龍筋！」說著就大群圍上來，把螺殼鱗打得稀爛，一個婦人潑起來，挖了龍眼，還把月信帶兒掛在龍角上面。

「這種地方，」善人擂著心說：「天若不降劫，人若不絕滅，這頭頂的蒼天就沒有天理了！我們抬龍到澤花縣去罷！」

小癩痢望著天說：「老爺，這一去澤花八十里，太陽能把人晒死。」

安人（**註：古時朝廷對官員妻子的一種封號**）說：「癩痢呀，你小小年紀懂什麼？我們能替這一方人受苦，總比眼看大劫臨頭好，天怨神怒，佛嘆鬼愁，人能留命過千年？」

一家人頂著冒煙的太陽到澤花，澤花縣的人聽說來了抬龍求雨的，把四方城門全關了，不讓進城，還說不稀罕一條臭泥龍。善人老夫妻倆哭不開城門，只好抬著泥龍繞著城牆求天，這樣又求了半天，身子衰弱的安人吐血死了，善人一悲一急，也要撞城牆，被小癩痢死死拖住袍角，哭勸說：「人死不轉來，悲哭也沒用，您死了，反把話柄兒留在信邪的手上，不如先把安人挖坑葬了，明早投奔外方去，眼看惡人的下場……」

那夜主僕倆背靠背歇在城門下面，夜色晴和，風沙不起，瘦怯怯的月牙兒斜掛在城樓的飛簷角上，善人在朦朧中還祝禱說：「天呀，這方該遭什麼劫，全在你手上，信民總算盡了心，明早天不亮，雞叫頭遍，信民就帶小癩痢上路，到外地去投親。信民不求天降浩劫，只求一伸天理！天理昭彰，才能醒惡化頑！」

善人睡後，也不過二鼓光景，小癩痢忽聽半空有人說話；一個說：「時候不早了，敕令上明寫著，大水要漫過泗澤兩縣城樓。」另一個說：「還早呢，等雞叫頭遍後才能動手，冊上載著，這時刻，一主一僕沒去，一僧一道沒來，可不是鬧著玩的。」

小癩痢揉揉眼，驚得滿頭沁汗，悄悄把善人扯醒了，說：「適才聽見半虛空裏人說話，說就在今夜要水漫泗澤，我們上路罷。」

善人抬起頭，一天晶明透亮的星，不禁搖頭說：「你是在做夢罷，天上連根雲翅全沒有，哪來水？」兩人又盹了一忽兒，善人也聽見半空的人說話了：「雞快叫了，一主一僕還沒走，一僧一道還沒來，叫咱們怎好動手？那在劫的不來，說不定算準會遭五雷劫罷……」

善人又倒轉身推醒小癩痢說：「快奔南走，再遲就怕脫不了身啦！」

主僕倆上路奔南，走不上五六里，迎面來了一個紫臉和尚，一個長毛道士，和善人寒喧，說泗澤縣上全供，他們是趕去受供的。善人一想，適才半空有人說話，這一僧一道明明在劫；雖說天機不可洩，若叫人睜眼看他們走死路實在於心不忍，不如使暗語點撥他倆回頭；正想開口，叫癩痢在身後扯了一把，再看那一僧一道，業已興沖沖的走過去了。

「這兩人千萬救不得，一股妖氣。」小癩痢說：「巫會供的是胡長二仙，他們若不是妖精，怎麼會去受供?!」

善人頓然明白過來說：「即使那一僧一道是妖變的，天上不起雲，哪來雨呀？」

小癩痢伸手朝西北角一指說：「瞧，老爺，那不是雲？」

善人揉眼一看，只見西北角上果然翻起兩塊磨盤大的無根雲，黑得像漆一樣，滾得快過車輪，越滾越大，轉眼蓋住了泗澤兩縣，主僕爬上土稜，就覺身後電光一閃，遍野慘白，緊跟著，轟然一聲雷震，扭頭再看，白茫茫的大雨分不出雨點，瓢澆似的朝下潑瀉，沒一會功夫，成一片滔滔的汪洋，浪頭上浮著一隻巨大的黑狐，一條萬年大蟒和無數漂流打轉的人屍……

那就是洪澤湖形成的故事。

數不清的甲子（註：六十年為一甲子）消逝了，而荒謬的故事一直被傳說著；在一塊塊荒涼的土地上，年老的人們常懷著敬凜的心情，用一種沉厚而蒼涼的聲音講述它，教化年輕的一代敬蒼天，信鬼神；母親們更會以那樣荒謬的故事編成質樸的童謠，在昏黯的小油盞的光霧中，教她們的子女習唱。

洪澤湖本身是一種神奇的顯示和天道的彰揚，多少年來，它靜靜的躺在廣袤的淮河平原胸膛上，吞吐著數十條巨細不一的流川，灰綠的湖面像一隻望天的獨眼，湖光漾動在崇奉蒼天的人們的心上，成爲一種不可搖撼的力量，使他們憑藉祖先的教化，深信天理必彰，邪道必亡。

在平常時日，湖岸附近的人們安居於他們低矮的茅屋，按著歲月的流轉，季節的推移，他們分別從事於耕耘、紡織、捕魚、綴網。中國歷史上朝與朝代與代的更迭，對於他們只如一陣天末的微風；他們像這個古老民族所有的農民一樣，有著直接崇奉蒼天，依靠土地的傳統意識，習慣把承平、豐穫，以及一切歡樂歸諸天恩，把戰亂、荒旱，以及一切不幸歸諸天劫。而天恩是永垂的，天劫只是一時的魔障，就像風那樣容易消逝。劫後人們自會藉天恩存活下去，爲下一代人講述更多新的故事。一個人可以不讀聖賢書，但必須要從許許多多傳說裏學會合理的生存。

在紅草荒原上面，那些居民們的生活，更具有上述的特質：自然、單純、質樸，有如平原上不變的泥土。紅草荒原依偎在洪澤湖東岸，安然的沉睡著，沒有什麼能驚醒它的甜夢；金兵的戰鼓，蒙古族撼野的馬蹄，張獻忠和李闖的流寇，洪楊的長毛妖兵，都曾踩過那片荒野，但消失在它一呼一吸之間；上漲的湖水會洗淨腥羶，馬蹄和血跡空留下歷史的嘆息。它只是朝天裸露著黃沙沌沌的胸膛，沐浴陽光和風雨，翼護著它懷中的子民。時間默默流淌，它看著人們一代一代誕生，一代一代安然的進入墳墓，把生命歸還大野，完成自然的循環。

紅草荒原的幅度並不遼闊，它橫在洪澤湖和古老的淤黃河之間；許是受了「洪澤湖東百里荒」這句流諺的影響，附近的人們即使終生眼望荒原上的蒼穹，也很少有人進入那一片荒莽，只有禿龍河西岸少數生活在荒原中的人們，才能真正領略天荒地野的滋味。

大體說來，那樣異乎尋常的荒涼是由於地形造成的；在荒原的北邊，北三河平行流向東南，那是鹽河、大運河、老黃河；三河所分出的小叉河使荒原東面變成縱橫的水澤地帶；在荒原的南邊，張福河引出湖水流向東北方，與北三河匯合，形成交叉的手臂，使地勢低窪的荒原變爲湖岸邊的一隻破盆。

從湖岸向東，越過無數沙渚和淺沼，到處是野生野長的蘆葦，蘆葦那邊，沿著遠古年月洪澤湖氾濫的水線，紅草稠密的生長著，向東北蔓延十幾里地，構成荒原的主體。

紅草是一種單純奇特的植物，最能夠表現怒勃勃的生命，葉背呈青棕色，葉面像血染般紅，若把一莖成熟的草葉扯直了，頭尾足有六尺多長。上一年的紅草被嚴霜打枯腐爛成泥土，緊接著，隆冬的白雪掩埋了它們的殘骸，乍看上去，冬季的草野已被大雪壓平了，結成一片透明的白色冰凍，但等九盡春來，一聲春雷響過，無數新綠又將從解凍的大地上萌芽。紅草一旦生長起來，快過任何野生植物，初茁時一片青綠，經陽光流注，葉面逐漸轉紅，到四月成熟季，紅如潑天大火，發出濃郁的草香；南風拂過，草尖上走著一綹綹忽明忽黯的波浪，直盪向極遠的天邊。

狼群有時在紅草中出現，紅草成熟季節，草狼（**註：母狼之俗稱**）初產小狼，日沒後出穴尋食，這裏那裏，響起一片的吭嗥。從紅草區北望，東也一簇林梢，西也一簇林梢，林腰浮游著似煙非煙，似霧非霧的地氣，那是湖澤邊近水地帶特有自然現象之一；地氣灰白朦朧而又略帶透明，不斷閃晃著上昇，使人在相隔數丈之外去看一切物體，全像隔著一道薄薄的晃動的巨網，呈現出曲折不定的形象如浪中倒影；在地氣濃密的暮春和初夏，連聲音的傳播也受到相當影響，帶著波浪一般起伏的回聲。

野林區是小獵物的麇聚地：兔子、豹子、刺蝟、黃狼子、野獾和尖嘴紅狐全有；在高高的天頂上，還有一種紅頸禿尾的大癩鷹，常伸平強勁的翅膀，安閒遊弋於廣闊的晴藍中，巨大的黑色投影在林梢上疾移如風。

在野林之中，鋪開一片農田，許多條水沖的溝泓把它一片一片的割裂了，呈現出凸凹不平的面貌；這些流泓是荒原的奇景，從禿龍河分出的荆家泓、夏家泓、雷溝、四姓泓、歪頭泓全劃過平野流向大湖去。由於激流的沖刷，使它們常變更原有的形狀，有些頭狹尾寬，彎曲盤迴；有些刀一般直插進來，泓心乾涸，土塊龜裂，猙獰如死蟒；有些開始時只現一絲裂隙，猛然擴展開去，變成螺紋形的積水深潭，水流經過地底，再從別處冒出地面。這一塊荒涼的平野就是北三河以南人們常提及的澤地。

它是紅草荒原的外環，只有少數村落，六七個姓氏；差不多每一族人，都能原原本本的講述他們祖先移居此地的來歷和安家的經過。咸豐年間，洪楊之亂使他們的遠祖們分別避居到荒野來，經過長毛的兵燹，可怕的大瘟疫，使避難人十死九傷，能留下的都是幸運者，逐代繁衍到今天。不管是誰溯述那些故事，並不因歲月迢遙而沖淡他們對於未曾眼見的兵燹、瘟疫的驚怖，彷彿承受那些苦難的就是活著的自己，而非久已埋骨的先人。

長毛亂後將近百年的日子，雖然也起過無數次大的動亂，不過，那些天外的動亂並沒有嚴重的波及澤地，倒是每年的秋汛常使他們困擾。

澤地是那樣低凹，據傳說：南邊張福河河面高過澤地地面三尺，北邊六道高堤環護的三河，更高過澤地的樹梢；大汛來時，湖水迅速上漲，淹沒了大部份紅草區，把狼群驅到澤地來不斷的侵擾人畜，而狂怒的三河更會推倒堰堤，猛沖向澤地。但澤地的人們並不過份憂懼這樣的災患，因他們相信另一個有關於禿龍河的古老傳說，那神奇的傳說庇佑他們，讓他們得以一代一代的存活下去，宣揚「天不絕人」的道理。

說禿龍河原是上界一條禿尾神龍，因誤了行雨，被罰到澤地來替這一方蒼生受難。牠嘴含三河叉，身子迤邐南向，禿尾無處可放，就插進老子山肚去，逢到三河水漲，牠就張嘴吸進三河的水，使它再度流進洪澤湖去，免除澤地的水患。也許傳說是荒誕的，但澤地上的人們會指出——當水患來時，禿尾神龍張嘴吸水，從龍尾瀉出，那時，老子山那邊的湖心會昇起一條噴濺的水柱，北三河的河面有多高，水柱就有多高。

如果拋開一切傳說去看荒原分界處的禿龍河，它只是一條奇形的巨泓，泓身平均寬約十丈，河涘附近，寸草不生，崖面陡峭，處處是水沖的橫齒狀痕跡，而從它分出的五條平行西向的流泓，正像龍爪一般，那也許是古老傳說的由來罷。

由於禿龍河的河床常因洪水沖激而改變，荒原和外界一直沒有一座正式的橋樑，只有靠火神廟附近的大榆樹下，土質堅硬，才有一座雜木搭架的便橋，橋端縛以粗鐵索，拴繫在大塊立石上，以防發水時流失。荒路從東面流來，經過便橋通向澤地去，但因常年少見行人，路影愈來愈淡，終於掩沒在一片野生植物之中。

火神廟是澤地上唯一說得過去的廟宇，連四海龍王都寄居在那裏；三間麻石塊拚成的小廟，座落在夏家泓頭，靠近野林和無際的紅草，廟前是塊青磚方場，廟旁有間小小的丁頭屋，是看廟人老癩子的家宅；廟簷的虎頭瓦早已零落了，瓦洞變成麻雀的窩巢，晴天飛落在瓦楞上晒太陽，吱吱喳喳鬧得聽不見小聲的言語；每當老癩子父子倆在方場上晒糧，野林子的鳥雀也趕來湊熱鬧，廟脊上黑壓壓一片，單見鳥雀不見瓦。

關於火神廟，不但有著同樣荒謬的傳說，還有著一宗不可擅更的戒律，那戒律是關於「火」的。

傳說廣闊無際的紅草區，本是火德星君選定試天火的地方；火德星君是位正直無私的神，祂要以天火焚燒人間一切鬼魅奸邪。每隔一個甲子，祂便要借紅草區試一次天火，澤地上老一輩人都會在他們的故事中，爲天火描述出一種可怕的景象。

「頭一回起天火，是同治年間，曾九帥大軍回南京，困住洪妖，長毛守得緊，久攻不下，曾九帥設壇祭天，火德星君就助了他一把天火！」青石屋的夏老爹說：「我曾祖親眼見到試火前三天，紅草裏野獾躲讓，狐狸搬家，獐貓鹿兔全朝澤地跑，見人不避。十五那夜，月亮亮堂堂地，卻聽嘩啦一聲雷響，南天門大開，火龍，火馬，火槍，火箭，流星一般落進紅草，就捲地燒開了！大火整燒三天三夜，火蝗子飛遍澤地，灰深兩三寸，伸手摸地，地全是滾燙的，一直到北三河，幾十里地全看得見接天的火光……」

沒有人懷疑那種傳說的真實性，火神廟被修建起來；鄉民們自動奉行那種戒律：每年十月起禁燃野火，一直到隆冬第一場雪後；並訂十月中旬的三天爲火神祭，各村的人們聚集起來，去膜拜威靈赫赫的火神。禁火的季節，沿著紅草區邊沿，都豎有禁火停獵的木牌，木牌用連皮的雜木製成，到處都留有斧劈的粗糙痕跡，在光滑的一面，以鐵模烙上一個焦黑的「火」字。

不需論及火神對於他們心靈的影響，單就事實來看，如果紅草區起了全面大火，加上起大風的話，澤地中間不用說人了，怕連鐵塊也將被燒紅。除開澤地人們凜遵那種戒律外，連每年禁火季之後進入荒原行獵的張福堆上的獵戶們，在響銃前，也同樣帶著香燭去膜拜火神。

即使那樣小心，紅草區仍然每隔一些時候起一次火，不過火區比第一次小得多；較遠的一次是火燒皖軍，那一次皖軍渡過大湖，騷擾三河北岸地區，當他們回軍時，天火懲罰了他們；冬天起北風，火燒得比馬跑還快，使他們沒有一個人能活到湖邊。

較近的一次是火燒東洋鬼子，東洋鬼子亮著刺刀拉著炮下來清鄉（註：日軍掃蕩謂之清鄉），一路上燒殺搶掠、行淫作惡，惹動了天怒！真是鬼迷眼，有人的地方不去，大隊拉進紅草區，想在狼窩裏找人！不知怎麼地，繞著他們燒起天火來，火起時，周圍起旋風，光朝裏旋不朝外旋，半天燒過去，鬼子燒成大堆黑灰，連一點人味全沒了；繼而旋風停了，一片芝麻大的雲從天頂炸開，落了一場大雨，雨也落得奇，別處烏鴉沒濕半根羽毛，紅草區上的雨腳卻潑盆般的直掛下來，澆熄了那把火。

而那不再是故事——凡活在澤地上的老幼人們，都親見火神是怎樣懲罰鬼魅奸邪的。

從火神廟向西北走，一路都是淺沼、野蘆和苦竹叢，一直到佔地數十畝的鬼塘爲止；鬼塘北不遠，就是夏老爹家的青石屋了。青石屋本身是一個孤獨的莊子，磚角瓦頂的四合頭宅子，高大的青石屋就蓋在宅子的對面，中間隔著一方打麥場。繞莊築有土圩牆，朝東豎立著略顯歪斜的巨木門樓，由於常年風雨的剝蝕，門樓上的朱漆早已褪落了，「忠厚傳家」的匾額也隱沒在灰塵蛛網之中，顯得非常陰黯了；但若翻開夏家的族譜，誰都會驚詫於它過往的輝煌。

夏老爹的家祖夏開陽，諢號夏小辮兒，世居鳳陽地，自幼從師習武，練得一身好功夫，中年時開武館，授拳腳，人都尊稱他辮爺。長毛兵下南京，渡江北上，許多人聽風就是雨，全跑了。辮爺不跑，問他，他說：「練了一輩子武，用不上，開館授拳餬日月，也夠慘了！人說長毛邪，我沒看見不算數，等我看見了再說，總不至把武藝白練一生。」

長毛兵來後，亂得一塌糊塗，打勝了仗，沒事幹，那些兵爺們成天搖膀子逛街，遇見標緻的婦道，堵在牆上，當街就脫人家的小衣（註：內褲）。武館隔壁有片絲貨店，小夫妻經營著，男的出門販絲，叫亂兵殺了頭去，女的單撐著門戶。一天，七個長毛兵進門，女的隔牆尖叫辮爺救命！辮爺掄一把單刀跳牆過去，乒乓一頓，把七個長毛兵殺了三對半，等長毛營裏調兵拿人，人早遁了。

夏開陽混在逃難人裏輾轉逃到澤地來，長毛兵也佔了三河，人劫加上天劫，逃難人不是叫亂兵捉去殺了，就是染上瘟疫，夏開陽按照祖傳的單方配草藥，灌活了好幾百口人。長毛兵到了荒野地大發兇性，見人就殺，夏開陽卻領著六十多個年輕的漢子抗他，旁人說：「算了，辮爺，劫是天降的，人力扭不轉它，您領這點兒人打長毛，真如雞蛋碰石頭，一碰就散，與其大夥送命，莫如各自逃生罷！」

辮爺說得好：「就算天降劫，咱們是應劫不如迎劫，在劫的，逃到天邊也是死，不在劫，長矛通心過，也能留下命來！我決不為清朝出力打長毛，誰逼得人活不了，我就幹誰！」

但這支無畏的難民隊終於被屠殺在夏家泓南的窪地上了；六十多支刀叉棍棒，砍殺掉三百多兇悍的長毛兵。在這場明知絕望的混殺中，大赤著胳膊的辮爺像一隻活生生的老虎，從大早殺到晌午心，單刀殺翻了七十多個長毛兵。辮爺武藝雖好，人究竟是血肉做的，他背上捱了三四刀，頭上捱了一刀，削去一大塊頭皮和一隻耳朵，還大喊著「殺！」最後，一個受傷的長毛兵從他背後飛起一紅纓槍，槍尖整扎進他的右脅；辮爺壓根兒沒覺著，只顧和面前的一個纏鬥，槍桿拖在地上，全染上他的血，像刷了紅漆一般。直到來犯的長毛兵全都躺下，辮爺才歪了頭，槍桿抵住他的屍首，死後還站在那裏，彷彿誰都不及他高。

那場廝殺之後，一些藏匿在竹叢蘆地的孤兒寡婦們把死者們就地埋葬了。長毛兵不久敗退出三河地，接著來的是困苦艱難的日子。夏老爹的父親自小拿飢餓當飯吃，長大後，變成個黃瘦不堪的人，雖沒從辮爺身上承受了那份驚人的武藝，卻承受了無比的耐性，灑了一輩子血汗，把一棟大宅子、一座青石碾房交給了兒子。

夏老爹年輕時是個巴家（**註：北方俗語，意指全心全意苦掙家財**）的人，把碾房兼做榨油坊，成天帶著油工騎騾子出門，到禿龍河東去收買大豆和花生仁，榨出的食油裝簍，一車一車運到荒原附近的城鎮上去銷售。「青石屋」三個字，百里聞名。光緒末年，兩淮鬧旱匪，把夏老爹當財神抬了去，辛苦十多年積的錢財，十個花去六個才贖得命來。

打那起，夏老爹把錢財二字看開了：本來嘛，錢財身外之物，生不能帶來，死不能帶走。生意還做著，一手託給二黑兒他爹去經管，賺來的，就花在貧苦人身上，一文也不存著。終年只穿舊布衣，閒時騎驢到各莊各戶走走，講許多年輕人沒聽過的故事，鄉民們尊敬他，更尊敬夏家這個族系的光榮，都尊稱他做老神仙。

老神仙的兩個兒子，大的夏福棠是澤地上唯一出過遠門的，到過南京上海，唸了一肚子洋書；回來勸老神仙不要講迷信，老神仙火上了頭。罰他跪著，訓斥說：「什麼叫迷信，你老子迷信頭頂上這塊萬年不變的老蒼天，不比那些迷信槍桿的將軍帥爺。迷信有錢能使鬼推磨的肉頭財主，迷信惡鬼邪神的騙子強嘛！你別拿民國來嚇唬老頭子，這點道理我懂得，民國『民』『國』，就是老百姓的國，頭上再沒個皇帝老子拿人當馬騎了！早先堂上供著天、地、君、親、師，只消拿掉那個『君』字，換上個『國』字就成了。這是做『民』的說法兒，像你們拿著民俸的，那個『國』字就該改作『民』字。『民』字比『國』字料兒還要重些，有了『民』，才有『國』在，沒有『民』，哪來的『國』?!你老子就迷信這個！」

訓完了，要兒子起來，兒子哪肯起來，眼淚把衣襟全滴濕了，抱住夏老爹的腿說：「爹，我錯，我錯！我唸了這多年書，沒爹您這番話透澈。」

鬼子清鄉之前，夏福棠就跟著政府退走了，幾年也沒消息；夏老爹跟前只有小兒子夏祿棠，夏祿棠小時害過腦病，長大了癡癡迷迷的，只有吃飯的份兒。夏大奶奶沒死之前，常念著音訊不明的大兒子，夏老爹倒不大介意，跟人攤手說：「只要他能本著我的話，好生做個人，到哪兒我全放得下這條心，不像傻老二祿棠，兵荒馬亂的，成年留在家，反令人牽腸掛肚的。」

鬼子頭一次下來清鄉時，旁人匿進野林去躲反，夏祿棠那個傻老二，說什麼也不離開青石屋，叫鬼子抓住，一槍打穿天靈蓋，麻繩拴著兩腳，大叉身倒吊在麥場角的洋槐樹上。夏大奶奶悲傷過度，不飲不食發了瘋，不久也撒手過世了。只把老神仙孤伶伶的留在世上，等候他大兒子夏福棠回來。

青石屋再朝西走，野林子密不見人，林木斷處，就望得見石家土堡的堞齒和一片參差的屋脊；石家土堡築在荆家泓中段的斜坡上面，幾十戶人家全姓石，找不出一戶外姓。堡主也就是族主，論年紀，族主石倫不算大，論輩份，他高過好幾位白鬍老頭兒，在全族當中，不論遇上什麼事，石倫丟下話來就算數，族人會把它頂在頭上說：「改不得，這是老祖宗吩咐了的，哪怕掉腦袋，也得照著辦！」

誰都知道，石家的遠祖石大漢是個墾荒戶，移入澤地不過七十多年，那時刻，能耕的田地早被先來的移民插標（註：對於無主荒田之分佔，多以插標為之，有見標如見人，有標即有主之俗語）分佔了，只有石家土堡身下一帶，原是一片十里荒林；那年來了個黑大漢，拳大胳膊粗，穿著老藍的粗布衣褲，肩上軋著個褡褳（註：又名雙馬兒，帆布製成，兩端有囊，用以盛物，為北方人行路時常用之物），逢人問，就說：「我是來開荒的！」

黑大漢到了青石屋，夏老爹的老人對他說：「天不降大亂，哪來無主荒田？可惜你晚生了幾十年，這裏的荒地早叫人分墾了，如今只有西邊的十里荒林子，南邊的幾十里紅草，單怕你墾一輩子也墾不出多少來。」

黑大漢說：「墾荒，墾荒，我是見荒就墾，管它什麼林子，什麼草！」

黑大漢朝西去，把草棚搭在荆家泓的高涘上，活像一條啃桑葉的三眠蠶，單憑一把小斧頭，一桿鐵鍬，就跟密得遮天覆地的野林子拚起命來；每隔些日子，他跟青石屋送柴火，換些雜糧度日；

不到兩年光景，居然被他墾出四十多畝田來。日子在斧伐聲裏流淌過去，黑大漢娶了湖邊雷庄的閨女，前後生了三個兒子，經過四五代繁衍，變成人丁旺盛的村落；而石大漢生前開荒用的小斧頭，還被供奉在小小的家祠裏面，成為這一族精神上的象徵。

實際上，石家土堡是很蠻野勇悍的，正像他們遠祖石大漢早年墾荒一樣，清末幾次匪亂，湖匪拉撇子（註：黑道語，意即大股人聚合）上岸，旱匪站大漕（註：黑道語，即匪勢遍及漕河）橫掠四鄉，年輕火暴的石倫聚起銃隊扼住禿龍河口，使那些悍匪不敢犯一犯澤地，繞道而行。

石家土堡再朝西，荒路越走越窪，在冬天，從稀朗的枝椏間，能看見鴿群盤繞的雷莊；大凡澤地的人，都知道雷家如何發達的故事，那故事是充滿神奇和宿命感的。

把雷家一族朝上代追溯過去，一直推算雷老實的高祖雷駝子頭上，雷駝子出世時，雷莊還是一片荒土，只有一間雙簷及地的「人」字屋，他爹替人打零工度日；雷駝子打十歲起，就替青石屋夏家放牛；青石屋靠鬼塘，鬼塘是座大泥潭，繞塘密生著柳樹，柳蔭下青草肥嫩，最宜放牛。

上一年夏天，正午心的太陽把人都晒懶了，雷駝子靠在一棵佝腰的柳樹上打瞌睡，把破斗篷壓在臉上。忽然間，夢裏聽見哞哞的牛叫，一睜眼，可楞住了，一隻滿身金毛的小牛不到一尺高，正伏在他牧放的老牛腳旁柔草上睡覺。他自小就聽說過「金母」的故事，說那是一宗稀世的寶物，說要捉住牠，牠就會脫下一層金殼遁走。他按著傳說中所述的法子捉住了牠，得到了那層金殼……。

不管那傳言如何怪誕，但雷家一族確實是從雷駝子手上發達起來的，雷駝子一生篤信神佛，臨死傳下「金銀財寶身外物，行善積德保兒孫」兩句家訓，一直被兒孫後代奉守著。長房的雷老實和他做中醫的雷二先生弟兄倆，更把祖訓看的重。

民初北地鬧大荒，荒重的縣份，傳說人肉也論斤秤；雷老實起了全數底財到縣裏去放大賑，先後活了上千條命，事後回來，隻字沒提過；誰衝著他提起那回事，他笑得像一陣淡煙似的，說：「錢財是誰的？我的?!算啦罷！全是老天爺賜的：有它發不了我，沒它餓不死我！提它做什麼！祖上若不得到金母殼兒，雷家會成富戶嗎?!」

他兄弟雷二先生是澤地上獨一無二的中醫，替人診病抓藥，從沒受人一文錢，常年騎著牲口，帶著藥箱兒到處打轉，遇上病家，一直治到門上。平生最愛養鴿子，他出門，鴿子跟著他打轉，有些竟會落在他肩膀上，像獵人耍鷹一樣。

雷莊朝南走，有一座大瓦缸蓋成的小土地廟和雷家溝對面的狼壇相望。

關於狼，在澤地上有著更多的傳說，說是洪楊大亂前，南三河北岸的平原上本無狼的蹤跡，由於那次兵燹，長毛兵放火燒山，把生活在山野的狼群也逼得朝北逃難，人煙稠密的地方無法生存，只有選上了紅草荒原。

看守火神廟的老頭子常會把人帶進故事裏去。

「多少年前，我們家老祖宗——一個老木匠，在瘟疫流行時，替人趕夜打棺材，一夜打湖邊回來，親眼看見狼搬家。月亮地裏走路，忽聽草響，蹲下身一看，哇！哇！哇！草尖上浪似的飄移著狼脊梁，前頭有一隻大白狼領路，渾身白得跟雪一樣！朝後看，一條跟著一條走，狼子狼孫總有幾十條！我們家老祖宗叫嚇軟了手腳，閉著眼暈倒在大樹下面，昏昏沉沉的一片黑裏，就見那隻大白狼衝著樹站著，口吐人言跟他說：『狼跟人，同遭天劫，我們也是逃難，從今後，人居澤地，狼居紅草，井水不犯河水，各自相安……』老祖宗回來，到處傳揚他耳聽眼見的奇事，人們就在他遇狼的那棵大樹那兒立了碑，修了壇……」

經過許多代遞嬗和無數番風雨，頹圯了的狼壇還立在雷家溝邊的高涘上。它是一座用青石砌成的露天方壇，僅有一丈寬長，圍住那棵樹杪參天、枝幹猙獰的古樹，樹前豎一塊小小的石碑，碑面上鏤著「神狼碑」三個字。

在本質上，也許那是充滿迷信意味的，但重要的是，澤地人們從他們原始的觀念中確信了荒野律法裏面最主要的一種精神——公正和相讓相安；他們經歷了空前的人爲的劫難，能夠倖存下來，已經謝不盡上蒼的恩德了。很自然的，劫後的人們完全滿足於初墾的平野，並不想進一步的征服怒生的紅草和殺戮狼群。由於東方農民一向具有的保守、溫良和人道的特質以及前述的原因，人和狼竟然安然的共處了很多世代。

當然，在這一長串共處的歲月中，狼群曾經帶給澤地居民不少煩惱，但那比起人爲的劫難又何止好過百倍。當大汛季節，洪水遍浸低窪的紅草區，野狼常會出現在野林和村落附近，趁夜偷進畜欄，吞食牲畜；通常在鬧狼季節，鄉民們的防範很緊，多年的經驗教會他們防狼的法子；每天黃昏前，照例會亮著火棒子繞宅巡察一番，關妥畜欄，以石磨盤及粗木槓頂緊門戶。萬一有一隻狼闖進防範不密的人家鬧出事來，最好的方法是打起燈籠，帶上一把香燭到狼壇去，燒了香，依習慣唸說：「某天某日某時辰，狼進某戶驚了民了！天不罰牠，地不罰牠，狼神自會罰牠……」有一種更為靈異的傳言說：「單凡祝禱之後不久，就有被咬死的狼屍會被發現。」不過野狼擾害人畜的情事是很少見的，傳言也只是傳言罷了。

狼壇的南面，順著四姓泓叉出的泓心走出去，就到了空闊的砂石平灘了。平灘地勢開闊，放眼西望，望得見蘆葦那邊洪澤湖接天的水光，一些寄居在蘆叢、沙渚上的水鳥，常飛落到稜稜的砂石間安閒的晒翅，藍天下一片翻飛的翅膀。這兒是荒原最偏僻的地方，卻有孤單單的一戶人家。扒頭屋裏的住戶李聾子，是個古怪的單身漢子，一個人養了七笆斗（**註：北方養蜂的蜂房係以笆斗製成的，一笆斗就是一窩**）蜜蜂，一條硬了脊梁的瘦驢，一大窩雞。平灘附近不能落種，李聾子單靠販賣自編的籃子、蘆蓆過活。

砂石平灘朝東拐，順著曲折的夏家泓北泓崖一直通回火神廟去，一邊是茂密的野林，一邊是荒荒的紅草；野林空處，偶有一些低簷矮屋的散戶和無人放牧的牛羊牲畜，總掩不住四野的荒曠。

這就是紅草荒原的整個面貌，多少年來沒有什麼改變。澤地上的居民們用許多傳說去教化他們的兒女，並且固執的確認他們有權感覺自認為公平的感覺，遵循單純的荒野的自然律法，以敦厚的心辨別一切事象的是非黑白；當複雜的事象超越他們解悟的能力，他們就信靠著冥冥中守護在他們頭頂上的神靈。

日子流淌過去，日子像與他們沒有多大的關連，澤地與外界是分開的，官府的告示貼在橋頭的大榆樹上，管它滿清也罷，北洋也罷，民國也罷，澤地是一塘止水，天外微風縱然拂過荒野，也不能在紅草上停留，歲月會使它消失在不可知的遠處……舊告示被風吹落、被雨打落了，新告示會跟著張貼在原處。告示上說完糧，他們就完糧，告示上說納稅，他們就納稅。他們順服祖宗們的傳言——官府就是世上的「天」。而他們更崇奉一切有關荒野的傳說和不可擅更的戒律，因那些直接關乎他們的生存。

在平常的日子裏，也有少數人進入澤地；老買賣、熟面孔，連三歲娃子也叫出他們的名字來；除去張福堆頭的獵戶發財叔、金鎖兒、五福兒、丁大丁二弟兄倆……十來個人之外，就只有雙金閘上的喬鐵匠，城東關的老貨郎施大，矮獸醫，替人卜葬的風水先生。交易的方式很古老，壓根兒不用論價錢；價是上一代或上上一代就訂好了的——一把鐮刀兩升小麥；要大麥呢，就是三升。賬目劃在懷裏的小摺兒上，下一年麥季照收。

許多年裏，也有過一些事情被人們談論過。清末大荒年，緝私隊在禿龍河東岸所設的稅卡和販賣私鹽的梟子們打過架，包鐵扁擔對長槍，使澤地人們收埋過幾十具無名的屍身。後來，一張告示貼去了宣統年號換成了民國，有許多人咧著嘴笑，夏老爹卻擔憂說：「改頭換面，又是一代江山！我們做民不想逛逛金鑾殿，單求新主兒不擾民就夠了！朝朝代代，換湯不換藥，弄得人心寒……」

而日子那樣的流淌過去。一如風不能停留，日子也不能停留。莊稼點種入土，莊稼會長起來。紅草不須點種，紅草也會紅遍荒原。澤地上的人們安心的存活下去，透過那一片虛無飄緲的晴藍，他們看得見守護的神靈，祂正在古老的洪澤湖的波面上映照祂萬古長青的容顏。

當他們從安然中醒來，日子已經在民國的脊背上滾過卅個年頭了。

第二章・白馬過河

民國成立之初對於澤地的影響是很微弱的，要是有，也只是撫衙改成了督軍府，執兵矛穿「勇」衣的辮兵改成了洋槍隊；到處起匪亂，各地練民團，亂了一陣兒，使紅草荒原上湧進來一批逃荒避難的流戶。

民國十三年，北幫的旱匪趙四痲子、朱小閻王橫掠澤地，使石家莊建造了那座出名的土堡；土堡的根基是青條石壘砌的，牆身足有一托厚（註：伸展雙臂的距離，通常為五至六尺），堡樓伸出石倫家前堂的瓦脊兩丈多高，連基起算，總在四丈出頭。那樣一座巨堡，照族主石倫的看法，就算他趙四痲子和朱小閻王手下有幾十桿後膛洋槍，猛攻硬撲，除非子彈頭兒射進槍眼才能傷著人，要不然，只消三五桿雙管連環銃挺住堡樓，誰也佔不了莊院。

堡子建好了，旱匪沒碰石家土堡，斜向西邊去，飽掠了雷莊。過不多久，南軍（註：國民革命軍）打北洋，盤馬過湖西，把整股散股的土匪全招了安。後來當了官的趙四痲子到過澤地，特意去看那座堡子，拍著石倫的肩膀說：「有你的，石大爺，這玩意甭說洋槍拿不下它，地雷火炮也經得起！只不過土匪也是人幹的，官裏要讓人活得安逸，有口飽飯吃，誰願踩黑道，揹上個『土匪』名聲?全是逼上梁山……如今南軍來，不算老賬把咱們招了安，早先的事，甭提了，我趙四麻子脫胎換骨，再貪求一文不義財，不是父母娘老子養的！」

南軍打走了「假民國」，換了個「真民國」，人們談論趙四麻子那股直爽勁兒，都猜想「真民國」是好的，要不好，趙四麻子會放著大王爺不做，去幹那個勒褲帶餓肚皮的窮官兒嗎?青石屋的夏老爹心一寬，把大兒子放進縣城去唸洋學去了。「這好了！」石倫也逢人就說：「咱們的土堡沒用了，留著養麻雀罷，但願我這輩子不再抓槍了！」

在好幾年平靖的日子裏，逃荒避難的流戶們紛紛拆了蓆棚子，各歸原籍去了。澤地上有槍有銃的人家，都把槍銃封掛起來，一心放在田地上。

老貨郎施大挑著貨擔兒下鄉來，小搖鼓搖得分外響亮，逢人就笑細了眼，口口聲聲誇讚民國好：「民國好，民國就是天，高高藍藍的掛在頭頂上，護著這塊荒野地……」接著說起遠遠的城裏，東關開了幾爿新店鋪，西關又添了哪幾家新行號，大街也繁盛得變了樣兒了，人擠人，人挨人，男的不再養辮子了，女的也紛紛放腳，有的還剪成一道毛（**按：剪髮之風，早已盛行**）……小搖鼓在哪個村頭響，哪兒就圍攏一大群人，好像往年看猴戲。

「天哪，女人放了腳，牌位似的伸在人眼前，會成什麼樣子?」

「剪掉辮子，腦窩翹著一撮毛，不成了鴨子屁股嗎?!」

「嗳，老貨郎，」一個開起玩笑來：「你那頭上幾根毛，還沒有胡琴弦兒粗，與其留著養蝨子，不如也咯嚓一刀剪了罷！」

「噢！」老貨郎施大火燒似的叫起來：「動也動不得，我快進棺材了，要是剪了它，我那死鬼老伴兒在陰間就不認我了，她要狠狠心，閻王爺跟前告我一狀，那，準把我叉下油鍋，炸酥我這把老骨頭……」

老貨郎施大能講的新奇事兒也不過那麼點兒，日子長了，不慣也慣了。依火神廟看廟的老癩子的說法，既換了一個朝代，總得翻點兒新花樣，要不然，算什麼民國？那年老癩子整四十，老婆替他生了個頭生兒子，左手生了六個指頭，取個乳名叫六指兒貴隆。聽了老貨郎施大的話，回去要剃兒子的胎毛，老婆常時百依百順著他，這回卻破例哭鬧說：「剃了胎毛，叫孩子怎麼闖三關？」

（註：北方迷信傳說，幼童在十二歲之前，祿馬不穩，須歷三次劫難。）

老癩子拗勁上來，說：「我看了一輩子火神廟，什麼邪魔會倒他的祿馬，剃了試試，又不是一個人的事兒！」

剃了胎毛的孩子反而長得更結壯，日子也一直平靖下去，使鄉民們相信民國真有點兒道理了；許多年裏，只鬧過兩次水，接著兩年青黃不接的春荒；這實在不算一回事，三年一荒，五年一旱常有的，自古到今也沒見連年大豐收的，何況北地正傳著官裏要撥出大宗款項導淮河，比早年那些只管收捐不問民事的將軍帥爺好多了。

聽說要導淮，澤地雖鬧荒，可沒一戶拖稅的，推著車、挑著擔，頂著太陽趕長路上鎮去繳糧換稅票，有些人家，連拿當性命的糧種全扒了去湊數，全說：「疏通了淮河，暢開了水路，也好讓禿尾神龍歇歇勁了，可憐牠每年喝水，連覺也沒睡得安！」

平靖的日子是安閒的，安閒的日子總有著一點兒淡淡的寂寞；貨郎挑子上，許多洋貨流進來了；便宜的花洋布，布眼密，口面寬；帶罩兒的洋燈燒的是德士古火油，遠比紅蠟亮；洋煙、洋火、洋蠟棍兒，令人猜測著天外有了什麼樣的改變。但二畝老田是變不了的，莊稼該在什麼時刻點種，該在什麼季節收成，也是變不了的；民國再能，也不能牽著龍王行大雨，逼著風婆敞口袋；頭頂上的老天就像如來佛，人就是孫猴子變的，一個筋斗十萬八千里，終也翻不出祂的手掌心。

因而，一年一度火神祭的鼓聲更響了……

鼓聲敲響了民國廿九年冬天，大塊的華北，大塊的華東，早叫東洋鬼子佔據了，荒僻的紅草荒原才初傳東洋鬼子打中國的事。在老一輩人聽來，這是比早先八國聯軍攻打北京城的故事更荒誕，什麼東洋鬼，西洋鬼，在傳說裏全是不開化的紅毛野人，憑什麼興兵犯天朝?!

不由你不信，那年臘月裏，東洋鬼子炮口朝天放了三炮，把逃空了的縣城給佔了，城樓豎起白旗子，旗心飄著紅毒毒的鬼太陽。這還不算，張福堆上來的獵戶們更傳說著南三河過了豬毛妖兵，紮紅巾、吹牛角，破爛不堪像叫花子隊，打東海岸朝西拉，拉進了大湖心，成立了什麼蘇魯皖游擊邊區的洪澤縣。

「天劫呀！」獵戶領班發財叔嘆息說：「東邊有鬼，西邊有妖，癩蛤蟆淌眼淚，烏頭老括子早晚報凶！天上的彩虹南北走（註：民諺「東虹風，西虹雨，彩虹南北賣兒女」），朝後的日子怎麼過法兒?!」

「三河南還盛傳著『妖兵不滅，人種滅絕』哩！」五福兒說：「家家戶戶門上掛起滅妖符，院心放黃盆，盆裏盛著無根水（註：井水為陰，河水為陽，雨水未沾地面為無根水），說是午時拆開被角，能捏出妖毛來。」（註：抗戰中期，淮河流域民間盛傳朱毛為邪魔變的活妖精，家家掛符驅之，方式雖迷信可笑，但可反映出民間普遍深惡痛絕的心理。）

澤地的人雖沒看見妖兵像什麼樣兒，可算看見了東洋鬼子頭一回大清鄉。有人把那次清鄉的罪過記在縣城裏土棍張世和的頭上；要不是他認賊做父當漢奸，拉什麼維持會帶路，東洋鬼子怎會摸過禿龍河？在澤地，替青石屋管事的卞大爺最清楚張世和的底細，張世和尾巴上有幾根毛他都數得出來。

「想不到張世和那土棍假他東洋祖宗的勢，抖起來了：生二黑兒那年，他是縣城東關花子堂的總管，靠一根紅漆棍混飯吃（註：花子堂總管，地位等於花子頭兒，專門管理討飯的，每月由城中商戶湊幾文零錢給其花用），及至後來，拍上北洋兵的馬屁，設過私窯子，開過小賭局和大煙館，現如今，搖身一變，當了大隊長了，簡直是無法無天嘛！」

儘管他卞大爺瞧不起張世和那個無賴，但張世和當漢奸混發了跡是千真萬確的事；小巷裏的低房低屋容他不下了，把保安大隊部改設在前清留下的銅元製造局裏；也一身三套皮（註：皮背心、皮襖、皮袍兒），外加黑緞馬褂，穿得人模人樣；嫌原先的老婆太土氣，一口氣娶了六個姨太太，六個裏有三對是婊子；大隊部門口，四個二黃站大崗，放進來的都是些歪鼻斜眼的官；各房各室全設有大煙鋪，「長」字號的進門，先叫條兒（註：妓女應召，叫出「條兒」）來燒煙泡，煙鋪上歪下身，先燒它三槍五槍提提神；煙罷圍桌布，麻將、牌九、骰子、寶，隨意來，骰子撞得叮噹響，麻將歌唱得一條嘈。

張世和把閨女送給翻譯做小，把差使坐穩了，大事有鬼子，小事有底下分勞，自己專門設煙館、賭場、妓院，大大的撈錢；每隔十朝半月，槍斃幾個倒楣的，把滴血的腦袋懸在四面城門口的木桿上；人頭掛臭了，再換幾顆新的；一方面討東洋鬼子的歡心，一方面也顯顯鎮壓毛猴子（註：日軍稱抗日武裝為「支那毛猴子」）的威勢。

那一回大清鄉，張世和領著東洋鬼子南木大隊藤井中隊，沿著張福堆上的公路，一路向西殺過來，見莊子焚莊子，見人殺人；禿龍河東十四里的卞家圩最慘，全莊一百多口，沒活出來一個；遇上男的使刀通，扯前心，夾後心，一刀兩個血窟窿；見了女人，不分老幼先輪姦，姦完砍掉手和腳，奶子也砍成血石榴；這樣還不足，陰戶裏還要插上樹技，表示那女人死前被「皇軍」玩過！那年紀太老的，一律開槍打，死得快些，但對吃奶的娃兒，又使麻繩拴著小腳脖兒，倒吊在樹上任鳥雀啄食。

比起卞家圩，澤地算是走運；張世和大約發了大煙癮，指岔了路，在荆家泓北繞進澤地，一路奔正南。就是這樣，石家土堡也死了三口，青石屋死了夏祿棠那個傻老二，卞大爺背後挨了一槍，鬼子沒犯火神廟，遠遠吊上一槍，流彈卻斷送了六指兒貴隆他媽的命，臨嚥氣，分拉著夫、兒的手，顫顫的吐出一句話：「我死……不要緊，只怕天……劫……應在這塊地上……」六指兒貴隆哭著叫媽，他媽滿臉泛白，嘴角吐著血沫兒，眼已翻了；隔著一層眼翳，平常溫柔的瞳子裏，凝著怕人的哀怨的幽光。

雖說鬼子藤井中隊遭了火燒全軍的天報，血淋淋的過往仍流滴在人心裏面。每提起它，人們就覺滿嘴漾起腥甜的血味。

鬼子被燒沒多時，中央游擊隊裏神出鬼沒的何指揮帶著幾十桿洋槍過境，說是局勢嚴重了，八十九軍打鬼子，八路在後面拖腿抱腰，把抗日武力拖散了。

「想過湖，得早點設法弄船！」石倫說：「湖口有鬼子封鎖，怕闖不過去，您這點人留在湖東，早晚會被吃掉！」

「過湖？」何指揮說：「上面委我守湖東，我死活不離這塊土，我是個平常人，不敢說驚天動地做一番事業，老中央這塊金字招牌不倒，總能引出捨死忘生的好漢來！」

「這兒算是死地了。」何指揮的隨從陳積財是澤地的熟人，說話最直爽：「大湖裏，早先的土匪魏友三、李永和，都受了招安打鬼子去了，八路妖兵佔了湖，把滿湖的漁船全編了號，我們如今要先扼住吳大莊。」

石倫破例送了何指揮一袋銀洋，四匹騾馬。

何指揮走後還不到幾個月，正當夏季，使澤地人震驚的事情終於發生了——一大群用蘆葦護頂的編號漁船，總在二三十艘的樣子，分散的攏了岸，定泊在砂石平灘正西的蘆花蕩裏，涉水上來一群衣衫襤褸的八路，那些兵戴著寬簷竹斗篷，脖上繞著紅布和白汗巾，槍枝雜得很，廣造槍裏（註：北方以廣為洋，廣造，就是洋槍），什麼湖北條、漢陽造、捷克式、鴨子嘴、彎拐球、塌鼻兒、老套筒、紅銅鋼、大牌樓、獨子拐兒、六子聯兒（註：以上均為中共初期地方部隊所使用之槍名），應有盡有，仿廣造有三槍不打就吸殼（註：故障之一，彈殼吸在膛裏，拉不開槍機）的土溜兒，土造的銃槍佔一半，什麼雙管筒、單管筒、連環筒、短柄方嘴銃、彎把兒、老鷹嘴，也是樣樣俱全，還有一半沒槍的，揹刀也有，攢矛的也有，個個赤著腳板，像天外落下來的餓鬼。

一群兵上了岸，在狼壇的古樹頂上搭了瞭望哨，派出七八個人來到雷莊徵糧。雷莊東邊的幾個村子慌了，齊向石倫、夏老爹討主意。

夏老爹說：「莊稼人，離不開田地家根，就好像秤錘離不開秤桿，哪兒好躲、就朝哪兒躲，東洋鬼子那麼兇，照樣挨過了，妖兵再狠，也不是樹椏吊下來的，怕他做什麼?!」

石倫也說：「老神仙說的有理，這塊老荒地，風吹過，雨打過，沒有活不得人的事，咱們先聽聽雷莊消息再說，弄得好，兩拉倒，弄得不好，單憑他七八個人，也不能變成老虎把人吃了。」

四月十二一大早，徵糧的到了石家土堡，一個剃平頭、聳肩膀、滿臉肉疙瘩的漢子領頭，指明要堡主講話。石倫還沒出門，一莊的狗都驚動了，狺狺不休的圍著咬，石倫手捏長煙桿站在門樓底下，肉疙瘩正吩咐他手下人不准打狗。

一條四眼黃跳著朝前撲，要撕咬蹲在牆根的嘛牙漢子，嘛牙朝他旁邊的瘦骨頭說：「這家地主惡得很！娘個X，單看狗就曉得了。」又朝狗嘛起大牙獰笑說：「你他娘別欺生，老子是濟公和尚轉世，吃狗的祖宗，一頓吃你一條腿，打一個飽呃就算你生的！」又伸胳膊抵抵瘦骨頭的腰眼說：「乖隆咚，你瞧，牠那兇勁兒，想扯老子的袖子呢！」又朝狗說：「一身衣裳八十個洞，你留著我的袖子拆了打補釘，還好落件背心兒哩！咬！咬個屁嘛！」

四眼黃是隻掛牌子的狗，最犯人嘲弄牠，石倫叱了幾聲牠也不理，硬朝嘛牙漢子頭上跳，嘛牙漢子避開身，摘下腰間掛的牛角哨兒，鼓住腮幫兒衝著狗狂吹。

嘟嘟——嘟嘟嘟嘟——

汪汪，汪汪！汪汪汪汪——

瘦骨頭跟其餘幾個兵，倚在牆上拍手打掌的笑。石倫走過去，順起煙桿打狗，肉疙瘩卻在嘛牙兵的屁股上踢了一腳，罵說：「別神經兮兮好嗎?!初到一個地方，就把笑話給人看?!」轉朝石倫笑說：「沒事沒事，老大爺，咱們是洪澤湖支隊，抗日軍，一家人，這回到貴莊，只是奉命來徵點糧。」

石倫怔住了，前些時，聽說豬毛妖兵怎麼長怎麼短，誰知說起話來滿和氣，旁的不用說了，單提「抗日」兩個字，徵點糧草應該的，連忙擺手讓說：「屋裏坐，要糧，方便！這季新收的麥剛入甕，要三兩擔，請幾位弟兄開甕去扒就行了！」

「哪兒的話，老大爺。」肉疙瘩說：「徵糧上頭有規定，大戶每戶只上二斗，小戶每戶只上五升，每莊按戶算，上齊了麥場上交糧，我們不進民宅，這也是上頭交代了的。」

別看肉疙瘩一臉橫肉，賊鼻賊眼不像樣兒，說話好像砍麻，就這麼輕易在澤地上繞了個圈兒，把糧給徵齊了，鄉民裏有些熱心熱腸的，還放了手車送糧到湖邊。

肉疙瘩走一莊，進一戶，對人親熱得不得了，口口聲聲把抗日打東洋、衛國保家鄉放在嘴頭上，說是各戶繳糧才能保障根據地，保障了根據地，才能擴大游擊區。「等到老八路成立了淮泗縣，你們瞧罷，咱們會把東洋鬼子打成縮頭的烏龜，包他連城門都不敢出！」

然後，他們乘船退走了，只把木桿搭成的瞭望哨所留在狼壇的古樹上，遠望像一隻怪鳥的窩巢。澤地上的人們在聚合的時刻談起過他們，沒有人知道那些兵的來歷和他們在湖心的生活，也沒有人聽過他們在三河地區抗日的事蹟。

而東洋鬼子在上回大清鄉遭了火劫之後，好像對紅草荒原懷有積恨，在那年秋天，拉起了一條封鎖線，從北三河到張福河，一彎封鎖扼緊了澤地的咽喉，老貨郎施大的擔子還是照常下來，往常的德士古火油、光明洋蠟、猴桃火柴，是再也見不到了。

「只要東洋小鬼不清鄉，他想斷光斷火難不倒人！」

本來，對於日用品的封鎖，澤地上人是無所謂的；泓涘上扒一籃起白硝的土，加水濾，照樣晒出小鹽來；沒肥皂，就用皂莢樹的種子；沒鹼，就用灰塘水；沒火柴，就用火刀火石；一顆胡桃核兒浸鹽，埋在灰裏，能保兩天不斷火。澤地的農民們保有更多祖先傳下來的古老方法，在困苦當中存活下去，封鎖難不倒他們。

日子慢慢的黯淡了，一秋沒見什麼雨水，乾得遍地冒煙。雙金閘的喬鐵匠下鄉，說是封鎖區裏也起匪亂，北邊的大股馬賊盧大胖子，聚有十多匹馬，廿來桿比國造快槍，屯在中央、鬼子、八路三不管的小集鎮上；張福堆頭新闖出地頭蛇刀疤劉五，一拜五個把兄弟，五管匣槍沒人敢惹；劉五本人是個活線手，甩槍能打落天上的飛鳥。水澤區，出了攔路虎陳昆五，一個人一根土鋼槍，專門短路劫財；那傢伙人狠心辣，弄得不好，一槍放倒人，管殺不管埋。還有好些散股小土匪，抬財紳，上扒戶，敲詐勒索齊來。更有不少做小手（**註：黑道暗語，即小偷**）的，偷不著金銀財寶，就順手拎人的雞鴨，牽人的牛羊。

「天喲！」澤地上年輕人受不住了：「鬼子、二黃、八路、馬賊、旱匪，全是有槍的天下，咱們大事幹不了，拉起銃隊保鄉總行。」

「算啦，拉什麼銃隊？」雷老實說：「全澤合起來，能拉起多少火銃，豎起幾口單刀?! 你響一銃不要緊，各村各戶幾百口還要命呢！田拖著，家累著，抗又抗不過，逃又逃不了！怎辦?!」

「慢慢等，慢慢熬，」夏老爹聲音沉沉的：「老天常有雲遮眼，可沒見有萬年不退的雲，只有萬年不變的天。劫數沒盡，急也沒什麼用處。」

「老神仙說得對！」喬鐵匠說：「天雖黑了，還沒黑盡哩！湖西還有中央地，北邊還有游擊區，何指揮駐在吳大莊，實在是黑虎偷心拳，打進了僞軍的機關衙門。」

「中央一點兒人，算是上了爐的炕餅——鬼子八路兩面火烤！」石倫老爹急躁脾氣，說起話來就勒拳頭：「上回何指揮過境，我就勸他過湖去，幾十桿槍要想在湖東站住腳，真夠艱難，他不走，我們只好齊心合力完中央的田糧，好讓他買槍添火，槍足了，人多了，才好豁開來幹。」

大夥兒都附和石倫老爹的看法。

一夏一秋，鬼子封鎖線還是拉得很緊，湖裏的八路像偷雞的黃皮子，來徵了三回糧，每回還是笑瞇瞇的，把告示貼在莊牆上，挨門逐戶討債。

雷老實是真老實，說：「天無二日，民無二主，我們對中央的何指揮上了糧，你們要討向他討去，大夥全講打鬼子，什麼事不好商量?!」

八路虎下臉來說：「何指揮那傢伙，是個靠黃吃軟飯的，你們上田糧給他，就拿你們當漢奸辦！」

好罷，有槍你爲大，田糧繳上了，城裏的僞軍又大隊開下鄉，機槍架在禿龍河口，來個霸王硬上弓。聽說僞軍到，抗日的八路頭一縮，下船進湖去了。還是吳大莊下來一排人抄僞軍後路，趁黑打一場火，才截下五車糧，原封不動的送回澤地來。

「八路污衊我靠黃。」何指揮說：「老民眼睛雪亮，誰都會看出來，到底有人抗日不打僞的沒有?!」

澤地上的人們心冷了，由於好死不如惡活，人們還是咬著牙存活下去，在黃昏，在滿天的火紅雲下面，他們想到了歷祖歷宗所崇奉的火神。廟祝老癩子就是那樣人，每逢遇上那些不平的事，就朝神殿上的火德星君神像祝禱說：「火神爺，睜眼罷，瞧瞧凡間亂到什麼樣兒了?您怎不放把天火，燒盡那些……邪魔……」

進了十月門，老癩子照例要帶著兒子出門，沿著荆家泓的泓涘，埋下禁火牌子，禁火牌子九十三塊，從紅草區邊緣起，繞著澤地埋一圈兒，合里數一共十七里半，哪塊牌子在哪埋，全裝在他肚裏。

埋完禁火牌子，真正的禁火季就開始了，每年一到禁火季，老癩子就睡不得安穩覺，非得在夜晚騎驢出門，敲打防火的梆子，喊一圈兒小心火燭不可。

實在說，看廟的差使沒一點兒好處，火神廟連基在內，共有五畝香火田，一年收的糧，還不夠買油點佛燈的，老癩子可從沒抱怨過這份祖傳的差使。既服侍上火神，就該替祂守著那片荒蕩的紅草，只准天火落，不讓凡火沾，老癩子總以爲，天火有火神管著，該燒到哪兒就燒到哪兒，若換凡人放火，定遭天罰，燒起來就沒法收拾了。

太陽歪歪的朝西墜，墜在野林梢上悠漾著，老癩子蹲在廟門口的石級上，拿腳跟當板凳，瞇著眼吐煙。方場上晒著玉蜀黍棒子和一攤大豆，玉蜀黍差得緊，鬍梢焦黃的，有一半癟粒兒，大豆缺雨水，豆莢兒倒滿大，仁兒是扁的，這還是早種早收的早秋莊稼，晚秋莊稼不能提了！花生、紅薯、山藥豆兒，全旱死在地裏，收也不用收了。

老癩子頂怕這種天氣，雲彩不出山，風總揚著乾草味，吹得他那爛紅眼淚呼呼的睜不開，平常抓慣了身上的癩皮，抓這兒，癢那兒，抓得好不舒坦。逢上晴朗季，身上不癢，兩隻手就閒得不知朝哪兒放了。

「那，貴隆！」他叫兒子說：「方場上的玉蜀黍棒子要收了，遲了有露水，把筐籮拎的來。收完糧，驢槽加把料。」

晚霞燒得正烈，天上的紅霞映著地上的紅草，放眼朝南望，遍天徹地都是紅的，像誰燒起一片燭天大火，淒慘的紅光刺在人眼眉上。狼在遠處發出單獨一聲初嗥。滿天的驚鳥也都被這奇異的天象迷亂了，彷彿尋不著牠們棲宿的窩，儘在拍打著翅膀，東飛西撞，發出惶切的喧噪。

老癩子忽然覺得有些不妥當，把沒吸完的半袋煙灰磕出來，使腳踏了又踏，煙灰明明磕在石頭上，卻擔心石頭也會燒著。

六指兒貴隆拎了筐籮收來糧，蹲在方場上問說：「爹，您今晚自去喊火嗎？鬧了半個月的咳，又發眼病，也不到雷莊二先生那邊抓付藥，夜夜出門，張嘴喝風，可不是鬧著玩的。」

「你曉得什麼？」老癩子悶悶的說：「今年是個邪年，儘鬧邪，打去年鬼子清鄉；你媽死後，這又鬧出多少事故來？這邊兵，那邊鬼，只差沒鬧土匪馬賊，鬧人禍還不要緊，千萬不能再在『火』字上出岔兒，我若三天不敲防火梆子，大夥準當我生了瘟了哩！」

兒子沒答他，一串玉蜀黍從他手上落下來，指著東邊說：「看林腳，爹，白的，白的，像匹馬。」

太陽已經落了，一野紅光變成灰塗塗的黯紫色，當晚風搖動泓南的草葉時，遠遠的葉尖上還走著一兩條穿過林腳的殘陽的碎光。老癩子擠一擠見風流淚的眼，抬手放在眉上望了好半晌，東邊的野林腳下，浮著白騰騰的地氣，在凝滯的暮靄裏，吐出一道黑黑的林梢，他只能望得見一群驚了窩的宿鳥，在滿佈光腳的天頂上斜斜的旋印出一條黑線。

「什麼白的黑的，只是鳥雀驚窩，」老癩子自言自語的：「鳥雀都是陰陽眼，晝看陽，夜看陰，不定看見野鬼過路，就驚了窩了。」

貴隆搖搖頭：「我明明看見白的，像是馬，喏，白的！又出來了！」

「哪兒？牠在哪兒?!」

兒子噓出一口氣：「牠一閃，又沒了！爹，不會是馬賊罷?!」

怕真是北地拉過來的馬賊罷？老癩子也這樣疑惑著，要在兩年前聽貴隆說這話，說什麼也不會相信是什麼馬賊；如今不同了，兵既能來，匪就能到。突然被一種驚悸觸動了，有點不安的兆頭，可不是！心裏這樣想，故意望了兒子一眼，罵說：「沒這回事！有什麼邪魔會來，想進狼窩去餵狼嗎？——什麼邪魔也吃不住一把天火燒的！——你去餵驢去罷。」

極遠的地方起一兩聲空洞而微弱的狼嗥，撞動周遭的昏黯，給人一種窒息的感覺，彷彿有展著翅的妖魔，在訴說著可怕的言語。澤地業已被兵隊壓得透不過氣來了，天呈荒象，難道還會再鬧賊？誰知道呢？老癩子嘆得和廟前白楊樹一樣的深沉。

六指兒貴隆正站在樹下的獨木驢槽那邊，替黑叫驢拌料；貴隆像莖茁節的麥，日夜朝高拔，老癩子想：去年他媽入土前，他只比驢槽高出一個頭，一晃功夫，驢槽擋不住他胸脯了！世道亂下來，老癩子不擔心自己，自己一輩子，流水溜過去了，幾十年寂寞安閒的日子，帶一分淡淡的幸福的哀感，廿歲上，娶了貴隆他媽，一個沉默溫順的小女人，幹起莊稼活來卻頂得上一條牛，兩口兒耕作四十來畝田，外加十八畝生地（註：新墾的田），過著富裕的日月，她不止一回那樣盼過，他死在她頭裏，他活八十三，她還得多活幾年。「我替你圓墳添土，燒紙化箔，等你在陰世安了家，再接我去住。」誰知她卻先走了，作了過鐵（註：子彈或刀矛殺死者）的凶死鬼，閻王爺怕連收都不肯收。她死了，死得像一場怵人的惡夢，但她臨嚥氣留下那句話，老在他耳邊響：「我怕⋯天劫⋯⋯會應在這⋯塊地⋯上⋯⋯」他記著，那句話著實使他心寒。

要是東洋鬼子不來打中國，不來澤地大清鄉，她還該多活十年廿年，巴著貴隆長大娶房親，安享幾年老福。她一共生三胎，只存貴隆一個，他知道她是怎樣疼愛他，她生前，一分一寸的心全放在兒子身上。

若是世道就此平靖了，他要在她墳頭點上二畝觀音柳，讓貴隆牽牛在她墳上放，她生前教會貴隆唱俚歌，她死後也能聽見那些俚歌，在土裏含笑。無論如何，他盼貴隆這一生能做一個承平人，日子，不能再變了。

「貴隆，去把驢背墊兒替我拎的來，」老癩子拿起煙桿，吐了口吐沫。頭一顆早出的大星，孤單朗亮的掛在白楊梢上。老癩子咳嗽著，補了一句：「我備驢出去轉轉，三更不盡就回來。」

兒子曉得他的脾氣，不聲不響的去備驢。老癩子把玻璃方燈點亮了，繫在一根粗實的木桿上，再把木桿插進身後的腰帶上，使桿端燃亮的方燈，搖晃在他頭頂上面。兒子備妥了驢，把木梆子和短柄火銃揣進驢背囊。

「爹，您走西路，到雷莊，要是二先生沒睡，頂好抓付鎮咳的藥來。」

「曉得了！」老癩子說：「點根秋葵棒子（註：北方農家所用之火把，有以向日葵桿做成者），把廟前屋後照看一遍，看看吊黃狼的籠子叫獾狗撥翻沒有，長銃餵上藥，門戶頂緊了，睡覺放警些，留心聽著狗叫。」

「爹在路上也要當心些，」兒子說：「對好了的火藥和槍泡兒全塞在右邊驢囊裏。適才要是我沒看錯，準有一匹白馬哨過河西來了。」

「我怕什麼？」老癩子縮著頸子笑起來了：「我喊火巡更幾十年，又沒有什麼摘了我半根汗毛去！黑叫驢辟邪，鬼全不敢擋路，我怕什麼?!」

兒子語塞了。老癩子帶驢上了路，打火神廟向西南，順夏家泓北泓涘直到砂石平灘，這段路荒得緊，泓南是無際的紅草，泓北是野林、旱蘆和交纏的灌木，驢在高高的泓脊上走，方燈在人頭上的溜打轉的悠盪著，使人和驢的影子，一會兒在左，一會兒在右，一會兒縮短，一會兒伸長。

過了頭一塊禁火牌子，月亮在東邊的荒林背後昇起來了，十二、三的上弦月，欲滿未滿，初昇時透過地氣，聚一圈溼潤的暈輪，把荒野照得昏昏濛濛的，月光和燈光交映，人和驢的影子都是雙的。

老癩子肚裏那股疑惑勁兒也是雙的，深淺不定的交搭在一起，亂搖亂晃。孩子家，耳尖眼亮，當真會看見一匹白馬？這幾年，自打鬼子來後，天塌了，地陷了，什麼邪魔全趁黑摸進澤地來了，官呀兵呀沒鬧完，哪能再加上馬賊和土匪，只望那不是什麼白馬，是鳥雀驚窩，逢到野鬼捲起小旋風穿林過，鳥雀不是常驚窩的嗎？

月亮翻起老高，天在落輕霜了。

算了罷，好也好，歹也好，要來的遲早總會來的，想它幹什麼！早點到李聾子的扒頭屋去，攖他一盅熱酒燙燙心，霜把人頸後浸得沁寒。黑叫驢摸透牠主人的脾氣，走眼前這段荒路，蹄子撥得分外快些，不一會功夫，就望見砂石平灘口兒上李聾子扒頭屋的燈火亮了。

老癩子催驢下了泓涘，朝燈火大聲叫：「嘿，聾子？還在編籃兒嗎？」一聲沒叫完，小牌洞裏伸出個頭來，見牙不見眼，嗨嗨地朝老癩子笑。

「我說，我是耳聾，算準你要到。」李聾子說：「等我來滾開磨盤，這幾天，有隻臭獾子常來偷雞，把土灶都扒壞了！我不得不用磨盤頂著笆門。」

老癩子翻身下驢，把棍挑的方燈取下來吹熄了，李聾子才開了門。扒頭屋是澤地上最孤的屋，八面臨荒，只見砂石不見人，李聾子只跟老癩子往來得密，兩人有拉不開的交情。

「酒在錫壺裏，我來燙一燙。」李聾子說：「雷莊有人殺豬送來五斤肉，我燒了一耳鍋（**註：帶耳的鍋，不論三聯灶或五聯灶，均居最外，專作炒菜之用**），吃肥吃瘦你自挑，盛一碗來好下酒。」

「算我腿快。」老癩子說：「怪不得進門就聞著肉香味。」

兩人舀來酒菜，屁股剛沾板凳，就聽見屋後雞窩裏響起一片驚翅聲，幾隻母雞挨殺似的狂叫起來。

「臭狗獾兒！」老癩子自管嘀咕說：「屋裏燈還亮著呢，牠就敢來謀算你的雞，這哪兒是偷，簡直是土匪行徑──硬上扒戶嘛！」

「火！火！！」李聾子伸手指著朝北的窗眼，慌張站起來，把一桌子酒和菜全碰翻了。兩人撩起衣裳奪門出去，抬頭就看得見沖天的火光，火起處北裏偏東，不用說燒的是雷莊，火頭把黑黑的天邊掀開一大塊，映下林梢的黑齒，成爲下深上淺的橘紅色，像林子那邊睡著一個太陽。

「火在雷莊！」老癩子回屋點起方燈，匆匆拉過黑叫驢說：「我得趕去看看。」

「這把火起得多奇。」李聾子皺眉說：「總不成真有土匪上扒戶罷，沒聽見槍響。」

老癩子顧不得那麼多了，翻身上驢就走，不管砂石怎麼滑，沒命夾驢朝東北跑。

平灘地勢開闊，幾里路外的火光像貼在人眼上，火勢愈來愈猛，火頭上狂捲著大陣濃煙，火蝗子直竄到半空去，隨風搖閃，望得真真切切，在那種火勢下面，方燈黯淡了，月亮也失了色，狼壇上那棵古樹的黑影那邊，寒風送過來一片雜亂的狗叫聲，東邊的林子上空，不斷的飛落著驚鳥！

當真會有土匪來打劫雷莊？老癩子在驢背上直瞪著眼望火，驀地又想起來，當真……那匹白馬……？

必——溜——

一聲尖銳的彈嘯把滿心的疑團打破了，槍聲自北朝南，高高的劃過頭頂落向遠處去，第一響槍聲沒了，緊跟著又連響了三槍。

「馬，馬…賊……」老癩子失聲喊說：「菩薩！災荒、兵燹還不夠，還要加上土匪?!」

雷莊遭了馬賊的事，第二天就傳遍了澤地。那真是宗令人猜不透的事情，馬賊來人不多，一共只有三個人三匹馬，也不知從哪個方向進來的！論形勢，澤地像隻鼓肚罈子，雷莊正座落在罈底兒上，馬賊不搶罈口的青石屋，偏搶掠了雷莊，這是頭一宗猜不透的。若說論財富，不錯，雷莊早年確是富過，自從雷老實刨底財放了大賑，只落空架兒了，非但比不得夏老爹家的油坊，也比不得石倫的糧甕足，馬賊不揀首戶搶，卻要單搶老實人，專劫了空大架兒的高屋基、大顯門的雷老實一家，這更是個悶葫蘆了。

單是這兩宗還不算奇，奇在馬賊撲上來時，先放火燒起七座連堆麥草亮威，朝天放了四槍，還沒放話要搶，雷老實就把門大開了，請馬賊進屋，錢財任取，牲口任牽，東西任拿！剽掠慣了的馬賊也怪，一文錢沒取，只依照上扒戶進屋不空手的例子，牽走了一頭白毛大牯牛走路。

「破天荒的事！」夏老爹說：「澤地多年沒起過匪亂了。」

「馬賊想必有內線。」土堡的長工王富榮說：「要沒內線，他們三匹馬怎敢大明大白的撲莊子?!拋開雷莊各戶不說，單就雷老實一家也有四五個長工，一人掄一桿火銃罷，高牆大屋，也容不得馬賊幫邊兒，天下偏有雷老實獨一個，開門把賊朝家裏請的，怪事都聚到一堆去了！」

「哼，雷大叔這種做法兒，往後不知要惹多少麻煩?!」小夥子石七擦掌說：「你越軟，馬賊越以爲你好欺，頭一遭讓他們嚐到甜頭去，你瞧罷，朝後去，他們準把澤地拿當大路走！」

「誰知雷老實是個什麼想法?!等火神祭上廟那天，見了他再議論罷。」石倫說：「今年攤青石屋夏老爹的莊子上領會，咱們會朝西過雷莊，繞到廟上去的……」

火神祭來到的頭一天，依照往常的習慣，澤地上有一個廟會，由一個村落領會，敲著鼓，肩著長旛，紮了許多火龍、火馬，帶著香燭，繞著各村轉一圈，再上廟去行拜神的儀式。

爲了迎接拜神的人，老癩子父子倆天沒亮就起了床，抓著竹掃把，把小小的廟掃得一乾二淨，連麻雀都攆開了，神龕上換了新的黃布幔兒，石刻的大香爐抬到廟門口，胳膊粗的空心燭裏也添滿了香油。

「聽！爹，」六指兒貴隆抹汗說：「青石屋那邊響鼓了！」

太陽還沒露頭，淡紅的霞影映亮了四野，廟前方場上，鋪一層薄薄的秋霜。老癩子敞開大襖當胸的扣子，迎風坐在石級上歇勁，聽了貴隆的話，吁了一口氣，搖頭說：「青石屋離此地，打直了算也有三里多路，我不信你會聽見鼓響，我怎麼一點也沒聽見?!」

貴隆兩手捧著下巴：「我說話，您總不信，前晚我說看見馬，您偏說鳥雀驚窩，偏就有馬賊搶了雷莊。您摸摸石頭看，地全在動，還說不信鼓響哩！」

老癩子忽然被一種什麼愁緒觸動了，望了兒子一陣，擠著濕眼說：「別頂撞爹，爹……老了！嗨，爹真的老了……槍呀，馬呀，賊呀，爹當年沒看過的，你全遇到了。誰知這片荒野地，日後會有多少磨……難……」

貴隆光張了張嘴，看見爹凝重的臉色，噤住話沒再出聲。鼓聲，那古老土地心臟上跳動的音響，又一次響了，荒天野地裏的鼓聲帶著數不清的忍饑受難人們的願望，從歷史的開初一直響下來，在高不可及的蒼天下面，鼓聲響得沉重而且蒼涼……

鼓聲打青石屋響向西邊去，穿過每一個村落。鼓聲循環不息的打出同一種單調的點子，像歷史的暴雨，咚咚！咚咚咚！咚咚，咚咚咚！在鼓聲裏隱藏著的農民們的願望，也正是如此強烈而單純的。他們經歷無數世代的掙扎，只求一切暴力不要過份施予，讓他們各自依附土地，仰望蒼天而存活，因此，在一種無言的默契中，單調的鼓聲使澤地上的人們心裏震盪起不尋常的興奮微顫的感覺。

年輕的鼓手二黑兒恁般不畏寒，遍野鋪寒霜的清晨，他只穿一條黑裾褲，精赤著整個上身，雄牛樣的頸上套著吊鼓索，潑風一般的閃動雙臂，交打著那隻兩面雙敲的筒子鼓（註：狀如舞臺常見的花鼓，但較長大，鼓壁甚厚，故音響沉鈍，北方又名胸鼓）。鼓聲像撞擊什麼似的，在荒野上擴散開去，透過地氣，四面八方全波傳著那樣魯鈍的回聲……

鼓手身後，四桿七尺長旛緩緩飄動著，一桿是黑底黃邊，上面畫滿了白色的符咒，像四條飛天的巨蟒，旛影後面，是兩條紅紙紮成的火龍，渾身貼著金箔鱗，兩匹白紙糊就的火馬，配有綠綢的鞍蹬。一大陣人跟隨著走，每人都拉著香火籃兒，揹著香火袋兒。領會的長者，夏老神仙那麼一把年紀了，白鬍子飄飄的走在前頭，矮瘦的石家土堡的石倫老爹走在他旁邊，遠遠看過去，長長的人群在野林裏蠕動，真像一隻極大的蜈蚣。

鼓手越過一排低枝的桑林，繞過雷莊時，許多莊戶們紛紛丟下早飯碗，踩著前夜被馬賊縱火焚燒了的草垛殘灰，歸入了拜神的行列。無數帶風哨的鴿子，從雷二先生宅頂的鴿樓上飛起，繞著人打轉。

「老實呢？沒有上廟罷。」夏老爹向雷二先生說。

「那不是！」雷二先生說：「他才不把鬧馬賊的事放在心上呢！」

那邊可不是來了雷老實，穿著土藍粗布的袍子，滿滿的拎了一籃香燭，縮頭縮腦的趕到前面。

「聽說馬賊牽了您一頭牛去，怎麼回事兒？」誰問了。

「沒事，沒事！」雷老實笑瞇瞇的：「風吹鴨蛋殼，財去人安樂。散股的馬賊迷了路，穿過林子到雷莊。他們找上我的門，放火燒連垛，朝天響空槍，無非是想要幾文路費。長工要開槍，叫我壓住了，就算開槍保了我的宅子，他們惱羞成怒，說不定放火把鄰宅燒了。保我的錢財，讓鄰宅遭殃，那事不是人幹的！都是一個老祖宗，一筆難寫兩個『雷』字，我也想透了，橫豎浮財不發家，我也只那點底兒，不如請他們進門，要什麼，統統拿去！他們取得金銀財寶，卻軋不走我幾頃老田，就算是散財消災罷！誰知那幫賊比官兵還有良心些，只牽了頭牛走，更不算事了！」

「嗨，老實哥！你真是黃河心的沙子——淤到底了！你那腦瓜兒，三斧頭也劈不開。就算你是散財罷，什麼人不好散？偏要散給馬賊？你把心扒給他吃了，他還說淡而無味呢。」

對石倫老爹這番話，雷老實了不介意的說：「人能活得，沒盜沒賊！如今連天全塌了半邊去，『鬼』道橫行，哪能專去怨賊？——該他得，他自會得，不該他得，他想得也沒處得，我替他焦什麼心?!」

「吃虧人常在——」拖白鬍子的老神仙說話了：「我只覺得那幫馬賊不該縱火！這是什麼季節？我不信他們沒見禁火牌子！土匪到底是土匪。」

鼓聲在響著，昇起的太陽透過地氣，使遠近的空間幻化出無數游動的彩刺，寒霜在衰草的黃葉上消失，復變成霪濕的水珠，使遍野亂張的野蜘蛛網在濕地中顯露出來，像春三月裏野芙蓉開出的白花。

鼓聲撞向遠方去，使荒涼的野地上盪起原始的、神祕的回應，那回應把人心上的憤懣和不平壓服了！多少年來，澤地的權柄一直操在蒼天手裏，安靜、和平，略帶淡淡的哀感，像眼前的荒野一樣。人們習慣尋求安慰在長長的過往，很少去思念未來所面臨的惶懼和迷茫……

「前面過狼壇了！」誰那樣說。

參天的古樹伸展著它盤曲的枝椏，人群落進深深的旱泓心去，只露出一聳一聳的旗旛的影子在泓涘外的密幹間閃動；無數落葉被風掃進泓底，經一夜濃霜的浸潤，踏在上面軟軟的，沒有一絲聲音。

而鼓聲一路響過去，招引著人們參與祭拜的行列。那邊業已望見火神廟了，在高高的泓涘上，每一隻眼都能望見廟脊上㷋舌環繞的火珠和一對石勒的壓廟蒼龍。

「火神爺，您聽著。」夏老神仙合上手禱告說：「受苦受難的一方人都來祭拜您了，您顯顯靈，罰罰那些胡作非爲、依槍仗馬的邪魔罷……」

正當澤地上的人們把香燭投進石製的大香爐中匍身跪拜火神的時候，廟東不遠的野林裏，有一個奇怪的漢子牽著一匹白馬，搭起手棚凝望著人們頭頂上昇起的煙篆。帽簷的陰影鎖住他的眼和眉：「可憐，」他喃喃著：「別處早在扒廟了，這兒還在拜神呢……」

而沒有人看見他，只聽見一聲長長的馬嘶……

第三章・魁梧

在六指兒貴隆的心裏，沒有什麼可怕的事情。

他十六歲了，經歷十六個年頭的荒原上的風雨，他覺得自己是長大了。童年時，不知穿褲子是什麼滋味，渾身上下，只有脖上套的那圈紅絨狗繩兒，繩端吊一枚象徵吉祥的古錢。夏天在泥巴裏打滾，秋汛時在湍急的泓邊泅泳，隆冬大雪裏，也只穿一件小棉襖，屁股露在外頭，凍得又青又紫，到處都是尖風割裂的口兒，像一片片的魚鱗。老癩子從不慣養他的獨生子，老打著「要得小兒安，非帶三分饑餓寒不可！」的口頭禪，說娃子家不到十二，不給他穿褲子，下半截凍一凍不要緊的。

貴隆就是那樣長大的，熱天在泓裏泅泳像條水獺，冬天在雪地上光著下身奔跑，黃狼鼻涕常流到唇上就使袖子抹了，一冬過去，兩隻袖口像塗了蠟一般的硬而光亮。但沒病過，沒嚐過雷二先生的湯藥。如今，他胳臂粗得像朔風裏的小樹，皮膚黑得像一把黑淤土，他不會再迷失在密札的野林子裏，更不怕氾濫季中，怒龍般穿泓而過的洪水的舌頭，他已經背熟了爹和媽所講述的全部有關荒野的靈魂。

十六年寂寞的光陰在一個老人的眼中是短暫的，但在六指兒貴隆的身上就長了。在遙遠得泛黑的記憶裏，他記得那些已經分不清年月的夏夜，一家坐在方場邊的瓜棚下面，月光碎在人臉上，瓜葉上滴著露水，沿泓都響著打鼓一般的蛙鳴。煙草味烈得嗆人，爹初次爲他講述洪澤湖的故事。故事那樣猛烈的震撼著他，把他帶進遙遠而陌生的世界裏去。

一花眼，月光裏黑黑的樹梢跟樹梢背後的星顆子都晃動了，天腳下面常拉旱閃，銀蛇似的把人臉都映成慘白色，彷彿老天爺就要在那一時，那一刻，再用洪水造成一座白浪滔天的大湖。

「怕嗎？小貴隆。」媽的臂膀那樣溫熱，聲音平靜又帶點悲悽：「別怕，乖。天爺只罰那些邪魔，啊……啊……天爺是不罰好人的！」

寧願聽媽的故事，聽不貪心得好報的王小，一個賣豆腐的苦孩子娶了公主。聽張福堆上打獵人獵到價值連城的獾毯只賣得半吊青錢。聽清廉的官兒吳棠治縣。他記得燈洞裏小油盞的光霧怎樣勾出她微笑的臉。

日子走過去，他在爹的手指下認識了荒地，能在隔林昇起的炊煙裏，認出哪兒是雷莊，哪兒是石家土堡，哪兒是青石屋，他去過那裏，他放牛能放到鬼塘。十歲上，他就和張福堆來的獵戶群混在一起，在燒著篝火的夜晚，聽他們用帶醉的聲音講述防狼的方法。他唱俚歌和炸響鞭的本領，得到許多粗豪的獵戶們的稱讚。獵戶領班發財舅是媽的遠房兄弟，常探出他遍生黑毛的大手搦住他的腰，把他憑空橫舉起來像一把燈草。

「要娶我家銀花得先下聘，去偷你爹一葫蘆酒來我喝就成了！」發財舅的闊笑聲還在遠遠的黑裏響著，帶一股酒味、煙味和新鮮的皮革味。而銀花是使人心跳的名字，水獺皮的風帽加兔耳，使她的白臉在銀字映托下顯得更圓。

她隨獵車到澤地來是另外一年了，發財舅帶她上廟拜神，使他頭一回不穿褲子發窘，沒命的拉扯小棉襖前身的衣襬。後來，他一直記得她那夜坐在篝火旁的樣子，她圓圓的白臉塗上一層夜色，那光亮能照透他十年過去了的光陰。媽一心要「親上加親」，爹就下了聘，聘禮不再是一葫蘆酒，而是託老貨郎在縣城裏打來的銀首飾和兩匹細紗紅洋布。他畢竟在十一歲就穿上頭一條棉褲，心裏朝外溢著溫暖，大雪天迎風站在泓涘上，額頭還沁著汗。

現在，他真的長大了，平靜的日子也起了波浪，媽被埋下土去，使他恨透了東洋鬼子，恨不能拎著火銃進城去，碰上鬼子就幹！但爹還活著，每當他內心的原始的野蠻像洪水一般急湧，爹的臉就顯得那樣蒼老而憂愁。他常低著頭使小煙桿撥著地面，他額角上一道一道的皺紋彷彿都在喊著：啊！六指兒，等著，熬著罷……那樣，他只好把滿心的火氣平復下去，空自凝望著頭頂上的蒼穹，回想大湖的故事。

火神祭之後，那一聲奇怪的馬嘶被人久久談論著。有人以爲又是東洋鬼子放下來的馬哨，有人以爲是剽掠雷莊的馬賊還沒退走，無論如何，老癩子不再懷疑貴隆所看見的，他自己也聽見馬嘶。

「爹，讓我帶著鎗出去走走。」貴隆說：「鬼子、二黃欺人業已欺透了，八路逼得人不能抗他，難道說幾個土匪毛人，也想騎在人頭上拉屎?!」

「別逞能，六指兒。」老癩子叱說：「年輕人，猴子性兒，不知天高地厚，你那火鎗還不配打兔子呢！」

沒等六指兒貴隆出門，澤地各處全發現那匹藏頭露尾的白馬的蹤跡了。牠是一匹異常高大的馬，馱著一個異常高大的漢子在各處出現著，老癩子夜晚騎驢出門喊火，帶回來許多不同的傳言，把傳言前後印證起來。那匹馬在荆家泓、雷溝，都被人看見過。十月尾是紅草荒原上的狂風季，張福堆一線的鬼子封鎖線沒向前挪，打著中央旗號的何指揮還守在吳家大莊，湖裏八路的洪澤湖支隊更沒了影兒。在三不管的空檔中，澤地的人們一心都擔心這匹馬，有人看見牠急竄起來像天邊打了一道白閃，有人看見牠踩過澤地中間的水窪，留下一路蹄印在濕土上，只是沒看見馬上人的臉。

「那像是鬼變的。」土堡的石七說：「一連三晚上，堡角現大星的時刻，我就看見牠立在荆家泓叉口附近，晚霞照眼，人和馬全留在林影裏，看上去模模糊糊一片，不等你探眼細瞧，牠一閃就沒了！」

雷莊的人倒沒看見白馬，不過，放牛的孩子卻在狼壇附近找著幾堆野火的殘燼，被石塊和潮濕的樹根壓熄在那裏。「要是真有一人一馬留在澤地，」雷老實家的長工白二推斷說：「那人必定在狼壇附近留宿過夜，天冷、霜濃，他生火烤，才留下灰燼。」

老癩子騎驢到青石屋，碾房裏的二黑兒講得更怕人了：

「癩子叔，你說邪不邪?!——前兒晚上，我歇了碾，正要卸騾子牽牠上槽，騾韁剛抓上手，就聽身後有牲口噴氣，我一扭頭，一個頭能頂著門框的大漢子牽著那匹鬼馬堵門站著，屋裏沒上燈，黑忽忽的，只看見他的影子落在門外的天上，肩頭聳出馬槍柄兒，腰眼還插著快機匣槍。我一楞，那漢子開口了，一口山東調：『噯，夥計！我買點豆兒當馬料！』抖手扔過一條五斗裝的長麻袋。我丟了騾韁去扒豆兒，足足裝了四斗五升，那漢子跨過一步，拎在手裏連肩膀都沒歪。『這是錢！』那漢子說。噹啷一聲，一塊銀洋落在碾盤上，聽聲音也知不是假的。我說：『一角六分大洋一斗，四斗五升合大洋七角二，沒錢找，怎辦？』他說：『下回再算好了！』身子一橫，就在門邊上馬，等我再怔忡過來追出去，甭說人影兒，連馬蹄聲也聽不見了……」

二黑兒這麼一形容，老癩子也給弄得摸不著頭腦了。若論身子結壯，走遍澤地也沒人能比得過二黑兒的；渾身筋肉滾成團兒，活像一窩不安份的肉老鼠，發起力來，能搖起半截陷在泥裏的石滾兒，平常揹麥揹豆，百把斤上肩面不改色。偏偏在二黑兒嘴裏，把那漢子說成了巨無霸，買豆兒既付現洋，不是馬賊，究竟又是那一路的人？

十月尾，風轉向，夜夜撒潑狂吹，把小陽春裏的一點晴和勁兒吹得無影無蹤。老癩子那個見風流淚的眼，簡直沒法子迎風望東西了，成天一隻蛤蟆似的縮著頭，蹲在屋角喘咳。

六指兒貴隆看了勸說：「爹，我說過好幾回了！你白天忙這忙那，夜夜還要到野地裏喝北風，天朝後去越過越冷，夜夜風頭像棍似的打人。打今夜起，敲梆子喊火還是讓我替您罷，我不怕冷，耳目也靈便些……」

「不成，」老癩子咳著說：「雖說那騎白馬的不是馬賊，可是名不知姓不曉，你知他是哪一路的?還是我出門妥當，我老了，扯散了骨頭也當不得柴燒……」

貴隆咬著嘴唇，黑黑的眼珠流轉起來：「爹，您信天下有這等巧事，我出門就會碰上他?!就算碰上，他既不是盜匪，會把人怎麼地?!」

老癩子笑了笑，他實在沒辦法再擋著兒子，自己十四歲就從爹手上接過防火的梆子，貴隆前年不也敲過一季梆子了麼?由他去罷。

貴隆點起方燈出門，正當月黑頭，風頭把一道道橫雲全掃聚在天頂上，墨刁刁的一片，連星也找不到半顆。人在泓渼下面，還不甚覺著風猛，一上了坡，那風勢可就驚人了；整個澤地像一隻張開的破口袋，風從北邊直灌進來，在地勢低窪的荒野上被密林留滯了，不斷的繞林打著迴旋。

呼！嗚嗚嗚……呼！嗚嗚嗚……

遠遠的林嘯聲激盪過來，近處的林嘯聲再回撲過去，彷彿連天都被快刀劈裂了一樣。風吼聲和狼嗥相應，一聲比一聲尖銳，一聲比一聲慘厲，狼嗥聲想蓋過風吼，但仍被滿野的風聲壓住了，變成若斷若續的嗚咽。

貴隆雖說平時走熟了這條荒路，像這麼黑的天色，這麼猛的風勢，可真少見過，它使荒原都變了樣，使人有天旋地轉的感覺。身下的黑叫驢走得很快，轉眼過了兩三塊禁火牌子，頭頂的木桿上，方燈像放了風箏，兜著圈兒打轉，無數枯黃的乾葉叫風刷起，在一小圈碎光裏亂飛亂舞，猶如早秋初生的黃蝶。

不一會兒，風把空心小棉襖給吹得透透，連一點暖氣都沒了，那件棉襖老胎子，棉花像塊硬綳綳的板油，裏面打過翻，前後不黏身，靠頸間的鈕絆全豁開了，壓根兒扣不上，乾葉直從領口朝懷裏落，弄得人渾身癢蠕蠕的。貴隆把腰帶緊了一緊，衣領朝高提了一提，心想，虧得沒讓爹來，這種天氣出門真夠苦的，只好催驢快走，到了凹地就好了。

寒風也彷彿把人的心吹清醒了，黑裏的舊事都像昨夜似的。初次接過防火梆子，獨自冒黑走夜路，滿肚子都裝著狼、鬼火、魅物的故事，驢一進黑裏，風沒吹，人也有點兒寒顫。

好新奇的故事，可不是？在黑夜裏飄浮著……一個人拎著一串火絨繩走路，故意把燃著的火頭反握在掌心裏，走著走著，肩膀被那玩意前爪搭住了，那人知道是狼，若果沉不住氣，一回頭，那?!狼會一口咬斷你的頸子。那人不動聲色，反手捏起火絨頭，「咈」的一口吹著了，朝後一聳，把那玩意嘴上燒出個流漿大泡來，拖著狽尾，鬼嚎似的哀嗥著跑了……當然那不是真的，爹隨嘴編出來哄孩子的，可在當時，硬聽得人渾身豎汗毛。

鬼火聽起來更怕人了；鬼火是綠的，比貓眼更綠，光灼灼的隨風亂滾，好像一窩沒長毛的奶獾子，伸著鼻頭兒拱動；走夜路的人遇上它，它就死盯著人，你快？它也快！你慢？它也慢！你要停了腳，它就繞著你轉……石家土堡，早先有個小鬼爹，平素最愛賭，夜晚常騎黑叫驢出門，到雷莊找人賭牌九，一路四五里荒林子，多的是孤魂野鬼，小鬼爹毫不在乎，跟人打賭說：「碰上鬼，我腰裏摸張天牌出來亮亮，他就有鬼燒紙我也照拎！」

那夜月黑頭，黑叫驢走到荒路上，停住蹄子不走了，直著脖子唔昂窮叫。

小鬼爹說：「黑叫驢有通冥眼，約莫見鬼了！怪不得我嗅出一股鬼氣。」正說著，七八團鬼火滾過來，把路給攔斷了。

小鬼爹笑瞇瞇的指著鬼火說：「哎呀呀！瞧光景，想攔我推兩莊不成?!」鬼火不理會，還是滾，還是滾。

小鬼爹瞪眼說：「既怕賭，就替我滾遠些，這般交頭接耳，想短路?!」翻身下驢，抄了驢墊兒，原來是一隻麻布口袋，把七八堆鬼火一起抓抓塞在口袋裏，打了個密不通風的繞頭紇縫。雷莊也不去了，騎驢回家，通！通！敲門。把老婆敲出來問：「口袋裏裝的什麼呀？」

小鬼爹推她一把說：「去，去，把桌子抹抹，牌九放上；我裝了一袋鬼朋友回來推幾莊！」他老婆罵他發狂癆，抹了桌子，放上牌九，就自去睡了。小鬼爹解開袋口放出鬼來，自己做莊，朝空裏出牌，迷迷糊糊推到五更天，就聽鬼喳呼說：「夥計，別貪撈本，癩蛤蟆掏井，越掏越深，快走，快走！」

另一個說：「乖乖，厲害厲害，推一莊，漫一莊，幸好雞快叫了，要不然，押上褲子，光著屁股出不得門哩！」

小鬼爹清醒過來，一瞅，我的媽！一桌全堆著鬼燒紙……

魅物的故事更多了，爹說：死了家畜不放血就埋在地上，準會變成怕人的魅物。魅物出現時，上頂天，下頂地，黑糊糊一團怪影兒，呼呀呼呀的喘著，那聲音，好像鐵匠拉風箱一個樣兒。人要是遇到魅物，就覺天也旋，地也轉，東西南北也分不清。雷莊後邊的雷歪嘴，就是叫魅物嚇死的……

雷歪嘴是雷家族裏的敗類，圖謀他族叔的產業，頭一回就叫鬼風把嘴掃歪了，他還不知悔悟，趁夜拎了一支鋤頭想暗害他族叔，剛到莊頭上，就遇了魅物。那魅物是他族叔家老黃狗變成的。他族叔心善，老黃狗死了，捨不得扔，順手埋在麥場邊，也沒魅旁人，偏偏魅著了該殺的雷歪嘴。……

雷歪嘴的屍首第二天早上叫人看見，繞著打麥場爬過圈兒，爬了一地沙灰印子，人死時，嘴張著，眼瞪著，兩手緊抓兩把泥，嘴角湧聚著白沫兒……

呼——嗚嗚嗚嗚……呼——嗚嗚嗚嗚……

那些遙遠的故事都在淒慘的風號中回來，零碎，清晰，一片片掛在搖擺的枯枝上。眼前的夜，是一條淒荒蠻野的黑河，它從自己做孩子的時刻，就那樣無情的淌流過去，人活在荒野上，日子只是白天和黑夜，春與秋，冬與夏，那樣單調不息的循環。從前的喜悅，驚懼，新奇，一切的一切，都像葉子一樣自然的落回根生的泥土，一陣煙似的，十六個年頭淌流過去了，那些喜悅、驚懼、新奇，復歸平淡。荒謬的傳說教會自己什麼是正？什麼是邪？什麼是真？什麼是假？人，守著田地過日子，寂寞點兒，安份守己就是好的！爹常講那句俗語說：「人不心虛，不懼鬼神！」說穿了，澤地上的鬼呀、狼呀、魅物呀，全不可怕，可怕的倒是那披著人皮活在世上的邪魔！

就拿東洋鬼子來講罷；六指兒貴隆想不透這個，各有各的國，各守各的地不好?!硬要憑槍炮來打旁人！這就像不憑地契硬佔人家田地，走遍天下也講不通的道理！邪魔，可不是，持強把橫，不論是非的，全是邪魔！

不小心吞了一口風，嗆得人直咳，六指兒貴隆抬頭一看，不知什麼時候，李聾子小屋的燈火亮早落到身後去了，黑叫驢路途熟，不用抖韁就拐了彎，頂風朝北，走上了砂石平灘。

平灘地勢開闊，在白天，一眼能望得見幾里外湖蕩中的蘆葦和芝麻似的水鳥，但在這種黑夜裏，四野像潑墨一樣，什麼也望不見。只有一丈方圓的一圈燈光，光中流轉著斑斑的黑影，風迎著臉吹，使人滿眼淒迷，單聽驢蹄踏過亂稜稜的砂石，踏得砂石亂滑亂滾，叮叮噹噹的響成一片。

過了平灘，進了四姓泓口，風勢就收煞住了，六指兒貴隆自言自語說：「剛剛風勢這麼猛法兒，沒把我的方燈吹熄真是怪事，要不然，單怕摸不著泓口哩！」方燈這鬼東西跟燈籠一樣，也邪得很，風大，它反而不易熄，單怕冒不楞來它一陣鬼頭風，鬼爪兒似的，從上朝下一捏就捏熄了，六指兒貴隆話剛說完，一陣高風從林梢滑下來，方燈的燈燄只搖閃兩下就真熄掉了。

「有鬼了！」六指兒貴隆賭氣說：「你想害我走黑路，我偏不點你。」

其實，驢到旱泓凹兒裏，點不點方燈根本不關緊，四姓泓南北帶點兒斜，泓頭啣在雷家溝的下段，泓叉嘴兒上就是小土地廟，泓東幾步就是狼壇，把黑叫驢戴上眼罩兒一樣摸得到，甭說驢背上還騎著個人了！

六指兒貴隆催著驢走了一陣路，天頂的雲層像薄了些，靠西邊，雲縫裏露出兩三顆不大不小的星來，似有還無的朝人眨眼，在高高的林梢上跟著驢走；方燈熄後，人在暗處望明處，倒勉強能望見點兒了，天影，樹影，以及叢生著枯灌木的泓崖曲線，雖說全是黑忽忽的，深淺和遠近總有些差別。六指兒貴隆的眼雖不像他爹，適才吃迎臉風猛吹了一陣兒，覺得有些疼濕，黑裏拿不穩遠近，好像裹住一片黯塗塗的雲霧。

那邊好像就是狼壇?那不是老樹的黑枝椏嗎?!六指兒貴隆眼一花，彷彿看見一堆火亮，熊熊的、抖抖的，在無邊的黑裏伸著紅舌頭，樹幹在旋轉，黑影子擠著黑影子從臉上掠過去，火光突然又隱沒在一簇濃密的枯灌木那邊。奇呀?!驢還沒翻出泓底哩，總不會是雷莊的燈火亮，再說，燈火絕沒這般亮，也不會穿過林木射這般遠。

忽而又想起來，會是誰在黑地燃篝火吧?這麼猛的風勢，又當禁火季，野地上燃火是多危險的事，不是割了腦袋拎在手上當球踢的事嗎?誰呢?!……心裏這麼想著，嘴裏就叫開了，學爹那樣嗓子和他慣叫的那兩句話：「天乾，物……燥！火……燭……小心嘞！」尾音拖得長長的，直撞向遠處去。

「天乾，物……燥……火……燭……小心嘞！」回音在遠處響著：火……燭……小心嘞！……小心嘞……彷彿有無數小小的鬼靈，用空洞而虛幻的聲音在黑裏偷學人語，嗡嗡的絞成一片。

黑叫驢走過林木斷處，狼壇就現在眼前了，依涘建造的青石壇基並不高，加上泓涘就顯得高了，人在泓底仰望，那座露天的方壇就像懸在半空一樣。

一點兒不錯，有一堆火正在壇上燃燒著，燄頭跳起兩三尺高，隨風撥動，把殘圮的神狼碑映得真真亮亮的。六指兒貴隆在黑裏待久了，眼經火光一刺，火也不像火了，倒像是水浪上亮著的活珊瑚，被太陽照成一片波動的、耀眼的鮮紅，這裏，那裏，從林中到天上，到處都是火紅的，火紅的，在黑裏真真幻幻的閃搖個不停。

「誰在點野火？真是——」六指兒貴隆埋怨著，下了驢，朝泓涘爬上去，好容易才爬到狼壇上，正想搬塊亂石壓火，忽然聽見神狼碑背後，古樹根底下有人開了腔：「嘿，小兄弟，別壓滅它，裏頭正燒著紅薯哩！」話音裏帶著濃濃的山東味，悶悶鬱鬱，好像鼻孔不甚通風。

六指兒貴隆被嚇了一大跳，還是沒轉過彎兒來，只想哪來這麼個大侉兒？半人不鬼的，怎麼自己爬上壇的時刻沒見著他？眼一揉，我的媽！古樹的黑影下面，可不是拴著那匹鬼白馬，這好，全澤地談得天翻地覆，偏在今夜叫我碰上了！

事到臨頭，貴隆忽然不怕了，硬著頭皮說：「嗳，侉漢子！你到底是人是鬼？神出鬼沒的在澤地打轉幹嘛來？——這兒樹木狼林一大片，每年十月就禁火，你沒見沿路埋的禁火牌子？一把火燒起來，把你燒成胡骨錐兒，到閻王爺哪兒全不好認賬……」

「我原歇在小土地廟裏。」侉漢子的聲音說：「廟太小，人窩在裏頭伸不開腿，只好露天過夜，這寒的夜晚要不生把火，人能不凍成石頭？——你放心，我燒不了一棵樹去的！火神老爺跟我是難兄難弟，老交情了！」

六指兒貴隆噓了一口氣，在壇沿一塊青石上坐了下來，朝碑後說：「你不是馬賊罷？——前幾天，澤地遭馬賊，把雷莊給搶了。」

那個詭異的笑起來：「小兄弟，跟你說老實話，那些馬賊拜我做祖宗，我也不定就要他們。我是個打獵的出身，鬼子來了，逼得我拉游擊，帶過老中央常備旅的馬班，我是鍾馗轉世，拿東洋鬼子的心當飯！」笑聲不知怎麼的，突然沉落了：「好漢不提當年勇，小兄弟，我算是碰上鬼，如今只落單人匹馬了！」

「湖西中央地，」六指兒貴隆眼亮起來：「你打算過湖？」

「不過湖。」那人說：「要死，我也在湖東死定了！我不是正牌老中央，只是個拉游擊的，部隊叫八路扯腿扯散了板，東洋鬼子也在緝拿我，要把我倒塞進徐州的電磨去磨成個稀花爛！土匪要謀算我的槍跟馬，三夾棍似的夾著我，逼得我朝南去，打算闖過紅草荒盪抗一陣風（**註：抗風，即避一避風頭之意**），等我喘過一口氣來再豁著幹！」

六指兒貴隆搖搖頭：「想過紅草地，要等到臘月天，草裏狼穴多，你得等大雪蓋平草頭，上了凍殼兒，再順歪頭泓朝南摸。就那樣，也險得很！」

「險倒不怕。」那人說：「我歪胡癩兒一年到頭把命吊在槍口上，弄慣了。別說狼，抓著東洋鬼子，照樣活剝他的鬼皮，剝得他像烤紅的龍蝦！」

頭一回，六指兒貴隆有些發毛，那個歪胡癩兒笑起來一會兒尖，一會兒啞，簡直不像是人的聲音。黑叫驢在涘下踢著蹄子叫兩遍了，眼前的火黯下去，變成奇異的慘紅色，彷彿說盡了這沒露面的外鄉人的故事。

「東邊有座火神廟。」貴隆說：「你頂好牽馬上廟去，總不能在露天地裏過冬。走罷，我扯些麥草替你鋪個鋪，我爹床頭的瓦甕裏有酒，舀碗你沖沖寒。」

「那趕情好！」歪胡癩兒在碑後的黑影裏一拍巴掌：「你得先壓熄了火，別讓我這模樣兒嚇倒。」

「不要嚇唬我了！」貴隆說：「你那晚去碾房，找二黑兒買豆餵馬，二黑兒說你頂著門框兒，我要瞅瞅，是不是二黑兒說假話？」

慢慢的，那個低著頭，牽馬出來了；真是少見的大個頭兒，恁寒的夜晚，只穿一套單薄的灰軍裝，肩背各處都被蓁莽撕裂，布條兒倒掛著，露出石塑的肩膀跟一把捏不動的筋肉。下半身的軍褲不知經過多少水，灰得洗成月白色，釘滿了草刺、泥斑和汗漬。兩隻綁腿還膹下一隻，胡亂纏在腳脖兒上；腳下的草鞋斷了絆兒，使碎布條兒橫紮著。馬槍掛在肩上，腰眼的彈帶當腰帶，別著兩把匣槍，一把攮子和四顆東洋造的葡萄彈。

「瞧瞧我的臉，小兄弟。」歪胡癩兒說：「看還像人不?!」

六指兒貴隆再一抬眼，不由登登的朝後退了兩步。那張臉在紫紅的火光下哪像是人臉！鼻子眼睛分不清，全是疤痕和筋肉凸起的痂結，好像一隻變了形的南瓜。左眼被一道收縮的疤痕吊住，弄成永也閉不起的大圓球，眼珠半凸出在外面的溜打轉。右眼叫埋在一條灰鐵色的肉柱裏，即使睜著也像瞎了一樣。一隻耳朵被削去上半截兒，另一隻倒好好的，只是變了地方，耳眼朝後倒釘在痂疤上。

「這叫傷裏套傷。」歪胡癩兒笑著，滿臉都泛起不自然的痙攣：「人是肉做的，要打東洋鬼子，必得拿命換命！我這條命死過十七八回了，那以後的日子是撿來的！」

六指兒貴隆眼溼了，頭一回覺得心裏有淚。

歪胡癩兒舉起一塊七八十斤重的條石壓在火上。火熄了，只有風仍在林梢上憒憒的哀嚎著……對於兒子從黑地裏帶回來的客人，老癩子渾身像釘了草刺那樣不安；多少年來，除了逃荒的棚戶，澤地沒見過生客。歪胡癩兒像一頭黑熊那樣獰猛和野蠻，一頓飯吃了三條懶龍捲兒，一耳鍋菜，飯後以酒當茶，仰起脖子，沒換氣喝了兩大海碗，殘酒聚在他刺蝟似的鬍椿子上，滿臉都沁著汗。但老癩子沒說什麼，只管叭著煙，隔著昇起的煙霧凝視著那張臉。

「澤地人叫嚇怕了。」老癩子說：「你不該藏頭露尾這多天，引人議論，早打出老中央這塊牌子，咱們怕不全把老爺櫝騰出來，把你供上？」

「嗨，」歪胡癩兒古裏古怪的嘆了一口氣：「保不了民，倒來擾民，那事不是人幹的事！我歪胡癩兒遇上急難，蒙老爹賞我幾碗飽飯，儘夠了！我只打算打一雙新草鞋，把衣裳補綴補綴就上路，若是待久了，風聲張揚出去，拖累澤地人遭殃，我擔受不起。」

就這樣，歪胡癩兒在火神廟裏過了一夜。

北風有點虎頭蛇尾，夜裏發潑狂吹，掃淨了廟前方場上的落葉，到早上，像條懶牛尾巴，有氣無力，連沙灰全盪不起來了。太陽在層雲背後靜靜的走，一片淡淡的青白色，落在廟門前的石臺上。歪胡癩兒盤腿坐在蒲團上，身邊放隻盛青麻的小扁，石縫裏插著攮子，攮柄上吊著麻索，在細心的打著草鞋。

「游擊隊，草鞋兵！」他把吐沫吐在手心裏搓著說：「爬山涉水，行軍趕路，離不得這玩意兒！」

老癩子蹲在對面，嘴咬著旱煙袋，煙嘴下盛煙葉的小皮囊晃動著，也不急於叭煙，只楞瞅著歪胡癩兒的臉；那些相連相結的疤痕在陽光下面顯出不同的顏色，紅一塊，紫一塊，青一塊，黑一塊，比野戲臺上的花臉黃天霸更獰猛得怕人。

「真是死裏淘出來的。」老癩子帶點讚嘆和悲憫的意味：「你帶了不少回傷。」

「記不清了！」歪胡癩兒說：「沒耳朵的這邊三條印兒，東洋刀砍的，那時鬼子初到魯南地，我還沒拉游擊呢！——一排全跪的是人，男女老幼都有，膝蓋陷在泥濘裏，面前是一條草溝。鬼子頭兒手叉腰，咬著金牙發號令，兩個鬼子兵，一高一矮，掄著東洋刀，芟草般的打兩頭朝中間砍，一個頭上只砍一刀，砍完跟著踢一腳，踢進草溝了事！鬼子兵每砍一個人，叫一聲：『八力！』我閉上眼，單聽一路『八力』叫過來蓋過滴血的哀嚎。輪著我，那鬼子不砍了，把東洋刀認著我頭皮磨來盪去，磨得人從後頭麻到屁眼門，刀上的血全滴在我鼻尖上。……你問東洋刀多快？碗口粗的樹，一刀下去連皮分家，光得跟鉋過一樣，要不是鬼子刀鋒砍偏了，我這腦瓜哪還能坐在脖子上跟你說話?!早就變成血西瓜啦。」

六指兒貴隆坐在方場邊一條木段兒上，聽說東洋刀有那麼快法，不禁嘴咬舌頭，用手去摸脖頸，兩眼骨碌碌的望著歪胡癩兒半截耳朵。

「去！去！」老癩子攆兒子說：「把黑驢替我牽開，槽裏加一斗麩子，兩升豆兒餵馬。——這是匹東洋馬不是？」他轉朝歪胡癩兒說：「瞧牠身段這麼高大……」

「銅騾，鐵驢，紙糊的馬！」歪胡癩兒說：「本國的川馬，口馬，也還有點騾子的耐勁兒，惟獨這種鬼子馬，骨架大，起步快，就牠娘太嬌！頓頓離不得豆兒。這匹馬是鬼子頭兒杉胛少佐騎的，一個留仁丹鬍兒的小太君，喔，拖著洋刀好神氣，每天天剛濛忪亮，就出城溜一趟馬。我伏在亂墳頭上，理平一槍打得他秤錘似的墜著韁繩，一路拖起黃煙。城頭上鬼哨排槍沒蓋著我，馬就換了主兒了！杉胛廢了左膀子，到處張佈告，懸賞捉拿劫馬的毛猴子……嘿，別摸牠，小兄弟，小心牠踢得你翻筋斗！」

白馬倒沒有踢貴隆的意思，只管貪婪的吃著馬料。

「若真是鬼子的馬，你騎著牠倒是個累贅了！」老癩子使煙袋頭搔著頭皮，彷彿想搔出個什麼主意來：「南邊一路封鎖線，你能騎著牠插翅飛天?!」

「我是一人做事一人當，」歪胡癩兒說：「我絕不能把馬留下來，牽連這一方人。別瞧這兒平靜無事，不久必有大荒亂，你們照管自己罷。我是站著一個人，睡著一個人，生死一陣煙，不在意中的。」

「我正想著你把馬留在火神廟呢！」老癩子說：「這兒有火神鎮著，什麼邪魔鬼怪也吃不住天火燒的！」說到天火，老癩子眉頭開朗了，把天火怎樣燒皖軍，燒鬼子，源源本本的講了一遍。

歪胡癩兒一邊打草鞋，一邊聽著。聽完了，嘆口氣說：「老爹，你說火神靈，天底下還有拆廟的哩！北邊的八子拆了廟！連一塊整磚整瓦全不留。……他們拆了龍王廟，把龍王爺的金身扔進河，說是他打海裏來的，還請他回海裏去！可憐那金身隨波打著旋，浮屍一樣的淌！——他們要拆了火神廟，怕不把火神老爺劈劈當柴燒嗎？天下變了，老爹。」

「你說什麼？你說洪澤湖支隊敢拆火神廟?!」老癩子把脖子伸得不能再長，瞪眼打噎說：「早年北洋兵兇到能生吃人肉，他們還得拜一拜營膽呢！」（註：軍閥時代，軍中通常供奉一神，謂之營膽。）

「說你也不會信的，老爹。」歪胡癩兒笑得有些淒迷：「你只不要為我擔心就是了！湖裏那幫水妖，比鬼子難對付多了！澤地要不毀在他們手上，真要算造化啦！」

老癩子固執的眨著眼：「我不信他們比鬼子、二黃馬賊更厲害，充其量討捐索稅罷……了！」遇上這種三斧頭也劈不開的固執腦瓜，歪胡癩兒把一肚子的話全悶進去了。高高的暖鋪，溫熱的酒，離家後初嚐家的滋味，酒沒把人醉著，老癩子父子兩人的情意卻醉倒了人，隔著一道禿龍河，他們看不見天外的水旱刀兵。

把日子織進草鞋去，自己算是澤地上一個匆忙的過客，不定三天，五天，馬蹄遠去，也許不再回頭了。早年在老家，不是也跟老癩子一樣，想守老屋過一輩子嗎？那些輕煙似的歲月飄過去了，不再回來。好陌生的名字——魯南，潮溼在眼裏湧泛，那些光禿禿的岩石，沉重而奇特的兀立在天界上，帶著原始荒蠻的意味抗拒一切搖撼；即使在春來，牛毛細草也綠不上石角稜稜的山坡。童年的眼裏，天是荒的，地是野的，常在漫過肩膀的蒿蘆裏奔跑，迎風抬眼，望著高空中的大雁，猜想連綿不盡的山外是怎樣孤寒……打鬼子來後，挨過東洋刀，打死人堆裏爬出來，家就完了！五六年的奔波，五六年的流浪，不知要把人淌到哪兒去才好？橫豎命只一條，拿它押個承平來看看，輸贏夠本就行了。

新草鞋上了腳，正想補綴衣裳，老癩子把一套棉襖褲捧的來了：「我說！歪胡癩兒哥，你身上那套破軍裝著實不能再穿了！我把去年換下的黃布神幔使淤泥揉了揉，兩幅三丈八，拆了一床小褥當胎兒，湊合這套棉襖褲，託人縫好了，你將就穿著罷！單衣怎麼過冬?!」

「虧你想的週全。」歪胡癩兒說：「說謝就算謝了罷！」

「我跟石家土堡的石老爹談起你，」老癩子說：「石老爹意思跟我一樣，不等天落雪，封實野地，你萬不能獨闖紅草荒盪子，沒人能鬥過那些餓狼。」

歪胡癩兒笑出一口野性的白牙：「我想試試看，老爹，我說過不願在這種時刻牽累你們！」

十一月初的夜晚，滿野落寒霜，老癩子父子倆在夢裏被馬嘶聲驚醒了，有人屈起手指輕彈著柴笆門。

「誰？」老癩子爬起身，摸火點燈。

「我。老爹。」

應聲沒完，六指兒貴隆就一骨碌爬起來，襖也沒披，鞋也沒趿，奔過去把柴門開了，一陣冷風撲進來，把燈燄掃成豆大的綠點兒，歪胡癩兒還穿著那套破軍裝，倒揹著馬槍迎門站著。

「噢，我的爺！」老癩子伸手擋住燈頭叫說：「進屋撥火烘烘寒罷，你這人！怎不把棉襖褲穿上?!」

「不了，老爹。」歪胡癩兒嗓門有點黯啞：「我要走了。棉襖褲我穿著，拿軍裝幔著了。」

「怎麼？要走?!」老癩子楞了楞說：「今夜就走?!」

「有一天我會回來！」歪胡癩兒晃了晃肩膀。

三個人默默的對望著，半晌沒說什麼話。幾顆疏疏亮亮的寒星在歪胡癩兒身後的黑裏遙遙的眨著眼，白楊樹的枝梢上還掛著一兩片殘葉，響著夜風尖細的流咽，在彼此的靜默裏，聽見白馬在濛黑裏噴鼻的聲音。又一陣風把燈焰掃熄了，只有濛黑的星光勾勒出歪胡癩兒肩膀以上的輪廓，浮動在淡黑色的天上。

「多保重，老爹！」歪胡癩兒腳步聲響下石級，拐入火神廟那邊去了，門楣上幾粒疏星仍在閃爍著，描出白楊的枝影。一陣嘆噫的風掠過茅簷，一隻早醒的寒雞發出淒涼的啼叫，應和著逐漸遠去的馬嘶，就那樣，歪胡癩兒靜靜的來，又悄悄的走了。

老癩子父子倆呆站在門前，不久之後，他們聽見歪頭泓那邊傳來一響槍聲。

「天保佑他，不要讓他遇上狼！」老癩子說。兒子沒答話，他兩眼早就溼了……

幾天裏，他不止一回仰望過那蠻野的大漢，他是一座敦敦實實的黑山，他也夢過從歪胡癩兒嘴裏流出來的故事，滾流在墨刁刁的黑夜中，成一條淒荒蠻野的黑河，夢見那些骷髏，拖腸子找腿的逃難人，燒著的大火和紅眼野狗狺狺的白牙。如今，他走了，在淒寒的黑夜裏，走回他故事中的世界去了。

忽然之間，他害怕起來，滿眼都是形象，滿耳都是那樣的聲音：「講荒麼?講旱，塘灰漫過人膝蓋，沙雲能擋得太陽!井挖八丈不見滴水，赤毒毒的地上能孵出雞蛋來!講澇，龍王睡在人屋脊上，遭了風涼，一天要打八個噴嚏，一個噴嚏水深三尺，黃河倒了口，凹地裏，旗桿斗裏養魚蝦。蝗蟲一落，幾十里不見綠。冰雹下地，房頂變成蔴蜂窩!鬼子出門，天上起的是紅霧!八路一到，太陽全哭黑了眼眶兒。」

「你聽過那種亂法兒沒有?」他記得歪胡癩兒啞得分叉的喉嚨：「城裏豎鬼旗，鄉角住八路，真空地上土匪橫行!老中央退了，老天爺眼也閉了!瘟疥到處流傳，瘟疫遍地都是。在東的，朝西逃。在西的，朝東跑。沒一處是安身地。有的死在田裏，有的倒在路上，白眼朝著天!喝野草汁兒的，死時臉也青得像草葉兒。吃石粉的，死時臉也白得像塊石頭。路邊上，野狗啣著人骨頭走，也有沒斷氣就叫野狗分了家，上半截身拖著腸子爬，逢人便央人幫他找腿。那吃大攤的饑民也像蝗蟲樣，樹林，橋孔到處爲家，土塊拿當枕頭，露天就是被蓋，死了也沒人收埋!……什麼是你的?田地收了糧，不是你的!一年餵大幾口豬幾隻羊，不是你的!你走路，有人短你!你穿衣，有人剝你;有隻鐲子，砍去你的手省得抹;有隻金牙，也有人扳著你腦袋敲!什麼是你的?!你死了，一身骨頭架兒也讓野狗塞了牙縫!什麼全不是你的!」

那算什麼樣的故事?那不是故事，是一種粗啞可怖的嘶喊聲。歪胡癩兒講述它們，那隻被傷疤吊起的眼裏，曾射出一種奇異的光釆，黑得像一口望不見底的深井，那些話語像活泉一般，從他灼熱的肺腑中湧突出來。許多陌生的，遼遠的泡沫圍著廟堂的燈焰舞躍著，使周圍變得悽慘陰沉。

他走了！戰慄的感覺使六指兒貴隆回到童年某一個分不清年月的時辰；春頭上，爹跟媽拎著野菜籃子出門，把自己遺留在小屋裏。黃昏來了，殘陽的影子穿過簷下的圓窗射落在土牆上，越爬越高，越高越淡，金紅、淡紅、淺紫、黯橙、玄紫……終於消失在橫樑下面。風來了，夜來了，屋裏沒燃燈，黑沉沉的一片。

一個人縮在床角上，風在長簷下嗚咽，狼在旱湖上尖嗥，偷食的老鼠在樑上磨牙，那許多浮在黑裏的聲音，彷彿是一隻巨大的魔手，要把小屋撕裂，把自己攫進半空裏去一樣。許久之後，聽見自己嚶嚶啜泣的聲音，像一隻蜜蜂在夢魘中振翅。那一種朦朧的恐懼和戰慄，又在今夜重臨……

寒夜裏的狼嗥聲是尖銳而綿長的，六指兒貴隆說不出他恐懼著什麼，他只是從歪胡癩兒的聲音和眼神裏，汲取了一種深沉古怪的憂愁。

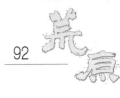

日子推移過去，沒有什麼風帶來什麼消息。點下麥種的田地要鬆土了，經霜的蘿蔔要收成了，做完了最後一些農稼活就是冬閒季了。澤地上的人們幾乎把歪胡癩兒忘記了，老癩子偶然跟人提起那騎白馬的侉漢來，總嘆著說：「可憐，他拗著勁要闖紅草荒盪子，馬去不久，又聽槍響，又聽狼嚎，也不知怎樣了……」

聽話的人總悲憫的搖著頭，眼神裏表示出那侉漢子一定凶多吉少，翻遍古老的傳說，從沒有單身人敢闖過那片紅草荒地。連六指兒貴隆也相信歪胡癩兒死了。當他凝望著泓南那片無盡的草野時，他就想起林中的火焰，歪胡癩兒奇異的臉和他倚在小廟臺上所講的那些故事，他重新感覺到一種無依無靠的孤單。

第四章・初雪

臘月裏，紅草荒原上落了頭場大雪。風裏的雪采子鵝毛大，飄飄漾漾像摸不著家門的浪漢。老癩子的小茅屋被埋在雪堆裏，只露出簷下一綹苦竹條編成的牆和小窗的黑孔，雪光從窗孔透進來，映亮煙燻的四壁，犁耙吊在横樑上，一窩雞被攏聚在小方桌的桌肚底下，頭別在翅膀裏打盹。屋中一隻黃泥大火盆裏，正生著麥殼火，老癩子蹲在火盆邊，掄一把歪頭短斧，砍劈荆棘根架到麥殼上去，火焰被荆棘根壓住，冒出大陣濃煙，遲滯的鬱結著，久久不散。

「把柴笆門敞一敞，貴隆。」老癩子說：「出出煙。」

六指兒貴隆眼湊柴門縫朝外瞅瞅說：「好，爹，風把雪都兜到大門邊來了，門口堆有半人高，屋後怕堆到簷口了。臘月雪消蟲，明年定有好收成。我拎把鍬鏟鏟門外的路去。再朝上堆，怕把柴笆門壓彎了哩。」

「嗨，別提收成了。」老癩子眉毛鎖著一把疙瘩：「收的多，捐的多，刮的多，到頭還落個糧甕朝天。我只愁明年春荒怎麼過法兒呢……」

貴隆拉開柴笆門，大塊的碎雪滾迸進來。他緊一緊腰帶，搓了搓手，揚鍬鏟起積雪來，雪采子還在朔風裏旋舞著，醉了一樣的撞擊在那邊的廟牆上。遠近白茫茫的模糊一片，只聽見白楊樹枯枝的斷折聲和縮在簷洞裏的麻雀們唧唧的喧噪。他一鍬一鍬猛力的把雪鏟出門去，躲避爹那張憂愁的臉。雪花灑落在他的脊背上，貼在他的額頭上和短髮上，化成入骨的寒意。雪中的空氣柔潤微溫，帶著一股清爽的沁甜味，使他肺葉大大的張開。

在大雪的覆蓋下，荒原安謐的沉睡了，走入它過往的夢境，它使澤地上的住戶們偎著暖烘烘的火盆，安守著一冬的寂寞；那正如雪層下的麥種一樣，日夜夢著春天。爹老了，經不得荒亂了，眼淚糊糊淌，手捧胸口乾咳，成天沒完，一提起心窩事，眉毛頭上掛把鎖，不是吁就是嘆，叫人看著傷心，勸又無從勸起。

「落罷，雪喲！」六指兒貴隆心中有著這麼一種聲音：「單望你永不開天才好！」一趟雪路才鏟開，不到夜晚又被風掃平了。爹兒倆沒事幹，抱著膝頭就火，悶半天，聊兩句，就這麼守著夜晚。老癩子不知怎麼會想起歪胡癩兒來的，嘆著跟兒子說：「那人是個一等的好漢子，從裏到外，骨頭根根硬，可憐落得那麼孤單落魄，若不死在狼嘴，也不知流落到哪兒去了！天這麼寒法兒，沒那套棉襖褲，十有八九會凍死！」

兒子沒作聲，使火筷子撥著火。

「我說那是個一等好漢子！」老癩子重複著：「就憑他那種膽氣，那種閱歷，那身骨架，要是走邪路，闖黑道，怕不是一寨的寨主，一山的大王！落魄到那步田地，沒變打鬼子的心意……等天晴化盡了雪，老貨郎販年貨下來，我要多買份香燭燒燒。」

「爹您不要咒他，也許他沒死呢?!」

「我怎會咒他來?我禱告老天保佑他平安無事。」老癩子擠著眼：「要是他闖過紅草荒盪子，定過張福堆，等你發財舅獵車放過來，說不定能問著點兒信。」

「獵車該在雪前放過來的。」貴隆說：「這場雪封了半個獵季，怕要晚來半個月，那得到年後了。」

大雪在第二天就停了，雪後沒開天又接上了大風訊；彤雲壓著天頂，低得能碰上人頭，沒遮攔的大風嗚啦啦的狂吼，在凍結的雪海上打著尖溜溜的唿哨兒。戴白帽的野林裏，枯枝吃不住風吹雪壓，風頭蕩過，響一片摧折聲；失巢的烏鴉飛出來，待在火神廟的廟脊上喧噪，攆也攆不飛牠。

「倒楣的臭鳥蟲，想賴著吃糧罷?!」六指兒吐著吐沫說。

烏鴉跟田鼠一樣，全是莊戶人家討厭的。每年冬天，有些莊戶們照例要挑掉烏鴉窩，下田挖打穴冬眠的田老鼠，把牠們攆到別處去。莊戶們相信冬天烏鴉坐空巢，挑了不傷生；冬眠的田鼠挖出穴，塞進草袋裏，包上厚厚的麥草把牠們扔到沒人煙的荒地上，唸了放生咒，牠就不會再進田。但老癩子從不幹這事，總交代貴隆說：「鳥呀雀呀，也跟人一樣，全是天養的，就算牠們窩做在你糧甕裏，又能耗你多少糧?耗點糧，餓人不死，你挖牠挑牠幹什麼?!」

今年不挖不挑，明年也不挖不挑，烏鴉窩全營到火神廟附近的林子裏來了。貴隆正站在清晨的冷風裏罵烏鴉，老癩子在門口開腔了：「烏鴉烏早噪吉，晚噪凶，你別罵，先到路口張望張望，看便橋東有人來沒有！」

「爹您老犯疑心病。」貴隆說：「這冷的天，哪有人出門？」

老癩子屈起指頭算了算日子，搖頭說：「不是今天就是明天，老貨郎的挑子準下鄉，要送灶了，灶王爺在他挑子上，別說只下一場大雪，就是下刀，他也會趕來。」

提起曹操曹操就到，老貨郎施大的挑子傍晚就過了禿龍河；這個六十多歲的老頭兒一輩子全做著澤地的買賣，長途挑子挑得久，把脊背壓成一張弓，瘦小的身子披著簑衣，叫大風吹得飄飄的，在凍實了的雪面上走了過來。

挑子沒到火神廟，老癩子爺兒倆就迎上去了。

「算準您要下鄉，」老癩子說：「早叫貴隆把鋪替您鋪妥了，進屋烘火去，灶上現成的熱湯熱飯。」

「噢，差點下不了鄉，」施大的眉毛、鬍子全像結了霜：「一條張福堆，這個月裏鬧得天翻地覆，一時也說不完。」

老癩子望望老貨郎，透口氣說：「噢！怪不得獵戶沒放車過來。您見到發財沒有？」

「我正想跟你說這個，」施大費力的說：「我在他墳頭燒過紙箔。雪前他就……死……了……」風把他的聲音揚得遠遠的。

老癩子突然在屋前停住，彷彿在哪兒丟失了什麼。

「你聽見嗎?貴隆。你發財舅……死了!雪前就……死了?!那般紮實的人……」

貴隆臉朝西，楞得把嘴半張著。臘月陰天的黃昏是一片慘淡的鉛灰色，彷彿是一塊巨大的鉛板，鉛色的陰雲蓋下來，銀色的雪光迴漾在雲上，到處凝固著蕭條和寒冷，只有尖風在慘淡的色調裏走著。

「一個字，『亂』字害殺了人!」老貨郎在小茅屋前歇下挑子，喘息著說：「昨兒我見發財嬸，她託我帶口信來，堆上不能住了，發財一死，她拖著銀花在手上，放不下心，說開春就把閨女帶到澤地來住，滿了孝，就跟你商議早些訂個日子替貴隆成家。」

貴隆鑽進門去，把壁洞的小燈剔亮了，火盆上架了兩塊新柴火。老貨郎把簑衣脫下來掛在門角上。

「發財不是死在病上!」老貨郎在火盆上伸出手：「他是叫土八路蘇大混兒綑在木栓上燒死的，罪名是窩藏騎白馬的侉漢子……」

老癩子爹兒倆互望了一眼，心像打閃似的亮了一下，騎白馬的侉漢子不是歪胡癩兒是誰?!

「窩藏那人犯什麼罪，」老癩子叫說：「他們要活活燒死發財?!即使他半生打獵喪生，他沒害過人!」

施大皺著眉毛凝望著盆裏的紅火，許多條深細的皺紋全聚在眼角上：「這宗事要從頭說起，你曉得，打鬼子來後，張福堆就沒平靖過，成年到頭拉封鎖，河心不斷汽油船，堆上來往過卡車，各村各鎮張佈告，說荒盪裏藏著毛猴子！今年，鬼子頭兒本想扒堆放水，把澤地淹在水裏，誰知一秋沒見雨，張福堆河水淺，神堆十八層，鬼子剛扒到第三層，現出塊石板來，石板上有字，寫著：『神堆不可壞！扒了一塊還十塊，只怕老天不自在！』（註：土語，即不樂意的意思）」

「鬼子一嚇，不敢再朝下扒了，轉過臉來，把氣朝百姓頭上出，燒一陣殺一陣，沒收了堆頭獵戶們的銃槍，逼他們不准再到澤地來行獵。」

老癩子替施大裝了一袋煙，抹去煙嘴上的口涎遞過去，老貨郎捏著它，並沒就火：「明裏有鬼子二黃，暗裏還有中央、八路、土匪。中央的幾桿槍，叫八路的蘇大混兒黑吃，吃掉了。蘇大混兒跟土匪刀疤劉五一鼻孔出氣，又跟二黃的張世和做槍火交易，衝著鬼子的面，兩邊也朝天放槍打一打，背著鬼子，張世和跟蘇大混兒躺在一張大煙舖上，兩人夥一根煙槍抽。那就是說，龜孫王八都許有，只不准有中央……十一月裏，張福堆頭來了個盤馬拎槍的侉漢子，沒名沒姓，說諢號叫做歪胡癩兒，在發財家門前拴過馬。那漢子模樣兒雖像兇神惡煞，誰知卻是百姓的救星。」

「講罷，施老爹。」貴隆忍不住說：「歪胡癩兒也來過這兒，在廟堂住了好幾天，我爹還送他一套棉襖褲呢！」

「沒想他還活著，上了張福堆。」老癩子兩眼濕濕的，不知是欣慰還是淒傷：「那夜騎馬闖進紅草，我總以為他死……了的。」

「你沒聽他力除刀疤劉五那回事?!」老貨郎眉頭忽然開朗了：「嗨，一條張福堆早就傳遍了啦！……歪胡癩兒一上了堆，發財就勸他：『張福堆待不得，中央的人全叫蘇大混兒吃掉了，堆上是鬼子跟八路的天下，你早先幹過常備旅，遇上哪邊全沒命。不談旁的，單講槍枝馬匹就夠人眼紅的了，這種年頭，謀死一個人就像捏死一隻螞蟻，有理沒處講，有冤沒處伸。鬼子八路倒還不常上堆頭，只是那刀疤劉五一把人，三天兩日就來打轉，吃他遇上，你也沒命了。』歪胡癩兒說：『撇開鬼子八路不談，這劉五是啥玩意兒，也這麼兇悍法兒?!』有人告訴他說：『您是外方來的，不知刀疤劉五的厲害，二黃偷賣軍火、槍枝，蘇大混兒是買主，刀疤劉五是中人，兩邊都夠得上，暗裏還幹抬財神、敲竹槓的老營生，誰也不敢說他是土匪，都叫他劉五爺。拎著匣槍走路像隻老鷹，瞧誰不順眼，甩起就是一槍，兩年裏，也不知有多少人死在他槍口上了！』

歪胡癩兒聽了話，也沒作聲，當天就牽馬走了。隔沒幾天，劉五那夥賊在街頭的茶館裏泡茶，馬蹄聲滾響過來，快得就只見白影子一閃，甩進三顆匣槍子彈，撂倒了刀疤劉五的三個弟兄……當天下傍晚，劉五埋了他的手下回來落宿洪昇客棧，隔著櫃檯跟賬房先生說話，說：『你知今早騎白馬的傢伙哪來的，竟敢拿劉五爺開刀?!』賬房先生是個近視眼，又正撥著算盤算賬，不曉得說話的就是劉五，一聽這話，興頭來了，誇說：『這還用問嗎？人家是老中央常備旅快馬班，大軍樑兒！一桿槍打得鬼子喊爹叫媽狼煙溜！不知收編了黑道上多少人馬！你說，憑他打不得小小的刀疤劉五嗎?!』

劉五一聽，渾身涼颼颼直豎汗毛，卻嘴硬說：『遠近我只聽說劉五爺是活線手，可沒聽說什麼人還能掄得起程咬金的斧頭！你說他倆碰上頭，對拚起匣槍來，誰比誰強？』賬房先生哼說：『三槍甩倒他劉五手下三個，馬跑得像打閃，一茶館全是人，子彈不打旁人，單單長眼似的鑽進賊腦瓜，這才是真活線啦！劉五什麼東西？配跟人家比?!一個是天牌，一個是小丑，兩頭不沾邊，跟人家提鞋全不夠料兒！要是陰魂纏腿暼回來，和人家對面，準翹著屁股啃巴根草！』刀疤劉五一聽賬房先生把他形容得連狗都不如，火氣骨嘟嘟朝上冒，兩眼一翻，鼻孔出聲，悶哼著說：『個狗操的！你瞧爺是誰？爺就是刀疤劉五！你背地裏損爺，爺就來收拾你！』

那賬房先生做夢也沒料著櫃檯外就站的是劉五，一聽劉五報號，活像小鬼遇上閻王，大魂二魂都從背脊梁冒跑了，再抬臉仔細一看劉五額角的那道刀疤，三魂也離了身，手按在算盤上，只聽算盤珠兒稀里嘩啦亂滾，人像站在篩子上。劉五正想拔匣槍把賬房先生撂倒，有一隻手拍拍他的肩膀說：『你就是劉五，妙極了！個狗養的！你也瞧瞧爺是誰？爺就是專門殺賊的祖宗歪胡癩兒！』劉五一扭頭，身後的漢子像一座黑山，腦袋在門框上邊搖晃，一隻手叉腰，一隻手拎著快機匣槍，大拇指墊起機頭。

就那麼，刀疤劉五吃人窩住了，連槍全沒法亮。歪胡癩兒嘿嘿的笑出一嘴白牙說：『小子！就憑你額角上那條不明不白的鳥刀疤，就敢叫刀疤劉五爺?!老子渾身正正經經的窟窿眼兒，夠算你的疤祖宗啦！舉手把槍交了，我留你一條全屍，要不然，我槍打你額角的還疤，叫你腦袋八瓣兒開花！』

刀疤劉五真機伶，單掌一捺櫃檯面，身子平飛起來，就地一滾滾進穿堂。歪胡癩兒礙著賬房先生沒好開槍，閃出店門上了馬。……刀疤劉五出後門，下高堆，順著堆腳朝西跑，歪胡癩兒撥馬追躡著他；劉五慌了手腳，理起匣槍，反手朝後潑火，一梭火潑完，沒打掉歪胡癩兒半根毛，歪胡癩兒一夾馬，把劉五路給攔了說：『姓劉的，你的槍法我領教了！論你早先作的惡，有十個腦瓜也不夠我拎的！我要衝著你脊背放冷槍，一槍把你撂倒，你早就躺在那兒了！那種趕盡殺絕的事我不幹，你要想比槍，我讓你換彈匣兒怎麼樣？』

刀疤劉五白了歪胡癩兒一眼說：『算我栽了！沒的說。劉五不是娘們，不領你那個情，殺剮聽便就是了！』歪胡癩兒說：『聽你說話倒是個有種的漢子，我不是存心要翦除你，只是替地方除害！扔過匣槍，跟我到堆頭去，我把你交給地方百姓去辦，你的死活操在他們手裏！』刀疤劉五一聽，連額角的血疤也變白了，扔過槍發狠說：『好，我劉五變鬼也記住你。你還說不趕盡殺絕呢！』歪胡癩兒笑笑說：『劉五，俗說：真金不怕火來燒！你要沒做過虧心事，恁到那兒也不妨，冤有頭債有主，不論好歹有個收場！……走罷。』

歪胡癩兒把劉五交給集上，一大群冤主苦主一鬨湧上去，活咬他的肉，一人一口，把活生生的劉五咬成柿餅兒……蘇大混兒帶百十條槍上堆頭，指名叫姓，要找歪胡癩兒算賬，歪胡癩兒沒找得著，卻找到發財頭上……叫人綁在木樁上，槍堵胸口，勒逼著，叫說出歪胡癩兒的匿處。發財只是不吐話，就遭了那般的……下場……」

一窩木蟲在潮濕的柴根裏迸炸出來，老貨郎的眼淚滴在火盆邊，悲傷的事情就那樣結束了，發財的獵車永不會再放到澤地來了，貴隆低下頭，自覺一顆心像火炭一樣的旺燃著。

「不要爲發財難受，」老癩子說：「天生了那些惡人，偏又生出歪胡癩兒那種烈性漢子來收拾他們，也算這一方有福了！發財是爲歪胡癩兒死的，死也瞑目！至於貴隆他舅母來澤地就像來家一樣，我老了，養活不了她一世，還有貴隆在呢！」

「要叫我碰上蘇大混兒，」貴隆發狠說：「我能施斧頭便劈了他……」

「快別說這種野性話。」老貨郎說：「惡人降世，自有老天爺收拾他，俗說：『善惡到頭終有報，只爭來早與來遲！』你年輕輕的人，日子像數不清的樹葉兒，總會見著的……」

老貨郎只在廟裏歇了一宿，第二天挑著挑子奔西走了，留下一張五彩的灶王爺，一紮桃符，一些紅紙對聯和香燭紙馬。小搖鼓的聲音那樣震顫，把張福堆頭、歪胡癩兒力除刀疤劉五、蘇大混兒火燒獵戶發財的事，像撒種一樣撒遍了澤地的每一個村落。

這樣，一度已被人們逐漸淡忘了的騎白馬的怪漢，又重新進了人心，他神出鬼沒的行蹤，怒騰的白馬，翦除惡賊劉五時的俠義肝膽都使鄉民震驚，故事幾經輾轉，口氣更顯得誇張，把歪胡癩兒形容成上山打得老虎，草窩裏捉得豺狼的好漢。故事說完了，安慰的心情也消失了，無論歪胡癩兒怎樣強，他只是單槍匹馬一條漢子，在亂世，惡人似乎死不盡，好人總是活不長，歪胡癩兒不是神，也是一鼻兩眼的肉身人。

日子亂慣了，人們也驚慣了，哪天不聽槍聲，哪天不聽馬嘶，那天就算託天的福了！新年在平靜裏過去，鬼子八路全沒來騷擾過，但總有一種鬱結的沉悶和不幸的預感，像陰雲一樣蓋在澤地。

「八路又會出湖來催糧罷！」

「說不定鬼子會在開春再下來清鄉呢?!」

「老天爺睜睜眼！」一個朝天仰著臉：「湖東這塊地，就只何指揮那點兒人在撐持局面了，雖說他不是大樹，沒能把人人納在蔭涼裏，只要中央的旗號在，人活著，總有巴望！」

「何指揮要是碰上歪胡癩兒爺，局面就不同了！」石老爹說：「你們放心，民心向著誰，誰就興旺，這是千古不變的道理。鬼子要清鄉，他清罷，湖東人他殺不完的！」

新的消息從逃難人嘴裏傳出來說：不錯！鬼子確是要下來清鄉，杉胛少佐堅認清鄉先要清湖，清了湖好斷毛猴子的退路。剛開年，鬼子的汽油船不斷順著張福河朝西開，掃蕩沿湖蘆葦蕩兒，八路的洪澤縣也逃到北邊去了。吳大莊的何指揮帶著槍，化裝進縣城去了。

「糟，何指揮中央人，進縣城不是肉包子朝狗嘴送?!」

傳話的笑起來：「你還不知何指揮把縣城當大路？旁人全說他在張世和的保安隊裏埋下一股人，打探鬼子消息最靈，不定哪天，翻它個裏朝外也說不定！」

「你們打東邊來，可聽說有個騎白馬的歪胡癩兒爺沒有？」老癩子總罣念著歪胡癩兒，插嘴問說：「那人是天地間一個奇人，雖沒亮出牌號來，做的都是了不得的事情。吳大莊的何指揮雖算得上精明，比起他來還要遜幾分！不知兩人合在一處沒有？」

「喔，你是說張福堆頭打刀疤劉五的那個歪胡癩兒爺?!人人全傳說他是澤地上禿尾老神龍變的，見頭不見尾，見尾不見頭，誰知他的去處？……他奪了鬼子頭兒杉胛少佐的馬，又廢了杉胛的左膀子，杉胛恨到他骨頭裏，聽說為他打了個檀木匣兒，懸賞四萬偽票緝拿他，打算裝他的人頭送徐州。」

「歪胡癩兒爺年底還到陳集西。」一個瘦瘦的莊稼人說：「河東水澤地，不是有個窮兇極惡的攔路虎陳昆五嗎，專門短路劫財，幹盡天下惡事，誰知也遇上剋頭星，在棺材窪子那塊荒地上，叫歪胡癩兒爺追得上氣接不得下氣。月黑頭，地上殘雪沒化淨，歪胡癩兒爺怕他跑了，老遠理起一槍錐中他小腿肚兒，土鋼槍也扔了，窪地南是我的孤莊子，莊前是條小河，夜晚聽見狗咬生（**註：生即陌生之意**），歪胡癩兒爺白馬旋風似的哨到門口叫開門。

『我叫歪胡癩兒！』他開門見山報了號：『我攆陳昆五那個王八羔子，一槍錐了他的腿，他轉過你的房子不見了！這個賊，惡性大，留不得他！』……初見他手拿一桿槍，肩上還掛著一桿槍，那樣個兒嚇死人，我兩腿直抖像篩糠，一聽他報了號，我不怕了——誰不知他是天上掉下的禿尾老神龍，打了刀疤劉五的好漢。我抓了支葵棒當火把，領著他到處照著，殘雪上還留下陳昆五的腳印和血點子。

『他右腿中了槍，爬著走的！』歪胡癩兒爺指著一塊薄薄的殘雪說：『你看，這是膝蓋拖的印兒，那是手指印兒，血在右邊，他爬不了好遠，或許一頭鑽進麥場邊的草垛裏去了！』我說：『他要進草垛，我就放火燒！』歪胡癩兒爺忽然抬頭問我說：『你恨陳昆五？』我扒開棉襖露出脅下的疤說：『去年他牽了我的牛，又打了我一槍，害得我貼了大半年的膏藥，如今彈頭還卡在肋骨裏，常發陰天，發起來，車也不能推，犁柄也掌不穩，成了個半殘廢，我能不恨他?!』

兩人打著葵火棒找半天，血印在河邊沒了，河面凍得梆梆硬，也不見陳昆五的影兒。歪胡癩兒爺把火把衝著雪地插熄了嘆說：『今晚算他命不該絕！我走了，只要他再露頭，我會治他！』……還是揹糞箕拾糞的老瘸子，在二天大早看見陳昆五，他躲在河口的冰窟窿蹲了半夜，火把熄後才爬過河去，渾身透濕，皮襖面上全是凍渣兒，老瘸子認不得他，還留他在茅棚裏烘火、裹傷，住了三天，傷勢不重，他拐著腿趁夜溜走，聽說投八路去了。」

「歪胡癩兒爺只管打土匪，怕他早晚會吃虧！」雙金閘上來的裴老頭兒抹著山羊鬍子說：「如今鬼子要緝他，二黃要拿他，八路也要攫他，何指揮脾氣拗，硬說他是常備旅的逃勇，隊伍散了，他不上吳大莊報到吃份抗日糧，偏要單行獨闖，到處惹事生非！這業已算四頭不夠有的了！他再一打土匪，好，打了張激了李，土匪全是互通聲氣的。北邊的大股匪頭兒盧大肝子，幾十匹馬踩南新集，大拍胸脯，喊明叫亮的說了：『不錯，刀疤劉五跟陳昆五全是不守黑道上規矩的傢伙，該遭橫死！可是，說什麼也不該由歪胡癩兒動他們，他想露臉，回魯南露去，沒人管得，洪澤湖東是姓盧的地面，不能由得他猖狂！等我帶著弟兄們馬下澤地，我倒要會會他，拿翻他那禿尾巴！……』你們說，他單槍匹馬爲這方人賣命，能賣得久嗎？盧大胖子手下多的是快馬，東洋鬼子窩裏有財神他全敢抬，碰上他，歪胡癩兒爺怕凶多吉少……了……」

「嗨，」老癩子嘆說：「吉人自有天相，別爲他擔這麼多的心，旁的我信不過，老天我信得過！」

在澤地上，人人差不多都跟老癩子抱著一樣的想法，不管將有什麼樣的變動臨到這一塊低凹的荒野，不管將有什麼樣的命運臨到歪胡癩兒頭上，老天爺自有祂的安排。在人們的內心裏，希望正像春草一樣的茁長著，澤地不又是春天了麼？

一串還軟的春風化淨了殘雪，荒原上的春天總來得那樣突然，彷彿在溫暖的地層下面，有一種巨大而神奇的力量把一切生命烘托出來；當幾十里紅草復甦時刻，在一片嫩綠色的密林環繞中，初生的草葉呈現出透明的淺玉色，和淡淡的藍色天腳相連。嫩綠的色澤在野林相染相傳，一直綠過了禿龍河岸。一連幾番春雨使禿龍河豐滿起來，渾沌沌的流水分注進那五條平行西向的流泓。

在雷家溝中段，紅草荒原的最凹地帶，到處留著積水，變成許多互通聲氣的淺沼，鳳尾草、扒根草、山茅草、潤葉草都在沼心生長著；那些無主的漂木、流枝、經人伐倒的樹段，横在清淺的積水裏面，恁白菌子、灰木耳、鬼笠兒、貓腳苔爬滿它們連皮帶葉的身體。啄木鳥在林木深處啄木，堅利的長喙敲出「必剝」的清脆的聲音，一片一片，碎碎的融入柔綠中飄游的輕霧；一地的野花也不甘寂寞的在叢草上探出頭來，展示它們繽紛的顏色。

土窩裏，樹穴裏，悶了一冬的小獵物們出來了，重回那片柔綠的世界。一些翅翼方豐的小癩鷹，也在怒茁的林梢葉簇上學著向更高更遠的地方翺翔……溫暖的雪水滲進泥土，凍結的田地虛鬆得發了酵，麥苗綠裏微帶鵝黃，迎風抖著葉子，像無數小小的雞雛初試翅膀，只要茁出一節，就能起浪了。而狹長的油菜花田卻靜默著，等待三月再顯示驚人的黃蕊，但潤濕的空氣總先爭告春風地心埋藏的氣息，使人肺葉張開，嗅進土中飽蘊的氣味，想到附近有塊油菜快開花了。

發財嬸帶著閨女銀花來澤地了，獵戶五福兒推一輛手車送她。發財嬸年紀並不老，不上五十，自打發財叔死在蘇大混兒手裏，她把一天當成一年過，不老也老了，成天哭呀哭呀的，把眼也哭壞了，人瘦得一把骨頭，能在衣裳裏打轉。

「我打算借住青石屋，」發財嬸向老癩子說：「銀花沒過門，就跟貴隆住一道，究竟不方便。若不是您發財兄弟遭了……橫事……若不是還拖著銀花沒交代，我這苦……命人，也早跟發財他……一道……去了……」

「別再傷……心了，他舅母，」老癩子紅著眼勸說：「貴隆他媽死後，我何嘗想活著，太平狗好當，亂世人難做。開頭總想入土爲安，腿一伸，眼一閉，不再眼看這無法無天的世道了。朝後想開了，好死不如歹活，總要看看惡人的收場！……老貨郎施老爹帶信來的時刻，我跟貴隆就商議過了，也不用再去青石屋，廟後我平出畝把地，屋基全打好了，土基（註：狀如大磚，以黏性土、麥殼、碎草揉合製成，用作牆）也脫出一堆，只消揀幾個晴天，砌了牆，要貴隆進林去砍些樑衍，繕起頂來就搬過去，日子亂翻翻的，靠在一道總多份照應。」

兩個老人家唉聲嘆氣的談起來，兩個小的卻尷尬的待在一邊，沒話可講。銀花不肯進門，低著頭，手捏辮梢兒倚門站著，一腳站門外，一腳踏在柴門檻兒上，人在一身重孝裏顯得分外嬌小，不施胭脂的白臉上凝一層冷冷的憂愁。六指兒貴隆縮在牆角上，雙手抱著胳膊，瞪眼瞅著地，滿地都是篝火，都是銀花的笑臉。不是常在夢裏盼見銀花嗎？銀花在那邊，隔著獵手五福兒的肩膀，看得見她覆在肩上的彎劉海，和她盤弄辮梢的指尖；但那不再是自己夢裏的銀花了。

「貴隆，」老癩子看出兒子的不安，吩咐說：「你揹著斧、鋸和繩，騎驢到碾房去，請二黑兒過來幫幫忙，進林砍木去，廟後搭個叉架，把樑衍、山架先做好，中飯我使瓦罐拎了去，房子讓你舅母跟銀花住，我們襆被在廟裏歇！」

「別去碾房請二黑兒了！」五福兒站起身，束一束腰帶：「我幫貴隆去砍木頭，把新屋蓋好再回去。打獵的掛了銃，閒得人渾身骨頭疼，早回堆上去，也只成天躲反罷了。」

「你歇著罷，五福兒。」老癩子說：「推了半夜的車，你該補一會兒覺了。」

「老爹您忘了？」五福兒迎著晨光伸了伸腰：「往年跟發財叔放車來澤地，哪回夜獵不是通宵……」

日出前，地氣上昇融入晨霧，到處濕漉漉的一片迷濛。六指兒貴隆揹著斧鋸和拉木索走在前面，五福兒隨後跟著，走進密札的野林去，不一會功夫，兩人就走散了。

六指兒貴隆轉過臉，雙手圈成圓筒形，套在嘴上叫：「啊……噢！啊……噢！」這是最古老的密林裏招呼的方法，利用林中濃密的地氣傳聲，那聲音隨著濕潤的空氣一波一波盪開，兩三里外，全能清楚的聽見聲音的方向起自何處。

「啊……噢！啊……噢！」

五福兒的回應聲透過輕霧傳來，聲浪柔潤空靈，像微風中滾動於葉間的露滴。雙方應答之際，回音與回音相撞相擊，這裏那裏，波盪出無數同樣的聲響，彷彿鑽不透林中濕度拉成的巨網，自管盤旋著，久久不散。

聲音還沒消失，五福兒撞破霧氣趕了上來，兩人踩水走過那些相連的淺沼，歇在一根木段兒上。太陽快出來了，好幾道白色的光腳從東邊的雲後衝射出來，一直衝上天頂，六指兒貴隆仰起臉，看得見一綹綹霧氣朝西竄散；慢慢的，陽光下來了！一種初醒的透明的綠光漾動在林葉上，許多隻鳥在各處發出泉似的流鳴，綠光從葉面上隨露珠和鳥語一齊滴落，落在人眼裏、心裏，使人湧一瞳朦朧的過往。

五福兒解下汗巾抹把汗，取下鋸把兒上吊著的牛角油壺，拔開塞子，傾出些黑油來潤鋸齒，指著一棵直幹的沖天楡說：「來吧，兄弟，這棵正夠料，鋸了當正樑！」

鋸木聲那樣有節奏的拉響了，細風晃動頭頂上的葉片，顯露出深藍麗亮的天空；淡紫的野芙蓉和豔黃的星星草在木屑下搖顫著，空氣裏播發出花露、水沼、霧腥和木屑混和的氣味，孕育著無比的和平。

「多好的一塊荒野地，」五福兒戀戀的回望著四周：「等殺人不眨眼的魔王杉胛再清一次鄉，不知又變成什麼樣兒……了……」

細小的汗粒兒從貴隆鼻尖上沁出來，凝聚在那裏，隨著鋸身走動，他的身體跟著前仰後合，呼吸也急迫起來。五福兒偶發的慨嘆把他的不著邊際的思緒打斷了，一剎間，彷彿圍繞在身邊的安謐與和平的感覺，全紛紛的碎成了木屑，在銳利的鋸齒下飄落。

「你說那被歪胡癩兒爺奪了馬的鬼子頭兒要來嗎？」

「就是囉！」五福兒說：「在鬼子區，誰不知杉胛的名字是寫在活活開了膛的胸脯上?!他算是橫行的螃蟹，清鄉的大王，傳說他睡覺，床頭還掛一張硝過的人皮。杉胛抓住中央的人，除了活剝皮，開膛破肚，進電磨眼，還喜歡當著人面露一露他的刀法呢！」

「雜種鬼操的！」貴隆用村野話罵著，吐了一口吐沫：「他露什麼樣的鬼刀法？」

「有人在城裏眼見過杉胛殺人。」五福兒悶沉沉的吐話說：「犯人跪在空場上，伸著脖子等杉胛來收拾，杉胛來後，離犯人背後十步地亮出東洋刀來，一副閉目養神的樣兒，猛可的睜圓了眼，鼓起腮幫，啊啊怪叫著跳撲過去，打犯人頭頂正中下刀，把活生生的人硬劈成兩塊，誇說上秤秤，兩邊準是一樣的斤兩。」

木屑落下來，尖銳的鋸齒在人心上走，六指兒貴隆覺得連心也被鋸碎了。

「要是杉胛表演橫砍，那又不同了。」五福兒木然的說：「一刀砍下去，杉胛就大聲數數，從一吉，利，煞，西……數到整數爲止，單見人頭滾，不見腔子噴血，非等數完十個數才朝外噴紅。那刀要是砍在人腰上，犯人的上半身照樣眨眼，兩手和稀泥似的抓著淌出來的肚腸，杉胛會指著那個半截兒活死人通過翻譯說：『日本皇軍塔塔的（註：多多的），要照這樣，殺光所有的毛猴子！』」

貴隆深深的噓出一口氣，挫動兩邊的牙盤。

「你想想，貴隆。」五福兒停下鋸子：「像杉胛那樣一個凶神，卻被歪胡癩兒爺奪了馬，又廢了一隻胳膊，他會忍下這口氣嗎？聽說這回清鄉，單爲捉他一個人來的！」

「但願歪胡癩兒叔這回瞄得更準些，」貴隆說：「一槍就打碎他的鬼頭！」

五福兒望了貴隆一眼，嘆氣說：「我們只求杉胛不要碰上歪胡癩兒爺就好了，你到底年輕，不知老中央抗日的艱難。有些人拉起槍來不打鬼子，頂著中央牌號混世抽捐，有些人拉起槍幹了八路，專門繳槍扯腿，有幾個真豁著性命打東洋？走遍湖東百里地，人心全向著歪胡癩兒爺了，他是一把大紅傘，替老民百姓遮風擋太陽，他要拉隊伍，我五福兒定跟他去幹！如今他單槍匹馬，碰上鬼還有命嗎？」

「要是他再回澤地，我也跟他走！」貴隆說：「我早賭過咒，要替我媽報……仇！」

「發財嬸害著病，」五福兒說：「你爹也上年紀！你要真的一走，留下銀花怎麼辦？」

貴隆眼裏亮著濕光，沒來的日子誰也料不到，一邊是銀花，爹，舅母，一邊是歪胡癩兒粗獷的豪笑……鋸木聲響著，又停了。五福兒抖起拉木索掛上沖天榆的旁枝，兩人牽索一拉，巨大的倒木聲便傳遍了林子。

風聲一天比一天緊，也只是密雲不雨。

油菜花開的暮春，瘦弱的發財嬸終於撇下銀花撒手過世了。棺材是老癩子爺兒倆打的，圓心的松木十三段，粗糙的棺皮上沒加油漆，她的墳就在廟後，和貴隆她媽並排，墳頭朝著張福堆，墳身是一座長形的浮丘。

老癩子說：「雖說外人不得入祖塋，亂世顧不得那麼多了！她跟貴隆他媽，姑嫂倆生前最投契，借地浮丘，讓她們談談聒聒破悶兒也好！等日後承平了，再運回張福堆跟發財合葬……」

發財嬸下葬第二天，事情發生了。

一張寫在木牌上的告示，被釘在便橋頭的大榆樹上……

第五章・月暈

一小股二黃的保安隊朝澤地拉過來，春三月的太陽暖暖的照在禿龍河東的野地上。隊伍走著，遲緩而且散落，十來個人拉有半里路長。一兩塊狹長的油菜花田橫在亂塚邊，油菜花開得金糊糊的一片，腳步不經意的踏過；許多營營的蜜蜂便驚飛到高處去，在人頭頂上振翅。

荒塚那邊，有幾塊叫做碧玉花的早小麥，已經茁足了節，吐出亮汪汪的穗頭了。而淺沼常攔斷進路，沼裏長著半人高的嫩蘆材，兵士們經過淺沼時，不願弄濕他們的鞋襪，全脫下來，別在腰眼的皮帶裏，捲高褲管，赤足走過來。四野是那樣空曠，地勢越走越低，連人煙也看不到了。

「嗳，頭兒，你把我們朝哪兒帶？」一個包金牙的瘦個兒朝前面那個嚷開了：「我們算是一窩傻鳥！好好的城裏不待，要他娘下窮鄉，拿什麼歪胡癩兒，轉他娘邪窯！你想想，這種鬼地方，荒得人心裏發毛！哪有什麼毛猴子好抓?!」

「小金牙說的不錯！」矮漢子說：「那六萬賞格要是好拿，張世和不會自己來拿?!鬼子藤井中隊下來，全叫燒得片甲不留，咱們這幾個毛人算什麼?只怕肉包子打狗，有去無回罷?!」

「你娘的！說話吉利點！」前面那個轉臉罵說：「人爲財死，鳥爲食亡，要想分那六萬花紅，就得擔點風險！咱們一個班，槍有十來條，他歪胡癩兒再強，也只一個鳥人！活的捉不著他，捉個死的不行嗎！這一路我來催過捐，不會把你們帶迷了的。瞧！那邊的一道土稜子，稜下苦竹叢裏有戶人家，翻過去就看見禿龍河口了。」

前面的停下來，等後面的接上，一路走向土稜子去；穿了一冬的黃布棉軍裝還沒下身，脊背部份叫晒褪了色，留著一道一道的汗斑，腰眼的皮帶被子彈盒兒墜得很緊，使上身臃腫不堪，一群禿尾巴的蚱蜢似的，赤足迸跳著。由於卅多里長路，使他們變得歪歪拐拐，有的脫下棉衣，精赤著上身，有的把長槍當扁擔，一端挑著搶掠來的酒，一端挑著沿路抓來的雞。

為頭的稀麻臉脖上吊付望遠鏡，一邊走，一邊用歪斜的嗓子唱著淫靡的小曲兒：

「遇上那個十七八歲的小大姐，

動手呀去拉扯……三拉呀……兩扯……

扯進了高粱……地。」

另一條沙擦般粗糙的嗓子唱出另一支更淫冶的曲兒，在隊伍壓尾遙遙應和著。

「一摸摸到姐兒的……」忽然頓住了，吃吃的詭異的笑起來，一歪肩托下槍，端平了，拐球兒拉得稀里嘩啦響，朝土稜那邊喳呼說：「狗日的，小舅子！關門閉戶，裏頭定窩藏著毛猴子！」

苦竹叢裏的小屋靜靜的，人早逃空了。幾棵毛桃兒樹的低枝蓋在屋頂上，開滿豔麗的紅花。矮個兒走過去，朝柴門裏張望，罵：「他奶奶的，連鍋全拎走了！」回眼一看，笑說：「虧好沒把水缸頂在頭上，我好舀瓢涼水壓壓渴！」

水缸放在苦竹叢下面，竹枝上吊隻豁口兒的舀水瓢，水被竹光照得綠陰陰的，透著涼意，幾個兵士從矮子背後搶過來要摘瓢舀水喝，被稀麻臉一腳把瓢給踢飛了。

「找死嗎？」他叫嚷說：「荒野地，毛猴子窩！人人全向著中央，你們不想想，他們會留水你喝？怕早下了毒！去，矮腿！揹槍爬到屋後放哨去！咱們就在這兒設卡！」

「架槍罷，兄弟夥，」老鼠臉歪扯著嘴角說：「這趟鄉差，苦來兮嘞！在城裏，多自在，成天啥事不幹，吃喝玩樂，擲骰子開寶，單撐，雙撐，紅黑槓，贏了逛窯子，輸了睡大覺！」

「可不是嘛？」唱十八摸的那個接上碴兒了：「人說：當二黃，下三濫。我說：有錢的差使，無論漢奸王八我都幹！一天只輪一班城門崗，也只是太君來了摘帽子，皇軍來了彎彎腰，有人出進，手一伸就有聯營票！這好！什麼歪胡癩兒把人整慘了！扛洋槍，下窮鄉，見人嚇破膽，石頭都朝你翻白眼：——我說，頭兒，咱這夥人，你是頭，你好歹拿個主意罷，千萬別叫人拿當兔子打，攫去連皮扒！」

「梁一金你這小子！」稀麻臉說：「要扒我扒你大妹子，儘揀晦氣話說！你是什麼意思？夥計們！」他提高喉嚨喊說：「這是在荒盪兒裏，不是在城裏，躲在鬼子翅膀拐兒底乘涼；咱們卡哨設在這兒，白天放單哨，夜晚放複哨，這兒地勢高，眼界闊，四邊不靠，不會叫人摸了哨去。要是過禿龍河，千萬別單溜，至少要去一半人，才不會叫人窩住。你們要腦袋的，可聽清了！出門手不離槍，槍火要壓膛，望見馬影兒，就替我拉平了放！」

一隻黑胡蜂不知從哪兒飛過來，大模大樣的落在稀麻臉的耳朵上，稀麻臉伸手一拍沒拍著，黑胡蜂扎了他一傢伙，扎得稀麻臉吱牙閉眼蹲在地上，雙手抱著半邊頭，嘶呀嘶的吸氣。鬨笑傳染開來，有人脫下帽殼兒搖著叫：「來這邊，來這邊，不管錢多少，大夥開場小寶玩！」

賭徒們圍聚到一堆去了。

傍晚時分，滿野起了紫霾霾的霧，稀麻臉和他的手下蹲在稜脊的草叢裏朝西守望著。起霧前，遠遠的地方響起一串低沉古怪的牛角聲，嘟──嘟──嘟──嘟──聲音裏透著原始的恐怖和荒野的淒涼。賭徒們也被那綿長的哨角聲驚呆了，紛紛爬出哨所，上了土稜。

「會……會……會是歪胡癩兒罷?!」大腦袋細脖子的漢子有點發抖，把槍摟得更緊了。

沒有人答腔。雖說在城裏，好些人全從紛亂的賭場上聽過一些關於歪胡癩兒的傳說，在白天，仗著人多勢眾，還開玩笑壯膽子，天一近晚，膽子就變小了，霧使他們看不見遠處，連禿龍河上的便橋的影子也隱沒了。一個班的人，只有稀麻臉跟游擊隊接過幾場火，其下餘，拿槍只是做樣兒，還不及燒火棍順手。

「聽，那邊像有馬蹄撥地……」稀麻臉伏下身，耳朵貼地說：「糟，牠轉到咱們後面來了！夥計，快掉轉槍口，準備放排槍蓋他！」

嘟──嘟──嘟，奇怪的牛角聲又吹響了。一種紛亂、急促而清晰的馬蹄聲繞著土稜子響了一圈，蹄聲頓然止住，哨角聲變得尖拔嘹亮了。在滿天紅雲的襯映下，霧氣是一片透亮的混沌，不斷湧騰著，旋降旋昇，肉眼全能看出微濛的霧粒在一片悶鬱的空氣中動盪，像黏膩的蛛絲一樣纏繞著人。

「紅霧主兵凶。」誰那樣說了：「一場惡火是抹不掉的了！」

「歪胡癩兒難道有耳報神？」矮腿咕噥說：「我們上午到，他下午就趕來端熱鍋！頭……頭兒，你鬼話劉基，說歪胡癩兒單人獨馬，這回你該聽著了，這是放群馬，至少也有十幾廿匹，若是拿韁硬撲，小小的土稜子全能踩平……怎……怎麼是……好……」

平常吹牛吹慣了的稀麻臉夾著槍，縮頭蹲在草棵裏像隻受了驚的刺蝟，剛張嘴，上牙和下牙就沒命打顫咬破了舌頭：「我操他……的嗳！倒楣的霧，把人弄成……睜眼大……瞎兒！這不是白日遭鬼迷……了！」

牛角聲停了，四周一片死寂。

唱十八摸的梁一金爬過來說：「還等個屁嗎，咱們吃人家包子當餡心兒啦！依我看，先理平了朝柴地那邊拖三槍，試試動靜，好就待著，不好，趁霧好跑！等露水下來，消了霧，想跑就晚了。」

稀麻臉沒開腔，苦著臉聳了聳肩膀。

那邊的矮子指著柴地邊沿說：「看，那不是馬？」

太陽下去了，紅霧的光彩轉黯，變成乳白帶赭色，被看不見的露水迫落，貼在地面上，一動不動的凝結著，淡藍的天被欲去的殘霞刷上一層玄紫色，一顆孤獨的早星在遙遠的天邊眨眼。那匹馬的影子出現在一大片淺沼邊沿，霧暈遮住了馬腹，只顯出馬上的人影和一些高拔的蘆材錐形尖梢，馬是異常高大的，青灰帶白，人影只是一團輪廓，頭部貼在天角上微晃。

「我的媽！」一個驚叫說：「那不是南木大佐懸賞緝拿的白馬歪胡癩兒嗎？他的腦瓜值六萬呀！」

「冷槍先撂倒他，割了頭就領賞呀！」

稀麻臉一把沒拉住，財迷心竅的矮腿壓下了扳機。霧裏的槍聲是一片嘩嘩無盡的巨響，槍口的藍煙嬝繞著，遍天澈地都波傳著餘音，受驚的那匹馬昂立起來，馬上的人翻落下去，緊跟著地上傳來幾聲哀呼呼的馬匹的長嘶。一些伏身在土稜上懦弱的賭徒們被六萬元賞格弄昏了，竟然勇敢起來，矮腿帶著頭，驚窩野兔似的跳起來，發狂的奔下土稜，後面有兩三個跟著，邊跑邊叫：「揍倒了！揍倒……啦！大夥兒分六萬啦！」

矮腿不服氣，嚷說：「我打的！我打的！分你媽的蛋！」

六萬塊錢在人心裏滾動，還有兩個想跟過去搶人頭，被稀麻臉扯住了，悄聲說：「別昏頭，人家全是匿在暗裏，矮腿……完蛋了……」

話沒說完，一梭炒豆似的匣槍甩響了，跟在矮腿後面那幾個像絆著大泥塊一樣，膝蓋一軟就倒進暗霧裏去了。矮腿衝到淺沼邊，正想蹲下身找屍首，迎面飛來一攮子，正插進左邊心口窩，哎喲哎喲的傳出一陣怪叫，丟了帽子，雙手抱著裏紅布的攮柄兒朝回跑，叫得比哭得還難聽。

就在矮腿挨攮子同時，一條黑影跳立起來，撮嘴響了一響刺耳的唿哨，憑空飛躍上馬背，抖韁打一個盤旋，獨哨過土稜來。黝黯的光勾出他衣裳的顏色，一身老藍褂褲，蹬著皮底麻鞋；領口大敞著，露出茸茸的胸毛；寬斗笠結著大紅纓兒，掀在脊背上；露出新剃的光腦殼，像隻上了釉的磁葫蘆；匣槍兩把，一左一右斜插在腰眼，槍柄下拖垂著粗勃勃的黃流蘇，打著五股燈芯結。青灰帶白的馬不停的盤迴著，那漢子一手叉著腰，露出一口磔磔的牙。

矮腿的喊聲愈來愈弱，踉蹌的朝土稜上爬著。那漢子嘿嘿的笑著，衝著土稜上面八九支顫索的槍口發話了：「報個萬兒罷，上頭的幾位二哥，黑吃黑不是這等吃法兒，姓祁的恁啥沒有，只有一顆不值錢的老光頭，擰的去也換不著一隻西瓜！」

稀麻臉是隻老奸巨猾的狐狸，一聽來人發話的口音，眼就亮了，回話說：「江是江，河是河，是我們弄岔了。我們是縣城來的保安隊，一向伺候張世和張大爺，這回也是受了鬼子逼，差下來搜尋歪胡癩兒的。適才霧大，幾個不識事的弟兄認錯了頭，累您大爺受驚。請問字號是？」

「你料中了！」那人說：「咱們是十一路，『土』字號兒！眼亮的，把那幾根燒火棍扔了罷，咱們頭兒誰的賬全不買，東洋鬼子遇上咱們，照開他的盤兒！」

「張……張大爺……也是混世出生。」稀麻臉有點發毛了：「雖說接了鬼子的差使，暗裏對各門各路都有照應。兄弟吃的公門飯，奉的是差遣，沒了槍，回去何止挨板子受罪，槍斃都算輕的了，求您好歹招呼點兒罷……」

馬上的漢子冷下臉來：「走遍北地八縣，你早該聽聽盧志高盧大爺的名，盤兒開出口，平地起山，誰也甭想還一分價，扔槍走路算你們走運，要是今晚遇的不是我祁老大，換了歪胡癩兒，那你們準砸鍋！憑你們這幾個毛人，也想緝拿歪胡癩兒?!那，盧大爺還要盤馬下湖東嗎？」

「你們也是來拿歪胡癩兒的？」老鼠臉插嘴說：「我們幾桿槍貼一貼，幫你們的忙，腦袋不敢要，分隻耳朵也好交差……」

「少廢話！咱們盧大爺只逼歪胡癩兒入夥，做個二大王，你他娘一窩螞蟻也想抬老虎？真他娘做夢！——嘿！扔槍不扔槍?!不扔大爺就要硬拿了！」

稀麻臉偷眼望望四周，蓋地的白霧化成一片鈍重的濕暈，把野地上的一切都掩覆在裏面，西邊的餘光消盡了，黑幕低低張掛下來，遠近一片朦朧，只有半疏不密的星在藍黑裏閃爍著。三月下旬，月亮要在初更末昇起，這正是趁黑開溜的機會，稀麻臉吃過虧，明知七八根槍碰上百里聞名的馬賊，送上口，他們絕不嫌塞牙，事到急處，只有拔腿的份兒。

祁老大兜馬哨了幾個來回，見稜上還沒動靜，潑口罵說：「泡你娘窮蘑菇！大爺不耐煩了！」兩膝猛一夾馬，身形緊伏在鞍上，朝天響了連環槍，青鬃馬向斜刺裏掠開，遁進濛黑，隨著那兩聲訊號，牛角猛然嚎哭起來，馬蹄潑風壓過，滾上了土稜。前後不到半盞茶功夫，雙方都只放了一排槍，土稜就換了主，稀麻臉帶的一班人留下四具死屍，一個帶傷的。祁老大擎起燃著的火把，擰起帶傷的那人的衣領，問說：「還有人呢?!」

被拎的老鼠臉傷在肋骨上，滿嘴溢血，呃呃地說：「還有三個……朝……朝……西跑了……」

祁老大鬆下他，在已經伸了腿的矮子胸口，拔出他自己的攮子，在鞋底上擦了擦血，正想送回鞘去，老鼠臉哀懇的眼神使他軟了手。

「你要嗎？」他說。老鼠臉只點一下頭，祁老大就蹲身給他一攮子，老鼠臉牙一呲，渾身緩緩挺起，帶著心甘情願的樣子伸了腿。祁老大回手一抽，血從他胸窩放出來，身子緩緩的還了原。另一個馬賊伸出手，替老鼠臉捏闔了眼皮。

「馬進禿龍河西！」祁老大說：「把那三個刨掉！」

那三個早在祁老大朝天響槍時抱槍滾下稜坡，稀麻臉跟包金牙的瘦個兒滾落在一個泥塘裏，塘裏也生著蘆材，黑暗隔住他們，只聽見對方咻喘和水泡汩汩上升破裂的聲音。

「還有誰滾下來了？」稀麻臉全身蹲在水裏，只露出半個腦袋。

「梁一金！」瘦個兒說：「他朝西單溜掉了！」

排槍在頭頂上爆響，兩人爬進塘西的灌木。

「趁黑奔過河去，」稀麻臉：「那邊林子密，躲得人。」

「爲什麼不朝東回陳集？」瘦個兒說。

「想送命才朝東。」稀麻臉說：「人能跑得贏馬嗎？過了卞家圩，路只一條，他們找你像口袋裏掏錢一樣方便！馬賊再兇悍，也守著『遇林不入』的規矩，防人黑裏暗算。」

兩人在濕暈裏彎腰朝西溜，火把已照亮了身後的稜脊。過了禿龍河上的便橋，野林子深得像片黑海，兩人惶急無路，一頭就泅進去了。卡住橋口！誰在遠處喊著。透過林葉的火把是無數彩色的金針，一群馬在林外急敲過去了。兩人向深處摸索。

三月的野林子發出重濁的霉溼味，到處全是蛛絲、蔓藤和一些長在大氣裏的鬚根。兩人好比一對昏鳥，開頭還拿穩方向朝西跑，幾個筋斗一栽，東西南北也分不清了；稀麻臉提心吊膽跑在前頭，跑不上一會兒，跟瘦個兒也跑分了家，獨個兒亂摸。馬蹄聲是聽不見了，火光也隱沒了，星芒透不過密葉，滿眼是惡毒毒的黑暗。

約莫到了二更天，摸到林子邊兒上，月亮起暈了，橙色暈輪迴映在一座巨大的水塘上，稀麻臉跌坐在彎柳樹下，歇著。四周靜悄悄的沒一點動靜，連狗叫聲也聽不見。塘面上的暈輪越染越大，天腳的雲霞橙紅透亮得像燒起另一把晚霞；慢慢的，月亮出來了，透過溼氣，搖漾在水中半圓半扁，像一隻透紅的柿餅。

「操他娘，」稀麻臉自言自語，像在埋怨誰：「一個班，十來個人，一把茅草似的不經燒！」拐著腳挨到塘邊，掬了一捧水喝，又洗了洗臉上的泥污，沿塘轉向北邊去。那邊有座莊院，高高的瓦脊上留著月亮。

「走！抓個人帶路去。」稀麻臉想：「只要馬賊撲空退走，我得連夜繞路回陳集，天亮就回到隊部了！」這麼一想，人就一路歪斜撞了過去。

人到心虛膽怯的當口，連狗也不敢驚，沒到莊頭就伏下身，揀僻處爬，黑處溜。那邊是石屋的高牆，順牆搭一道長棚，有好些牲口在月光裏拂尾。稀麻臉踅過長棚，一條扁扁的燈火亮從碾房裏擠出來，兩個人正坐在碾盤上說話，二黃長，馬賊短，聲音很低，聽不甚清。

稀麻臉從半掩的門縫擠進去，槍口衝準了碾盤上的兩個說：「別動！夥計，我只是想請個人帶帶路，繞到禿龍河東就行。」

碾盤上坐的正是老癩子和二黑兒。老癩子白天下田看麥，瞅見河東土稜子上放了崗哨，又聽說馬賊盧大胖子掠了北邊幾座大莊子，下午便騎驢到西邊莊戶上送信，回程經過青石屋，槍聲火把亂成一片，大陣馬賊飛滾進澤地來，只好拴了驢，躲進碾房，聽著馬賊向西去了，正想拉驢回火神廟，偏又遇上稀麻臉，冒失鬼似的進屋，黑洞洞的槍口指著人。

「老鄉，我弄不清你的意思？」二黑兒說：「你究竟打哪來？想到哪兒去？你不說清楚，這個路不好帶。」

「我帶一班人從縣城經陳集一路下來，剛設了卡，想捉什麼歪胡癲兒，誰知碰上了馬賊盧大胖手下的一夥人，隊伍叫衝垮了！」稀麻臉說：「馬賊仗火追逼我，河西路又不熟，便橋又被他們卡住了，闖不得，勢非繞路不可！」

壁洞裏的菜油燈噗噗的跳著燄舌，二黑兒站起來，緊一緊腰帶，把稀麻臉從頭到腳掠了一眼說：「跟我走罷，用不著端槍做勢，沒人把你怎麼樣的！」

稀麻臉不懷好意的笑著說：「黑夥計，你說的倒爽快，俗說：人心隔肚皮，虎心隔毛衣！我知你心裏怎麼個想法兒？你小心點，路上出了岔兒，我槍口是六親不認的！」

二黑兒沒吭氣，領著稀麻臉走出碾房，兩人穿過一段月亮地，翻過荆家泓，又進了那片密札的野林子，這回再進林子，更覺林裏暗得怕人。二黑兒竄行快得很，硬催稀麻臉跟上；稀麻臉騎虎難下，既怕二黑兒趁黑溜了，把自己丟在林裏，又怕這黑小子抽冷子玩出別的花樣。

樹林越走越密，月光也篩不下來，偶逢一兩處林木稀薄的地方，才看得見月光的影子，斑斑駁駁，像一地白鵝蛋。大半晌走下來，累得人渾身發軟，噓噓的喘個不歇；路上不留神，衣裳也被杈枝刮裂了，頭撞在樹幹上，腫了老鼠大一塊疙瘩，腳底下，三步不離小水坑，鞋子透了底，一腳都是污泥。

那邊又聽見吹牛角，一排槍響得很密。隨後又聽見火銃聲，蓬呀蓬的，好像吹炸了豬尿泡。

「馬賊跟誰又接上火了?!」稀麻臉說：「你聽，那邊的槍聲炸豆似的！」

「準是石家土堡，石老爹悍得很，攔住他們不讓朝西！」

「你搞的什麼鬼?!」稀麻臉仗著有槍在手上，罵說：「我要朝東，你偏領我朝西?!把我領到什麼鬼地方來了?你要想耍花樣，小心我撂倒你！」

二黑兒把身子朝樹上一靠，兩手一攤說：「你別嚇唬人！實跟你說了罷，今夜沒有我，你休想活著走出林子。這兒是澤地，不是在城裏！你落單一個人，狼不把你吃了，莊上人圍住你，刀槍棍棒齊來，也把你砸成肉餅兒了！你信我，跟我走，不信，你認我腦門放一槍試試，包你看不見明早出太陽！」

稀麻臉硬叫嚇住了，放眼望不盡的黑使他軟下話頭：「別當真，黑兄弟，我只是一時情急了，人怕踩生路，尤獨悶在林裏，星全不好認，我弄不清方向……」

「這正朝西南走。」二黑兒在心裏笑：「再有三里到狼壇，順雷家溝下去，不出二里就到大湖邊，餓了雖沒飯吃，渴了倒有水喝。」

「不對勁！」稀麻臉縮了縮腦袋：「你送我到河東，我送你一捲簇新的聯營票。」

「我們這兒不用那種鬼燒紙！」二黑兒說：「我勸你不要急著朝東走，如今你算在甕裏，一伸頭，就有人搦住你的脖子！湖邊有條運草的船，正要起帆去順河集，走水路，雖說多繞幾十里地，那要安穩得多！」

「好！好！」稀麻臉說：「只要我能回去，一定記著，薦你進城吃份糧去，騎大馬，扛洋槍，比你待鄉角強多了！」

在望不透的黑裏，二黑兒笑得有些異樣，可惜稀麻臉看不到笑裏隱伏的殺機。兩人又穿林朝西走，槍聲、銃聲、牛角聲仍在北邊響著。

有宗事兒在二黑兒心裏翻騰著，石家土堡能抗馬賊，歪胡癩兒爺能打鬼子，我能帶路放走一個二黃?!當漢奸，作威福，專舐鬼子油屁眼兒，這種人天下第一可殺，我今夜放了他，讓他再去殺人嗎?!事情就那麼定了，這個稀麻臉非做掉不可！

走著走著，林梢稀薄了，露出一塊天來。

「黑兄弟，你瞧！」稀麻臉像撿著寶貝，叫說：「這不是出了林子了！」

「這是雷家溝，只是把林子隔開罷了！」

「這又該朝哪兒走？」

「踩水過去。」二黑兒心不在焉的：「先到狼壇歇歇腳，喘口氣，我再領你到湖邊去上船！」

兩人順著泓叉口摸上了狼壇，天到四更了。露水重得很，濕衣貼在肉上，冷得人打抖。石家土堡那邊，槍聲、銃聲全沉落了，卻騰起一片黯紅的火光。稀麻臉靠在碑石上，平伸著兩腿，嗨嘆了一聲，他看得見高高的古樹盤曲猙獰的枝影貼在天上，細枝間只分聚一些細小、萎縮的圓耳形的葉子，尖細的夜風在枝間發出撕裂什麼似的尖嘯，偏西的月亮高而冷，一片慘白色，把魔指一般的樹影印在他的額頭上。一刹那，城門、賭場、大煙燈，全被魔指一般的枝影抓走了，古樹在慘笑，身邊的黑夜充滿了前所未有的恐懼和不祥。

「這算什麼鬼地方？」他說：「起壇供狼……」

「想來你沒聽說過了？」二黑兒脫下濕衣來擰水，眼睛盯在遠處的火光上：「澤地是塊神奇地，南邊火神廟裏，有位威靈赫赫的火神爺，腳下是座狼壇。狼害了人，狼神也會要牠的命，奸邪鬼魅進澤地，絕沒好下場……你要聽過那些神奇事，諒你也不敢朝裏闖！」

「不能提！」稀麻臉說：「若不是奉差遣，來捉那個歪胡癩兒，誰願下這窮鄉來?!」

「就憑你們這個樣兒，連馬賊全打不得，也想捉歪胡癩兒?!」二黑兒得意起來：「他有神保著，佛佑著，莫講你來十幾個人，你就拉來千兒八百人，照樣靠不上他的邊！人家那種槍法還了得，人家說：我要打那傢伙鼻子，槍子兒絕不亂找他的眼。」

稀麻臉格楞楞打了個寒噤，手裏的槍抓得更緊了。

「三星快偏西了。」二黑兒抓著絞緊的濕衣說：「天頂風急，雲跑得多快！」

稀麻臉剛一抬頭，就覺眼前一黑，被二黑兒抖起濕衣套住了脖子。二黑兒一斜肩，揹了對方就跑！稀麻臉咽喉被勒得嘣嘣響，噢噢呃呃，吐不出一句話來。二黑兒跑得更快。稀麻臉空自橫端著大槍，一點也用不上，朝空裏搗了兩下，手指一壓，響了一槍，就把槍給扔了。二黑兒絆著一條凸出的樹根，差點摔跤。稀麻臉騰出手反扯他的肩膀，潑楞潑楞腿亂騷。二黑兒吸了口氣，沒命的緊絞濕衣，朝雷莊那邊跑。慢慢的，稀麻臉變老實了，只落下腳跟拖地的聲音。

小土地廟在前面，二黑兒抬眼功夫，小土地廟又摔落到身後去了。稀麻臉的腦袋在自己肩背上搖晃得像鼓捶兒打鼓，兩隻軟軟下垂的膀子老碰著腳跟。稀麻臉像隻沒毛的瘦公雞，不打秤，扛在肩膀還不及半袋荳兒重呢！別看這種虛貨，槍在他手上就是活老虎，張口就吃得人。那不是雷莊嗎？許多人都站在麥場邊的草垛頂上，抬著手看石家土堡的火勢。

二黑兒奔至麥場上，還是不敢停住腳，扛著稀麻臉繞圈子跑，邊跑邊喊說：「雷莊的，都來瞧啊！我扛了個活二黃回來了！」

看火的聽這一喊，火也不看了，全攏來看那活二黃；月亮大斜西，白沙沙的麥場像一汪水，一個精赤上身的漢子扛狗似的扛著一個人，那人不像人，活像一條剛拔出的藕，渾身上下全是泥污。立刻有人認出二黑兒來，叫說：「二黑兒，你停停，打哪兒扛個泥人來的？」

有人挑著紙燈籠來，麥場邊人頭亂晃，二黑兒又跑了十來圈，還是跑。

「當心跑得血奔心！」雷二先生也來了，排開人上前說：「你就停下來，他也跑不了！」

二黑兒喘吁吁的說：「二……二先生……不是我不停……腳……，這傢伙沒死……透，一路打我腳……跟……」

雷二先生趕上去把他拖住，二黑兒才鬆手放下稀麻臉。

有些膽子大的挑著燈籠圍過來，扳過稀麻臉試鼻息。雷二先生救人救慣了，被擠在人圈外邊，還伸頭叫說：「看看他，還有救沒有？」

「二爺您自己瞧罷！」

人圈閃開來，燈籠光落在稀麻臉的屍首上，臉色青紫得像塊豬肝，舌頭堵在嘴唇中間像啣了什麼（註：男子吊勒致死，舌頭並不拖出），連兩隻眼珠全擠出來了！」

「可憐！」雷二先生說：「哪兒是活的，怕早就涼了！」

二黑兒木樁站地，牛喘說：「明明是活的，我只扛了他不上二里地，怎麼就死透了?!」

「你瞧，他鼻孔出血，一襠尿屎！還說沒死透呢！」

二黑兒看著稀麻臉，又抬眼掃掃四周，凝定的眼珠轉動了，彷彿從夢魘中清醒，猛可的雙手捂住臉，軟軟的蹲了下去。「我沒想到，」他呻吟說：「我沒想到會殺了……人！」

「也怪不得你。」雷老實長嘆說：「天下亂了，這種鬼東西哪算人，留他活在世上賽過虎狼……留他也是害人……我們祠上有口壽材，讓他睡，家家多唸幾番經咒超度他罷……了……！」

一些莊漢抬來一扇板門，把稀麻臉的屍首抬到村外去沖刷。二黑兒想起什麼說：「那傢伙還扔了一支洋槍在路上，等我去撿了來！」

二黑兒去不多久，拉著一輛手車回來了，東方已經發了白，推車的是李聾子，車上又推來一具屍首，是個骨稜稜的瘦個兒，那傢伙死得很安靜，渾身好好兒的沒帶一點兒傷，只是腦門正中嵌了一把鋒利的草鐮刀，刀背兒雖砍進去了，木柄兒還留在外頭，手車輪子滾一滾，那隻木柄兒就搖一搖。

對旁人的詢問，李聾子也聽不見，只顧指手劃腳說：「我正在劈蘆材編蓆兒，這個傢伙一陣風把柴門奪開了，我以爲是草狼，沒抬頭就是一刀！他挨了刀沒倒，退兩步靠在牆頭上，眼翻雞蛋大瞪瞅著我！我一嚇，趕急推他來看二先生，沒敢拔刀，怕他中了大頭風，誰知走到半路，遇見二黑兒，才看出他沒救……了……」

「只算他命裏註定該死，」雷老實說：「要不然，他不會遇上你這楞人。」

早霞在參差的屋後燒起來了，清新、潤濕而柔媚，不像貨郎挑上的胭脂，野地綻開的芙蓉，而像農女頰上兩抹自然的暈紅，飽蘊著生意。一夜的動亂過去了，驚恐也隨著消逝了，彷彿槍聲、火光、馬嘶都只是一場惡夢，對於死者，鄉民沒有憤懣，只有悲憫的嘆息。

二黑兒經過石家土堡，餘火仍在燒著，有四五戶人家成了胡牆框兒，頹落的樑木吐著青煙。石家一族集了廿多管火銃力扼馬賊，石倫老爹率著四管連環銃扛在堡樓最上層，其餘的分伏在屋脊上，把住堡西的長牆。夜半的光景，馬賊撲了四次，全叫擋了回去，壓尾馬賊惱羞成怒，朝草房頂上飛擲火把，引起一片大火。

到東方吐白，堡裏有四個中槍死了，石老爹自己的膀彎也帶了彩，馬賊也沒佔多大便宜，屍首馱在馬上運走了，但死馬卻留下了三匹，臨退時，在莊頭的路中間，釘下一根剝了皮的狼牙椿，椿尖上掛著一件染紅的血衣，那是發誓報仇的記號。

「讓木椿留在那裏！」石老爹說：「不是嗎？二黑兒，天下只有土匪打百姓，沒有百姓找著土匪打的，由他好了！沒人削去他們的馬蹄！」

過後，人們才知火神廟也出了事，一個二黃撞進老癩子的茅屋，抓住六指兒貴隆問路。

「我朝正南一指，」貴隆說：「那傢伙就到狼窩送食去了！」

「人可不是我兒子殺的，」老癩子逢人就說：「那傢伙指明要去順河集，貴隆方向沒指岔，狼假如要吃了他，那是狼作孽，與人不相干。」

無論人也罷，狼也罷，事情總算過去了。荒原靜謐如常，季節推移著，吐火的南風開始吹刮，在那些林野中間，一些散落的麥田由青轉黃了，風起時，響一片沙沙的擦禾聲。去年秋分後，早點的孔麥吐足狗尾穗兒，沉甸甸的懸掛在禾梢上，莊稼人一眼就秤得出它的重量。

大麥田有著與眾不同的刺眼的杏黃色，穗頭帶著長芒，陽光落在芒刺上，金針一般的閃亮。早小麥碧玉花的穗兒呈玉色，顆粒圓潤，彷彿剛濯過一場潤田暖雨。飽食的野姑姑鳥在樹梢上啼叫著，啼聲徐緩，帶幾分淒婉的甜味；布穀鳥的啼聲卻是輕快愉悅的，在極高的藍空裏振翅，到處瀉著歡唱的流泉；短而肥的黃燜兒就在麥田中營巢並且生蛋；向不營巢的黑老鴉兒有三喜鵲窩可佔，成天不合調的喳喳亂叫。野草長得密而深，牛羊吃不盡它們，割草的鐮刀也阻不了它們，草叢中，野螂蛉在飛著，灰蚱蜢在跳著，自成牠們小小的天地。

無休無盡的南風盪過來，麥田裏守望的草人也醉了，破芭蕉扇日夜不停的招搖著，直到凝一宵濃露在破笠上，才有一陣早睡。盤曲的夏家泓劃開荒野的顏色，一邊是濃得化不開的墨綠，一邊是驚人的強烈的殷紅，成熟的紅草不甘寂寞，常掀起翻天蓋地的草浪，霉濕的草味瀰滿澤地，和大野上的芬芳混和在一起，化成一種特殊成熟的氣味，進入人們的肺腑。

風暴在遠天鬱結著，旱閃常刷白黑夜，像老天爺眨眼，顯示著某一種暈炫人心的預兆。但風暴沒有臨頭，莊稼人的「亂世眼」在心裏閉上了，睜開的眼裏，只看見這一季將臨的豐穫和短到不可再短的平靜。

在聽不見槍聲的時刻，破胡琴總啞啞的響著，響過那些星夜那些月光。稀麻臉帶來的那一班人，已被埋在禿龍河岸的高坡上，相連相接的墳頭早蓋上一層茂草。

「亂世裏，不『能』不『死』，不『死』不『能』。」一夜在麥場邊守著月出，老癩子跟貴隆和坐在一旁的銀花說：「這是碾房老神仙扶乩，呂祖（註：即呂洞賓）臨壇說的偈語，我可猜不透這個意思?!像銀花她爹媽，你那死去的媽，『能』在哪裏？」

貴隆咬著嘴唇，揣摩說：「這話不是指我們耕田種地人說的，指的是那些依槍仗馬的人！像那十來個二黃，活著硬充『能』，要拿歪胡癩兒叔，好領那六萬花紅，結果人沒拿得著，自家卻沒留一條整屍首！這不是能把『命』送在『能』字上嗎?!」

「你要生在供得書進得學的人家，那就不得了！」老癩子誇讚說：「真有點鬼頭聰明！……提起死人來，我心思就來了，清明前後一場亂，死人的墳沒圓，紙箔也沒化，趁麥前，抽天空兒，屋後墳頭添鍬土去！佛壇上還賸的有紙箔，銀花撿去摺摺紙錠兒，一分兩份，一份兒燒給妳爹媽，一份燒給他媽，另抓半籃子，我拎上河崖去化給那些凶死鬼，消冤除怨，齋發齋發他們！天下沒有恨死人的，別看他們生前作惡，如今在閻王爺面前，不知挨什麼刑，受什麼罪呢……」

孤淒羞澀的銀花在黑角裏說話了，聲音細柔，蘊著淚：「誰會看見那一陣消冤除怨的紙灰？」

而貴隆沒講話，他兩眼不瞬的凝望著天腳，旱閃彷彿要撕裂什麼，不斷的拉著閃著，它每亮一回，大地就整陷進慘白裏去，像要被連根拔起一般，有一種可怖的嘩笑，野蠻的嘩笑，在天在地，在這裏那裏，在東邊西邊一齊湧進心裏來，黑影在擴大擴大擴大，湖水在暴漲暴漲暴漲……黑暗，慘白，一片汪洋，蓮花寶座上的神像搖盪了，風在呼吼，幽冥在傾覆，鬼靈在朝外滾湧，……一道奇長的旱閃亮過去了。

「你在楞個什麼？」老癩子用煙袋頭敲著地問說。

「月亮起暈了。」銀花在那邊幽語。

貴隆直了直腰說：「我在記罣起歪胡癩兒叔來了。早先他歇在廟堂裏，跟我說過：『即算天頂老天有靈光，報應也要人來彰顯！天下變了，人人若還抱著田地啃，縮頭不問天外事，誰替老天行那正理，扶那正道?!』如今，他又不知到哪兒啦！二月裏，五福兒哥說：『要是歪胡癩兒爺拉隊伍，我定跟他去幹！』……我說，爹，要是他真回澤地來，我也想抓槍了，我不恨『死』的，恨那幫『活』在世上的邪魔！」

老癩子嗨了一聲：「我老了，貴隆，有條心思沒了！今夜當你跟銀花的面說：要不是亂成這樣，銀花不會家破人亡，讓我把個沒過門的媳婦牽在手邊。我的喘病常發，一回比一回兇，哪天氣不來，誰替你們做主?荒亂年成，一天抵上一年過，等到守完三年孝，又不知變成什麼樣兒了？我打算在死人墳頭燒紙箔，通通心意，早點爲你倆除孝，今年入冬就圓房，我撒手一走，你們兩口合一口，你打算怎樣，自有媳婦跟你商量。要不然，就像一對悶葫蘆，對面碰不響，叫我對死人也不好交代。」

三個全靜默下來，銀花無聲的啜泣著，手捂著臉，頭埋在兩膝間，輕輕抽動肩膀。旱閃停了。月亮正在出雲，黃澄澄的在橫雲裏上昇，一陣光亮，一陣黯影，就像人活在世上遭逢的一樣。

露落著。一行木槿花在溫柔的哀感裏張蕊了。

第六章・何指揮

喬鐵匠在收麥前來到澤地送鐮刀，說是麥要搶著收割，北地逃難人像陣烏鴉，黑壓壓的落滿北三河，不定要湧過來，許多大莊子爲保糧，提防難民搶麥，紛紛拉起聯莊銃隊，大小刀會（註：民間迷信組織），佔高地，守墳頭，不准難民靠近麥地。

澤地的人騷動起來，幾百口人聚到火神廟來，商議怎樣保糧。年輕的一輩人，石七、魏四、二黑兒，夏家泓北的散戶何豁嘴，雷莊的方樑、小羊角，全主張拉起聯莊銃隊來，集起小刀會的幾十口單刀，扼住禿龍河。

「糧是莊稼人的命，不能讓吃大攤的搶空！」何豁嘴的嘴唇三瓣兒，說話不關風：「我自家不過三四畝地，說這話，全是爲大家！小刀會，我領會，宗刀（註：小刀會為義和團失敗後分散各地的殘餘組織，會宗、會旨多不一致，宗刀，又稱祖師刀，蘇北一帶，有以刀代祖者）供在神壇上，只消大夥議定起壇，拜祖聚刀，吞硃砂符，喝神砂水，我不能藏頭縮腦。」

「起刀只是擺架勢，」土堡的石七說：「這也不是抗東洋，打土匪，不過是鎮著饑民，不准他們亂搶罷了！我們堡裏銃槍多，上回盧大胖子的馬賊一頭撞上，也像撞了鐵板。只消幾個老頭兒點點頭，立即就能拉出來了！」

廟外的方場上，人頭擠得滿滿的，爭著爬上石級去說話。

石七正說著，頭一抬，老癩子佝著腰打人叢裏擠進來，攔住石七說：「石家土堡，家是你當，還是石老爹當?!你們這些年輕人，沒經過事，多年沒起荒亂，你們不知澤地上那些老祖宗流傳的規矩。借老神仙的話說：『不論世道如何，荒旱總是有的，一方自有一方禍福，天知人不知罷了！你田地就是烏金做的，也保不得逃荒避難去外方。』你今朝怎樣待人，人明朝怎樣待你！我們祖上也是逃荒避難來澤地安的家，立的業！千萬不能揭了瘡疤忘了疼！」

「照您說，該怎辦？」石七是個火燒脾氣，除了服他叔祖石老爹，旁人別想倒抹他的毛：「難道任人把麥給搶光？勒著肚皮活到來年?!」

那邊傳來牲口叫。有人叫說：「石老七，槓子別抬了；你瞧誰來了?!」石七頭一抬，話頭悶下去，嘴還張著沒動，人就木樁似的楞在那裏了。石倫老爹穿著白褂褲，抹汗手巾搭在肩上，搧著竹斗笠，上了廟門的石級。

「傳說逃荒人要過禿龍河，」石倫說：「你們就大驚小怪起來了！又要拉銃隊，又要集刀會，這是什麼話?!上代留了老規矩，我們照規矩辦！他們結隊吃大攤，也是有頭有腦的，各家留出賑荒的地來，收了麥積在野場上（**註：麥田多的莊戶，為趕碾打糧食，常在田野間壓出一方麥場，通稱野場**）等他們扒！他們要吃水，我們挑塘挖井！他們要搭棚，我們砍木拉蘆材！澤地向不虧待外處人！」

一番話像一盆水，把喧嘩壓落了。石倫老爹並沒住口，咳嗽兩聲又說：「爲保家保產，怕家小受牽連，鬼子來了，二黃來了，八路來了，我們忍氣吞聲掛銃藏刀，罪還沒受夠嗎?!我們收了糧，捏著鼻子被刮去上了捐稅，難道捨不得拿它賑濟難民?!禿龍河不擋逃荒避難的！有糧大家吃，有苦大家挨！日後集起銃隊，興起刀會來，抗強抗暴才是漢子。用不著拿它對難民！」

事就這麼定了，澤地的各莊各戶照常收麥，把賑荒的一份帶穗稈堆在野場上，加了泥頂。

幾天前，老癩子就把廟堂打掃得一乾二淨，等著逃荒避難人入境。本來嘛，人分這方人那方人，神可不分這方神那方神，廟不論大小，受的是八方香火，逃荒避難人燒不起香燭，頭總會磕一堆的。

神龕上，盆大的大佛燈注滿了油，中間的主芯和一圈外芯不分晝夜全燃著，像一隻通明透亮的火盤；大小三個蒲團，放在廟門外的石級下邊，面前橫放著石製的大香爐。路口的樹蔭下面，要貴隆從碾房滾來一口十石大缸，挑滿一缸清水，樹上吊著舀水瓢，缸邊的長凳上，放了一疊黃窯碗，方便逃荒避難人飲用。

那是什麼樣的光景，天像崩了個大豁口兒，逃荒避難的人像一條大汛時黃沌沌的水舌，滾滾滔滔的湧過來了。六指兒貴隆驚怵著，他記起歪胡癩兒講過的那些天外的動亂和災荒；火燒的赤雲，鼓湧惡毒膿疤的野地，痙攣的稼禾，橫路的瘟屍……都在灰鐵色的噩夢裏顯現過，像流漩牽引萍草，飄浮，分散，又驟然聚合，一齊跌落進他的心底，驚醒後睜開眼，一切全化成虛無的黑暗。

先到的漢子累得歪著腰，揹著小包袱，抓瓢舀水。貴隆搶在他爹前邊迎上去問：「大叔您打哪兒逃下來？北地荒得怎麼樣?!」

那人聽了話，笑得一瓢水在鼻孔下面起縐，汗粒跟眼淚一起掉在瓢心：「你說荒？小兄弟。我們那兒也正等著收麥，城裏的鬼子缺糧，要下來搶麥，八路拉起搶收隊，腿快，先到一步，不管青不管黃，全給絞走了麥穗頭！搶收事，連夜幹，等人早起磨刀下田，只能收麥桿……我們遭的是人禍，不是天荒！」

「八路又不是鬼變的，不能向他討？」老癩子猜不透了。

「你說討？老大爺！」一個挑逃荒擔兒的捲起褲管，滿腿黏泥，聲音尖尖的帶著哭腔：「他們溜得比野雞還快，哪兒找去?!就算你找著了，他們會誣賴你通鬼子，要不然，為何留麥等鬼子來收?!就算你說贏了，糧也進了他的肚，痾泡尿還給你去肥田，點下秋莊稼，留他下回再搶收！」

「天喲！天喲！」老癩子只能仰頭呼著天，自覺無能為力了，活了大半輩兒，苛捐雜稅全聽過，就沒聽說搶糧的；槍在他手上，刀在他腰裏，窮民百姓除了喊天，還有什麼辦法？

拖豬的也來了，牽牛的也來了，揹娃兒的女人，扶打狗棍的老頭都來了，一個扁黃臉塌鼻梁的婦道解下她背上的娃兒，敞懷餵奶，捏著奶頭晃，娃兒嘴不張，低頭再一看，娃兒悶死了，哭得旁人都濕了眼。路口一排樹底下，蹲有一百多人口，有的挨過來舀水，有的走過去拜廟，有的彼此談起來，你是張家莊，我是李家店，他是裴家圩，我們遭土匪，你們遭搶收，他們受了難民的拖累，捲起包袱跟下來，也成了逃難的人。……人越聚越多，從火神廟一直散歇到禿龍河東的野地上，左一攤，右一攤，就地挖洞，墩上鍋野炊，野煙捲騰起來，被風牽進雲裏去，無數襤褸的娃子們忍不得饑餓，發出震野的嚎叫哭泣聲，幾十條無主的看家狗，跟著人群流落過來在路邊竄著咬架，看在眼裏，泛起觸鼻的辛酸。

一些年老的領頭人來了，老癩子陪他們去拜廟。

「我們這是算頭一批，」一個打著細小辮兒的矮老頭兒說：「田荒了，家沒了，逃難出來只帶一張嘴，就像一窩蝗蟲，蝗蟲還有蟲神帶領著，我們沒有，人人頂著蒼天走，死活憑天！……只盼貴鄉分點賸糧，我們挨縣吃著走，邊走邊分，讓他們三五成群，各自討活命去！……那熬不得的，死了只當死條狗，那熬得的，熬到太……平了，討飯還鄉……」

「澤地不虧逃難的。」老癩子說：「各莊各戶野場上，全都堆了賑荒糧，你們按逃難的地方，分開朝西領，窪地打井，野林裏搭棚，慢慢熬過夏，秋天再設法回頭。如今亂從四方起，只有澤地還算小平安，老中央遠在千里外，南邊也盡是鬼子八路地，逃過去還不如待下來好！」

從晌午到黃昏，七八百逃難人進了澤地，在林野中分散了，六指兒貴隆看不見他們，只看見重重疊疊的炊煙從遠遠近近的林梢上飄起，被風牽得斜斜的，揉進遠天紅著眼的雲霞。

五月中旬的夜晚，澤地上來了十幾個騎騾子帶槍的，全都穿著黑衣褂，人過禿龍河，先敲開老癩子家的柴門。老癩子起床掌燈，門一開，進來的是傳說進了城的何指揮。

「噢！三更半夜，指揮您親自下來，想必有急事?!」老癩子拖過長凳使袖子抹了讓坐說：「指揮不是進縣城了嗎？」

何指揮大約騎牲口趕長路，渾身汗氣騰騰的，也不坐下來，只喘著說：「吳大莊跟澤地雖說只有兩塊巴掌大的地盤，在我，槍枝不能再分了。中央有訓令，我們抗日就是抗日，不能打八路，可是八路卻把我看成眼中釘，早就謀算收民槍，蘇大混兒如今勢大了，早晚就會進澤地，……老爹您得抽空轉告各莊，槍、刀、矛、銃，千萬不能被繳，別看八路前幾回擺笑臉，等你沒了槍，那只有束手束腳任他擺佈了！」

「我們不交槍銃！」六指兒貴隆說。

「說的好，兄弟。」何指揮捏捏貴隆的肩膀：「可惜你太年輕，不知蘇大混兒歹毒。你們銃槍散在各地，蘇大混兒冒不楞百十條槍壓下來，你拿什麼擋他?!」

六指兒貴隆叫問住了。何指揮轉朝老癩子說：「我知澤地不願拉銃隊，如今事到急處了，我不能不說這話，依澤地的地勢，只有石家土堡牢固些。『有備無患』是句老話，若能趁蘇大混兒來前聚起人槍，蘇大混兒或許不會得手！」

「我明早去土堡，再跟石老爹商量。」老癩子說：「不瞞指揮說，早先八路來徵糧，澤地沒跟他翻過臉，自打上回，他們見了偽軍也縮頭跑，澤地人心寒了！石老爹大喊說，從此再不上八路的田糧。這種邪貨，早也會翻臉，晚也會翻臉，不如趁早翻臉還爽快。」

「澤地要能拉銃自衛，我就放心了！」何指揮喘了一口大氣說：「八路口口聲聲佔澤地，孤立吳大莊，然後合力剷掉我，他們在北地搶割，造出災民幾千人，我不得不日夜忙著辦賑濟，杉胛清鄉前，災民要不離境，不知要多死多……少人。」

「指揮心裏的苦處，我們做民的知道。」提到災民，老癩子動火了：「八路把災民攆到鬼子要來燒殺的地方，這不是把羊朝虎口裏推，白送命嗎?!不知有什麼法子擋住杉胛？」

何指揮苦笑笑：「不瞞你說，老爹，我一直計議著怎樣擋杉胛，這事只能成，不能敗，萬一敗了事，我這股實力犧牲事小，惹出杉胛的火來，真能把湖東燒光殺光，那我就成了罪人了。」

「最近湖東出了個歪胡癩兒，不知指揮您聽說過沒有？」老癩子忽然想起來說：「他帶過常備旅的馬班，隊伍叫八路拖散了，他一個人逃到南邊，奪過杉胛的馬，也在湖東幹了不少的事……」

「我不樂意他那樣蠻幹。」何指揮聳聳肩：「我是軍校出身，講正規，講節制，我們如今是在敵後，跟政府的連繫叫切斷了，鬼子八路勢大，我們勢小，不論幹什麼，要有統一的規劃。他既來湖東，不向吳大莊報到，一個人憑著血氣之勇，橫衝直闖，若不是他騎著杉胛的白馬，杉胛不會揀這個時刻下來清鄉！惹得多少人擔心。有機會，至少我要依法辦他，斂斂他的野性！」

何指揮走不到幾天又回到澤地來，情勢起了變化。

那天天氣悶熱，滿天湧聚著黑雲，一陣槍聲過後，只有兩匹騾馬放過便橋，何指揮的隨從陳積財牽著韁，何指揮本人大腿上帶了槍傷，半歪著身子伏在騾背上，一條褲管全是血。

「你們快收拾到土堡。」陳積財慌吵吵的朝迎過來的老癩子父子說：「指揮帶著七個人在堆頭賑災，回程剛過棺材窪子，想橫渡前面的淤泥河，誰知蘇大混兒伏在墳後，暗打明，一陣排槍蓋倒五個，指揮也帶了傷……」

「好?!」老癩子說：「他們抗日這個抗法兒?竟明目張膽的打起中央來了!」

「蘇大混兒沒短下指揮去，他絕不會放手!」陳積財說：「他們步行，離橋口最多三里地，這回來勢洶洶，看樣子，澤地不交何指揮，他們不會善罷甘休了!」

老癩子急了，叫貴隆說：「你火速帶銀花跟指揮一道進土堡去，我騎驢走西道，通告西邊散莊散戶跟那些棚戶，備木棍，集單刀，蘇大混兒不索指揮就算，索指揮，澤地還有幾十桿火銃，跟他們拚了!」

天熱得像籠蓋，沒有一點風刺兒。

半下午，蘇大混兒領著百十條槍搶進澤地，把石家土堡給包住了。

由於抗馬賊，打二黃，土堡有人死傷，石倫老爹趁麥後把堡子修過，挑出一個護壕，築了百丈寬長的土圩牆，壕外遍插著鹿角和尖樁，算是外線，莊裏邊，土牆挖出槍眼來，戶戶備有防火的砂和水，怕外邊闖進土圩擲火把。

這時刻，受了重傷的何指揮被抬到土堡下層的黑屋裏，由雷二先生親來替他洗傷口敷膏藥。堡裏能拿動火銃使得單刀的，全上了土牆，老弱的也揀了叉把掃帚，護著內院。

土圩上，各莊各戶來的人分段把著，圩垛間擔著各式銃槍。散居在野林裏的逃難戶，也有一百多人拉進土堡，沒有趁手的傢伙可使，每人全砍了一根扁擔長、茶盅粗的尖頭木棍。

六指兒貴隆夾在人群裏扼著土圩朝東的一面，手裏拎著一管老得連木柄也變黑了的彎把兒短銃。人群在他周圍蹲著，伏著，走動著，有的若無其事的打火吸煙，有的發出大聲咒罵，有的咬開削尖的小竹筒的塞子，把調和了散砂鐵蓮子的火藥從銃口灌進去，使槍條搗實。人聲，煙霧，腳步揚起的灰沙，咒罵和調笑，都在燠悶、乾燥的空氣裏浮沉著，彷彿是圍獵一頭少見的野獸。

不久之前，洪澤湖支隊上岸催捐時，澤地還是順服的，這一回，蘇大混兒帶槍進澤地，追殺何指揮，光景立即不同了。六指兒貴隆想不透這個，何指揮不像歪胡癲兒，平時沒能給澤地什麼好處，好些人提起來還怨著他，等他遭人伏擊帶了傷，人們偏又這樣護著他！

老中央像個什麼樣兒，自己沒見過，也無從揣想。雖說爹在話裏常提那三個字，提起來就嘆著，眉尖上鎖著條條憂傷的皺紋，不是低頭看地，就是抬頭望天，彷彿老中央那三個字和天接著，和地連著，就相隔千里萬里也分不開一樣。

爹更常講述南軍打北洋的事，總拿這樣的話作結：「要不是南軍打了北洋去，各省各地盤，把天下分成八瓣兒像刀切的西瓜片兒，那成什麼話?!要不是南軍……嗨，那些將軍帥爺抱著地皮啃，能啃得閻羅殿漏雨，地藏王搬家！」發財舅不也說過嗎：「好小廝，長大有出息，胳膊粗，拳頭大，投軍習武吃碗中央飯，出關喝冷風，雪地駐邊防，出門騎大馬，扛洋槍，戴紅帽（註：民初革命軍馬兵帽上加有一條紅圈），跨三皮（註：民初革命軍流行語，即皮帶、皮刀鞘、皮靴），掙個功名回來！」

自小那樣渴盼著長高長大，每年總在石牆上貼著，手按頭皮朝後抹，看今年比去年長高幾塊磚頭。逢著冬獵季，歪屁股蛾蟲似的纏著發財舅，要他把住自己的手開銃打野兔，亮藍的槍口火上迸射著自己的夢。

夢還沒醒呢，說鬼子打中國了，老中央退到後方去了，天塌地陷似的，什麼荒亂都來了。老中央三個字在人嘴裏嚼起來酸酸苦苦的，沉甸甸的流進人的肺腑，勾起那一場遙遠的夢。初見何指揮，那場夢突然褪了色，不旋踵，又讓野蠻粗悍的歪胡癩兒叔把他塗濃了。

馬上就要跟蘇大混兒對火了，這場火不用說，是爲救何指揮打的，但在六指兒貴隆心裏還有著另一重意義，——替被火燒死的發財舅報仇。

他的心像火一般的狂燒著，彷彿有一朵朵橘紅色的火燄朝外迸裂，使人嘴乾舌苦，渾身發燙，並且陷入一種驚懼、興奮、激動、焦灼、等待揉和的初臨戰陣的瘋狂情緒裏，輕輕的顫慄著。

敲去了底兒用著瞭望的油瓶在人手裏傳遞著，蘇大混兒的手下出現了，草溝頭上，野林邊上，散墳堆後面，都伏的是人，陽光從灰雲縫隙間透射下來，映亮他們灰色的脊背，偶爾有三五支平端的槍瞄向土圩，槍管閃熠著藍光。

土圩上的喧嚷沉落，變成一片靜默，對方響了角，也許角嘴兒不夠彎，不夠長，再不，就是吹角的傢伙中氣接不上，角聲是極低極啞，斷斷續續的，還不抵一頭牛叫。

石倫老爹一隻腳搭在土圩上，手扶著膝蓋站著，動也沒動，黑鬍子笑著朝上翹，大聲說：「龜孫！我以爲喊抗日的蘇大混兒，奪的有東洋鬼子紅銅小洋號呢，原來他祖宗八代討飯出身，出門就吹毛竹筒！誰，也響一番牛角頂它一頂，教教他。牛角該怎麼吹法兒?!」

「我來試試！老爹。」二黑兒在那邊蹦跳起來，順過他肩上揹的那隻又彎又長的老牛角，手還沒舉，就吐口口水，使舌尖潤起嘴唇來了。

有人吃吃的笑起來：「嗳，二黑兒，用不著你頂他！憑他那種吹法兒，我們的何豁嘴也能當他三年師傅！」

何豁嘴羞惱了，猛伸一隻手擰住那個的耳朵，拎得他哎呀哎呀的直叫。二黑兒跨前兩步，人站在圩垛上，挺著胸脯吸了氣，朝天豎起角口。牛角聲那樣的流響了，雄壯而且蒼涼，牛角口瀉出來的音波劃破寂鬱的大氣波盪向四野去，在綿綿不斷的長音裏，時而尖銳，時而低沉，像一陣蒼蒼莽莽的長風，從遙遙的遠古吹到眼前。圩上人被這樣壯美的角聲吹活了，初醒一般的緊握住銃槍。六指兒貴隆手墊在鳥形的鐵機頭上，舉眼望著綠鬱的野地，在流瀉的角聲中，野地變得很柔很美，憤怒、不安都融進聲音裏，變成一種安靜的力量，使兩眼出奇的明亮。

對方的吹角人站在一座孤獨的大墳頂上，光見角口緩緩移動，卻再也聽不著那種低啞的哀哭一般的聲音了。堡裏的人帶著笑。

一顆尖嘯的洋槍子彈掠過來，彈頭落在圩外廿多步地，擦起一道沙煙，另一顆接著劃過人頭頂，落到高高的土堡背後去。石倫老爹跟二黑兒連腰全沒彎。

「八路收購槍火，一顆七九廠造的槍子兒值半斤肉。」掄木棍的逃難人大聲對誰說：「這場火要是打下來，他們算送澤地幾十口肥豬！」

圩外的灰影子們趁槍響交叉竄動起來，光朝橫裏移，不朝前頭進，像兩隻不帶紗頭的織布梭，梭來梭去還在原位上。一塊黑雲在別的雲下面朝當頭疾滾著。地面起了一陣刮得沙飛石走的風。蘇大混兒領著四個人，大搖大擺的走過來，在鹿角外邊停住。

「堡上聽著！」蘇大混兒大聲叫說：「我們抗日一家人，自己不打自己。我們要的是姓何的！把他交出來，我們馬上撤走！要是冥頑不化，叫我們踹開莊院，沒好果子你吃！」

石倫老爹皺著眉毛，話頭兒有些顫硬：「我們做民的，拖捐欠稅也許有的，可沒聽說欠『人』的?!你們洪澤湖支隊來催捐，我們回回照上，向沒拖頭欠尾。我們集刀聚銃，防的是盜匪，沒看見什麼姓何的……」

一道鬼旋風在遠處的亂塚間旋出來，捲起一片迷眼的沙煙，把蘇大混兒埋進去了，蘇大混兒的聲音隨風轉，活像地獄眼裏冒出來一般：「游擊區張過佈告，只准向老八路完糧納稅，你們偏偏心向著姓何的?!早上他遭伏擊，一路血印，今天不交出人來，當心槍火把你們煮紅。」

石倫老爹嗓子變啞了：「就算姓何的在這兒，我們沒道理把他交在你手上！你說他跟張世和有勾搭，你得先問問，誰跟他同躺一張大煙鋪?!——中央的還沒死絕哩！誰虧心，誰自會撞上歪胡癩兒的槍眼！有本事，顯出來罷，人不知命，我們沒指望留命活千年！」

隔著垛子，有人舉銃朝天轟了一銃，一道圩牆的垛孔間，全現出黑洞洞的銃口和戴笠的人頭。那是農民臨陣前的示絕，蘇大混兒退開了。

天上的風暴鬱結著，層雲逆著高風，急速的湧昇，聚合，難產一般的扭絞著黑中帶亮的雲頭，雨前的雷聲是那樣沉鬱，在雲與雲的夾層裏嗡隆，像滾動一隻巨大的磨盤；而四野彷彿被沉澱下來的亢熱和鬱悶塞滿了，如同張起一道看不見的網，沒有一絲風再起，不論沙上，草上，淺沼上，到處全蒸發出一種魯溷的熱氣。

六指兒貴隆伏在垛口，彷彿被黏貼在熱燠燠的蒸籠蓋上，呼吸裏流著火，渾身裹著汗，溼衣貼在脊背上，手握著彎把銃，銃柄也汗津津的像抹了層糊漿。那不再只是等待，而是一種痛苦的煎熬；雷聲的巨輪從心頭碾過去，他初次聞嗅到焦糊的死的氣味。

在凝重的溼雲逼壓下，風從高處跌落了，寂立的樹杪誇張風勢，嘩嘩然的翻動著，無數枝幹挾著風頭，無情的劈打另一些枝幹，細枝斷折，青葉飛散。閃電驀然撕開雲片，照亮鬱結在地面的氣層，抖動一下，慘白後緊跟一片灰濛，彷彿天和地在電閃劃過的一刹冥合在一起。沙面走著蛇煙，一群低飛的驚鳥投進東面的林子，忽又不安的迸出來，散飛到西邊去。雨腳在遠天直垂著，烏沉沉又白茫茫的，而雨點並沒落下來，只有狂風、閃電和沉雷，驅散大氣中的鬱火。

而地面上的戰火在雷雨前發動了，很顯然的，蘇大混兒硬欺土堡沒有後膛洋槍，耀武揚威的站在一座墳頭上揮著手，一大群灰幢幢的人影橫拉成一線，朝土圩正東的一面滾壓過來。槍托頂住肚皮，托平槍口放排槍，使圩牆的新土上迸出許多巴掌大的彈窩。

圩垛間，朝外的銃口一動不動，像怕驚遁了來犯的人。六指兒貴隆舐舐乾裂的嘴唇，緩緩的舉起彎把銃，把銃口伸出垛口。一顆流彈發出突然的銳響，忽又突然寂滅，一蓬溼漉的散沙噴落在他的斗笠面上沙沙響。有人在一邊滾過來，壓住他的手。

「慢慢較！貴隆。他們不過鹿角，不要響銃。」

槍聲和怪喊聲在圩垛外沸騰著。

出乎意外的，堡裏的洋槍響了。從二黃身上得來的兩桿槍，一桿模範捷克式在二黑兒手上，另一桿中正式被石七使著，加上何指揮那個隨從，堡裏共有三桿好槍和一柄三膛匣槍，各配幾十發槍火，這一響槍，沒費勁就仆倒了三個，其餘的張惶失措，嚇得摟著槍蹲在地上。堡上的第二排槍使蹲的撥轉頭朝後爬著跑，像一大陣蛤蟆。這當口，靠北面的圩牆外，槍聲又密密的響了。

一道北圩牆，只有雷莊拉來的五六管火銃守著，其餘的只有十來口單刀和逃難戶分來的幾十根木棍。但對方卻有卅多條洋槍，伏在荊家泓高聳的泓涘上，點著人頭放槍，壓得守圩的人抬不起頭來。

依形勢而論，從荆家泓泓涘起，朝南一路斜坡，泓涘比堡裏的屋脊還要高，灌木沿坡纏結著一直伸到護莊壕邊上，從北面撲打最容易。在東面吃洋槍頂回去的人，很快看準這一點，把人槍移聚到北面來了。

蘇大混兒領著人再次撲向北圩牆，可不像先前那樣大意了，人在灌木背後彎腰前竄，連影兒也看不見，可是，伏在泓涘上掩護的槍枝，一直不停的放射著，逼得石老爹把一管匣槍和三桿長槍全聚到莊內的土堡頂上去還槍。

黑雲越壓越低，天地昏冥一片，一條大閃鞭刷一般的掠起，跟著一陣催雨的雷聲，銅錢大的雨點就甩落下來了，雨點重而有力，叭噠叭噠落下來，擊得土圩上沙灰亂蹦，留下無數灰青色凹塘，四濺的小水珠亂舞著，使地面被一片晶白的水霧蓋住。但守堡的人沒有餘閒看雨，涘上的排槍密如雨點，撲圩子的業已闖到鹿角邊。

六指兒貴隆從東面轉過來，和一些持銃的扼著圩角，至少有卅多人就打算從圩角撲進堡子。三聲雷響過，催得這一場雷雨像潑了瓢，分不清雨點，只見亮晶晶的一片，彷彿落的不是雨，而是天頂上碎裂了的雲塊，嘩嘩的敲打著他頭上的斗笠，笠沿的水珠在他眼睫下不停的滾動，成串成串的滾到地上，大雨把一條土圩上的人切開，使他們再難連在一起。鹿角被拔開了，尖樁帶被闖過了，喊殺聲、槍聲、銃聲、哀叫聲、呻吟聲，全被嘩嘩的雨聲綰合，他們撲了進來。誰也看不清誰，誰也不饒過誰，混殺在灰黯無光的大雨裏展開，帶著無比的淒怖和野蠻。

橘紅的光亮閃爍一下，一顆土造手榴彈開了花。一條飛起的人腿打中另一個的脊梁。一個守圩的打炸了火銃，一隻手拖垂下來，只有兩條筋連著，血從傷口湧下來，使他周圍的水泊變紅。一個撲進圩來的兵認定他面前的脊背戳了一刀，等那人回過頭，他才發現挨刀的正是他的班長。

六指兒貴隆仍伏在原處。一隻腳從他身邊跳踏過來，他的彎把銃放空了，無法另灌火藥，就橫身一滾，甩起一銃柄打中那隻腳踝，那人滾下坡去，撒手扔開的洋槍卻又砸中貴隆的小腿。貴隆抽回手去摸腿，劈空來了一刀正砍中抽回手的地方。貴隆死命一拖那隻手腕，拿刀的跪下來，兩人在撕扭中對了臉，才看出誰是誰。

「我摸著砍倒兩個！」何豁嘴說：「想不到這刀差點砍中了你！」

「我只砸翻了一個。」貴隆說：「得了一桿洋槍。」

盲目的殺喊聲在白茫茫的大雨裏騰揚，像原始的洪荒中怪獸的呼吼；在守圩人中間，幾千幾萬年前初民的野性從心底湧突出來，摧毀了溫良順服的習性，化成一種不可遏阻的狂濤，混入那樣嘶啞慘烈的殺喊，撞擊什麼似的盪響在昏天黑地的暴雨中。閃光在抖動，雷聲在碾壓四野，獸一般野蠻的廝殺在圩垛上進行著。帶傷的在爬動，垂死的在呻吟，死屍橫七豎八，樹根一樣的絆人。

六指兒貴隆扔了彎把短銃，端起那支上了刀刺的洋槍，在雨裏奔跑著，他不再想什麼，也看不見什麼！天已在暴雨中昏黑了，一頭新異的陌生的獸蹲踞在他心裏，撕他咬他，使他血管膨脹，胸膛要爆裂開來，他不知那是什麼。閃光再亮的時刻，他驀然醒覺過來，不知他做了些什麼？雨點刷打在他的臉上、髮上，甜腥的血味走入他的鼻孔。

世界不存在了，他只看見周圍的一小片，在抖動的白光中顯亮一下，三具重疊的人屍伏在土圩的垛口，一條血淋淋的人腿橫在他眼前，斷了手的小羊角躺在他左邊，魏四的腰眼拖一截花白的肚腸……地上全是水窪，全是雨水滲著人血，從窪緣溢出來，淌向圩下去，閃電過去，一切都化爲惡毒毒的黑暗。

「我們怎麼了？」他像自語似的向著黑暗說：「怎麼了？」

「不曉得。」黑暗回答他，他聽出是小羊角的聲音：「他們趁雨拔開鹿角，爬上土圩，闖進來了！」

雨點擊打著貴隆，逼得他張嘴喘氣。殺喊聲還在各處的昏黑裏響著。

「我的銃炸了膛，手掉了，只有兩根筋連著。」小羊角說：「我小腿肚上挨了一刀！」

「他們在撲打莊院。」魏四在那邊說：「把我的肚腸塞進去，撕塊布紮著，貴隆。我也學學唐朝的小羅通（**註：白馬羅成之子，為北方農民所熟知的歷史人物**）盤腸鬥鬥這幫狗雜種！」

在另一道閃光亮起時，六指兒貴隆渾身被注入了新的力量：「你歇著，魏四叔，我奔過去殺它一陣去，要是宅院被踹開……我們就完……了……」

大雨使雙方都亂了陣勢，蘇大混兒的一百多人闖進來，和堡裏三四百人混攪在一堆，人打人，肉撞肉，陷在拔不出腳來的苦鬥中。堡裏的人兇猛頑強是蘇大混兒沒想到的，他雙手揮動兩柄匣槍朝各處撥火，槍彈打完了，殺聲卻愈來愈響，一條聲叫拿蘇大混兒。雨幫了他，使他能闖進圩堡；雨也害了他，使他撞上了凶神——當廝殺的人群在對面不見人的豪雨裏滾動時，單刀和木棒遠勝過洋槍。一個瘋狂的刀弧劈下去，掉了頭還得連半邊肩膀，那些經利斧削尖的木棒撞過去，硬把人活活通釘在土牆上。

暴雨停時，廝殺也停了。有人從莊院裏拎出十來盞燈籠，到處照看著。有些人一路叫喊著奔出東圩口，去追逃散的殘兵。

六指兒貴隆渾身像癱了似的靠在土牆上，在燈籠走動的碎光裏，他看見一場浴血拚殺後留下的慘景，打麥場上，積水凹邊，到處全是屍首，全是大灘的血印兒。石倫老爹宅前的大門顯是拚殺得最兇的地方，人屍上堆著人屍，有兩具屍首叫木棒戳釘在牆上，垂下醃瓜似的腦袋，自己靠身處，牆角黏著一塊塊人皮人肉，被挑出來的眼睛珠兒和被單刀削掉的頭毛，一具大挺著身子的兵叫劈開胸膛，五臟六腑淌了一地。

「貴隆……喲！貴隆……」

那可不是爹?!手挑一盞燈籠轉過來，渾身都是血。貴隆跳起來，狂叫一聲奔上前去，父子倆抱住了，半晌，老癩子才舉過燈籠去照兒子的臉，兩人直望著，說不出話來。

還是做爹的先開口了，聲音低低的：「我真怕你在屍首堆裏……黑暗裏看不見，也不知死了多……少……」

許多門板把死人堆裏的活人抬進莊院去了。一隻不知死活的大公雞被燈籠光驚起，拍翅飛到草垛上，揚起脖子啼叫著。

「我只像做了一場夢。」兒子說：「什麼全想不起來……了！」

「蘇大混兒砸了攤兒了！」抬人的人大聲說：「他們三成也死了二成！」

「找人去，」老癩子說：「我們贏也贏得慘，至少死了七八十口兒，不算帶傷的。」

直到天亮爲止，門板抬了帶傷的四十三個，忙慘了雷莊的雷二先生。天剛濛忪亮，被集在西大院的婦道破門湧出莊院去認屍。所有的屍首早經認出來了，堡上的人排成一排，蘇大混兒的人排成一排，前面的一排一百一十七人，後面的一排七十一人，算起賬來，還是堡裏死的人多。婦女們湧到麥場上，有的跪著扳著屍首認親人，有的被那血淋淋的屍陣嚇暈過去，有的抱著親人，呼天喊地的頓足嚎啕。東邊的太陽剛露頭，又在慘慘的哭聲裏掩到雲後去了。老癩子走過去，扶起雙手捂臉跪在血泊裏的銀花。

「託天的福，我跟貴隆還……活……著。」

銀花聽了話，反而夢醒似的哭出聲來……

六月是全澤地大凄大慘的日子，連野林裏搭棚散居的逃難戶在內，十戶有八戶死了人，大熱天營棺也來不及，只好使蘆蓆捲了，草草歸葬。

不錯，石家土堡對蘇大混兒這一火是打贏了，奪得七八十桿洋槍，但澤地上年輕力壯的漢子也死得差不多了，留下許多老弱，在燠熱的野地上，放眼看不盡一座座新墳，紙灰招引著大群的蝴蝶，到處飛舞著，成天都有紅眼婦女彼此勸慰，臉對臉的啜泣。

何指揮仍留在石倫老爹的宅子裏養傷，石老爹相信土法兒，帶槍傷的人要大補，成夜燉雞湯，煮鴨湯，逼著餵他，又把兩支藏了多年的西洋參拿出來，跟何首烏一道碾粉，調成補湯他喝。何指揮人太胖，皮下油多，加上中醫不慣治槍傷，大腿的傷口化了膿，爛成碗口大的窟窿。

「指揮老爺，您可看著了！」石老爹說：「澤地爲你是成了什麼樣兒。命都肯捨，還用說旁的嗎？……但你這傷口，我跟雷二先生全盡了力了！化膿化成這樣，成天要淌掉多少精血？」

「由它去！」何指揮含淚說：「這全怪在我身上，明知八路豺狼性，死聽著訓令不打他，讓蘇大混兒坐大到這步田地。……我非但不如歪胡癩兒，更不如貴鄉的百姓。澤地爲我死傷百十口，我還有臉活在世上?!……只是眼看杉胛要來清鄉，我卻帶了傷。」

石老爹不願拿話惹他懊惱，悄悄退出來找到陳積財。

「積財，你說杉胛真的要清鄉？」

「可不是?!」陳積財放低了聲音：「指揮爲這事，成夜總在心上盤，若不是顧慮萬一不成事，湖東百姓遭大殃，他就動手了。」

「我們命由天定，」石老爹說：「不管杉胛怎樣，我們只管先救何指揮！你有把握暗送指揮進城嗎？」

「把握是有，仁慈醫院會掩護指揮，但則，這事不能讓指揮曉得，他會不顧命的先設法擋杉胛的。」

事情就那麼定了，澤地放出一輛運草的牛車，帶著何指揮和陳積財闖過封鎖線進城去，六指兒貴隆自願擔當趕車的差使。

這是頭一回，他離開荒原。

第七章・魅影

高高的張福堆像條千年大蟒，順河蜿蜒著，游進遠天的叢綠，堆身是無數巨塊麻石壘成，堆面寬闊，行得車跑得馬，石板的凹槽間，扣連著一塊塊閃光的鐵板，滿漲的張福河就在堆腳下流淌著。包鐵的車輪在堆面滾壓過去，發出空洞的聲響，紅草荒原在旋轉旋轉，漸漸的遠了……死寂的封鎖線埋在幾十里的蟬鳴裏，懶洋洋的崗哨，抱著槍坐茶棚，柳條兒打臉全懶得伸手去拂，沒人盤問過受傷的何指揮，更沒人檢查吊在車板下的槍枝；有些放崗的跟陳積財熟得很，開口就叫起名字來。

「我們常在賭場碰頭，」陳積財朝六指兒貴隆眨著眼：「賭鬼，走楣運，如今還揹著我的債！」

一塊粗糙的木牌釘在路旁木架上，上面寫著緝拿騎白馬的毛猴子的告示。醒過來的何指揮呻吟著、嚷著要些水喝。牛車在范家棚的柳蔭下兜住，太陽照在堆面上，白沙沙像晒化了似的。

一些歇腿的人使竹斗笠搧著汗，圍著旁桌談論著。

「杉胛準是發了瘋！」一個說：「既要下來清鄉，還怕什麼青紗帳?! 吩咐下來，要把一路的高粱、玉蜀黍割光！打縣城朝西，業已割了廿來里，活綠綠的田地像叫扒了一層皮！可憐高粱沒足粒，玉蜀黍才長鬍子，秋收是……完了！」

「聽說這回清鄉，專對野澤地，要緝住歪胡癩兒。」

「嗨，澤地遭了什麼劫？」年紀大些的長嘆著：「遍地荒亂得不像陽間人世，沒心肝的杉胛還要清鄉，惹怒老天發瘟疫，瘟死那窩東洋鬼，叫他們沒有一個活得回去！」

六指兒貴隆黑臉也泛白了，滿眼游著金蒼蠅，一股陰鬱流遍他的全身，那些可怕的殺喊，彈嘯，慘呼重新在耳門震響，那些鮮血，那些屍體，橫呈在記憶裏面，變成更多零碎而古怪的幻象出現在透明的空間，眨眼間復幻成一朵一朵眩黑的金花，游著，舞著。

「怎麼了，兄弟。」陳積財拍著他的肩膀：「快放車到陳家集，堆上遇見鬼子，藏全沒處藏！跟我走，你放心，鬼子沒來前，我扛糧包，扛官鹽，就跑遍這一路的碼頭，陳家集有西醫，先把指揮安頓了再說。」

正午心，牛車放到陳家集，歇在臨河客棧的跨院裏。那樣古老的一座客棧，灰煙似的一路瓦脊，伸開三層院落，瓦面上叢生著凝粒的蒼苔和肉綠色的瓦松，水洗似的方磚院子，被生滿鹽屑的高牆圍住。一個高顴骨的店夥來接車，瞅見陳積財跟車上的何指揮，就楞了。

「我的天！」他叫說：「指揮大老爺怎麼了？月前不是好好的帶著人去澤地的嗎?!店東一直把末進房子空著，成天盼指揮回來。……饑民愈來愈多了，保安一隊的劉金山、賀得標兩個排長，看過指揮兩回全撲了空，他們忍不住了，想早點來個窩裏反，拉槍回吳大莊去，糾起饑民來幹。他們說：再等下去，只有讓八路搶盡地盤，反咬指揮靠黃吃軟飯！」

「指揮是：不吃蘇大混兒的苦頭不醒迷；這回該醒了，——他腿上釘了蘇大混兒的子彈！」陳積財說：「說句老實話，什麼『地下工作』，我幹不來！我扛包扛慣了，寧可一刀一槍，說幹就豁著幹！你知這兩年跟指揮走，我受了多少窩心罪，我陳積財要有人家歪胡癲兒爺那樣本事，一條槍，我也明闖。這回指揮受了埋伏，當場死了五個，要不是澤地上人聚守石家土堡，殺退蘇大混兒，我們早完了蛋——你看，這位趕車來的小兄弟，端著槍猛闖，戳人好像扑草把，好不過癮！」

六指兒貴隆臉紅了，當時他糊糊塗塗，事後越想越怕，那不是一場可怕的殺戮，只是一場圍獵，不止一回，他想擺脫那種糾結在心裏的感覺，他曾經自我安慰的想過：那只是一場圍獵，一場圍獵！野獸帶了傷反撲過來，闖進土堡撕碎了掄刀握銃的獵戶……當野蠻的憤怒消失之後，他繃緊的心變韌了，仍然變成一個農民，習慣於忍耐，而僅將一切悲慘不幸鬱在凝定的眼神裏面。

高顴骨招呼兩個店夥，使圈椅把何指揮抬到後面去。六指兒貴隆正動手卸牛，就聽見高牆外騰起一片喧嘩說：「皇軍開下來打掃蕩啦！快去東外街接差喲！」「杉胛少佐脾氣暴，小心他動火掄刀喲……」一陣倉皇的腳步奔過去了……他們進了末進屋，高顴骨順手閂上門，陳積財撲過去支起了臨河的小窗。

末進房腳下就是石砌的河堤，兩條豎著太陽旗的汽油艇艇尾翻著白浪，正逆流急駛過來，艇前艇後帶座的機槍昂著頭打轉，翻起的大浪嘩嘩撞擊上石堤。四五顆腦袋攢聚在小窗口，屏息注視著。汽油艇沒靠岸，兩條水花翻滾的白線轉過了河灣。

「怕嗎?兄弟。」陳積財朝貴隆擠擠眼：「我去隔壁請西醫，你要是沉得住氣，戴上斗笠接差去。看看杉胛那個腦袋，何處好下刀?!」

貴隆兩眼亮起來，抓起竹斗笠。「你說是那個床頭掛人皮、殺人不淌血的杉胛?!」

「怎樣?」陳積財攤了攤手：「就是這麼一個杉胛就殺得人怨鬼愁，還吃得住幾個嗎?」

貴隆打了個寒噤，還是開門走出去了。……

陳家集是大湖東的魚糧集散地，扼著通向縣城的門戶。抗戰前，它有著一個北方大鎮的繁榮，尖尖長長的糧船，方方的拖貨船，卸篷掠網的漁船，麇聚在陽光下面，傍著大塊青石壘成的石堤，靜靜憩息。逢集的日子，趕集人自四鄉流來，嘩語灌滿街道；紮紅巾的扛糧夫，常精赤上身，露出壯實的胸膛，嘴含糧籤（註：計算扛糧數量的竹籤，俾便結算工資），像跳神者一樣瘋狂的吆喝著，扛著百斤一袋的糧包，在人群裏穿梭，渾身的皮膚紅又亮，落汗不黏像塗了層油膏。

六指兒貴隆聽二黑兒他爹卞大爺講述過：碎銀般的河面。頸套銅環的捕魚鴉鳥。碼頭附近的米糧行，擺下六百張糧扁。鎮上的「保安宮」、「關王廟」，能把火神廟裝在肚裏搖。青石屋油坊在鎮上設過批售店，大簍豆油遠銷南三河、北三河。

卞大爺說這話，先後不到四年光景，一切全都黯淡了；集上的保安隊、黑狗隊爲了歡迎杉胛，甩起槍挨戶敲門，把人朝街東攆，在那些灰色的磚牆上到處貼上彩紙標語，一個戴硬帽的黑狗官面前放著大捆新糊的三角旗，貴隆在人群走過，他就遞給貴隆一支。

「歡迎杉胛少佐蒞鎮，擁護大東亞共存共榮……」那黑狗官掀起硬帽說：「旗子高高舉起，聲音要嚷響些兒！」

人群在棍棒逼壓下，水頭似的朝東湧。那邊有座巍峨的大廟，在鬧市中間凹下去一塊青磚方場，場前矗立著簷角斜飛的門樓，從門樓下望過去，望見烜赫的廟門、石勒的盤龍巨柱，和高壇上昂立的護法韋陀。

「聽說杉胛要在保安宮講演！」六指兒貴隆聽人說：「你看，門樓兩邊，張世和派人放了多少崗！」

一個老頭抹著鬍子：「天罰他！簡直是踐污神廟！」

「這就算踐污神廟?!」另外有人插嘴說：「張世和把後殿弄成臨時保安大隊部，菩薩全抬到走廊上等著喝露水啦！他跟他小老婆，鋪就按在正殿上，前殿聽說要改成賭場！業已寫好牌子，叫『良民娛樂所』，你說污神不污神?!」

熱烘烘的人群一陣湧，把六指兒貴隆捲過去了。

接差的人群在大太陽底下等了大半天，晒得唇焦舌枯，也沒見有個鬼影兒，兩頭有端槍的押著不准散，只好挨在路邊上坐著。

太陽甩了西，那個戴硬帽的黑狗官跑得喘氣八岔，一路叫說：「快拍屁股，起來站好！來了……來……了！」

隊伍從東邊的公路上拉了下來，踏得沙灰直冒，隨風捲刮到半空去，像起了黃霧，幢幢的人影拉有幾里路長；隊伍前頭，列開六匹裝模作樣的馬，六支銅號換著吹，一邊吹嗚嗚，一邊吹啦啦。

「乖乖，那邊光見輪子滾，杉胛這回拉了多少門炮下來？」一個說：「不得了，看樣子，少說也有幾十門！」

等到隊伍開到面前，才看清不是杉胛，只是城裏的保安大隊。挺著肚子的張世和，穿著見風抖的橫羅褂褲，皮底布鞋白絲襪兒，胸前衣袋裏揣著掛錶，拖出一串小拇指粗的銀鍊兒，笑起來下巴浮肉鬆得托不住，一嘴牙縫裏全留著亮黃的大煙油。

「杉胛少佐的皇軍要到半夜才能下來！」張世和躺在人力車上，搖著白籐衛生棍：「少佐本人乘汽油艇下順河集去了，臨走吩咐兄弟說：等他緝住毛猴子回來，你們再接差！」

張世和後邊，走過一隊不到二百人的隊伍，橫不成列，豎不成行，像一截蛇尾巴。倒是隊伍後面，那幾十輛人力車，拖的是家眷、行李、鍋盆碗盞，真是洋洋大觀，沙塵裏住看不清，好幾個人全錯把官太太的車當成鬼拖的炮了！

六指兒貴隆沒看見杉胛像什麼樣兒，反挨了半天晒，吃了一嘴沙灰；跟著人群湧回來，街上已疏疏的亮了燈火。張世和的新告示上了牆，有人圍著唸，說是什麼「秋毫無犯」，「不抓差、不擾民」，全有了！貴隆擠回保安宮，牌樓上高挑著七八盞明晃晃的頭號大燈籠，照得一段大街像白天一樣，人力車喇叭嘟嘟響，勤務兵沿街溜，替那些花枝招展的「官」太太找民房落宿。

六指兒貴隆人生地不熟，一時轉了向，摸不著走哪條路好回臨河客棧了?!那邊有爿半掩門的店鋪，一條黃黃的燈光斜射在長廊上，一個漢子倚在方磚廊柱上望著保安宮裏輝煌的燈火，燈光從遠處射落在他腰下，他的上半身全隱在黝黑裏，只有眼睛在黑裏閃亮。

貴隆挨過去。「對不住，我想問個路，」貴隆說：「我想回臨河客棧，不知該走哪條路？」

那人笑著一伸手，捏住六指兒貴隆的那個叉指，啞著嗓子說：「你是火神廟的貴隆！中晌我看了你半天，高得不敢認，除非捏著你的叉指兒！——你怎麼來這兒了？」

六指兒貴隆眼一黑，心一沉，彷彿憑空刷刺刺亮起一條大閃，他從聲音聽出那是誰，儘管他的臉留在長廊下的黯黑裏，他一樣認出他，那刻在他心裏的名字，歪胡癩兒！他的手在對方溫熱的掌心裏顫索著，他只是仰著臉，不瞬的望著，滿心的淒苦朝上泛，使眼裏盈滿內心難吐的話，逐漸朦朧起來。

「澤地望你望夠了！」貴隆悄聲說：「我爹無日不在念著你。上個月，吳大莊的何……遭埋伏，蘇大混兒百十條槍追進來，我們聚守土堡，打了一場惡火！蘇大混兒垮了，澤地也倒了一百多……我放車送何……進醫院，半路上遇杉胛下來……」

歪胡癩兒手掌一使力，貴隆勒住話。一群二黃拿著酒，咿哩哇啦唱著歪腔，從長廊下晃盪過去。

「跟我來，」歪胡癩兒說：「這不是說話的地方！」

兩人順著長廊朝西，走過約莫十來家門面，一拐彎，閃進一條又深又黑的小巷，兩面全是高高的灰磚鏟牆，星光落在牆裏探起的樹上，碎葉上搖閃著無數晶潔和朦朧混和的細點子，小巷中間，朝西分出一條僅可容人的套巷，巷頂被鉛板覆住，黑得像漆刷一樣。

黑裏有扇門被歪胡癩兒推開了，貴隆就覺被引上石級，手觸在門框上，又進到一座暗屋裏，歪胡癩兒略頓一頓腳步，身後響起落門的聲音。有一股極濃的刺鼻的氣味在黑裏沉澱著，使貴隆想起爹搓揉菸葉的小扁。但這屋裏菸氣加倍濃烈，逼得人不敢喘一口大氣。

「這是什麼地方？」貴隆伸手摸到許多粗實的木架，架格間懸吊著上了夾板的菸葉：「這是悶菸葉的屋！」

「誰?!」那邊響起一條古怪的嗓子。

「快掌燈，小禿哥！」歪胡癩兒說：「我帶來個老朋友。」

刮的一聲，一道眩眼的紅暈在漆黑裏飄亮，一隻捏火柴的手伸進燈洞，點燃了一盞黑陶帶耳的油燈。燈燄撲跳撲跳的明滅了好幾番，才艱難的伸長了燄舌，映亮木架和菸葉，落了一地黑影。忽然間，那隻手摘下燈，木架的黑影急速旋轉起來。

「打這邊下來！」古怪的嗓子說。木架的黑影擴大，升高，一直升到屋樑上，旋轉的黑影一步一步推移著，彷彿有腳步踏在木梯上，發出空空洞洞的聲音。

歪胡癩兒在屋角的一座木架前彎下腰，下了木梯，貴隆跟著。木梯不高，只有四級，燈光勾出一座小小的地室來。地室只有一丈見方，室頂和四壁全用連皮的糙木撐搭著，一邊立著雙層板鋪，鋪頭有隻斜伸上去的氣窗，上面小，下面大，像一隻倒置的方形板斗，流進來的風吹散了辛辣的煙氣。

掌燈下來的人站在壁洞邊，燈光斜射在他的臉上。那是一張奇異的臉，像頭刀菸葉悶出來那麼黃，沒有半點血色；腦瓜上非但沒有半根毛，連青瀝瀝的毛根也沒有，油光水滑，一團黃中帶白的肉，好像胎裏帶的禿頭。他精赤著上身，穿一條磨得發亮的黑布褲，貼著木壁，用發直的眼楞瞪著貴隆。

「我早年馬班的弟兄。」歪胡癩兒說：「跟我一樣沒名沒姓，官稱小禿兒！」

小禿子慘兮兮的笑著：「姓還是有的，我早先頂花名，頂的姓尙，人就叫我尙小禿兒！——頂這個花名的，我是第四個，前三個早死在鬼子槍口上啦！」

「這兒是卞玉堂煙坊的後院，悶菸葉的屋。」歪胡癩兒說：「窗、門都從外面貼了封條，裏面封的是不抽煙的小禿哥跟我！他是大師傅，我是搬運工，旁人都叫我胡大漢兒，其實我八輩子也沒姓胡的意思！你奇怪吧？貴隆。」

貴隆搖搖頭：「我們都怕鬼子八路抓住你，我爹說你單槍獨馬，又打刀疤劉五，又追攔路虎，鬧得太大了。我送何指揮來陳集，一路全是杉胛釘的牌子。」

「我不讓杉胛猖狂！絕不讓他進澤地！」歪胡癩兒攢起砵子大的拳頭搖晃著，燈光把那隻有力的拳頭化成豆大的影子，晃動在木壁上：「我在這裏等著他，等得夠久了！」

「你拿什麼擋杉胛？」貴隆說：「依照眼前的光景，沒人能擋他機槍和鋼炮。何指揮倒有幾十條槍，伏在張世和的保安隊裏，可惜他本人帶著重傷……」

歪胡癩兒又露出那排野性的白牙來。「在這兒！」他指著心窩說：「一顆心在腔子裏跳，有它就行！何指揮人不錯，只是有點兒隔靴搔癢。他抗日，一心想活著向中央交代，我抗日，只要死後對得過良心……講拖，講欠，萬不如講現的，我是抓著機會就豁開來幹！」

「拿錢辦事，算不得好漢！」尙小禿兒說：「何指揮是拿廣法兒（**註：意指官方那套辦法**）土用，用不上！與其拿錢買槍買火，不如奪槍繳火！與其買通翻譯向鬼子憲兵隊保人出來，不如斬關落鎖，劈破他的牢門！我要是何指揮，我就不等！」

貴隆忽然覺得被什麼懾服了，不是因著歪胡癩兒鬱迸著野蠻火苗的眼神，也不是因著尙小禿兒古怪而暴怒的聲音，從他內心的底層，有一株火樹在生長，伸進他律動的血管，壓縮他膨脹的胸脯。

「我早說過，信天，信神，不如信自己！」歪胡癩兒聲音沉甸甸的：「人人要捨死忘生，啥事都好幹！要是人不逼人，誰願走這條窄路來？別傷心，貴隆！人在世上，好比葉兒在樹上，蟲不咬，風不搖，它終歸會落土，死活沒心擔！明晚上，我要見見何指揮，跟他商量點事，我這就要小禿哥穿褂兒，送你回臨河客棧。」

「你的那匹馬?……」貴隆說：「你身在鬼子窩裏，不怕杉胛緝拿你?!」

歪胡癩兒手捧著肚子，笑得像喝了大碗涼粉：「我打個比方你聽——杉胛好比無底洞裏的妖精，張世和只算守門的小妖，我好比孫猴兒變的紅桃，不滾進他肚皮施不得棒，掄不得拳！」

「我可想放車回澤地了……」貴隆說：「不進縣城，我不能老待在集上，鬼子下鄉燒殺，死活我得跟我爹團在一塊兒，我要待在集上，我爹在家惦記我，兩頭不安心。」

「千萬動不得。」尙小禿兒披上小褂兒，捏住貴隆的肩膀：「鬼子清鄉，以封鎖線分界，慣把界內的當『良民』，界外的，當著通毛猴子的『支那奸細』，你要想越界，準叫抓住捆回集來！——上回清鄉，捆了幾百越界的，全送上北徐州築路去了！」

「你頂好捺下心等一等，貴隆。」歪胡癩兒說：「等我弄倒杉胛，把鬼子攆回城你再回澤地。我說過，我要拆掉這條封鎖線，把湖東荒野地，水澤區，全還給何指揮！不論他有能爲沒能爲，他受過中央的委令，是個正經主兒，他好比西遊記裏取經的唐僧，我是個沒教化的野猴頭，保他只是爲取經！」

「走罷。」尙小禿兒重新端起燈：「再晚，怕街頭放了哨，拐彎抹角抄小巷難走。」

經過一陣黑路，六指兒貴隆看見了臨河客棧的門燈，尙小禿兒只拍拍他的肩膀，等他回過頭，尙小禿兒已遁進一條小巷去了。陳積財坐在賬房桌上，正抱著頭朝外瞅，一眼瞅見貴隆，人楞跳起來，手戳著貴隆的額頭說：「找死人了！街上這麼亂法兒，鬼子馬上要開來。把你丟了，日後跟你爹怎麼交代？快到後面去罷。」

臨河客棧前兩進相通，惟獨後進是獨院，有門直通西跨院，兩人進了跨院，四周沒有人，只有牲口棚下吊著一盞馬燈，一塊碎光在方磚地上旋轉著。

「西醫來瞧看過，替指揮的傷口開了刀，」陳積財說：「他清醒多了。……你去哪兒這麼久？」

「碰到個熟人！」貴隆壓低嗓子說：「他就是鬼子懸賞緝拿的歪胡癲兒！沒見槍，沒見馬，改名叫做胡大漢兒……」

「我的爺！」陳積財說：「你不要嚇唬人！他要是留在集上，豈不是肉包子朝狗嘴裏送?!指揮在張世和的保安大隊裏，只伏下卅多條槍，貼住張世和容易，想抗起他（註：抗，土語，即藏匿之意）來就難了。」

「這事不用你心急，他說：明晚要來看指揮，自會商量出主意來！」

陳積財抹著胸口，吁出一口氣來：「我跟你實說，我打心裏佩服歪胡癲兒爺！人家是真英雄，大好漢，不像指揮那麼迂板！要能夠跟上他幹一番，死了也閉眼！」

貴隆不自覺的綻開了臉，有件事情頃刻間被決定了。他不能在歪胡癲兒弄倒杉胛之前放車回澤地去，歪胡癩兒既能不顧生死，力阻鬼子下澤地，他就該生死跟他滾結在一起。

「飯在屋裏，」陳積財說：「吃完飯，幫我把牛車肚底的長短傢伙起出來，藏進夾牆，前院塞滿了二黃的家眷，耳目多……」

兩人幹完事，在外間鋪上通腿，夜風從臨河的小窗口流進來，彎彎的新月碎在窗外的河面上，夏夜的波浪是溫柔的，輕輕拍打著石堤，煤燈捻得很低很黯，早生的蟲子在磚縫裏振翅。六指兒貴隆睡不著，這是他初次離開荒原，離開低矮的茅屋和曠野上紅草拂動的聲音。很久之前，初聽卞大爺講起這個繁榮的集鎮，自己就夢過它，夢見米糧在斗口上急瀉，夢見熱烘烘的人流，夢見大廟和街屋的齒形脊瓦……

他睡不著。鬼子過來了！他聽見許多匹馬在噴鼻，在嘶鳴。許多扇門被敲響。許多帶鐵釘的皮靴，嘩啦嘩啦，有規律的踩得一街震顫，巡查小隊經過跨院外的巷口，領隊的吆喝替代了更鼓。他的夢被黑裏的聲音震碎了。

杉胛少佐指揮的兩個中隊半夜開進陳集，只在街廊下架槍休息了幾個鐘頭，天沒亮就朝西開拔，只在鎮西關王廟留下一個愛酗酒的紅鼻子軍曹和三五個鬼子，設了個「清鄉指揮部」。高顴骨的店夥在外面打探消息，說是樂了老鼠走了貓，大隊二黃也跟著下了順河集，只留下張世和的大隊部和賀得標的一個排，加上程好利的黑狗隊廿多條槍；四圍草草安放了一些攔路拒馬，放了崗哨；保安宮的賭場今晚就開賭了。

「賀得標是我們放下去的一貼膏藥，」陳積財說：「勒緊貼在張世和的好皮好肉上，保他流膿淌血！看樣子，留守的人裏，三條槍我們就佔一條。只要輪著賀得標排裏上崗，有八百個歪胡癩兒爺也放走啦！」

「你說他會走?!」貴隆說：「依他那種脾氣，只怕放橋抬也抬他不走，說不定他還會逛逛賭場。」

「逛賭場算是我的老行當！」陳積財瞇著眼笑：「他歪胡癩兒爺要是有興頭，我替他捧錢袋兒，刺探軍情，打聽消息，離不開那種地方！」

受了傷的何指揮也在等著會見歪胡癩兒，自從石家土堡對抗蘇大混兒那一火之後，改變了他的想法。自己光顧著培養實力，鬼子沒打得成，反遭八路打了一黑棍，杉胛這回大清鄉，自己空伏有幾十條槍，卻想不出怎樣幹？歪胡癩兒只有單槍獨馬，就能幹出驚天動地的事來，無怪人說自己迂板。

屋裏剛掌燈，歪胡癩兒就到了，把寬沿大草帽一掀，扔在桌子上，臉上貼著好幾塊膏藥，只露出鼻子和眼，就那樣，還獰猛怕人。

「今晚來見指揮，只有兩宗事！」歪胡癩兒說：「我不能讓杉胛下去清鄉，打算立即就幹，指揮若肯信得過我，求你把張世和部隊裏的關係借我用幾天，包你人槍不損失半分，只要接上線，不擋我行事就成了！另一宗是求指揮進城去，不要待在集上受牽累！您的腿傷是個累贅，幹完事，我們撤退，沒人能照顧您。」

「你想擋杉胛？你有多少槍？」

「三條。」歪胡癩兒說：「連貴隆小兄弟算上。這在我，業已夠多了！」

何指揮搖搖頭：「我實在不懂得？……無論抗日，打八路，沒人像你這麼做法兒的？！命豁出去，總要撿點旁的回來，你這麼橫衝直撞，不是白貼了命?!……實在說，除了中央大軍拉上火線，沒有一股零星實力能擋住杉胛……」

「也不是傻，」歪胡癩兒說：「我能讓杉胛拉下去，把澤地剷平?!人有活路走，誰過奈何橋?!湖東的兩塊中央游擊地若叫鬼子蕩平，你我都成了無根草，你受了傷，我不幹誰幹？」

「我跟你講實話，」何指揮說：「早先我怕你蠻幹壞事，一直打算編你、辦你。我雖拉不慣游擊，卻也不是貪生怕死的人。我這幾十條槍的實力，不是一天培養起來的，若是一火拚光了，湖東荒野地，全成了八路的天……下了，那比鬼子更難纏！……我受中央委令，鬼子固然要打，基地也要保全，這就是我的難處。」

「我懂得指揮你的難處，你放心，我會計算的。」歪胡癩兒說：「只要賀得標暗裏作內應，我要在杉胛回集頭一天晚上窩住張世和跟程好利，二天到碼頭接杉胛，把他放倒，這叫打蛇先打頭！成了事，你的人照樣拉回吳大莊，萬一不成……死的是我歪胡癩兒！」

何指揮眼濕了，伸手抓住歪胡癩兒的手：「我信得過你，兄弟。澤地好歹，朝後全……靠你！」

「我跟你一道兒！」陳積財說：「頭拿在手裏，我也不在乎！我幹了多年，難道還不如貴隆小兄弟?!」

何指揮在二天早上坐人力車進了城，把住順河集的劉金山和住陳集的賀得標兩個排的關係全交給歪胡癩兒了。陳積財和六指兒貴隆沒事幹，關在悶人的菸屋裏看尙小禿兒練飛刀。歪胡癩兒真算沉得住氣，一整天全在地窖裏睡大覺。

「我說，歪胡癩兒爺，天黑了。」陳積財說：「你說放倒杉胛，到底是怎麼放法兒？總不成把我們關在這裏悶著。」

「縣城有個和興糧局，你聽說過沒有？」歪胡癩兒說：「這是僞專員他小舅子開的，集上有他的分號，西大街，靠碼頭，朝南的門面，面前一排紅漆柱子……」

「和興糧局跟杉胛扯得上嗎？」

「每隔半個月，那個小舅子要騎騾子下來收糧賬，」歪胡癩兒沒理會陳積財的問話，接著說：「他的騾背囊兩邊，鼓鼓揣揣，全裝的是儲備票兒！」

「我不懂？」陳積財摸著後腦說。

「我要賭本！」歪胡癩兒斜吊著眼珠笑起來：「越多越好！沒有這個，我們連賭場的門也進不了，拿什麼窩倒張世和跟程好利?!——那個小舅子是個賭鬼，我斷定他非去保安宮，等賭局散了，他騎騾回西大街，我們得把他弄倒！」

「我的爺！這事我可沒幹過！」

「那我跟尙小禿兒去辦！你去連絡賀得標，以毛竹筒兒爲暗號，他只消向手下關照一聲，聽見吹毛竹筒的聲音不放槍就行了！有杉肿的消息，馬上帶回來，這事你得腳心抹油，跑得滑溜點兒，走錯一著棋，我們就垮了！」

「這個我曉得！」陳積財扯開小褂兒拍著胸脯：「只是您要弄到票兒上賭場，不妨帶我去長長眼，押門兒，猜點兒，沒人比我更內行，他張世和就是押腦袋，我也照拿！」

六指兒貴隆戰慄了，有一陣不可知的風暴就要展開，他已從歪胡癩兒的話裏聽出那一場廝殺，它不同於石家土堡對抗蘇大混兒，一刀一槍的拚鬥；他簡直不能相信自己究竟在那場拚鬥裏做了些什麼，回憶裏的聲音和顏色使他膽怯，彷彿幼年時日欲從噩夢裏逃開一樣，而今夜，明夜，不定哪一個時辰，在想像中的景況是朦朧的，他沒有經歷過，朦朧發自內心，上面有一種莫名的恐懼在搖撼著。

「你留心聽著門，貴隆。」歪胡癩兒手拿著一條口袋：「我跟小禿哥去了就回來！這一回，我只是讓你在一邊看看，信天，信神，不如信自己！完了事，我會讓你平平安安回澤地，也好告訴他們：人不要等人逼急了再求保全，自認該幹的事，不妨找著幹！湖東各地，若是早滅了蘇大混兒，也不會死了百十多人了！」

他們去了，把六指兒貴隆一個人留在暗屋裏。歪胡癩兒和尙小禿兒回來的時候，口袋裏裝滿了大疊的儲備票兒。

尙小禿兒把黏血的攮子在鞋底上擦抹，歪胡癩兒不聲不響的脫了鞋，上床睡覺。

「頭底下太低，拿口袋去當枕頭罷。」歪胡癩兒說：「早點兒睡覺養精神。」

六指兒貴隆想問什麼，尙小禿兒捻熄了油燈，再聽聽歪胡癩兒竟打起鼾來了！遠遠的地方有鼎沸的人聲，透過地窖的方窗，聽來像什麼地方失了火。貴隆翻身坐起來，被尙小禿兒拉躺下了：

「他們找不到這兒來！你儘管放心睡大覺！和興糧局有那個專員做後台，張世和不得不派人緝兇做樣兒！這種事在縣城裏也是稀鬆平常，那些吃鬼子飯的漢奸，誰不是把腦瓜寄在脖子上?!」

一連幾天，地窖裏的日子真要把貴隆的臉給悶黃了。第四天傍晚，陳積財喜氣洋洋的進屋，跟歪胡癩兒咬了耳朵。

歪胡癩兒說：「成！我們今晚就動手！票兒分開，你揣幾疊兒，吊住程好利，我揣幾疊兒，吊住張世和！貴隆拿住口袋，跟我進屋，到時候，掏繩出來捆人就成了！小禿哥在牌樓附近吹毛竹筒，吊住警衛，場裏一亂，就報銷那個黑狗隊！」

他們從黑裏走出小巷，散開了。

保安宮在燈籠光裏看起來很夠熱鬧，那些大大小小的官太太，投靠鬼子的劣紳，鴉片鬼，僞衙門裏芝麻豆粒兒官，衣衫不整的兵士，投機取巧的商客，職業賭鬼，成群大陣的盪過牌樓，湧進賭場去；牌桌上碰運氣，碗心裏撈夢。廟兩邊的吃食舖張著燈，人頭亂動，喊菜的，叫酒的，猜拳行令的，吵成一片。

歪胡癩兒還是穿著白洋布小褂褲，腰裏紮條寬腰肚兒，頭上壓著那頂寬沿大草帽，六指兒貴隆拿著口袋，袋裏裝著捆菸葉用的麻繩，緊緊跟在後面。牌樓下面，有許多賣瓜子花生茶葉蛋的吃食攤兒，忙不迭的做著交易。兩邊的門柱旁，全放有雙人大崗。陳積財從那邊擠過來，在吃食擔子上買了包五香瓜子兒。

「崗上全是賀排的人。」他丟下一句話，挨著身擦過去了。尙小禿兒穿著沒襟沒袖的破褂兒，揹著個討飯袋兒，滿臉抹著鍋灰油泥，躲縮在街廊的黯影下面，嘟嘟地吹了幾聲毛竹筒。歪胡癩兒就閃過了牌樓。保安宮門口也放了雙人崗，一黃一黑，穿黃的高個兒是賀排的人，穿黑的小個兒是程好利的黑狗隊。

「那老張！」擠在前頭的陳積財朝穿黃的高個兒說：「集上有什麼不妥？這兒要放兩道崗?!」

「前幾天西大街出了點兒事，和興行的老闆出賭場，騎騾回去，叫人飛起一攮子扎進後心去，把票子整搶走了。我們這位張大爺怕事，要我們日夜上崗保著他哩！」

「你得當心點兒，」陳積財縮了縮頭遞話說：「說不定今晚上，有人錯把你們張大爺的腦袋當了西瓜！」

「沒的事！」高個兒擠一擠眼，會意說：「杉胛明早就到，一條封鎖線全拉好了，誰想在張大爺頭上打主意，誰得嚐嚐鬼子小鋼炮！」

陳積財摸出兩張大票面的票子，塞在高個兒手裏：「我進去應個小局，這點小意思，分了買茶吃！」

矮個兒一瞅票面，不由合槍靠腿行了個禮，笑沒了眼說：「大爺厚賞，怎……怎麼好意思領……」

六指兒貴隆跟著進去了。

「捧著錢袋照應著！」歪胡癩兒說：「留神我的招呼！」

六指兒貴隆站在正殿右邊的廟廊下，背靠一根盤龍石柱兒，許多盞帶白洋瓷罩兒的大罩燈把人眼也照花了。賭桌擺成兩個梅花形，一共十二個檯面，每個檯面上吊著一盞燈，圍一圈滾動的人頭，無數蛾蟲撲進殿，繞著燈光飛舞，叮叮的撞擊燈罩，但那聲音常被雜亂的喧嘩掩蓋了，顯得遙遠而微茫。

骰子在碗心裏晃盪，像誰撥動碎瓷碗，開寶的嗓門兒比誰都大：「攮三，沖三，全是三——單撐四注也帶著三——那邊的沖二外拐三！檯上碼兒記清楚，寶來，寶來！寶來！寶要——亮——了！」

煙霧昇上去，在夏夜的悶熱的空氣裏面一絲一絲的捲旋著，透過屏風的孔格游進黑暗的廊頂。官太太們打著描金垂穗的小摺扇兒，綢質旗袍下的裸腿高翹在條凳上，叫喊的聲音尖細得能穿進針孔去，有的把贏來的票捲兒一搓，就草草的別在吊襪帶上。也有幾個包金牙的歪官輸了幾把票子還笑得很開心，金牙在哪邊，嘴角就朝哪邊歪。戴手錶的永遠不忘記嚷熱，一邊嚷，一邊好捋起袖子炫耀他的手錶。兩個穿馬靴、卻連驢也不敢騎的黑狗官總押游門（註：不固定的下注），轉著檯子賭，這樣才有機會亮他們的馬靴。

「一么擲六喲！哇六！六！六大順喲！一擲一個爆子開花喲！」擲骰子的瘋狂朝外吐話，差點把心也吐丟在大海碗裏。

「粗粗粗！粗！！粗！！X他娘粗過了火，麻十配了四六，鼓肚子蹩！」一個胖子像被人放了血，癱在椅子上。各種各樣的聲音在翻昇，像要把這座古老的大廟抬到雲裏去一樣。沒有誰留心誰，沒有誰注意誰，所有的眼，所有的心，全跟著牌九面，滾動的骰子，覆著黑絨的寶盒兒打轉；嘩嘩嘩嘩，在聲音的暴雨裏，銀洋在滾，票捲兒在飛，煙霧在昇騰。

歪胡癩兒在那邊，挨著人脊背伸頭張望，悄悄的轉著檯子。穿黑湘雲紗褂褲的陳積財像隻老鼠，在人擋兒裏竄東竄西，一頭埋進人堆裏去了。六指兒貴隆放大了的瞳孔慢慢縮小，嚥了兩口吐沫，喘了一口大氣，硬把惶亂的心神安定下來。從斜斜吊起的黃綾神幔裏，他看見佛座上戴著朝天冠的大神，雙眼在凝垂的瓔珞下面望著他，彷彿能望進人的衣衫，望入人的肺腑。

一盞盞樸燈罩口射出的較亮的黃色光圈，在高高的殿頂橫椽間盪動，有許多默默的蜘蛛蹲踞在網心裏，那樣安心的等待飛蛾；兩隻巨大的鸞凰在廿四道橫樑的椽面上展開牠們黯色五彩的翼子；

樑頂的橫桁間，一組一組的古裝人物立在雲霧當中自成一個世界。六指兒貴隆不懂得任何莊嚴的字眼兒，但充滿了那種莊嚴的感覺。紅草荒原在那裏，旋轉著在廟頂上呈現，那些野塗塗的角稜稜的風物不斷的觸動著他，使他深深的感覺今夜。

邪魔，可不是?!在下一個即將來到的時刻，他就要從口袋裏掏繩，他要牢牢的縛住他們，像蛛網黏住蚊納，他的心繫在神的眼裏。若是舉事不成，歪胡癩兒叔敗了，杉胛的鬼子兵就會踩爛那片荒野，媽的血還留在那裏。他也曾多次咬著牙賭下報仇的血咒，那些那些，隨著他的血流在體內循環，他不能眼看著歪胡癩兒叔和陳積財敗事！媽的血那樣紅，涔涔的從額間傷口流滴下來，流過她蒼白的臉頰，他記得她嚥氣時的光景，白眼翳朝著天，即使有雷聲暴起，也震不開她的眼瞳了。

殺！殺！殺！殺！殺！刀矛！箭鏃！斧口！槍尖！許多閃光的、蠻野的鐵器的影像在黑裏揮動，突進，砍劈！殺！殺！殺！殺！他心裏被塡滿了這種聲音。

而歪胡癩兒賭得正豪，可沒功夫兜什麼心事。他一個人大撐兩隻膀子，在右邊中央的牌九桌上單佔天門，面前攤開一溜大鈔，總有十來疊兒　，比莊家張世和堆上的現鈔多了一倍。張世和穿著白府綢的對襟褂兒，敞著扣兒，面前放著紫砂小茶壺和一聽炮台煙，小老婆坐在一邊掌堆，在他脊背上搖扇兒。

頭一條打出去，張世和抓了頂上的對兒，猴王對，眼就一直瞇著說：「今晚走運了！我推沒底莊，不論多少，盡押上，不漫莊，不散莊，有押包賠！」

歪胡癩兒到場時，原來押天門的那個傢伙輸跑了，天門這邊沒人下注，成了個空門。歪胡癩兒一到，大把攤錢說：「沒人下天門的注，我替張大爺送幾文！不看牌風，三千一點賭，抓把牌瞧瞧。」

張世和手捧肚子笑起來，對面這位想是「爺」字輩兒的，來頭不小，可惜看樣子是個外碼頭，真是送錢來了！骰子打七，天門抓頭副牌，歪胡癩兒就手一翻，雜七配板凳，就把三千大注輕輕推過去說：「這算見面禮！看二把！」

「爽快！爽快！」張世和心不在焉的：「老兄台甫？」

「咱們同宗。」歪胡癩兒說：「兄弟在官鹽局掛個名！」

張世和一聽官鹽局，心花都放了！佔領區衙門成千累萬，惟有官鹽局個個都是活財神，遂朝掌心呵口氣說：「嗳，骰子顯顯靈，讓我剝掉財神爺罷！」

條子打出去（**註：小牌九，不帶配，每門抓牌兩張，硬對硬，比點子拿錢，牌九洗好後，每次分牌八張，俗呼一條牌**），張世和剛捏起骰子看各門下注，就見天門推出所有的大票說：「骰子也顯顯靈，好歹來把硬點兒，我好砸堆（**註：即贏光莊家桌面上所有現鈔**）！」

「賭得豪！」張世和帶著讚嘆的意味抹抹仿仁丹鬍子說：「想不到今晚碰上了真對手！杉胛明早一到，我這賭場總要停幾天，這就好歹贏一筆壓檯罷！」

「妙！」歪胡癩兒拍了幾聲響巴掌，闊闊的笑著：「你們瞧！我跟張大爺豁著幹了！」

骰子旋轉著，打出兩個么，二上頭，天門二道，莊家摸尾。上門亮牌，虎頭摟小蛾，蛾字五。下門也亮牌，小猴坐板凳，長字七。張世和把牌一疊，窩著手一照牌面，赫然一張全紅的人牌，人牌十八配，蹩十也是槓（註：人排配任何牌，至少有一點，沒有蹩十），使手一搓，下面那張牌是紅綠起頭（註：唯有天牌是紅綠起頭），不用再搓就伸手摟錢，一邊叫說：「天字槓，有對子拿錢！」

「慢點兒，」歪胡癩兒鼻孔出氣，哼說：「一對小五，正壓你那天字槓！瞧牌罷，你的堆算砸定了！」

張世和倒抽一口冷氣，伸長頸子去看牌，就聽那邊寶桌上「砰」的一聲響，聲音悶悶的像誰放了個花炮。緊跟著，女人們尖叫著，紛紛被逼到牆角去，有些賭客擠到檯子底下，緊抱著桌腿，大海碗裏的骰子不用人催，兀自滾動起來。左邊正中桌上趴著毫不驚慌的警察隊長程好利，脊梁蓋上骨嘟骨嘟朝外冒血。

「誰的槍走了火?!」張世和說：「怎麼搞的?!」

一抬頭，完了！一支黑洞洞的槍口堵在他鼻尖上，那位押天門的「同宗」掀起帽簷兒，露出滿貼膏藥的臉和一隻的溜打轉的怪眼。

「賭場的人貼牆站！誰動誰沒命！」歪胡癩兒說：「我說過，你們砸堆了！」

「你……你……你們是?」張世和舉起手，軟軟的說：「黑白兩道，大夥兒都夠得上，要槍?

要錢？不算事，自家兄弟，犯不著這……樣，有話，煙鋪上……說……」

「沒的說了！」陳積財在那邊說：「前後門！閘上！」

一個矮小的黑狗隊門崗踉蹌奔進來，叫門檻兒絆倒就賴著不起來了，誰都看得見他後心插著一把明晃晃的攮子。張世和想喊叫賀排來人，無奈那支槍口冷冰冰硬戳戳的抵住鼻尖，把什麼話全壓了回去。六指兒貴隆在桌底下拖人出來，挨個兒上綁，五個一串，五個一串，繩頭結在殿柱上。廟門被誰緩緩的帶上了。方場那邊，街頭上仍然喧喧嚷嚷，彷彿誰也沒留意那一響悶槍。

「你下個條兒，把集上的槍枝集合！今晚上，我只要槍。明早上，我要跟你一道兒，到碼頭去見見杉胛！」

就那樣，黑狗隊整隊被賀得標排繳了槍，所有的偽官偽兵偽眷，全被請進保安宮，一串一串拴著像冰糖葫蘆。而駐紮在西街關王廟的鬼子軍曹和他的幾個屬下，照樣醉於「支那」的好酒……

第八章・英雄肝膽

一條封鎖線像是一條蛇，歪胡癩兒一棍正砸在蛇頭上，蛇身打著結，痛苦的扭絞起來。

杉胛出城清鄉時，太陽旗先導，八支紅銅小鋼號組成的號隊，配上兩面軍鼓，吹吹打打好不威風，馬隊、炮隊、車隊、艇隊齊頭並進，步兵隊踩著鼓號齊步走，好像開到教場出大操。而回城時揀著月夜，殘兵們渾身黏泥帶血，馬匹上疊著屍首，汽車上載滿傷兵，鼓停了，號歇了，太陽旗也撕裂了，活著的數著腳尖走，在慘白的月光下面，彷彿穿了孝的送葬人，連靴底的鐵釘也噤了聲。

「岔河口！」

「岔河口！」

「你沒聽說岔河口嗎？」

一野的秋莊稼全被砍倒了，只留下岔河口兩面的蘆材地，而兩挺從鬼子汽艇上拆下來的重機槍一南一北封住了寬闊的河道和高堆。正待清鄉的鬼子聽說被人盤了遠在後面的指揮部，沉了杉胛的座艇，俘了杉胛少佐，急忙集結朝回開，傍晚時，隊伍經過岔河口，南北兩面的機槍全吐了火。

鬼子弄錯了，還以爲是守城鬼子開下來接應的，看錯了人，誤開了火，嘰哩咕嚕窮鬼叫，等到倒下二三十，這才醒過迷來。高堆兩面臨河，光禿禿的連根草也沒有，翻下北坡，北有機槍掃地，翻下南坡，南有機槍剃鬼頭！槍火把密集行進的鬼子釘死在堆面上，不用說架槍安炮，連頭全抬不起來。直到對方放完子彈，這才派人泅泳過河去搜人，人沒搜得著，只搜到兩挺艇用機槍，全被卸得只剩鐵殼兒。伏在血泊裏的鬼子心有不甘，沒命開鋼炮，掃機槍，拿蘆材地出氣，把幾里蘆材打成一片大火。火退後兩天，岔河口附近的鄉民發現尙小禿兒的屍首。

鬼子在岔河口遭伏擊，倉皇逃回縣城去。留在順河集的保安大隊又鬧出劉金山，一個排分三股，冒不楞衝進各中隊的中隊部，首先佔了槍架，嚇得那些膽「大」如鼠的二黃只有拔腿跑的份兒。賀得標排拉出陳集，在堆頭設卡抓人，好像黑裏拿雞似的拿住一百多，逼他們拐回頭去扛他們自己的槍，——只是卸了拐球兒。

六指兒貴隆的牛車，在那些傳言裏滾動著，重新滾回荒原去。前後不到十天，一場清鄉的風暴就了結了，一條封鎖線，只賸下少數幾塊緝拿歪胡癲兒的木牌，還豎在路邊上。在范家茶棚的柳蔭下，他歇車買茶喝，長凳上的鄉民們講述的，正是他親身參與的事情。

「老天爺總算睜了一回眼嘍，小兄弟！」一個捲起褲管赤著腳板的老頭兒抱膝坐在凳頭叭煙，對他說：「你打東邊來，沒聽說澤地的禿尾巴老神龍顯靈，打了魔頭杉胛嗎！真哪，『打蛇先打頭，不怕牠三年來報仇！』……人都說杉胛是個殺人大王，這好?!碰上歪胡癲兒爺，把他變成了沒頭的鬼王了！——歪胡癲兒爺不知從哪兒帶了個禿頭羅漢跟一個半椿黑小子混進陳家集，跟何指揮的人接上暗線，夜晚進賭場，放倒了黑狗隊隊長程好利，窩住大煙鬼張世和，又借張世和的手下條子，把警衛集合繳了械。杉胛蒙在鼓裏，汽油艇大模大樣的靠了碼頭。碼頭上接差的排成一條龍，槍尖上挑著三角旗兒，那張世和見了杉胛和扈從的鬼子，還翹屁股鞠躬哩！杉胛走到中間，誰喊了一聲，接差的把槍口一橫，鬼子就成了鱉！有人下艇去卸機槍，艙裏扔了個開花彈，把鬼艇燒沉了，歪胡癩兒爺自動手，當著杉胛的面，借了杉胛的東洋刀，把鬼子、翻譯、二黃砍了廿二！」

六指兒貴隆閉了一陣兒眼，緩緩的說：「那天，我在那裏，我在那裏的，老爹。」

有人從後面扳住貴隆的膀子搖，問說：「怎麼歪胡癩兒爺單單沒殺杉胛?!」

貴隆搖搖頭：「我不曉得。當場他沒殺掉杉胛，只是上了綁。」他抬起眼，從一叢叢荊棘上面，望得見遠處鬱綠的平野，縱橫的水澤區閃光的河流，他將回到那塊荒野，把那片血光忘掉。歪胡癩兒叔合手掄刀時，膀臂上蟠結的虬筋暴凸著，沁汗的臉額生出不尋常的扭曲，笑著挫動兩面牙盤，露出一口令人心寒的牙齒，刀尖在日光下跳動芒刺，他車吊著大半個身子，猛打一個輪旋，張世和的腦袋就直滾進河裏去了。他就那樣砍殺著跪在石堤上的一排鬼子、二黃，像當年他跪在草溝邊伸著頸子挨刀一樣。

「你記著，貴隆。神在我的刀口上，誰殘殺過百姓，休想我寬懷大量！他們當初怎樣殺人，我就叫他們怎樣挨刀！」歪胡癩兒叔也把滴血的東洋刀伸在杉胛的青皮腦殼上磨來盪去，像當年鬼子兵在他頭皮上盪刀一樣：「完事了！賀排的回吳大莊，跟劉金山排會合！貴隆放車回澤地去！鬼子拉回頭，由我跟陳積財、小禿哥打包莊！杉胛我帶著，我要慢慢消磨消磨他……」自己放車離集時，鬼子早在岔河口遭伏擊，戰馬權當騾馬用，馱著百十具屍首逃回縣城去了。劉賀兩排人也拉回吳大莊。保安大隊像砸在石頭上的瓷碗，整迸了。

他不曉得後來的事，不曉得歪胡癩兒叔要到哪兒去牽他的白馬，也不曉得杉胛死活如何。他只是要回去，他心裏橫壓著血淋淋的屍首，打滾的人頭，他喉嚨裏覺得噁心，漾漾的湧著甜腥的血味，總要嘔吐。殺！殺！殺！殺！殺！那一夜在保安宮廊下湧現的幻象和聲音仍然在盤旋著，刀矛、箭鏃、斧口、槍尖，仍然在交替閃晃，但當廝殺過去，一個初成年的農民的心性，使他渾身在抽動性的顫慄中疲弱而虛軟，他甚至不敢把記憶在歪胡癩兒閃動的刀光上作較久的停留。

「我……不曉得……」他雙手弄著斗笠繫子，在沉默了許久之後，茫然的說。

「我曉得杉胛是怎麼死的！」一個害黃疸病的瘦子說：「那個禿頭羅漢牽著杉胛出北街，每過一個莊子，莊頭全圍滿了人。歪胡癩兒爺跟穿黑褂兒的人扛著重機關炮，七八層彈帶把他們的腰圍得水桶粗。禿頭羅漢掄一把小攮子，一路朝杉胛肉裏遞，活剮他的肉片兒下來餵狗……走到七座大墳，杉胛賴在地上不走了，嘰哩哇啦鬼叫，吃禿頭羅漢一拳搗悶了，揹了他朝西走，走到我們莊頭，杉胛醒了，兩手反捆著不能動，就使嘴咬，禿頭羅漢後腦窩硬吃杉胛咬掉一塊皮！禿頭羅漢罵說：『看你鬼牙有多快?!你咬我一口，老子等歇多砍你十刀！』……各村各戶聽說歪胡癩兒爺拿住了杉胛，簇起幾百口人把歪胡癩兒爺圍住，齊聲向他討杉胛，歪胡癩兒爺說：『鬼子不算人，只是豺狼野畜牲！他蠻來，我們蠻回去！什麼上天有好生之德?!我們做民的不管，杉胛殺了我們一千人，我們剮他一萬刀！上天見罪，我歪胡癩兒一人挑！哪天鬼子抓住我，電磨把我磨成粉，蒸盤歪胡癩兒糕，我也不在乎！人跟豺狼野畜鬥，只有蠻來蠻去最公道！』歪胡癩兒爺要禿頭羅漢把杉胛綁在繩床木架上，拔出攮子削掉杉胛鼻尖上一小塊肉說：『這算開張！杉胛留下來，你們消停細割，我們要朝西，趕到岔河口辦事。我的馬還寄在胡莊的大窖裏，等著去牽。』……他們走後，杉胛整被人割了一天，到壓尾，骨縫裏的細筋全叫人剮了，光落一個骨架兒在繩床架上空搖晃。西莊的荷丫頭發瘧疾，她爹砸開杉胛的腦蓋，把腦子捧回去熬湯她喝，說一喝病就能好，骨架沒人要，全便宜狗吃了！」

「只剮一天算便宜他了！」一個耳後長著葫蘆大肉瘤的中年人陰鬱的說：「一年毀了我全家八口，我一個人就恨不能剮他三天！」

「剮也罷，殺也罷！」茶棚的老爹說：「杉胛總算除掉了！我在縣城裏親眼看過他掄刀殺人，成千上萬的陰魂纏著他，才讓他落在歪胡癩兒爺手裏。無論他怎麼死法，全是天報應，也讓其餘的鬼子曉得，螃蟹也有上蒸籠的日子！」

六指兒貴隆離了茶棚，放車到堆頭的獵戶莊，叫金鎖兒、五福兒攔住了，貴隆問起澤地，五福兒說：「北邊不知誰扒毀了三河堤，放下一片滔天大水來，平地成河，禿龍河西地勢又窪，怕能行得船了！」

「準是洪澤湖支隊幹的好事！」金鎖兒搖著頭：「他們想拿水來擋住杉胛清鄉，孰不知杉胛沒來，大水卻替他清了鄉！水澤區，荒野地，這回憑空遭水困，又不知要死多少口人了。」

「你不能下堆。」五福兒捺住貴隆抓緊車轅的手：「中晌時，我才去看過水勢，黃濁濁的溜頭拔起大樹來，棺材窪子附近，墳頭不露頂，水有一人深，我正跟金鎖兒商議，等水勢煞一煞，紮木排過去看看，那邊溝泓多，洩水快，或許好些，人畜還好朝高處躲，收成是完……了！」

「放我走！」貴隆暴叫說。五福兒想抓牛杓頭（註：木製，套於牛頸用以拉車），貴隆猛抽一鞭子，牛車就轟隆隆滾下堆坡。金鎖兒和五福兒尾在車後叫喊，貴隆不理會，自管叭叭的抽著鞭子。車過彎路的樹林，幾里外就看見渾沌沌的一片大溜，扯東北奔西南，順著地勢略打一個半彎，胡澤地那邊滔滔滾滾的奔流，驚心動魄的水勢，好像在綠桌上抖開一疋土黃綢，無數的斷枝在浪裏翻滾，整塊的屋頂在水頭上漂流，巨大的樹身怪魚似的朝天豎著鬚根，時時起伏著，顯露出黑忽忽的脊蓋。

牛車滾近棺材窪子，貴隆勒住牛，站在車轅上舉起手棚張望著，五福兒說的是真話，自己活在澤地上，十多年來頭一回見到這麼大的水勢。爹曾用驚恐的聲音講述過那些大汛，講北邊的老黃河一次奪淮，兩次奪淮，水退後，有人在柴塘裏看見乾得半死的大魚，魚鱗碗口大，魚身幾丈長，剖開肚子，裏面全是人骨頭。誰都曉得「倒了三河堰，清淮不見面」的俗語，想不透洪澤湖支隊扒開堰堤到底是存著什麼心?!抗東洋鬼子杉胛嗎?還是先放水淹死荒原一帶的百姓?

溜頭像一窩就乳的奶豬，在不平的地面上聳動著，響聲是聽不到的，但能從久站的腳下感覺到；那不是一種單純突發的聲音，而是起自地心的一種綿續不絕的低吼，眼落在大溜上，覺得大溜不斷的旋轉，同時發生輕輕的震動，那種恐怖的低吼會從人腳下昇起，搖動人心。六指兒貴隆望著大溜，波浪在流木上開花，無數濺開的水珠變成白色的流沫，在車輪大的水渦上打旋，一支巨木橫滾過蘆材的尖梢，另一支巨木帶著枝葉直撞過來，轟然撞擊在一起，使後面的巨木斜聳在前木背脊上，像怪獸的尖牙。

是什麼樣的怪獸把村莊撕裂了？那是門板，那是人字樑，那是水缸，佛櫃，香爐，黃盆，那是腫脹的人屍……四野在旋轉著，目前的一切全在飄浮，黃濁的大溜分出許多岔舌，從遠天的林木稀薄處湧騰過來，席地滾捲，展佈成無邊的黃色汪洋，在火熱的太陽光下流向澤地去。

六指兒貴隆驚呆了；他看不見幾十里外的澤地，看不見禿龍河，他不能相信那禿尾老神龍的傳說，正如他不能相信歪胡癩兒是禿尾老神龍變的一樣。那是荒誕的。至少，他懷疑禿龍河是不是能像傳說那樣，承當澤地所面臨的巨大災難。

杉胛雖是殺人不眨眼的魔王，但他總是個肉做的人，落進歪胡癩兒的手裏，一樣叫分了屍，而扒開堰堤放水淹民的邪魔，曉得借天力來害人，算來要比杉胛狠出百倍。杉胛來了，還有個歪胡癩兒叔捨死忘生擋著他，這場大水帶來的劫難，就有一百個歪胡癩兒叔也是無能爲力了。若在平常的日子裏，牛車放過棺材窪子，月出時就能到家了。自己離家不到十天，想不到會生出這樣的災難，時光彷彿逐著波濤，一剎間流走了幾千幾百年；澤地，火神廟，低矮的茅屋，爹和銀花的臉，也彷彿隨著駭人的水渦旋開去，旋進洪澤湖的神話，變成虛無飄緲的幻影。

誰在狂叫著他的名字。六指兒貴隆打暈眩中醒過來。金鎖兒和五福兒一路跟下來，累得吁吁喘。

「我說貴隆，你是牛性子，不到黃河心不死！」五福兒抱怨說：「你看這片水勢，淺的地方不講了，單就眼面前這道大溜，也有半里寬，你就能泅得過罷，也擋不得木頭段兒沖撞的！」

「沒想到！」貴隆說：「我放車送何指揮進城不到十天，就來這場水！送到半路上，碰著鬼子開下來清鄉，我跟歪胡癩兒叔在一起，眼看他把杉胛拿了，放車回來，一路只聽人談鬼子，沒聽人談倒堰。」

「前天夜晚水頭才竄過棺材窪子。」金鎖兒說：「要不是窪地上有人逃上堆頭，誰知西邊發了大水。」

「你說你碰見歪胡癩兒爺了？」五福兒說：「堆頭上鬨傳得不得了！歪胡癩兒爺要是拿打杉胛這股勇勁打八路，澤地就不至鬧這場水了，可惜他沒有分身術，顧了前，顧不了後，如今你再急也沒用。你別看水勢大，這只是一場急水，沒有雨水接應，三天五日就會歸湖，你不妨回堆頭去等兩天，水勢稍稍退些再說。」

「我擔心的倒不是水。」金鎖兒說：「就怕水後起大瘟……消水容易，消瘟就難了。」

六指兒貴隆心冷了，雙重陰影鎖在眉上。人在堆頭，心在澤地，沒等水退盡就要放車回去。

金鎖兒說：「水雖退了不少，河還漲著哩，一路上沒橋沒渡，木排全放不過禿龍河，你要走，揣些乾糧單人走，車跟牛留在這兒罷！」

貴隆清早上的路，一過棺材窪子就涉水，深處齊腰，淺處也漫過小腿彎。太陽昇上來，火烤一般的晒著脊梁蓋，上半身因費力划水走路，小褂兒叫汗水黏貼在身上，領子上都結了白汗鹹，下半身泡在渾濁的泥漿裏，水皮兒熱燙的，彷佛是一鍋溜了邊的粥，上面滾，下面溫，刺得人渾身發癢。

藍裏帶赤的天頂上沒有一片雲，風也沒有。太陽直落下來，艾捲兒似的炙著這裏那裏的泥漿，蒸發出濃濁的腥臭味。漂流的死樹橫在柴塘裏。好幾具半裸的浮屍被晒成醬紫色，留在初現的野墳附近，屍首上聚著抖翅的黑老鴉，爭著搶啄迸出的內臟。東倒西歪的蘆材和玉蜀黍，原先的綠色全被一層泥沙污染了，變成了混沌的曖昧的顏色；有些剛從泥漿中掙扎起來，葉尖上還滴著膿似的污水。蒼蠅成千累萬的在水面上飛舞，落在人臉上貪婪的吮吸著，悶濕的熱氣在牠們翅膀下蠕動。

他熬過晌午心的酷熱，泅過兩三條臃腫的泥河。水流中的泥漿糊遍他全身，使他變成個泥人。慢慢的有一些浮嶼似的旱地出現了，各種漂流物擱淺在水邊，地面上滿佈沉澱的流沙，沙裏埋著一蓬一簇的野草，沙面上留有被急水刺劃過的痕跡，像一片凝固的小浪。腳步踏下去像踏在稀鬆的糕餅上，泥淤陷落下去，一直陷進腳脖兒，四周吐著水泡。腳尖踢破小沙丘，野草露出頭來了，青葉伏護著白堊堊的根鬚，彷彿受了傷的小獵物帶著自憐自惜的意味舐著牠餘痛猶存的傷口。

在流沙較薄的地面上，沿著一道小小的土稜子，他看見一片照眼的野花迸綻出奇豔的顏色，那多釆的花朵被綠草烘托著，而黃沙又烘托了綠草，使六指兒貴隆黏黏的心在一刹間被洗亮了。他走過去，背靠著土稜子歇歇氣，脫下小褂來擰去泥漿，揮動散了邊的竹斗笠搧著。一溜兒野花開在亮赤赤的藍空裏，不知從哪兒飛來一對嫩黃的蝴蝶，在他頭頂上追逐著。一隻初生的灰螞蚱聳起麥仁大的肉翅跳落到他手臂上，貴隆沒有驚動牠，他驚詫大水後所留下的神奇的生命，他臉上泛起不自覺的靜止的笑容。

傍晚時分，他望見禿龍河了，在河涘那邊，大榆樹還是那樣安心的撐起它濃綠的傘蓋，西邊橙色的天壁映透了無數籠一圈朦朧的細葉，像過往的黃昏一樣安謐，鳥雀的黑影描在魚鱗狀的晚雲上。靠近日落處，呈熔金色，越向上，顏色越濃，橙裏帶紫，像一張新貼的套彩板畫。六指兒貴隆翻上河俟，隔著湧流的禿龍河，一切他渴盼的景物全在黃昏裏浮昇上來了。

十多天並不久，可是歪胡癩兒帶給他的經歷和一陣人為的水患，使他覺得相隔迢遙。在張福堆頭，他像熱鍋上螞蟻一樣，急躁不安的想趕奔回來。夢境魘壓著他，使他在空無一人的汎地朝前跋涉，日頭燒烤他，泥河橫攔他，鬱熱悶他，汗水浸他，他全熬過來了。當他看見死寂的泥淤上迸放的野花，逐舞的黃蝶，初生的灰色小螞蚱，從那些顯示在眼底的生命，他有一種幸運的預感和內心無言的祈盼，祈盼澤地安然。

他從夢裏走出來，晚雲罩在火神廟的廟脊上，一路一路陽瓦楞閃著光，在快要啣山的日頭平射下，一閃一爍的瓦面光彷彿要穿破陰瓦楞中濃聚的黯影直飛向天空。他開初只是驚愕的呆站著，目不轉瞬的望著，慢慢的，乾渴、飢餓、睏乏、刺痛全忘了，連自己也不存在了，有什麼要從內心裏迸射出來，化成那許多瓦面的閃光，穿破黃昏的黯影直飛出去，飛上天，飛進雲，飛投進落日的火裏去狂燒。

光從瓦面上消失了，六指兒貴隆這才覺得全身都被掏空，只落下一顆懼怯的心不著邊際的虛懸著。蒼茫的黯影在河面上流動，流向遠處去，混進林間逐漸變濃的一片望不透的迷離。河上的便橋已經流失了，澤地靜靜睡在許多水泊裏，看不見人影，只聽見滿林鳥喧。

在這最後的時刻，心裏落進兩塊卜板，他甚至不敢看那是陰是陽。萬一爹跟銀花叫大水沖走了?!……洪澤湖的故事。夏夜的旱閃。一齊掠過心底變成惡毒毒的無底的黑暗，那使他起了暈眩，暈眩又把他從深淵裏帶出來，變成一種猶疑的寬慰，他抬起臉，猛然被狂喜攫獲了——那是灶火。紅紅的灶火描出矮簷下的小窗洞，描出柴門上密密的枝條的影子，一忽兒光亮，一忽兒黯淡，灶火那樣柔和，那樣溫熱，隔著河岸把他空濕餓乏的心給塡滿了。他們活著！

這樣，他深深的透了一口氣，彷彿從墓裏躍出來，重新變成活生生的人，但很虛弱，虛弱到不能站立。莫名的悲哀與無由的喜悅一起浮泛，把他連根拔起，不能自主的飄流，他掙扎著站定了，卻無法抑止鼻尖酸楚，睫上的淚粒在灶火光亮時射出帶芒的晶瑩，滾落在唇間酸鹹帶苦。

「啊——哦——啊——」

貴隆圈起手筒，用長長的聲音叫喚著。幼小的時候常到廟後的野林裏獨自玩耍，猛抬頭，發現染上了衣衫的暮色！滿心就會被恐懼壓縮成豆粒大，風也驚人，鳥也嚇人，樹葉也打著人腳跟，許多流動的，怪異的鬼臉，黯青的、墨綠的，排排靶齒一樣的尖牙，玉黍鬚一樣的茸毛，追趕著他，野獾狗、餓肚狼，一寸高的小妖物追趕著他，他只有沒命的奔跑，直到奔入灶火的紅光裏才能迸出一聲叫喊。當媽的回應來時，一切的幻象都變成紙剪的碎片，紛紛飄落，空空的黑裏裝滿媽詢問的聲音，裝滿了蜜汁。那些雖去遠了，灶火的溫暖仍然存在著，低矮昏黯的小屋有一種無上神異的力量，使人安心的活在裏面，心裏滿漾漾的，盪著微醺。

「啊——哦——啊——」

柴門開了，從黑影上看出那是銀花，她正手貼著耳朵分辨聲音的來處。貴隆面朝著野路，沒有什麼枝柯擋住灶屋的柴門，他看見她轉身消失在門裏，旋即挑出點亮的燈籠。顯然她聽出是誰在隔河叫喚，她把燈籠舉得高高的下了屋基，涉水走向河口來了。

微風起了，燈籠在對岸搖晃，銀花的影子斜落在身後的河堆上，燈籠的光圈映不亮對岸，她空自把手抬在眉上。貴隆卻望見她，她圓圓白白的臉和她洋布衫褲上碎碎的花紋。

「爸好嗎？」他隔河說：「我回來了！」

「橋斷了。」銀花說。

「我泅水。」貴隆說：「我這就過河來了！」

他實在乏極了，渾身像是壓進酸菜缸，但最後一條河擋不了他，十年前，他就能在洶湧的河心裏游上三五個來回，他揮一揮雙臂，吸口氣下水，搶過河心的大溜，他就游進燈籠的光影裏。銀花一動不動的舉著燈籠，她終於看見他的臉了，她的手戰慄著，使燈籠一上一下的抖動不停。

他渾身水淋淋的上了岸，跟銀花臉對臉站著。微風在大榆樹的葉簇間嘆噫著。他和她就那麼顫站著。很久很久，彼此的心都和燈籠一樣的透亮，只是由於古老的風俗習慣，使他們對臉吐不出話來，總像隔著什麼一樣。

「我說我爹好嗎？」貴隆低低的顫硬的說了。

銀花不答他，她一心想抓住燈籠的木柄，但她再也抓不住了，燈籠燒起一團驚火滾進涘下的流水，在黑裏，沿涘都響著秋蟲的怯怯的叫聲，她的哭聲是低啞的。他能看見她抽動的肩膀，貼在天空一些帶芒的亮星之間。

「他……死了！」她重複的說：「他……死了……」

六指兒貴隆渾身震動一下，腳下的河涘在她哭聲裏沉陷，滿耳都是嗡嗡不絕的雷鳴，他猛然用全力抱住銀花，像在無邊無際的汪洋裏抱住一塊浮木。他死……了……爹死了……他不知道要做什麼，只有一絲極端模糊的意念在搖曳，黑雲在四周滾湧，閃電在八方抖亮，大地在旋轉，在迸裂。

透過濕衣，他覺得她半邊臉貼伏在他胸脯上的熱力，他什麼話也不說，只是抽噎著，不知過了多久，他才在飄中穩住。

「他…死…了……」他手摸著她的背，喃喃的說：「爹死……了……」

「鬼節前，水頭過了河。」銀花說：「這邊挨泓頭，水還漫過屋基。各莊忙著紮木排，到鬼塘西南去搶救逃難的棚戶。二黑兒哥木排溜過來，老人要跟著去，半路上，流木撞翻那隻排，二黑兒哥攀著排邊兒伸出長竿，老人……他兩把沒搭住，又一支斷木沖過去，水裏泛紅絲，他就……去了。」

他木然的聽著，在銀花斷續的哽咽裏，他心裏有著油煎的劇痛。她說她害怕。她說她等他回來。她說起那天的水勢，轟轟響遍一條夏家泓。他聽著，像被瘧疾鬼（**註：鄉民相信瘧疾有鬼作祟**）纏住，冷熱交錯，使他虛軟。他仍然攙扶她回去，回到灶火邊。

她的眼神是呆滯的，她幽幽的說：「老人全丟下我們走了！」

「都走了……」他說：「世上只留下我們了。」

他們又哭泣起來，恐怖的大水和突來的慘變，使他們揭開那道橫隔在他們中間的網，舊的世界已隨著戰亂遠去，至少在今夜，他們尋不著那世界的影子。刻骨的寒冷刺著人，他們需要安慰和溫暖，哪怕那安慰只是一些不知所以的喃喃或是一顆淚粒。

遲昇的月影把柴門編在地上，銀花在灶頭上取盞點燈。貴隆拉開柴門出去，站在矮牆外呆望了一會兒月亮。天有陰晴，月有圓缺，他不能泡在眼淚裏活下去。早幾年，荒亂沒起，他從沒認真想過什麼，活著全憑自然的感受；一如幼年感受媽的笑臉和溫悒的眼神，爹噴出的煙霧和沉沉嗆咳的聲音，感受小油盞的光暈，紅紅的灶火，感受風、雨、新鮮的年畫裏幻脫出的世界。

那算什麼呢？許多長鬍子的老爹一生只到過三十里內的地方，故事也只三十里。後莊人做了一鍋肉，半里外的前莊人伸著脖子一嗅，就知肉在哪一家裏。誰都是泥匠、木匠。誰都不用學就曉得天時、雨水和稼穡，扳起牲口的嘴看看牙，退後三步瞅瞅骨架和毛色，就能判定哪頭牛有多大力，哪匹驢有多少腳程，哪隻豬是春窩秋窩。

當槍聲驚起沉睡，另一個不可知的世界和澤地撞擊，那一切全混亂了。曆書上只記春牛圖、太歲方位、黃道黑道、幾龍治水，曆書上從不記鬼子何時清鄉，馬賊何時劫掠，八路何時催糧。澤地在那種驚天動地的碰擊裏旋轉起來，人成了蒙眼的驢，光聽磨盤響，不知走在哪個方向。

「神呀！神呀！老天菩薩呀！」許多衰老蒼涼的聲音傷逝在曠野的風中，而災難接踵滾壓過來，任何祈盼不能阻擋。無論他怎樣懾於歪胡癲兒那種能扒得人心喝得人血的野蠻，他還是從他被血染過的眼裏接受了火的傳遞，在絕望裏抗爭。是的！正像歪胡癲兒叔了不介意的把性命掏出荷包，隨手扔在賭檯上一樣。

蛤蟆在遠遠近近的地方噪著，殘缺的月亮在積水上搖漾，孤單存活的火苗從心底筆直的上昇，使他從不著邊際的恐懼和悲哀裏抓住什麼，他勒緊津汗的拳頭，重新感覺到一種新湧入的力量足夠使他在沉甸甸的悲哀裏站立。

「湯罏在盆裏，」銀花在門裏說：「餅在桌上……泡了一天水，濕衣該換了。大蓆起霉，我去抹。好生歇一夜，明早好去碾房，跟二黑兒哥放排到西窪地撈人去。」

「棚戶死了不少罷？」

「不曉得。二黑兒哥說：戶戶都有人叫水捲走。」銀花說：「誰也沒想到的，會有這場水。何指揮走後，人全傳著杉胛要清鄉，老人成天念著。杉胛沒來水來了，還是破了家……天意嗎?!」

許是觸動了悲慘的往事，她又啜泣起來。這回貴隆沒有再掉淚，他回到灶屋，穩定的抓起銀花的手說：「別再哭，銀花。明早我會去碾房，放排去找爹的屍，就是找不著，我也會在屋後起座衣冠塚，把他遺物埋下土。這場水是人放的，不是天發的，若叫我窩倒放水的，我要砍他一萬刀，叫他跟東洋鬼子一樣死法！」

銀花本能的抽回她的手。他反常的穩定使她不安。

「等退了水，」他訥訥的說：「我想，我……想送妳回堆頭去，雖說沒閒言，也……不方便。」

銀花雖訕訕的，卻出乎意外的固執著：「我不回堆頭，我爹不遭橫事，我媽也不會帶我來澤地！我要守在這兒，我不走……」

他換下濕衣，躺在水抹的大蓆上，過度的疲累使他思緒恍惚；歪胡癩兒叔飛掄的刀光，渾濁的大溜上捲起的水渦，一溜野胡胡的花朵，腐屍停落的烏鴉……顛倒而零亂的撒在黯影裏。他忽然厭倦了家門之外的世界，多少年來，從小窗洞落進來的風和月色，撫過他的夢幻。在不同的季節裏，他熟悉不同的月華與不同的風聲。

他愛在微濛的雨裏叱牛春耕，犁尖撥開潤土，成兩排褐的波浪，他赤著的腳埋在溫暖鬆酥的波浪裏，像是生長在地上的樹木，有無數根鬚和大地相連。收成季節，霍霍的磨刀聲比雞啼還早，披著青大布汗巾出門，霧裏全是成熟的麥香，鐮刀揮芟麥莖，晨光沖洗的空藍裏一顆一顆的落早星。瓦罐裏的溫茶，柳籃裏的熱餅，坐在野花滿攏的田頭吃著，鮮麗的秋雲染著人們的臉，滿野都彷彿鋪遍了燦爛的黃金，然後掛起犁耙來，回溫一年耕作的夢，讓白皚皚的冰雪掩覆著泥土，讓它酣睡到冰消雪解的時辰。

他從沒想到過改變，那些日子是一隻古老的俚歌，徐緩幽寧像一灣流水。慢慢的，一切都朦朧了，他仍聽見銀花在灶上洗碗的聲音和間發的啜泣。她帶上柴門出去，點一支火棒子回她廟後的住屋；火光在樑頂旋轉著，窗洞外閃過瘦怯的影子。

貴隆忽又清醒起來，充滿一種內歉的意思。方才不該說出送她走的話，她孤苦伶仃的一個人了，他也是，她該留在這裏。那是宗尷尬的事，一對沒完娶的小夫妻，單獨守在一起，但他必得守著她，不能讓大浪把她沖走。有一天，當荒荒亂亂從地上消失，他將和她相守一生。

貴隆彷彿只閉了一陣眼，屋後樹枒上的公雞又把他吵醒了，他揉揉眼爬起來，扯了個斗笠就朝外走，正撞著銀花涉水過來上灶。

「不吃塊餅走？」銀花說：「鍋邊鐵罐裏有溫水，把臉洗洗。他們放木排去撈人，起不了這麼早。」

貴隆抹起褲管，把斗笠戴上。

「不用了。」他說。

等他涉水到青石碾房，東邊燒早霞了，高屋基上有幾個人正在推排下水，二黑兒抬眼看見他，怔怔的半張著嘴，半晌沒說出話來。貴隆走過去，一聲不響的幫著推木排。

「我不知怎麼說才好！」二黑兒趕上來說：「癩子叔跟我在一隻木排上，排翻了！人跟大溜滾，我伸竿，他沒搭住……」

「我昨夜回來，銀花全說了。」

木排漂過鬼塘，他們沉默著。

「西窪地的棚戶也死了不少人。」二黑兒說。「各莊放出七八隻木排去，樹枒上搶救了幾十口，全送在石老爹莊上，那邊地勢高，沒淹著。聽說死有一大半，昨天才陸續起水（註：起水即人屍浮出水面）。」

「有些要等今天再找。」油工扁頭說：「還有些窩在棚底的，壓在崩木跟沙磧裏的，只怕水退盡了才能找得著。」

木排撐過許多錯雜的林樹，樹頭浮在水面上像一座座浮丘。

二黑兒用長竿抵開一棵擋住排身的枝椏。

「癩子叔的屍骨是沒法尋得著了！只怕跟著溜漂進了大湖心。想不到，貴隆，你爹一生信神佛，連一隻螞蟻也沒捏過。那天在排上，還在念著你，念著怕杉胛要清鄉，這好?!他老人家再不怕杉胛了！」

貴隆坐在一圈粗繩上，眨了眨眼說：「杉胛再也不會來澤地施威了！他叫歪胡癩兒叔窩倒，交在百姓手裏剮了萬刀！」

「你見過歪胡癩兒爺?」二黑兒抽回篙，泥水滴濕了小褂兒：「他竟把杉胛弄倒了?!」

貴隆點點頭，他沒有心腸重複張福堆上的事情。太陽從背後昇起來，木排右面不遠，浮著一具嬰屍。露在水面上的林梢愈來愈短，他們的木排已經靠近西窪地，積水雖消了不少，但棚屋的圓頂還沒在水裏。

扁頭使長篙點住排身，二黑兒探出篙頭去撈起那具屍首。

「雷莊幾天裏已撈了二三十具屍首了，土堡也撈起不少。」扁頭憂愁的說：「人死得這麼多，水後必起疫癘。我們每天趕著撈，全挖坑埋在泓涘上，拿濕柴燒灰撒坑洞，單望能殺掉瘟氣。」

六指兒貴隆用粗索把嬰屍縛在木排後面。

遠處也有好幾隻木排在漂動著。

水面是沉靜的，死亡在漂浮；人屍、鳥屍、兔屍，都聚在橫浮的流木附近，任逐漸高起的日頭照著。這些慘景把六指兒貴隆本身慘遇的悲痛沖淡了。時間流過去，他們的木排就在幾里寬的汪洋裏打轉，撈取一切腐屍。

這樣過了晌午，他們把木排拴在樹枒上，頂著枝葉的蔭涼用餅。六指兒貴隆講起陳家集，講起歪胡癲兒怎樣打杉胛的事。他們在悲哀裏得到一些安慰。

「自從我那回殺了二黃，我就盼歪胡癲兒爺回澤地來招兵了！」二黑兒說：「對惡人講不得慈悲，只有端起槍來打才是生路！土堡那場火要是不打，哪能活得何指揮?!」

「我雖拿不得槍。」扁頭說：「我幹個火頭軍總成！」

二黑兒聳聳肩：「扁頭哥，你千萬不要小看了火頭軍，那薛仁貴豈不是火頭軍出身，後來封了王爺哩！」

扁頭翹起下巴，差點把腦袋縮進肚去：「我沒薛仁貴那個命，也不稀罕那個王位！只求天下太平，牆角端端紅窯碗，太陽底下捉捉蝨子，風調些，雨順些，餓不著肚皮就夠了！」

傍晚時，各莊的木排全靠到四姓泓的泓涘，埋屍的大坑挖好了，又扔下十七八具屍首和一堆雞貓鼠鳥，坑旁堆架著濕柴，點起大火來，濕柴迸炸著，貼地滾著濃煙。石老爹抹下竹斗笠，翻墊在地上，坐著吸煙，環坑全坐的是人，有些棚戶從雷莊涉水順涘過來，扒著坑邊的新土哭著。

貴隆挨過去，蹲在石老爹旁邊，掀起竹斗笠說：「老爹，我回來了！」

石老爹望望他，抹了幾遍鬍子才說：「你曉得你爹……他……」

「我曉得。」貴隆說：「這不是一家一屋的事，不是嗎?上回守土堡，一死上百人，槍子歪一歪也還是死。我爹在世常說，『活不怨天，死不怨命』，我沒話好說……」

「堆上情勢怎麼樣?」石老爹說。

扁頭在那邊插上嘴說：「貴隆他剛剛說，歪胡癩兒爺把杉胛捉到手殺了!張世和也挨了刀!岔河口殺得鬼子狼煙溜，順河集何指揮的人拉出來，繳了保安隊……」他的嗓門兒越翻越高：「不是嗎?!貴隆。神沒顯靈，歪胡癩兒爺倒顯了靈!自從鬼子來，沒人痛痛快快兜頭打過他，這回可打了他當頂棍啦!」

扁頭這一說，人們才留神到貴隆頭上，石老爹扳著貴隆的肩膀：「真的嗎?貴隆!」

「我哪天敢誑過老爹來?」貴隆說：「歪胡癩兒叔打鬼子，我一直跟他在一起，他掄刀殺賊，刀口飛出的血全濺在我小褂兒上!」

貴隆被人逼著，從頭再說張福堆上的事。濕柴燒得很旺，火光描出黑黑的屍坑，沒有人再為死人哭泣。貴隆講述著，但他並不想重複那些刀光血影，那像是眼前的火，裹在無邊的黑夜裏，歪胡癩兒叔是一堆柴，他燒著他自己，但他能照亮的，只是一座屍坑……

在澤地來說，即使火光照不亮黑夜，他們也獲得一種足夠使他們咬牙活下去的力量了。貴隆帶回來的故事，到處被人傳講著，誰都相信奇蹟就是神意，無論怎麼亂法，神還垂顧著荒野上的人。

八月初，積水才退盡，到處仍留著災後的痕跡；溝泓被急流沖刷，沙塹上割出凹凸不平的橫向水鹵。沿涘的樹木，根下的泥土被水溜挖走，在半空垂著怒勃勃的根鬚，水跡留在窪地的樹幹上，乾後變成淤白色，一楞一楞顯著落痕。有許多彎曲的低枝矮樹被大水劈裂，雷打火燒似的捲起葉子，朝天裸露著慘白的傷痕。野地上，到處是大坑小窪，像一大塊被老鼠偷啃過的黍糕。路皮兒經太陽曝晒，惡意的裂了碎邊，鍋巴似的朝上捲，一腳踏上去，就酥成碎粉。

澤地上的人們在西窪子一個地方，前後收埋了一百七八十具屍首，那些窩在蘆棚裏的人屍早腐臭了，五臟六腑從肚裏淌出來，人頭腫得像小斗，分不出鼻子和眼。秋莊稼，亂茅草，拔倒的灌木在各處腐爛，地面上蒸騰出一股鬱結不散的臭氣，野蠅子飛快的繁殖出來，在殘留的死水窩邊密聚著，骯髒的飯粒蠅，牛虻似的大痲蠅，油亮肥壯的綠頭蠅，拖著針尾的蛆蟲，……野蠅子們專橫又貪婪，見到什麼叮吸什麼，遇著人就追逐上去飛纏著，死死吮人皮膚，黏著人帶汗的衣裳。

六指兒貴隆騎驢到各莊去看過，人們紛紛下田去，除禾拔草，砍樹清溝，一堆堆濕草被燃火薰煙，驅殺水後生出來的惡蟲。沙石平灘被各方匯來的大水沖變了形，李聾子的扒頭方屋沒有了，許多沒了窩巢的蜜蜂捨不得飛離舊地，一窩一窩的空抱著碗大的石頭，嗡嗡細哭不休。不用說，那個古怪的李聾叔像爹一樣，被大水捲走了，落得屍骸無存。

沒有時間讓劫後的人們悲悼過往，承平的夢景被懸在高邈的天上，但田地等著耕耘，秋收雖然完了，空了的糧甕還等著明年麥季去填塞。六指兒貴隆完全能夠感覺這些，他已經在憂患裏真正的成了大人。

他到堆頭去放車，五福兒又轉告他許多新的事。

蘇大混兒敗走澤地之後，升成民運團的團長，這回澤地遭大水，就是他出主意扒的堰堤。何指揮回到吳大莊，連著被八路摸黑撲了三回。水後果然起了大瘟，北三河堆朝南，傳說已有不少病家……

「沒人聽說歪胡癩兒叔的消息嗎？」

五福兒搖搖頭。

貴隆臨走說：「五福兒哥，堆頭哪家有麥種，幫我湊著借些兒，家裏麥種受了潮，全霉了。小麥種若是勻不出，借斗把孔麥也行！」

「當心起瘟的事，貴隆！」五福兒叮囑說：「要是澤地倒下人，你頂好帶銀花妹套車回堆頭。」

「我只是在想著歪胡癩兒叔！」貴隆說：「爲了這場大水，我賭咒要把蘇大混兒從地上拔掉！你該清楚，銀花她爹媽和我爹三座墳頭……秋分後，我得先耙妥地，點下麥，替銀花打點妥當。找不著歪胡癩兒叔，我就得去吳大莊。父仇不報枉爲人，我不管它瘟災癘疫！」

他又回到澤地來了。

第九章・銀花

瘟災和癘疫起來了。在數不清的年代裏，瘟災和癘疫從沒斷絕過，因爲大把的瘟蟲被養在瘟神的口袋裏。在村野的傳說當中，瘟神是個蒙著巾的怪漢，拎著瘟疫袋兒到處行走，撮著袋兒撒瘟蟲散瘟氣，就像民間拿著笆斗撒種，哪塊地該撒多少全有著定數的，該出多少瘟死鬼，閻王爺案頭卯簿上記的分明，少一個照補，多一個不收。越是荒亂無成，瘟神走得越勤，好像荒亂不加瘟會使鬼門關冷落，黃泉路上少行人。

瘟蟲、瘟氣、瘟鬼、殃鬼像什麼樣兒，沒人看見過，人們看見的有霍亂痧子、爛喉痧子、水鼓、痞塊、鬼附身的瘧疾、毒骨瘤、竄骨咀、寒熱炸腮、夾脅猴、蒙頭汗病、大頭瘟、天花症，這算是天上掉的飛瘟（**註：具有傳染性之意**）。還有些老鼠腫、瘩背、象皮腫、不定時的小瘧疾、赤白癬、金錢癬、膿疤疥、乾疥、花皮癩、魚鱗癩、紅白痢、無名毒、瘋狗病……這算是地上瘟氣染的疫。

瘟災和癘疫起來了，瘟神爺打北朝南跨一步，瘟災和癘疫就像水頭一樣，滔滔朝南滾。水後的瘟頭起在北三河南岸，有人說發水時聽見瘟鬼哭，瘟該從地下起，巫家說，發水前平地刮腥風，瘟該從天上撒下來。瘟走到一處，一處就掀起一片噹噹的鑼響，驚叫著：「瘟神張袋啦！各家各戶，快拿掃把朝空掃大瘟喲！」而瘟災是掃不掉的，好像餓瘋了的烏鴉找著一攤麥粒，翅膀拐兒一斂就落下來了。

防瘟的方法是古老的：人們對付霍亂病人，只有陰陽水調合麥糠苦醋熬服，鹽粒放在刀口上燒紅吞服。吐瀉止不住，病人翻了眼，家裏的親人忌哭叫，取個大黃盆，翻的口朝下，衝著死人臉上繞三繞，唸說：「霍亂蟲，霍亂疹，瘟神爺您自己抓！三魂不進閻羅殿，快快認清門戶好回家……」若有人生了蒙頭汗病，最好的土藥方不外青竹葉，蘆材根，大生地熬水驅心火，伏心魔。病人放在大薦上，任他燒得胡言亂語，出汗時，心魔脫體，病人會大抖大跳，得要穩著頭，按著腿，不准他亂動彈，有些病家心魔凶惡，得要使牛鐲鎖著。

萬一汗水不來，火掏心死了，家裏的親人得要急急卡下一隻碗，不讓心魔帶火出體。若有人生了鬼瘧疾（**註：每隔三天來一次，俗稱三星瘧，北方俗傳有鬼作祟**），那得找地方去躲鬼，萬一躲不住，要在發病當天前一個時辰，嘴含大銅錢出門，找到一座沒長草的新墳轉三圈，一聲不響薅下自己一小把頭髮，穿過錢孔打個死紇縫，扔在墳頭上，掉臉就走，不進家門不准回頭；萬一這樣還不中，那鬼定是窮凶極惡的鬼，非得使馬桶帚抽打，丫襠布蒙頭，用極穢的污物逼鬼離身；萬一還不行，只好求諸於巫家的驅鬼劍和符咒了。

那得了天花的要進暗屋，躺沙坑，睡灰窩，無論身上怎麼癢，只許打滾不准抓。那挨了瘋狗咬的，不論輕重全算沒救了。鐵鍊穿磨眼，把病家鎖著，任他餓，任他瘋，死後裝柩抬出門，架起乾柴連棺焚化。但傳進澤地的大瘟只有兩種——霍亂和汗病。

起瘟前，各莊的銅鑼也響過，掃把也朝天舞過，白鬍子老神仙也被人抬著到火神廟上過香，但汗病先沒找旁人，偏偏找上了老神仙，上年紀的人，經不住高燒，不等發汗就白了眼珠。在澤地，旁人全死得，老神仙死不得，人們說不出什麼頭和腦，只覺得老神仙是根大柱兒，說話行事，替他們穩著多災的地和殘破的天。不管瘟疫多麼怕人；全澤地的人，連棚戶在內，都趕到碾房為他送葬。

夏福棠遠在後方，夏老神仙一死，夏家一個人全不賸，二黑兒就把四合頭宅子落鎖封了。油坊早就歇了業，只落兩三個油工不肯走，幹著長工的事，常年照管莊稼。

「石老爹在這兒，」二黑兒攤明了說：「我爹一輩子吃夏家的飯，我是在夏家長大的，不論怎樣，我替夏大爺撐著這個家，直等他回來。除非我二黑兒瘟死了！」

油工扁頭打斷他的話：「瘟死一個，瘟不死大夥，我們自會接著幹活。他夏大爺回來，我們不差他一粒糧，一塊半截磚頭！」

夏老神仙剛入土，汗病就落在扁頭身上，直腿直腳躺在碾盤上，過了三天才出大汗，二黑兒不怕瘟氣撲身，心魔附體，守在屋裏看顧，他才挽回扁頭一條命來。

瘟疫在澤地的風裏播散開來了……

婦人們憂戚的互傳著耳語，某家僵了人，某家某人出了汗，某家全家六口齊吐瀉，某人睡在棺材裏，吃飯全要家人送，說怕死了沒人搬挪……慢慢的，耳語也斷絕了，只見一些忍著淚的人到屋後埋黃盆。荒野在瘟疫中死了，從早到晚，只聽見老蟬嘶啞的怨哭。

瘟疫那樣蔓延開來，像大火捲燒乾草，一具一具蓆包的屍首從每扇門裏抬出來，埋坑壘土葬在荒地上，早落的黃葉逐舞在一座一座新起的墳頭。六指兒貴隆騎著驢，成天兜著各莊打轉，能做的事情也只是幫著抬埋屍首。這算是怎樣一種日子?!日頭只是一片死沉沉的白，勾出人奇幻的影子，今天在刨蘆根，摘竹葉，說不定明早發病；到黑就成了僵屍。高高的秋雲偎聚著，使深藍的天頂變成巨大的井口，澤地沉跌在死亡的井裏，攀不著什麼，也附不著什麼。食屍的螞蟻鑽進新起的墳塚去，忙碌著，在墳面造成無數銅錢大的小丘。

這算是怎麼一種日子?!悲哀浮在人惘然的眼神裏，沒有眼淚，也興不起哭泣，彷彿人人都被一種可怕的魔咒禁住了，迷迷沌沌的窩在屋裏，等著死亡的黑手從門外伸進來，任意把誰攫了去！誰也救不了誰，誰也拉不住誰！一個打裴家圩逃難來的棚戶，全家七口分三天死，壓尾還賸下女人一個，不聲不響的守著六具屍首！手裏折一把柳樹枝，緩緩的在死人頭上攆蒼蠅，衰老的柳葉禁不得揮動，一片一片落盡了，她還是捏著光禿的枝條照樣悠打。

二黑兒帶著人進棚搬屍時，女人固執著，伏在發臭屍首上，不給人運去埋葬。石七拉開她，她一口咬在石七的小腿肚兒上，硬生生咬下一塊肉來。有人說：「大嫂，他們早死了，死人不收埋，等著生蛆嗎？」那女人楞了許久才乾嚎出聲說：「天喲！我幾夜不吃不喝守著，還等他們出汗呢……」後來有人看見她的屍體，浮在一座長滿綠毛苔的死水塘裏。

雷莊的雷二先生，早幾天還騎驢到病戶家去送藥，勸人嘴裏要多嚼野小蒜，說是蒜氣能逼瘟蟲。沒幾天，他自己也病倒了，渾身炭烙似的，還交代人小心餵養那一大群鴿子。有一隻通靈的白羽鴿撞進門，飛落在他胸脯上的的咕咕叫喚，他的眼翳業已掩住了眼珠。

貴隆夜晚回到火神廟，銀花等在路口問他消息，他說不出來，也記不清一天收埋了多少人。害汗病死的屍首是腫脹僵沉的，渾身火紅帶黑，彷彿被火烙烤過，半睜著白眼，嘴唇繃繃的瘀著青血。害霍亂病死的屍首是乾癟瘦硬的，皮膚打皺，張嘴閉眼，彷彿滾水燙過的童雞。

「噢……噢……」他只能閉上眼，無力地搖著頭。

瘟疫是一陣混混沌沌、遮天蓋地的黃霧，白天和黑夜在人眼裏都變成可怖的慘綠色，像光灼灼的鬼火，使人再記不清哪月哪天哪個時辰。大白天狗群朝著旋風嚎哭，那哀哀的聲音十分綿長，像月地裏的狼嚎。幸災樂禍的夜貓子也反了常，太陽照著林子，牠只管閉著眼，嘰哩咕嚕的詭異的笑著，彷彿對林外的災難裝了一肚子數。

「我害怕，貴隆哥。」銀花從眼裏生出戰慄來。「你成天搬屍，埋人，不會染上……病罷……」

貴隆伸手攬著她。自從瘟疫落進澤地，她跟他再沒有什麼網相隔著了。「由命罷，銀花，命該染瘟，逃也逃不了的。那些關起門不出屋的，照樣出瘟。」

「我……我只是怕。」銀花說：「我夜夜求告神：你若該遭瘟，讓我代你死。」她忽然噤住嘴，懊悔說出「死」那個不祥的字眼兒。

「我不會死。」貴隆說：「大仇沒報，閻王爺就拿拘魂牌子拘，我也不去！妳身子弱，要多小心才是真的。」

然而，銀花終於害起汗病來了。他用單被裹著她，把她抱在自己的大舖上，他從沒照顧過病人，也沒想到銀花會突然病倒，讓一個沒成家的小夥子去服侍沒過門的媳婦，他沒聽說過世上有這種事，但偏叫自己遇上了。

「讓我死罷……貴隆哥……」發燒頭一天夜，她眸子還是清亮的，含著一汪深深黑黑的望不透的情意，她像一朵將凋的花，朝著最後一天照她的太陽，咧動乾裂的唇，扯出一個僵涼的笑意：「我甘心代……你……受這場災……」

熬乾了油的小燈燄縮小縮小，飄搖一下就熄滅了。在焦油味瀰漫的小屋裏，他眼前仍晃動著銀花的臉和她將要訣別的笑容，他忽然驚怖起來，伸手摸她的額、她的臉和唇，喃喃的叫著：「答應我，答應我！銀花……答應我妳在哪兒？」一隻軟軟的熱手捺在他手背上，銀花的聲音極其微弱，彷彿透過遙遙的空間，從另外一個世界上傳來一樣。

「妳覺得怎樣？」他說。

她的鼻槽間濡著熱熱的濕。

她的頭在他手掌下輕輕搖著。而他自己卻哭了，他沒有哭出聲，也沒有抽搐，眼淚卻撲簌簌的朝眶外滾。他活在世上，活在無邊無際的虛空裏，除了銀花，他再沒旁的了，如今，油乾了，燈熄了，他看不見她，他真怕她會在黑裏遁走，他抽出被她壓住的手，緊緊的抓住她那隻手。

「妳哭了？」

「我……不要……緊……」銀花說：「你去……睡罷……」

他沒有動，只在黑裏守著她。死是奇異的事，像一頭黑鷹蹲在他心頭淒動。那些被刀槍撕裂的死並不稀奇，生命當然會被逐出那已經殘破的屍體，但瘟疫不同。幼年時，蹲在陽光下的方場上，他耐心看過一窩染瘟的小雞逐隻死去，那些可愛的小雛有著柔密的氄毛，在陽光下輝亮著。死前一剎間，牠們還照常抖翅，啄毛，相互挨擠在一起，忽然有一隻發了一聲噎，被什麼驚觸似的跳起來摔倒在地上，嫩黃的小腿抽動兩下，跟著起一串長長的顫索，顫索停時，生命就去了；其餘的小雛依偎得更緊了，睜大漆黑的眼，發出極低的唧唧聲，生命在牠們灼亮的眼裏顯露，並沒有半絲陰影；很快的，兩隻，三隻……全那樣死去了，所有的掙扎，也只是些微的抽動的顫索，那顫動的感覺，久久停駐在他的心上。今夜，那感覺穿透時空重新回來，他真怕銀花也會像那樣，被看不見的死亡的手攫走。

他守著，很久很久，他聽見她吐出一串模糊不清的囈語，聽見她急促的喘息，驚懼逐漸消失了，他才鬆開她的手，摸到灶屋去摘油壺，油壺空了，他想起點燈的法子，他推門出去，在白楊樹那邊找到開白花的蓽茇（註：植物名，莖高三四尺，俗稱扁扁），採了一兜蓽茇種子，拐回來，就簷折一支蘆柴棒兒，一串一串的穿起蓽茇仁兒來。

當他打火點起蓽茇仁兒做的燈時，銀花睜了一次眼，她眼神是茫然的；但她的黑瞳仁直對著他顯得無比深邃，她又朝他伸出手，下意識的抓住他的袖口，彷彿固執的抗拒著撕裂她腑臟的瘟蟲。

「我在這兒，銀花。」

她嘴角扯出一絲笑意，兩粒淚珠湧現在眼角。一隻油葫蘆蟲蹲在灶壁裏一直吱吱的叫著。時光渾渾噩噩的流淌過去。他換燃另一串蓽茇仁兒，他的眼一直沒離過銀花的臉。蓽茇仁迸炸著，吐出小小的綠燄，把他顫硬的影子映在床尾的土壁上。他的眼睛僵直凝固的看著銀花，整個的心也離了軀殼，沉進銀花的眼，但仍有一部份意識清醒著，感覺到藍布印竹葉的門簾飄動，小窗外星顆子眨眼，就那樣，墨沉沉的夜溜盡了，晨光映亮了小屋。

在貴隆的眼裏，光與黯已不具任何意義，他只是把全心投在銀花身上，他內心裝滿一種空幻的信心，和死神搏殺著，不讓它攫走銀花。他到蘆塘去挖柴根，刨生地，在竹梢摘取嫩葉，熬水灌餵她，他等她發汗。

這樣日以繼夜的守候到第三天，他疲累得近於昏迷了。前一夜，銀花還在高燒裏翻側，呻吟，吐出大串模糊不清的亂語，到了第三天夜裏，她變得僵直了，臉像火炭般紅，大火從她心裏朝外燒，但被緊封的汗毛孔阻住，只有燒紅她的皮膚。她彷彿已經死了，他伸手去摸她的額，一寸之外就覺出她臉上的灼熱。現在，他唯一守候的憑藉只是她的呼吸，他睜著眼做夢，夢見五顏六色的鬼臉在這邊搖，那邊晃，他衝過去，赤手空拳沒命的亂打一陣，鬼臉碎落，變成無數碎片，俄而又長大長大，復變成鬼臉，撞他、衝他、咬他、纏他，蒼蠅似的落在大蓆邊嚶哭著。

「滾滾滾！」他大聲嘶喊著：「她沒死，她沒死！她就要發汗了……」忽然從可怕的幻覺中衝撞出來，華芰燈的小燄變長了，拖出一蓬蓬的光尾，迸出一串又一串藍色浮泡似的火花，湧湧上昇，搖曳著，消失在横樑上面。

「銀花，銀花，」他心裏有一種不息的聲音在翻覆的響著：「發汗罷！發汗罷！」也不知過了多少時候，雞啼聲把他吵醒了，隔著被單，他看熱氣在銀花身上蒸騰，同時他嗅到一種熱的悶人的瘟臭，隨著汗氣播散在屋裏，銀花緊閉著眼，呼吸由急迫變成鬆弛，變成一種微弱的平和，他手靠在她鼻孔前，才能覺出一絲游氣，他喘出一口積壓了很久的氣，傍著床頭盹著了。

再醒時，看見太陽光從小窗口射進來，落在一截被單上，被單全濕透了，緊貼在身上，顯露出她圓圓的胴體，汗在她頭上滾湧，滴在大蓆上叭嗒有聲，他心裏的冰凍跟著汗滴聲大塊的蘇解了，滿漾著倦怠和安寧的感覺。她的臉由紅轉白，且跟著汗發而瘦削下去，眼窩和兩頰都深深的陷落，但有生動的光彩出現在她的兩眉間，她嘴唇嚅動，從唇間又迸出囈語來，她終於活了。

「銀花！」他叫說：「我在這裏，妳發汗了！」

她嘴唇嚅動得厲害些，但吐不出什麼聲音，她的手掌像瞎子摸壁一樣的找到他，無力的捏住他的衣褂。他跳下床，到小茶缸裏舀了一杓竹葉茶，捧托起她的頭餵她，銀花夢醒似的睜開了眼。沉落的世界重新在她眼裏浮昇起來，他有生以來，頭一遭感覺太陽光如此明亮，彷彿是金色的流液要注滿一切空虛和黑暗。她張開嘴，要吐出什麼話，他搖手止住她，替她扯換了被單，上灶去熬麥粥。

銀花真的活轉了，大汗發了一天一夜，使她渾身脫力，抖顫不停，又經過六指兒貴隆幾天的調護，她才下得床，蒼白的臉在太陽下顯出焦黃色，當她跪在蒲團上拜神時，貴隆聽見她禱告說：「……該遭一場瘟災，信女銀花身受了，請瘟神遠離家門……該遭兩場瘟……求菩薩還降在信女身上……不要瘟……旁人……」

而大瘟仍在澤地上盤旋著。

菩薩並沒聽她的祝禱，霍亂又臨到貴隆的頭上。九月初，傍晚得的病，來勢猛得使他提不起褲子。開頭他還頑強的抗拒著，想用心志來剋制瘟蟲，那種心志差不多立刻就潰散了，他狂瀉狂吐，彷彿要把心肝脾胃臟全吐出去才好。半夜吐瀉過去，周圍的一切全掉在水裏，在他眼裏晃動，光的晃動，影的晃動，白色的阻隔，浮沫翻昇，破裂在水浪般的網裏。

一切的晃動全是奇幻的，不規則的，不斷變形，成爲蛇，成爲蚯蚓。起初只是一些毫無意義的懵懂，他無光的眼固定的直視著。有時他感覺吐瀉，黏黏熱熱的一攤，在身下大蓆上黏濡著。誰在抹拭那些穢物？銀花的聲音飄在雲裏，一塊滾紅邊的雲在他頭頂上旋昇，話聲灑落下來，像秋雨似的涼潤，忽然變成金屑，紛紛紛紛落進虛無。

眼閉上了，一道火花舞成一道急速的斜弧，刷刷的鞭打黑暗，在含暈的閃耀裏，一棵沒有葉子的枯樹的浮影兀立著，閃光搖撼，火花匿入樹孔，兩團陰綠的暈球帶焰滾動，球心玄黑，周遭裏著光環，它滾過澄藍，滾過玄紫，滾過青，滾過綠，滾過由無數黯色花紋組成的空間。語聲又像柔雨一般的成串滴落下來，不知說著什麼，但充滿溫柔的意義，甜蜜的意義。銀花在一座黑山的那邊，風在黑裏尖號，狼在嗚咽，奇形的溝泓嘩嘩急竄，黑山在右邊，黑山在左邊，一串一串的語聲滴著朦朧。

忽然面對太陽，在濃霧裏打暈的太陽只是一片橙紅，無數霧粒吸著光，像清晨透進窗口的光柱裏游舞的微塵，霧粒裹住他，黯色花紋的世界從眼皮上消失了，轉化成淺色的光的橫帶，一方方奇幻的青方塊在橫帶中跳動著。沙沙，沙沙，露粒滲進皮膚，滲進刺痛的眼球，滲進乾滯的脈管，滲進蜂窩似的骨髓，蠕蠕蠢動著，咬食著。

濕熱，暈眩，疲倦，鬱悶，在流膿滴血的地上，在澤邊，在沼池，在腐草中，在樹穴裏騰沸著，腫化成無數毒瘤，一串串葡萄似的垂掛著。黑山吐出熔岩似的逼眼的光焰，強烈的青、黃、紅、紫……相間的橫帶化成抖閃的光河，游絲亂迸，翻出惡意的喧嘩，然後遁進無邊無際的渾沌裏，只有破空的箭鏃，速速速速！速速速速！撞碎旋轉的光盤，光盤抖動，嗡嗡擴大，痛苦在掀起痙攣。

箭鏃！箭鏃！箭鏃……

光盤！光盤！光盤……

無休無止的禪續著，惕怵驚魘的波濤時起時落，沒有時間，沒有日夜，沒有思慮，生命是一縷游絲在風裏牽開，有時黏著身體，有時虛懸在體外，游離不去。

苦鹹的流液灌進他的喉管，溫柔的雨在他的胸脯上哭泣著，他用那一縷游絲包裹著泣聲。意識的火焰將熄了，但還戀棧的照在額上。「我要…死了…要死…了……」火焰上飄起一種吐訴。聲音是愴然的，帶著不甘的餘怨。墳墓的形象鋪展開去，死亡在墳間噱笑著。搧翼的黑鳥把巨大的幻影投落在眼角上。「活下去！活下去！活下去！」回音匯過來，卻變成了抗拒。

溫柔的雨滲入地層。赤足埋在鬆軟酥潤泥土中的感覺。溫柔的雨滲入黑色枯樹的根鬚。有什麼力量在翻側他。透過痲痺的表皮，一種硬物在輕輕的刮動，一道脊骨被硬物刮回知覺裏來。生命的游絲是軟弱無力的，只是存在著，牽不動任何東西，哪怕眼、指和唇也牽不動。又有力量在翻側他，重捏他的眉心、咽喉和兩邊肩胛，火焰跳動，黑山搖閃，游絲飄盪，感覺逐漸增強。但被一層死亡的外殼裹住，內在的流動溢不出去。

同一時間，披頭散髮的銀花差不多絕望了；兩天來，她用盡了傳說裏醫治霍亂的土方，餵他，灌他，一點也不能遏阻猛烈的病勢，他吐，他瀉，他從篩糠一般的抖索歸向疲弱的迷睡。她一點也不避忌的脫去他的單褲，打水擦抹大蓆上飯糊一樣的污汁，用洗淨的被單蒙住他變了形的身體。她的辮髮散亂了，甩在肩上，她的眼泡也因過度的抽泣腫得像胡桃。

她望著他，成千成萬次喊他，貴隆沒有回應，他眼縫裏泛著幽光，照不亮一切東西。她抽泣著，瘋了般的吐出許多不知所以的話來。「我的天！我的親人！」她迷茫的叫喚著，試圖從什麼地方拉回他的生命來，但同樣徒然。最後，她想到捏痧和銅錢刮脊的方法，她在黃昏的紅光映壁的時辰刮他，捏他，銅錢走動在他脊背的算盤骨上，發出死沉沉的聲音，她全心都因駭懼戰慄著，但她還不停的刮下去，直到脊骨外泛起一條瘀紫色的血印。

她翻過他的身體，攢捏他的眉心時，蠶豆大的紫痧印兒凸起來，貴隆頭一回清醒了，他凝固的眼裏漾著波浪，波浪那邊昇起一團白，當波浪聚合時，他看見銀花奇異的臉形像一朵掉落在水漩中的殘花，憔悴的、萎縮的朝著他。

「我⋯要死⋯了，要死⋯了⋯⋯」他心裏有一種微弱的聲音：「銀花，銀⋯花⋯⋯」一個名字接一個名字，浮泡般的翻昇。白花在飄流著，漸遠漸遠⋯⋯不！不！一種虛無的叫喊是強烈的：「活下去！活下去！」白花在飄流，意識在追逐，他極端艱難的凝聚瞳內的光。

也初次感覺黃昏，一小塊紅絨在空裏黏貼著，透明的托出銀花的臉，不動了，久久的僵固在那裏！她蜜意的悲慟的紅眼，她閃熠著光絲的亂髮，她穿透空間的凝望，全在清晰的一刹呈現了。他的眼就那樣凝固著。

絕望的光從銀花哀怨的眼裏浮出來，貴隆凝直的眼神使她產生死亡的預感，她早就聽人傳說過「迴光反照」的情形，那傳說正和眼前的情景成了對照，在這最後的時刻，她在極端的固執著，不甘讓死亡把貴隆攫走，她深深體會到他和她生死的關連。

貴隆的臉上牽出一絲不自覺的微笑，那不是幻象，不是紅絨，不是晚霞，而是泓頭窪地上的篝火，在竹籠裏閃搖著燄舌，空氣裏帶著酒味、煙味和新鮮的皮革味，他和她初識在篝火邊，她臉上塗著一層火與一層夜色，如同往昔。意識在安然中傾跌，綠和黑的浪把人淹沒了，一片死沉沉的荒地展佈著，沒有聲音，沒有別的顏色，只是濛濛的灰綠，什麼全是死的，死的樹，死的立石，死的野草，顯現著，腳步無聲無息的踏過，形象變成虛無，那是死嗎？是死嗎？猛然的驚覺又把他拉回意識圈裏來。他這回聽見了銀花的唸語了，淒涼的，徐緩的哀歌……

「霍亂……蟲喲！

霍亂……痧……

瘟神爺，您自己抓喲！

三魂……不進閻羅殿，

快快認清門戶好回家……」

黃盆在臉上繞動，銀花的叫聲像初動的晚鐘，遙遠，但很清晰的撞進他的心底。他曉得這最後的挽救等於無言的訣別，也許自己真的要死了，綠和黑的浪頭又把搖曳的意念打斷，使他浮沉在灰茫茫的死境裏。

又不知經過多麼久，一種劇痛刺進他混沌的感覺，他又清醒了。這一回是一種穩定的清醒，一切虛幻完全退去，他看見歪胡癩兒叔的臉，中間橫一道初醒的陽光。

「別動彈！貴隆！」歪胡癩兒說：「你好生躺著罷！我來的晚了，昨夜你睜眼不見人，我下了針，守了你半夜！」

貴隆搖著頭：「我……不行了……」

歪胡癩兒卻聽不見他說些什麼，只看見他嘴唇顫動，十九支細長的銀針在他穴道裏燒著，炙著，針尾捻動時，異樣的感覺使他重新接觸了生命，那些針使他的血流湧動，胸腔發熱，並且把生命的游絲釘牢在身體裏面，他沉沉的睡了一覺，醒時吐出一個清楚的字──「水……」他說。

那是他頭一回吐出聲音。

「他總算在死裏熬過來了！」歪胡癩兒跟銀花說：「得了霍亂病，吐瀉弄乾了水，血脈不行，心窩起縮，十個人裏有八個活不了，他能熬過大險的時刻，真是少見的事。」

不錯，六指兒貴隆在死裏熬過來，幾天都留在難堪的軟弱裏。歪胡癩兒把白馬拴在廟裏，幫銀花劈材，擔水，理家，上灶，好像在家一個樣兒。

「我說歪胡癩兒叔，你什麼地方不好待？偏要待到瘟地來？一朝染上病，誰也治不了……」

「瘟神跟我把兄弟，」歪胡癩兒說：「在老家，八歲我就得過霍亂，汗病年年害，一回比一回輕，我害汗病像旁人傷風，簡直不算事！」

「你打哪兒學會針灸？」貴隆說：「想不到這些細針還能治得瘟。」

「針灸嗎？祖傳的。」歪胡癩兒說：「我老爺子專精這一門，我是不成材，學點兒皮毛罷了。千百年前老祖先拿它治百病，當然也治得瘟。」

貴隆做夢也沒想到過，歪胡癩兒救了他，使他從死裏逃出來，他的性子像他爹一樣木訥，連個謝字也沒說出口。經過十來天調養，他覺得身子已經復元了，歪胡癩兒才讓他出門。

大瘟後，澤地又變了樣兒了，原來就空曠的野地上，處處又都添了許多觸目的新墳。九月裏的西風帶著寒，摘下滿林的葉子，東一堆，西一片，悽悽惶惶的亂飛亂舞；灰白色的積雲橫盤在林梢上，襯映出參差縱錯的枝柯的黑影。這肅殺的光景連白馬也覺得了，不時的迎著風，發出哀嚄嚄的長嘶。在荒路邊的墳頭上，野煙飄著，一些死剩下來的婦人們，抹著腳脖兒哭泣。

「蘇大混兒是小船沒舵——橫了！」歪胡癩兒說：「他扒堆放水，惹來大澇和大瘟，這本賬，我要記在他頭上！我說貴隆，你瞧我怎樣對付鬼子二黃，你或許會覺得我手辣心狠，說你不信，早年在老家，我從沒想到殺人！如今想法不同了，要是殺一個人能救得千百條命，我是放開手去殺！他只要作惡作到那一步，夠著死，犯在我手裏，我決不留他！像杉胛，像蘇大混兒這號人，天生的豺狼性，非殺不可。」

「這個我曉得。」貴隆夾著驢：「我爹沒死也常說：『我們天朝大國，向不施小氣，若是鬼子停手不打中國，沒人再趕盡殺絕他！』……他杉胛是鬼種，行兇作惡還有的說，這蘇大混兒土生土長的，爲什麼倒過頭來害湖東這一方人？」

「凡八路這玩意，全不是人揍的！」歪胡癩兒說：「信他娘外來國的理，講共產共妻，一句口頭禪說：我的也是我的，你的也是我的。人有老婆，他也要拉去共一共！只准你和他共，他卻不和你共！笑裏藏刀，奇毒無比！」

「拉槍罷，歪胡癩兒叔！」貴隆說：「湖東人人信靠你，只要你放句話，五七百條銃槍拉起來不費勁，人全受不了啦！你拉槍，我跟你去幹！」

歪胡癩兒搖搖頭：「真拉游擊，不在人多少，就算我能拉起五七百桿銃槍，人多了，腿慢了，鬼子窩住你一打，八路在後頭把腿一拖，再有多大力也不成！拉槍集人是何指揮的事，我只願有三五個漢子，幫他撐腰！」

「無論如何，這回我跟你去！」貴隆說：「我爹遭劫死了，我跟銀花……沒圓房，我不能團在家裏，我跟你去打鬼子八路。」

「慢慢再商量！」歪胡癩兒說：「等我幫著澤地人先把這場大瘟收拾了再說。」

隨著季候的轉變，澤地的大瘟總算過去了。先後經瘟病死的，又添了兩三百座新墳，一場大瘟彷彿把世界縮小了，天外的槍馬刀兵都沒有再侵擾瘟區，人們看見的，只有平平靜靜的死亡。貴隆伴著歪胡癩兒去各莊，把劫後餘生的人聚集起來，埋屍清宅，打掃莊院。青石屋的二黑兒，油工扁頭，土堡的石老爹，雷莊的雷老實，全被歪胡癩兒的精神震懾了——彷彿他是從地心鑽出頭來，把瘟神攆走了一樣。

「好死不如賴活，」歪胡癩兒說：「人居亂世，兩眼要朝生處看，不要光顧著哭死人。對不對？石老爹。如今世道正黑著，大災小劫，一浪推著一浪，沒的完！……你雖要我死，我偏不死！要不然，沒法再活！我逢州過縣，到過不少地方，沒見哪家哪戶人口齊全的！」

「說得是，歪胡癩兒爺！」石老爹嘆說：「鬼子來後，劫遍八方，不是一門一戶的事，悲傷啼哭當不得日子過，我們活著的，就得抹乾眼淚數日月，跟往常一樣……」

「蘇大混兒扒堤倒堰惹來這場災！」土堡的石七說：「我們不能就算了！即使歪胡癩兒爺您不在澤地，我們也會集起槍來找他算賬。」

歪胡癩兒的溜打轉的眼裏放出奇異的光彩來。自從盤馬過澤地時開始，他就愛上這塊蒼野地，雖說紅草的荒涼不同於家鄉那些岩山的荒涼。早先投身到常備旅去打東洋，走遍荒涼的東海岸，黃裏帶黑的沙坑旱河，灰藍吐沫的海，遠天一些雲樹，眼前一些蒿蘆，滿眼全是淒涼落寞的景物，行軍、突擊，沒日沒夜踩荒涉水，對付裝備優良的東洋鬼子，不是打火，而是不要命糾纏。

好幾年裏，除了三五桿槍打埋伏，一班半班打突擊，凡部隊和鬼子正面對火，沒有一回贏過。有一回，一個步兵連窩在一道斷頭沙塹裏，被鬼子圍住使砲彈窮吊，一天一夜之後，沒一具屍首還有個人樣兒的！還有一回，八路的山東縱隊暗地派人來策反，說是「中央老早不要你們這支破爛隊伍了，槍火缺，糧餉沒，有啥幹頭，不如把馬班拉過來，馬上昇你大隊長，開回家窩打鬼子去！」

早先聽大鼓書，唱過哈迷蚩沒鼻子，自己就亮出攮子，照樣留下來人的鼻子。那麼一種邪皮貨，甜嘴騙子，留著他，不但鬼子打不成，還要傾家蕩產！後來眼看他壯大了，把中央留下的一點隊伍逼離了東海岸，零星打，碎塊敲，把部隊敲散了板，突圍時，自己的座騎老黑也沒保住，受了致命的擦傷（**註：戰馬最怕擦傷，因馬匹有滾沙的習慣，傷口愈大，愈易發炎，尤當熱天，擦傷之嚴重程度，遠超過肢部洞穿傷**）。馬班的弟兄分別突圍時，大夥兒就賭過了血咒，有口氣打鬼子，決不饒過八路！

使人洩氣的是，北地無數農村全被甜嘴騙子迷住了，開口只提老八路，很少聽說老中央，中央打東洋，流血流汗撒點種，全叫八路坐享了收成！許多顆心被迷死了，害得自己到處站不住腳跟。現在，眼見湖東這塊荒野地上，人們從災難裏醒過來，他們不會再聽信惡意中傷何指揮的謠言，至少，除了硬吃硬，蘇大混兒和洪澤湖支隊吞不下南北三河中間這塊地！他必得要扶助何指揮這支孤軍，在這裏紮根！

「這回，我決意不走了！」歪胡癩兒說：「我要留在這兒，替吳大莊的何指揮把後門。」

誰也不知熬到哪年算是出頭年，但歪胡癩兒這麼一個怪異的英雄人物留在澤地，給澤地帶來一種鼓舞。災難接踵折磨，把活著的人磨得沉默了，求生的願望燃燒得更爲熾烈了。大瘟去後，人們的眼睛是乾的，亮的，深涵著忍耐和等待，正是他們腳下多災難的土地所具有的，他們是生長在土裏的樹，自然的學會了這種大地的精神。

一支農民的槍隊拉起來了，那不是什麼隊伍，也不是游擊隊之類的軍事組織，他們根本沒有什麼組織、番號，也沒有訂什麼守則，立什麼法條，他們是許多風暴裏的樹，對於生存的熱望，本能地把他們緊緊壓聚在一起，用根鬚抓緊泥土，並相互挨擠著，藉以抗拒風暴。保衛生存的農民們，對於悲劇的抗爭是沒有什麼預想結果的，如果有，那該是換一種比較悲壯的抗爭方式去接受死亡。

六指兒貴隆加入了槍隊，歪胡癩兒送給他一支三膛匣槍，外釘五十四發槍火。在這之前，他連廣造槍也沒摸過，甭談連響的短槍了。

「學著點，貴隆，」歪胡癩兒拍著他肩膀說：「這好比你們燃著火走黑路，拿它防狼一個樣兒。你若早生三年五年，當兵吃糧，離了家窩去見見世面，扒彈坑，喝血水，看鬼子的母雞下鐵蛋，夜來晚上，掄刀踹進鬼子營，砍頭當瓜切，那倒是痛快事兒！如今不是那回事了，在你們，算是拚命保命，這兒跟中央大軍接不上，保家就是衛國，這方那塊，全能豁命保家鄉，不上僞捐僞稅，遇上機會殺邪驅鬼，弄得他們睡不得安穩覺，就夠了！」

六指兒貴隆弄不清這個，其餘的人也照樣弄不清這簡單的道理，一種模糊的，固執的直感裏面蘊藉著所有，爲那種直感終生支配著他們的一切行爲。人類原始的靈性，荒緲的傳說，加上眼前的環境，形成了那種直感，懵懂中閃亮著神的眼睛，內在的灼耀足以照亮他們，使他們不經由理解、語言、感悟或其它什麼去弄清比較複雜的事象，那些事象經過他們的眼，複雜也成爲單純。春來了，他們就說：「春來了！」秋去了，他們就說：「秋去了！」沒有人離開傳說，單獨而深入的推究一個問題。

太陽爲何照光？季節爲何推移？自然只把它的真實面貌顯示給他們，自然從不告訴他們那些事象的本源。沒有人曉得國界，沒有人背得天下十三省（**註：北方有些農民一直以為天下十三省**）的名字。空間也沒有參差，時間也沒有參差；凡是外地都是遠的，遠的，千里迢迢的，漢朝的猛張飛跟唐朝的李元霸該拜一拜把兄弟。衛國求存的道理空洞得很，若換成杉胛清鄉，蘇大混兒放水就落實了；說抗日反共，也不怎麼切合實際，說打杉胛，打蘇大混兒就落實了。

槍隊就是這樣拉起來的；槍有七十多條，能扛的也不過四五十人，石倫老爹把西大院連房騰空了，打上連床的草舖，歪胡癩兒就當了頭兒。槍隊拉起來之後，除去人口較多的雷莊之外，散居的棚戶，夏家泓附近的孤莊子，青石碾房各處的人，全紛紛的遷進土堡來尋求翼護。

那座高聳的土堡被修葺了，加上尖頂的排木護蓋，圩口的柵門改成巨大的通道，莊頭的曠地上，新蓋起幾排木架草頂的平屋，露天的角樁上拴著牲畜。

歪胡癩兒脫掉衣裳，幫一家人搭蓋畜棚。六指兒貴隆坐在一截木段兒上，使歪頭小斧劈樁。石老爹啣著煙，這裏那裏打轉。一個瘦癟了的女孩披著沒領沒袖的百衲襖兒，蹲在歪胡癩兒旁邊，半歪著頭，拖著結了餅兒的焦黃頭髮，癡癡的望著他。

「銀花不搬進堡來嗎？」歪胡癩兒吐口吐沫在手掌心搓了搓，掄起打樁的榔頭。

貴隆搖搖頭。

「我央石老爹替你們作個主，成家算了！」歪胡癩兒說，「兩人各撮把香去拜拜墳，兩家老人在地下，只怕眼全盼大了！」

「我沒那個心腸，」貴隆說：「我這條命決意押上了，賭蘇大混兒那個腦袋。我萬一輸了，總不成害她一輩子？」

「這一注，我來押！」歪胡癩兒笑著：「趕明年，你替你爹抱個白胖的孫兒罷！」他抬頭看見那個瘦癟女孩的眼，扔下榔頭來，感觸的抱起她，「死了這一代，還有下一代呢！妳叫什麼名字？」

女孩不說話，只管拿眼看著他。

「不要多想明天的事，貴隆。」他說：「明天還沒來呢！」

這樣勸說著，而明天，在歪胡癩兒的心裏是悲哀透明的，明知悲哀，但總把悲哀壓住，他不能向誰宣述那些，甚至也不會在靈魂裏述說給自己聽。他和所有的農民一樣，有著他自己的原始的直感，有著他自己的岩山兀立的天地，但被風暴捲出來，使他經歷了十多次死亡，經歷了新異廣大的世界。

抗戰是什麼？是無數血，無數火，加上無數的死亡；不僅在投落下燒夷彈的城裏，不僅在硝煙如雨、血肉橫飛的戰場，這血這火這死亡充塞在每一角落，今天，明天，今年，明年，無時無刻，槍在響，血在流，火在燃燒，人在死亡，除了求存的保衛能衝破它，再沒有任何力量能抗拒它了。

他經歷過，頭一回在突擊中掛彩，他昏迷了三天三夜，總夢見魯南的老家山，被劇痛刺醒時，恐懼像蛇一般盤踡在心裏，惟恐死了，失去那樣的夢境。後來負傷時，什麼恐懼也沒有了，活呢，就這樣活下去，死呢，就這樣心安理得的死掉好了！花名冊上的張得功、李得勝、趙明標、馬得亮，不愁沒人自願來頂。嘴裏勸旁人是「好死不如賴活」，心裏想的是「賴活不如好死」！如今悲哀浮現在這不知名姓的女孩的眼裏，死亡是不會挑選的，自己滿心想走進去，閻老西關門不收；婦孺們該活下去，偏偏要收他們下土。澤地的槍隊翼護不了什麼，正如自己空有滿身力量也翼護不了什麼一樣，但即使翼護今天，翼護不了明天那也夠了，總比束手去等死要強。他不能把悲憫的情緒流露出來，在澤地人們的心上蒙一層黯影。

在那一剎，沒有人曉得他曾浸在女孩的眼神裏。

貴隆終在石老爹的主張下成家了，他和銀花穿起孝衣，回火神廟去拜墳，哭著把孝衣脫在老癩子的衣冠塚上，歪胡癩兒替他們點火焚了。兩人就衝著墳塚拜天，拜地，再拜死去的雙親。新房設在石家土堡的平頂草屋裏，新婚的頭一夜，貴隆和銀花抱頭哭到天亮。

第十章・雷莊

歪胡癩兒訓練起槍隊來了；對那些常年攥牛尾巴踩大糞的莊稼漢，教他們怎樣算距離，定牌樓（註：即步槍之標尺），怎樣從罩門的圓孔裏瞄人頭，那比啥玩意都難，他們一貫的習慣是「理平了放」。要從頭扭過他們「槍子兒平著走，誰他娘碰上誰就命該大撒手」的觀念，他必得使用老法兒，一個個扳著嘴餵，像餵一窩沒長羽毛的黃嘴傻大憨兒（註：鳥名），指天戳地，比劃又比劃，非到弄懂不止。

「槍口火，笆斗大，其實用不著胡駭怕。放洋槍，槍子兒出膛只是一條線，不像銃槍出膛一大片！好歹全在一個『準』字上，這好比山羊使角，看得清，瞄得準，一角就抵中了！若是瞎閉兩眼，豈不亂抵空?!」歪胡癩兒對那些初使洋槍的說：「放槍好比前朝練弓箭，架勢先要擺端正，四平八穩。左手在前像托山，右手平伸靠機環，槍托緊抵在肩窩鎖骨上。放槍前，吸口氣，慢慢吐，吐到三分把氣彆住。架勢練好了，學瞄線，牌樓當央小圓洞，硬要不歪不斜、不上不下現出準星尖兒，準星落哪兒，子彈朝哪兒走！」

「早先我班裏有個笨傢伙，放槍不懂豎牌樓，槍托抵在肚上打，比溜比溜，槍子兒全上了天！

那種打法，連鬼毛也打不下半根。」

六指兒貴隆心眼兒靈，一經歪胡癩兒點撥，他就學會了打匣槍了。歪胡癩兒教他說：「使短槍，大臂要穩，小臂要活，心連手，手連心，雙方靠近了你潑火，沒空兒讓你慢慢瞄，手指壓火要輕軟：用力過猛就搊死了！潑火時，槍身總要偏點兒橫，早年我親見一個官兒練匣槍，潑火腕子沒穩住，一匣子彈，有兩顆打在他自家腳面兒上！」

在肅殺的秋天裏，歪胡癩兒心是熱的。沒有人曉得他內心的想法：凡敵後地區，不但是澤地一個地方，全像砧板上的肉，鬼子八路兩把快刀一起一落剁你！別說血肉了，連骨頭也吃不住剁的。歪胡癩兒看清這點，他滿心想把澤地的槍隊練成一塊硬骨頭，任你再快的刀，要想剁碎它總得捲捲口。他也是個粗人，不懂得悲涼壯美的犧牲的行爲裏，有著多麼深遠的內涵，一個無名英雄的內心感受常常是直接的，本身就含有無比的悲壯和蒼涼。他熱愛著魯南，那片黑裏的家山，同樣熱愛著其它什麼。風暴把他捲落，到洪澤湖東岸的荒野地來，他就和眼前這些人結合在一起，共同迎接命運，他曉得命運是絕望的，但他不信服邪惡和暴力，他要抗爭！

不多久，他的機會來了。不過，他並沒看重它——對手不是鬼子八路，只是從紅泥墩子拉過來的馬賊盧大胖子。那天黃昏時，歪胡癩兒正把槍隊集聚在屋裏講摸哨，就聽土堡東邊必溜、必溜朝空響了三槍，槍音尖亢，撕過頭頂，落進西邊的林子裏去了。

堡裏的槍隊有些穩不住勁兒，紛紛猜測著，打算抓槍上堡樓，人剛想動，叫歪胡癩兒攔住了。

「我忘了教你們聽槍音，」他說：「無論對方是哪門哪路的，不用碰面，只要他一響槍，我就曉得了！」

「我不信。」石七說：「除非您有神算法！您說說看，這陣槍響，來的是誰？！」

「不信麼？嘿嘿嘿……」歪胡癩兒笑得像沒事人：「這是馬賊盧大胖子，這槍音沒錯，幾年前我聽過，是馬拐兒。馬拐兒朝天響三響，是盧大胖子送信的訊號。」

石七強忍著；盧大胖子四個字像塊石頭砸著他，使他想起馬賊留下的血椿。

「若果真是馬賊來……澤地……」他說：「這場火有的打了，他們上回犯土堡，死了人，留下血椿，要來……報仇的……」

大夥兒跟石七一個樣兒，聽說盧大胖子，心全朝下墜著，屋裏的空氣沉甸甸的，再沒人接嘴，人就僵在那兒。還是何豁嘴翹著不關風的嘴唇，猶豫說：「歪，歪胡癩兒爺！你怎麼見得就是……盧大胖子?!」

「我在常備旅帶馬班時，盧大胖子正在豐沛蕭碭那幾縣混世。」歪胡癩兒說：「上頭差遣我收編他多回，全被他聞風溜掉了！我曉得他尾巴上有幾根毛，如今他混大了，不知降不降得住他啦！不信你們瞧，他一定留信下來。」

正說著，石老爹進來了，手裏捏著信。

「事情來了！」石老爹朝歪胡癩兒說：「這是馬賊留的信，使攮子戳在莊頭的樹上。信上說是要土堡把槍枝槍火全交出去，底財出窖，等明晚太陽落，他派人放馬來取錢收槍，照著辦不打；要不然，大隊屯在禿龍河口，一聽槍響就過河，殺進土堡，雞犬不留……」

歪胡癩兒一手撐著桌面，人從棗木長凳上站起來，冷笑著說：「鬼子八路我們都打得，難道在乎小小的盧大胖子？——你們各挑管打的槍枝，加些油潤潤膛，拉上圩牆去，堡頂上輪流放人瞭望著，我要放馬出去看看地勢，明晚單獨鬥鬥他！」

「歪胡癩兒爺，你千萬甭把盧大胖子看淡了。」石老爹說：「他是匪裏最兇最悍的一股兒，順著他的毛抹沒大事，頂多費錢財，誰要逆了他，他是趕盡殺絕，辣得很；上回他手下一股人犯土堡，我們打栽了他，這回再來，勢必狠拚一場，他槍新馬快，我們只有死守堡子，您可不能大意。」

「老爹說得是。」油工扁頭也勸說：「歪胡癩兒爺，您是顆定心丸兒，有你在，堡裏人人心定，無論他盧大胖子多兇，踹進圩子，我們還有堡樓好守，幾十桿挺住打，他也進不了宅院。萬一你單單出圩牆，叫槍子兒刮著，堡裏就先亂了！」

不論旁人怎麼說，歪胡癩兒還是搖搖頭說：「這種癩蛤蟆守窟的打法兒我打不慣，我寧可只帶一兩個人出去，跟他們推推大磨。跟你們直說了罷——我還想要收編他！」

整個土堡全在忙碌著。

第二天的太陽轉眼又偏西了……

在土堡裏面，差不多每隻眼全在緊張焦灼的望著太陽；太陽每落一寸，人心就跟著落一寸。土堡的陰影慢慢被拉長了，落在靠東面的脊瓦上。婦孺們集在西大院的地室裏，也都以驚懼的聲音談著盧大胖子。

若說歪胡癩兒是條龍，盧大胖子在北方各縣人的眼裏就是隻老虎，他的前半段身世是個謎，廿來歲時，出現在販賣私鹽的梟群裏，獨領著一百多輛鹽車硬闖淮河道，鹽簍裏插攮子，罩盒裏帶短槍，行動起來，兩三里路全聽見車軸響，所經的地方，緝私隊拱手讓路，關卡嚇得大搬家，沒幾年的功夫，盧幫的「響鹽車」混出了名。北伐成功之後，許多幫由於生活壓逼的梟群星散了，盧大胖子也消聲匿跡好些年；直至鬼子來後，他的名字又出現在江湖上，成了北地盜群裏天字第一號人物。

論人數馬匹，他手下領著的並不多，論槍法和對起火來的狠勁，卻誰也及不得他。鬼子住城裏，他敢在大白天搶劫偽銀行，八路上千人紮駐白馬廟，他敢在附近扒糧倉。但他同樣火燒堡子，剽掠鄉鎮，如果那地方不抗拒他，他只要定數的銀洋，得了錢放馬走路；如果那地方抗拒他，他殺起人來連數全不記。這樣，使他變成野蠻的、難解的人物，彷彿他天生就是個悍匪，具有一半英雄一半殘忍的氣質，只是像一塊頑鐵似的不通人情。

歪胡癩兒要收編這麼個人，石老爹很是不贊同，石倫這個老頭兒，在旁的事上都夠寬宏，唯獨對馬賊土匪分毫不買賬。歪胡癩兒帶著六指兒貴隆、石七、二黑兒三個人，牽了白馬和騾子出堡，他還爭著，聲音大得像吵架。

「我說，歪胡癩兒爺！這事你弄岔了！盧大胖子這種賊，全是沒有心肝的東西！——他們要有心肝，會在這種國難當頭的辰光幹土匪？鬼子騎在人頭上還不夠？要他們趁火打劫?!他要有心改邪歸正，早就改了，會等到今天?這幫東西，死後全該打下十八層地獄，來世變成扁毛畜生！」

歪胡癩兒沉吟一忽兒，緩緩的說：「老爹，您的意思我曉得，也許我受夠了鬼子八路的氣，認定天底下只那兩種東西無法點化。盧大胖子跟刀疤劉五、攔路虎陳昆五不同，他不買鬼子八路的賬，可見還有點兒骨氣……自古黑道上的人，十有八九全怨官，他不服官裏編，料得到是沒遇著使他心服的主兒。我要收編他，也只是心裏有那麼個想法兒，成不成沒準，無論如何，今晚我要挫挫他的火性，煞煞他的威風……」

太陽眼看快啣山了，歪胡癩兒的白馬哨上了土堡背後，判家泓的泓湀上，四桿槍佈了陣。石家土堡附近的地勢裝在他心裏；土堡朝東三里平陽地，荒荒一條小路穿過稀落的林子，沿著鬼塘北繞，過泓就是青石屋；荊家泓朝西流經石家土堡北面半里的地方；從泓湀起，朝南一路下斜坡，好像一張滾豆的簸箕。馬賊的哨馬若來石家土堡，決不會貿然盤馬經過鬼塘南的凹地，那邊林子太密；也不會走鬼塘北的夾道，怕人會設銃暗擊。歪胡癩兒算定了他們會帶馬經過荊家泓的泓心，抄路到土堡背後，先佔住泓湀的高地，再差人進堡放話，前一天馬賊送信的走後，他就在沙上追尋過馬蹄印兒了。

他們扼著荆家泓的一段，正是全泓最窄的地方；紅黏土和黑鋼沙錯夾的土層被急流沖刷，劈陡的夾立著，崖壁上滿是横向的水齒，昇有一丈六七尺高，泓涘上一排點了幾十棵彎腰柳，落了葉的柳枝依然搖曳在窄窄的泓頂上，割碎了那一條狹長的天光。

「你們全瞅著。」歪胡癲兒手捺匣槍柄兒，衝著那三個說：「今晚我也教教你們臨陣的法兒！馬賊自認精明強悍，慣走僻道，我們就在僻角上等他！騾和馬全拴到泓下樹叢裏去，我們分開埋伏著！馬賊經過這段地方，泓底兒窄得横不下一根扁擔，他絕掉不轉馬頭，朝前也沒法放馬，你們聽我的號令行事，先活捉他的哨馬！」

「要是馬賊不打這兒走呢？」石七說，「那我們豈不是空等一場?!」

「就算他不走這兒過，」歪胡癲兒回手指著那片斜坡：「這兒居高臨下，任他走哪兒，也漏不出我們的眼，他們不撲堡子就罷，他們撲堡子，我們斜刺裏伸槍抵他的後腰！」

二黑兒讚嘆起來：「歪胡癲兒爺，怪不得你能降劉五，殺杉胛，您是五虎將遇上諸葛亮，文武全拿得出手，上回蘇大混兒攻土堡，要有您在，絕不會死那麼多人了。」

「別污瀆聖人了。」歪胡癲兒說：「賣肉的張飛也曉得拿馬尾拖樹退敵兵，我算啥？能跟那些拜將封侯的古人比?!我只是個打不死的歪瓜！」

他們在榛莽裏伏下去了……

鳥雀歸窩了，晚霞燒成一抹青紫，遍野全染上那樣慘淡的顏色。六指兒貴隆耳朵貼在地上，他聽見一種輕微的震動從遠處順泓響了過來，那是群馬的蹄聲。

「他們真的來了！」他朝附近伏著的二黑兒說。

「神機妙算法兒！」二黑兒說，聲音有點兒顫。

貴隆不再說話了，他拉起匣槍的機頭。

馬蹄聲愈來愈近了，轉過泓角，泓底黝黯的光裏浮現出人和馬的影子，一匹、兩匹、三匹，壓尾一匹是隻棗紅帶黑的騾子，他們兜住韁，緩緩的走近窄道。六指兒貴隆看清了，為頭的那個馬賊是個寬肩狹腰的大漢，戴一頂四塊瓦的帽兒，腰眼裏著八九寸寬的大紅綢，一左一右，斜插兩把匣槍，顯見他有左右開弓，雙手使得槍的本事。

那匹青灰帶白的馬，配著鮮亮的鞍韁，不時昂起頭，發出輕微的噴鼻，那種神氣勁兒更添了騎者的威風。二匹馬黑毛裏帶著白色的金錢斑，蹄上一截兒卻全是白的，馬蹄一起一落，分外看得清楚。馬上馱著細高條兒，白汗巾纏頭，洋槍大馬跨斜揹著，另一邊肩膀上，露出一隻紅布纏紮的單刀把兒。壓尾騾背上那人，身材特別矮小，除了一式揹槍，腰眼還別著一支牛角。

「小秤鉈！」為頭的那個別過頭，問壓尾那個說：「你相信石家土堡見著你送的信了？」

「那還用說嗎？」小個兒打著公鴨嗓子，鬼掐脖子似的叫說：「我照您的吩咐，把信釘上樹，放了三槍告訴他們了！我就不懂，頭兒為什麼突然慈悲起來，上回我們在土堡栽了人的，土堡要是眼亮，就該讓我們取錢收槍！」

「頭兒的心思我清楚。」爲頭的那個說：「他知大夥人吞了散心散了，打算散夥。——你沒見北地那種荒亂勁兒，戶戶糧甕大張嘴，哪還有旁的好拿?!你抬個財神綁個肉票，倒供他們吃喝，到頭沒人送盤兒（註：黑道慣語，即照所開的價錢送來贖人）來，你撕了票（註：撕，即殺掉），還得替他刨個坑去埋！……這樣下去，順水淌到哪一天?!頭兒的脾氣，跟早幾年不同了，既到臨散夥，他在石家土堡這塊巴掌大的地方開殺戒，又算得什麼?!」

「土堡若是硬抗呢？」第三匹馬上的漢子說：「咱們上回立過血樁，難道捏著鼻子退?!」

「抗？」壓尾的小個兒哼說：「幾百戶的大寨子，咱們也拿當大路走！憑他石家土堡那一堆破銅爛鐵也想擋馬頭?!若是他們敬酒不吃吃罰酒，單怕打得他連尿都溺出來。……上回我帶幾個弟兄，摸到西邊雷莊上，真像一頭栽進錢窖一樣，朝天放三槍，放出話去，那個肉頭嚇得手捧銀洋送出來，三歪還順牽一頭白毛牯牛哩！」

「雷莊是雷莊，」爲頭那個說：「可不能拿當石家土堡，那個石老頭是塊劈不開的木頭！你沒聽說他抗蘇大混兒百十條槍，打得他幾幾乎砸鍋！我試過他的勁，著實難纏！」

他們經過六指兒貴隆伏身的地方，魚貫進入窄狹的泓心去，陡立的崖壁的陰影罩住他們的脊背。突然間，爲頭的那人把馬給兜住了。

「好險的地方！」他仰起臉讚嘆說：「真他娘賽過華容道，土堡要在上頭伏上兩桿槍，咱們準栽了！」

嘴說不及，砰的一聲彈嘯打斷他的話，爲頭的那匹馬驚得直立起來，發出噓噓的嘶叫，把馬上那人憑空摔起，腰桿撞上泓崖，跌倒在地上。另外兩匹馬和那匹棗色的健騾登登的朝後退，擠縮在一堆。

不容下面有拔槍的空兒，泓頂上揚起一條宏亮的嗓子發話說：「眼亮點兒，夥計！交槍罷，老中央常備旅快馬班，全在這兒，交槍不打！——那，機槍手，把泓口閘住！匣槍手，頂住他們退路……你們被收編啦！」

泓涘背後，果然傳來噓噓的馬嘶，和泓心的馬嘶聲和應著……事兒起得太突然，泓心那四個被震懾住了，沒人敢動，動也動不了。四匹哨馬裏，爲頭的那個，正是盧大胖子手底下最得力的頭目祁老大，走道將近廿年，不知遇過多少險，可全沒今晚這種遭遇棘手。正遲疑著，手想朝槍把上捺，崖上吼聲更驚人了。

「我說，你們被收編了，甭想糊塗心事！——有誰動一動，子彈不長眼，當心打得你腦瓜出水！」

祁老大不是三言兩語能嚇得住的，既受了頭兒的命，帶三個兄弟先放馬石家土堡，就不能無緣無故一槍不發栽在人家手中。澤地拉槍隊倒聽說過，可沒聽說中央常備旅還有什麼快馬班。他判準人聲在泓南，他就朝南邊的崖壁上貼過去，用極快的動作摘出匣槍。

他快，誰知上面的更快，他身子剛一動，上面叭叭叭叭，理起四發火，他右手一麻，匣槍就摔了，另外三發擦著後面的頭皮，有帽子的伸手去抱帽子，帽子叫打飛了，只抱住破了皮的光頭。

「嘿嘿嘿，我叫你們帶點兒小彩！機槍手！——預備掃射。匣槍手，發排火來聽聽！」

六指兒貴隆把匣槍一理，整整發了一梭火。在迴盪全泓的槍音裏，前後都有人暴喊著「交槍！」「交槍！」泓心那四個死心了，乖乖兒的扔槍下地，把單刀也連鞘兒抹。

一條巨大的穿軍裝的人影，在泓涘背後黯紅的天光裏出現了，一隻手叉著腰，一隻手舉起匣槍，嘿嘿的暴笑著：「槍枝倒掛在判官頭上（**註：馬鞍前突起部**），各牽各的馬，相隔十步地朝西走，誰掉掉頭，我叫誰腦袋開花！到西邊泓叉口，向我報到。機槍手，撤開！匣槍手，壓住他們！——帶頭的那個夥計，你可聽見了?!」

「我祁老大認了！」祁老大苦笑說：「收編就收編，別那麼嚇唬人！有種你把我四個撂倒，咱們頭兒自會來收拾你！沒什麼好神氣。」

「什麼頭兒腦兒?!」上面的聲音說：「犯在我歪胡癩兒手上，只給他幹二等兵！」

一聽歪胡癩兒四個字，底下四個人頓然矮了八寸。祁老大用左膀子拾起匣槍，掛上判官頭，顫顫涼涼的說：「姓祁的眼瞎了！對面不識歪胡癩兒爺，您的大名是陣響雷，咱們四個心服口服了！」

「我早些日子做夢，夢見您收編咱們！」第二個說：「想不到真的驗上了！」

「我說歪胡癩兒爺，我說直話您莫怪！」小個兒掛了槍，抹抹胸口說：「咱們頭兒成天想拉您入夥，您倒想收編他，我看，您當那種窮兵什麼好?!眼看財神挑著錢擔兒走路，非但不能摸它一把揣進腰，反得替他挑送一程，哪有拉馬為王痛快?!」

「你得小心點！」歪胡癩兒說：「你若賊性不改跟我幹，不用十朝半月，我不用槍來斃你，伸兩個指頭就捏死你！」

他們翻上泓叉口，祁老大一瞅，連歪胡癩兒在內，一共只有四個人，兩支長槍兩支匣槍，另一個使匣槍的後生撮著四匹牲口，什麼機槍手，匣槍手，壓根兒是空話。雖然被懾住了，但歪胡癩兒這種膽識，這種氣概，在蒼茫的暮色裏，卻真逼得人喘不出大氣來。

「對不住，祁老大！」歪胡癩兒拍著祁老大的肩膀說：「兄弟不打誑，馬班就是我，我就是馬班，適才小小的不週到，擦傷你的腕子，請包涵點兒。」說完話，嘶的一聲扯下一條袖子，把那個傷給裹了。

「你們三位沒事！」他又說：「我只刮去你們腦瓜上一點兒油皮。」

那三個吐著舌頭縮不進去，沒人聽見過這種準確的槍法——一個人槍朝暗處打，一出手就能料準傷在人哪兒，說打掉一層皮就打掉一層皮！

四個馬賊，一串兒牽著馬，好像駱駝販子一樣，硬叫押進了土堡。柵門剛拉上沒有半盞茶功夫，初夜的濛黑被幾十支漫野而來的火把點亮了，圩牆上的人，全望得火光裏的馬群，不用說，那是盧大胖子的大隊，聽見泓上的槍響之後放過了禿龍河。

天邊最後一束黯紫也已隱沒了，馬賊的大隊馬群在堡東的曠地上盤迴著，排成參差的橫陣，火把連結足有半里路長，略呈半環形，夜風絞動燄頭，蛇舌似的飛舞著，人頭上走著黑滾滾的濃煙。在半環形的橫陣前面，有五、六匹馬簇擁著一匹漆刷似的黑馬，一直放到壕溝對面來，彷彿根本沒把圩垛間的槍口放在眼裏。

黑馬上的漢子四十五、六年紀，腰上橫纏著豔色的緞帶，帶口足有一尺多寬，腰眼足有水桶粗細，挺著飽飽的威風；頭上戴著黑熊皮製的筒兒帽，帽下的螃蟹臉微向上揚，翹起一部怒張的黑鬍子，根根短硬像把豬鬃；亮藍的緞襖兩邊，佩著兩柄象牙柄的馬牌手槍（**註：德國精製之名牌手槍之一，被黑道上人視為珍品**）。

「我是盧志高，」盧大胖子嗓門雖啞得像破鑼，喊起來可真夠宏亮：「我找堡裏當家作主的出來說話！——角手替我響牛角！三遍角聲響過沒人回話，我要連根拔掉你們！」

第一遍長長的角聲在慘慘的紅光裏發出低泣。

「甭拿那個架勢了！」石老爹立在圩上高叫說：「祁老大那夥人業已叫收編了！石家土堡砌在地上，你姓盧的要拔你儘管拔！只怕你一時拔不了！」

「收編我姓盧的人？誰配?!」盧大胖子冷笑著：「我倒要會會那位，看是什麼樣三頭六臂九隻手的英雄?!」

「煩你盧頭兒馬退百步地！」圩垛間突然揚起暴雷樣的聲音說：「我出圩去會會你！祁老大他們，我編了！今夜堡裏擺了酒，等著你來湊數，人多火熱些！」

盧大胖子剛剛回馬百步，一匹怒騰的白馬就單哨出了柵門，歪胡癩兒橫擎著比國造馬槍，高舉過頭頂，一直領韁撞至陣前幾十馬步的地方。

「盧頭兒跟諸位闖道兒的朋友全聽著！」歪胡癩兒斜刺裏走馬快過一陣煙：「我可不是三頭六臂的英雄，一樣皮包肉長的人！跟各位，井是井，河是河，不在一個道兒上！」馬蹄在陣尾兜轉，又有節奏的響回來，衝著盧大胖子勒住，把比國造馬槍和腰裏匣槍扔在地上。

「一個鼻子，兩隻眼！天生沒名沒姓歪人，弟兄全叫我歪胡癩兒！」歪胡癩兒飛身下馬，手牽著韁繩，在幾十桿平挾著的槍口下面，嘿嘿地，喝碗涼水似的笑著：「各位有放冷槍的請便！我這是手無寸鐵！我回盧頭兒的話！」

盧大胖子費力的抬起頭打量對方，單就歪胡癩兒的身段、相貌和空前的無畏的舉動，就使他挫下了肩膀。

「山是人開的，路是人闖的！您歪胡癩兒爺的大名，盧志高早刻在心上了！」盧大胖子說：「不是我姓盧的誇句狂言，賣句海口，我走南到北廿多年，早先走私鹽，歇腿兒（註：鹽梟暗語，即裝鹽的雞公車，歇腿兒就是架車），捋卡子（註：捋，暗語，即打），上肉稅（註：暗語，鹽梟遇緝私隊，使包鐵扁擔打殺後，剖肚開膛，放進一把鹽去，叫做上肉稅），亮字號，闖蕩江湖，明暗兩路，人物頭兒會的多了。碰高興，連天也拗他一拗。一生也只佩服一個人，那就是您歪胡癩兒爺！我盧志高不佩服那些大官大宰，佩服的是您心裏沒有個生死二字！匹馬單槍打杉胛，普天世下，沒旁人能辦得到……你編我，行！我跟我手下的，這是頭一回見您面，人全說您槍法高明，我算不自量，要跟您試試槍，贏了我，姓盧的算白玩半輩子槍，跟您牽馬執蹬也心服；贏不了我，咱們喝頓酒，算我結識您這條好漢朋友！憑心說，您在姓盧的地面上插手管事，打了刀疤劉五，編了祁老大，摘盡了黑道上人的臉面，要換旁人，我盧志高能吞下這口氣?!」

「盧頭兒，聽我說。」歪胡癩兒說：「您要試槍法，我奉陪！萬一你輸了，單望你說話算數。我收編人，一向是姜子牙釣魚，願者上鉤。過去哪怕您傷過中央的人，抗過中央的稅，一概不論。今天淌道兒，明天幹馬班，英雄不論出身低，朱洪武還偷過牛呢……不會人人都應著天星！」

盧大胖子雙手捧著肚皮，仰臉盪出個響亮的哈哈：「我要是輸了，我服編！——夥計，放開三匹馬！我跟歪胡癩兒爺比一比馬槍！槍打人頭上的火把！每人響三槍！」

三匹馬領出橫陣，朝南斜奔出百步地，齊齊兜轉馬頭，一字兒排開。三支燒得正烈的火把高舉著，在黑裏顯出光耀奪目的紅，燄心略帶橙黃色，燄頭迸裂著，吐出滾騰的濃煙。

這種新奇的比槍鬥勝法兒，使圩上和馬賊群裏的人全感到驚懾；許多人全看得出來——無論槍手怎樣豪強，無論他玩了多少年的槍，若叫他在黑夜裏三槍打滅三支火把，真比黑地裏摸針還難。紅紅的火燄那麼刺眼，火頭隨著風不定的飄搖，令人端起槍，拿不穩那飄搖的方向。射手若想打滅它，必得抓住燄心，放過燄頭，槍子兒出膛，要打在燄心正中略下一指的地方，才能射飛火頭。而兩個比槍的人，全是遠近轟傳的神射手，一個是天上王大，一個是地下王二，賽前誰也料不定鹿死誰手?!

「請罷，歪胡癩兒爺！」盧大胖子說。

「盧頭兒，您先請。」

盧大胖子笑說：「既然您客套，我也不三謙兩讓，就先獻個醜了！」

寒霜無聲的降落著，絲絲地氣仍在各處上昇，在地氣的包裹中，火燄的四周迸一圈彩色的暈輪，那彩暈映亮曠地，使空中、地下揉合著光影。

盧大胖子翻身下馬，從左右的從者手裏接過一桿馬槍，一拉槍栓頂上了火，腳踩丁字步，緩緩的吸氣舉槍，左手穩托槍身，右邊大臂平舉著，食指緊貼機環，槍口指向左邊頭一支火把。圩裏圩外，人聲沉靜下來，屏息等待著盧大胖子的第一槍。

砰！……

盧大胖子右肩一挫，亮藍的槍口火噴有笆斗大，槍音盪開，驚起一群宿鳥，從南邊的野林中刷刷的撲翅飛起，在火光中旋成一道零落的黑線。右邊的那支火把顯然中了槍，燄頭明滅一下，猛飛上半空去，迸射出一片流光四曳的火星雨，又翻滾一下落在馬後的地上。

這樣精確的槍法把馬賊群激動了，紛紛搖動火把和槍枝，發出噢噢的歡叫。就在一片歡叫聲裏，盧大胖子重新拉栓頂火響了第二槍，第二響槍音追著第一響槍音，好像一道大浪催壓另一道大浪，浪頭合併在一起，激出泡沫流散的水花；那陣驚鳥盤旋一圈，本待落回原來的宿處去，正中火把上飛起的燄頭照迷了牠們的眼，牠們也像燄頭一樣，驚惶的鼓著翼子，發出一串細碎的淒鳴，迸散向四方的黑暗。

盧大胖子這一槍，使將要沉落的呼吼聲復又高揚起來，變成決定什麼似的一種歡叫，有些馬賊鬨笑得在馬背上打晃，有些掛了槍，把帽子也扔到半空去。沒有人以爲大名鼎鼎的歪胡癩兒會比他們的頭兒更強到哪兒去，能比個平手就算他運氣了！

土堡裏的人開始沉默了，他們信得過歪胡癩兒，但沒人親眼看見他舉槍打過暗夜裏的火把，誰也不敢說他就能勝過盧大胖子。六指兒貴隆急得像熱鍋上的螞蟻，這邊垛口轉到那邊垛口，找到二黑兒、石七，一窩年輕好勝的議論起來。

「你說歪胡癩兒叔能贏嗎？」

「不要緊。」二黑兒說：「適才收編祁老大，那一手槍法你該見過的，絕不差盧大胖子一支。你瞧，歪胡癩兒爺那副樂勁兒，半點也不擔心。」

「盧大胖子又舉槍了！」誰在那邊說。

盧大胖子連著射中兩支火把，自覺略微鬆了一口氣。早年在北地，和上八縣的神槍李五比槍法，就是射中兩支火把贏的。估量著歪胡癩兒不會比李五強到哪兒去，也許聞名不如見面，見面不過爾爾，但當他回頭看見歪胡癩兒那張滿不在乎的笑臉時，放鬆的心不由又懸吊起來，既中兩槍，不如來個滿堂紅，心裏這麼想著，第三槍舉槍瞄線時，更加慎重了。

盧大胖子面對最後一支火把，精心的瞄了又瞄才壓火，隨著槍聲，那支火把也明滅一下，許是槍彈走歪了半指，火把上的燄頭有一半飛跳起來，翻滾跌落，另一半將斷未斷，還倒垂在火把桿兒上燃澆著。

「慚愧！慚愧！」盧大胖子扭回頭，朝歪胡癩兒謙中帶傲說：「這支只算半滅！請罷，歪胡癩兒爺！——那邊另換三支火把！」

「打得好，盧頭兒！」歪胡癩兒把匣槍拾回插進腰眼，復又彎腰去拾長槍：「您的槍法也算夠神的了！」又轉身叫說：「各位闖道的朋友們，適才盧頭兒的槍法，我歪胡癩兒領教了！兄弟有言在先，只是陪襯陪襯，虛應個景兒，萬一打走了槍，別見笑！」說完話，腳尖一點，憑空就橫身躍上了白馬，左手略攏一攏韁繩，白馬順著韁勢朝橫裏輕快的舉著蹄子走動起來。

歪胡癩兒拉栓頂火，單手舉槍，槍口斜對著天空，一隻眼凝望著火把，身子半偏著，猛然間，人們就見他左手一領，旋即鬆韁，雙膝一夾，白馬蹄花一翻，朝斜裏竄過去，那支朝天的槍口一低，砰的一聲，右邊的第一支火把就從橙黃色的燄心朝四處迸濺開去，再看那匹白馬響一路蹄聲，早已竄入遠處的黑暗裏去了。

這一槍的槍音，幾乎被驚天徹地的呼叫淹沒了！誰也料想不到，歪胡癩兒竟跑馬開槍，把長槍當成短槍使，單手一理，線也不瞄就擊中火把正中心——那簡直不是人的槍法，而是神意。

沒等呼吼停歇，馬蹄聲從黑裏急滾過來，人和馬全沒現身時，槍聲又起，正中那支火把的燄頭已高高飛向半空。刹間，白馬怒揚著頂鬣飛撲過來，掠過狂搖著一路火把的橫列馬陣，歪胡癩兒手起彈出，第三支火把的燄頭緊跟著前一支火把的燄頭落到地上。馬經盧大胖子身邊時，歪胡癩兒從急馳的馬背上飛落下來，單手挽住了盧大胖子的臂膀。

「夥計們聽著！」盧大胖子叫著，聲音有點兒凄涼味：「早先領各位濃情厚意，跟我盧志高江湖跑馬，咱們是到此爲止……正式……散夥了！那受編的，牽馬過來認新主兒，歪胡癩兒爺，他真英雄，大好漢，跟上他打鬼子八路，算是祖宗積德！那回鄉歸里的，多帶路費盤川……兄弟夥，血肉相連，人隔千里，後會……有期……」

沒有一個人離群，這一窩素以慓悍聞名的馬賊群，全叫歪胡癩兒的神威懾服了，默默的將火把插回竹筒裏去，一匹又一匹的啣接著，牽馬進入土堡。雖說是心安理得，終究是悲哀的。酒席擺設在石倫老爹的堂屋裏，坐滿了五大圓桌，收編的馬賊們著了魔似的笑著，鬧著酒，每個人的眼卻全是濕的。

盧大胖子抵死不肯坐首席，被歪胡癩兒硬捺在檀木背椅上，屁股剛沾椅面，就跳起來拎壺敬歪胡癩兒的酒。

「我盧志高，頭點地，替我原先這把兄弟，借杯酒敬您！我這把沒志氣，沒骨頭的賊！今朝蒙您大力拔一把，拔出淤泥，拔出火坑。唉，歪胡癩兒爺！我們重做新人，您就是再生父母！您乾杯！不乾?!我盧志高，當真叩頭拜您！」

歪胡癩兒一仰臉，大杯酒潑進喉嚨去，雙手忙不迭的把盧志高攙挾住說：

「老哥，別折兄弟的壽。今晚上的事，與我不相干。抗日這幾年，死在鬼子八路手上的人成千累萬，我那快馬班的老弟兄，割頭不換的情份雖仍在，人，卻死光好幾回了！有的死在鬼子槍頭上，有的捱八路砍了黑刀……我這是替那幫冤鬼向您求情！人，誰不是父母娘老子養的?!憑我歪胡癩兒這副骨架兒，歪歪心，走黑道，洋槍扛在肩膀上，走哪兒少得了財寶金銀?!我守本份，拉游擊，火裏衝，死裏闖，忍饑挨餓不脫這身破軍裝，我爲的啥?……我說，不吃鬼子八路虧，不知鬼子八路兇狠。家亡國破了，命攢人手上，還有心貪圖旁的嗎？不說人心肉做的，就是顆石蛋兒，也冒冒火花！熱湯裏滾，油鍋裏跳，頂著槍子兒跑馬，我沒孫悟空七十二變，身上可數得出七十二處傷疤。老哥，我說句不中聽的話，趁火打劫，死了閻王不收，你打鬼子八路死了，他閻王也要放掛鞭。我這人，雖不把鬼神頂在頭上，可信得這顆心。我歪胡癩兒收編各位，絕不是要各位穿軍裝，佩番號、列餉冊、造花名、幹那官府衙門兵，只要各位洗手不擾民，護著何指揮，替老中央把住湖東這塊荒野地就夠了！……歪胡癩兒，我嘔心滴血吐的肺腑真言，不外求各位認條明路走，賞臉，我回敬一杯，各位乾了！不賞臉，我不擋各位財路，可若再碰面，休怪我翻面不認朋友。」

兩明一暗的大堂屋裏，只聽見歪胡癩兒那種豪情的聲音，浪頭一樣打進人心。馬賊群紛紛站起來，舉杯喝乾了酒。

盧大胖子抓的不是酒杯，卻是四兩裝的錫壺，大嘴套小嘴，吸氣似的一口乾，探手撕開領口，把胸脯拍得卜卜響說：「痛快！我盧志高早幾十年，白活了！湖東好比大明國，您是朱洪武，我是常遇春，夥計們，可聽著了！朝後不要說搶劫不准有，誰偷隻雞，摸隻狗，全犯『殺』字戒！要金銀財寶，咱們專向鬼子取，要上捐上稅，咱們找蘇大混兒拿！」

「我敬歪胡癩兒爺一杯酒，順便問句話。」祁老大吊著右膀子擠過來：「您能不能講講，您的槍法怎麼練的？」

另外幾個也鬨著，催歪胡癩兒講。

「我早先在魯南，是個打獵的，一天打不著獵物，就得勒一天肚皮。」歪胡癩兒說：「槍一理，要打得起溜的野雉，射中驚竄的野兔。看在肚皮份上，我自幼就練槍，只有一種玩意兒打不中，因此還算不得『神槍』！」

「甭騙你的兒了！」盧大胖子說：「那是啥玩意？」

「線牽的鴨蛋殼兒！」歪胡癩兒說：「槍子兒帶風，壓根兒黏不著它！」

歪胡癩兒話一出口，大夥兒忘情的大笑起來，最後一點兒懊喪味也被笑聲帶走了。盧大胖子離了席，挺著肚皮找堡裏的人拚酒。歪胡癩兒三槍把雙方的仇恨打飛到爪哇國，馬賊群和堡裏槍隊拉得火熱的，說東聒西沒完。

酒是溫的，菜是熱的，燈火是明亮的，歪胡癩兒話像泉眼，骨嘟嘟朝外冒，自稱是隻活酒罈兒，而盧大胖子話更多，一壺接一壺灌酒，話就像酒泡朝外翻。散拴在西大院的馬匹不時噓叫著，堂屋外面也圍滿了婦孺。盧大胖子酒到喉嚨管了，還說沒有醉，一把抓住貴隆：「呃，呃，小兄弟，咱們搳三拳，一拳一壺！」

六指兒貴隆搖手時，生著叉指兒的手叫盧大胖子抓住了：「妙，小兄弟，你算遇上我這好郎中啦，叉指兒，累贅小玩意，怎不去掉它?!來來來，我幫你治治。」

貴隆沒在意，叉指兒叫盧大胖子一口咬住了，喀嚓一聲，他的臉變白了。

「不關緊，不關緊！」盧大胖子說：「先抓把香灰捂住，明早到亂墳上，撿塊死人骨頭磨粉搽上，好了連疤也看不見！」

六指兒貴隆沒聽見，他疼得一暈一暈，人靠在牆上，滿眼的燈焰全飛著黑輪。盧大胖子擠到那邊，絆在一張條凳上跌坐在地上，窩團著舌頭說：「拿個酒杯來，我要個把戲你們瞧！」

另一個醉漢送來一隻酒杯，盧大胖子說：「我啣著杯口，你朝杯裏斟酒，呃，呃，要斟滿，我只一仰脖子，酒全落肚，漏出一滴，不算本事！」

那個醉漢照做了，盧大胖子果真一仰脖子，酒卻灌進鼻孔裏去了。

在石家土堡，這是破天荒的一夜，人們大聲的猜著拳，喝著酒，醉呼呼的你推我撞，發出雜亂的喧嘩。歪胡癩兒是座橋，把兩個不同的群體啣接起來，彼此流通。祁老大光著紅通通的腦袋，講當初接盤兒送肉票的故事。石老爹含著長煙桿，說起土堡建造之後怎樣抗賊的。小秤鉈被他的夥友推到雷莊人一邊，那夥友說：「雷莊那回遭搶，就是他幹的，銀洋甭說了，他欠你們一頭白毛牯牛！」

「那，那是三歪牽的！」他說。

有人笑著，把一杯酒連酒杯全塞進他的嘴。

「沒人找你要牛，不是嗎?!」雷莊的小伏子雷一炮說：「那是我們雷老實大叔送你的！」

小秤鉈吐出酒杯說：「幾十人全有份，我只攤到一根牛尾巴罷了。」

初冬夜短，初更入的席，一場酒喝到東方泛白。有人喝醉了，把酒吐在盤子裏，有人趴在桌角打了鼾，手彎裏還抱著錫酒壺。黯黯的天光從格子窗外流進來，亮了一夜的粗芯油燈，一盞一盞全顯得乏了，雞在院外啼叫著，盧大胖子迷迷糊糊的拍著肚皮說：「你甭在肚裏搧翅膀了！我站起來走動走動，你就該化啦！」

歪胡癩兒潑了他半桶冷水，盧大胖子使舌頭舐說：「好酒！好酒！」

歪胡癩兒笑著又潑了半桶說：「老哥，酒太濃了，這是在替您滲花哩！」

那天黃昏，盧大胖子帶著他手下一夥粗豪的弟兄回紅泥墩子去，臨走前，馬群集聚在西大院裏，聽歪胡癩兒講話。

「你們如今是馬班了！」歪胡癩兒的溜打轉的眼裏，有著夕陽的光彩：「除了這個，還跟往常一樣，由盧頭兒領你們回紅泥墩子去！我歪胡癩兒對天發誓，跟各位同生共死！若有食言，」他揚手一匣槍打落一塊虎頭瓦，指著說：「若有食言，有如此瓦！」

「盧志高也對天立個誓！」盧大胖子肅然的指著土堡頂上一盆壓脊的盆景說：「我跟這夥兒弟自願在歪胡癩兒爺手裏受編，奉差遣，馬歇紅泥墩，若有三心二意，有如那隻盆肚上的盤龍！」說完話，也理手發了一匣槍，槍頭正洞穿龍頭。然後，他們在堡外上馬，悄悄的拉走了。

澤地頭一回有一整冬的平靜……

由於歪胡癩兒除惡賊，打杉胛，三槍收編盧大胖子，使湖東一帶有了比較安穩的小局面。澤地的槍隊，吳大莊的何指揮，紅泥墩子的馬隊，互成犄角之勢，加上北三河附近民間的聯莊銃隊，五姓聯合小刀會，和起窖的散碎槍枝，把洪澤湖支隊壓得不敢出湖，蘇大混兒也逃到鄰縣去了。

那年臘月廿一，寒冷的晴天，敵後的人們初次望見大群的B—29型飛機，它們從極高的天空上隱隱的飛掠向東海岸去，機身小得像銀白的小點（**註：可能為美國飛機初襲日本本土，或為支援太平洋海上戰鬥**）。

澤地的居民們也看見了，他們不知道稀奇的、閃光而又移動的銀點是什麼，雷老實說是「白日現」，鬼子的氣數該盡了。更有些人相信嚙含乾麻可以白日看見星的說法，紛紛尋找乾麻啣在嘴裏，盼望看得更清楚些，但那些銀色的小點終於隱沒在雲裏，再也看不到了。

「天，真的要亮了！」人們猜測說。

「天亮還要防它黑一黑！」歪胡癩兒說：「鬼子就算它投了降，八路還是要興波作浪的，不信你們瞧著罷！」

第十一章・狼族

民國卅四年的曆書由老貨郎施大的挑子帶到澤地來了，施大更帶來一宗稀奇的東西——一封由湖西中央地輾轉遞來的信，青石屋夏大爺夏福棠寫給他爹老神仙的，信上除了問安，也提到鬼子敗象畢露了，他不擔心旁的，只怕八路趁機佔地盤。

石老爹把那封信焚在老神仙的墳頭上。

「誰曉得呢？全都這麼傳說的呀！」施大一口牙全老掉了，說話時，兩頰癟出深深的洞：「說蔣委員長練了一營飛兵，肩上帶鐵翅，翅膀一招三百里，人人帶有死光照妖鏡，百姓照了沒事，邪魔照了化灰塵！也有剪紙的，疊三疊，剪三剪，紙就成了字，上面記著昭和多少年日本要亡。我老了，旁的指望沒有，一心想看看真太平。」

「不用擔心，老爹。」有人說：「今年逢雞年，雞一叫，離天亮不遠了，說不定就應在今年，東洋小鬼要丟槍！上回歪胡癩兒爺殺了魔頭杉胛，那個南木大佐爲何不來清鄉?!依我看，鬼子是一年不如一年，後勁不繼啦！」

儘管眼望在天上，人卻要捱受荒春的饑饉。在北方，春荒年年有，只分大饑小饑罷了；逗著上一年收成足，糧甕裏多少有些餘糧，窖裏窖著紅薯、胡蘿蔔之類的粗糧，互相配搭著，加些野菜，饑是饑點兒，轉眼就能熬到麥季，那算是小饑；逗著上一年歉收，一冬把存糧耗盡了，那只能靠榆葉、野菜、石粉充饑，一個荒春熬過去，鐵打的漢子也虛得兩腿打晃。

澤地今年的春荒，在年前就咄咄的落下來了。

不用說，春荒重到這樣程度，全是蘇大混兒一手造成的，不是他扒堤放水，澤地不會一秋沒收顆粒糧，不是一秋沒收成，春荒就不會這般重法。澤地的幾家富戶，僅有的存糧在數到六「九」的時刻就分盡了，劫後還留有四五百口人，連樹芽、野草全巴不上，只好靠宰殺牲畜和槍隊上年輕力壯的人拉出去行獵挨日子。

「春荒不算荒，大夥莫慌張！」歪胡癩兒永是掛一張不把什麼放在眼裏的笑臉：「前幾年，我叫東洋小鬼困在雲台山，開頭還有糧吃，到壓尾，滿山叫鬼子大炮掘遍了，我們吃石粉，啃草根，一樣活了廿二天。澤地是塊好獵場，紅草窩，野林裏多的是小野味，湖上飛著水鴨，湖裏有撈不盡的魚蝦，愁什麼？餓不死人的！打獵是我老行當，我教你們獵法！」

歪胡癩兒的獵法遠比張福堆頭那些獵戶的獵法新奇，他領人到野林去剝取柔韌的樹皮，使淤泥浸過，打碎了編成巨大的兔罟。鋸了大堆的細木條，打製成獵狐的籠子，那不像一般吊籠那樣狹小，而是方形的，籠底留著圓孔，裝上鉛絲編就的倒刺。

「早先我們獵狐，全是使吊籠。」貴隆說：「那也只能獵到貪嘴的黃皮子（註：俗稱黃鼠狼），那東西渾身騷氣，只要得皮毛罷了！紅狐狡猾得很，牠連吊籠的邊也不沾。」

「使吊籠去誘紅狐，好像使直鉤兒釣魚一樣！」歪胡癩兒說：「紅狐比狡兔還要精靈，入冬下穴。穴深七八尺，不到餓急了牠不出來，每個狐窟全有幾處出口，你不知牠要從哪邊出來！……紅狐出窟時快過野獾狗，只能看見一溜急滾的紅煙，非等牠一頭鑽進荊棘叢，牠絕不回頭，所以抓牠必得揀個白天，先找出那些出口，插上標兒，等夜晚燃火起煙，燻牠出洞。這種方籠，就是牠的剋頭。只要那個洞不是空洞，我會讓牠心甘情願的悉數進籠！」

「那，這些牛腰粗的罟捲又有什麼用?!」雷莊的方樑說：「難道兔子大睜兩眼，自朝罟上撞嗎？」

「兔罟不但能捉兔，連小獸也照樣能抓，」歪胡癩兒說：「澤地這種溝泓遍佈的地勢，最適合張罟圍獵了！罟要張在溝泓的險窄處，罟邊上繫著鬧鈴。各處下了罟，然後圍獵手在平地上響空銃，敲大鑼，弄得一片響音，這樣一來，不論草窩、樹穴，那些膽小的獵物存身不住，一定紛紛朝泓底奔竄，這時刻，銃手出現在兩邊泓涘上，尾著開銃，獵物竄到張罟處，上不來，退又沒路，明知撞進罟去難脫身也非衝不可。獵物一進罟，罟鈴響了，拉罟手一鬆罟繩，罟網就把獵物罩住了，罟網沉重粗糙，越掙越裹得緊。有年冬天，大雪後，在老家夾谷裏張罟，單是頭道罟就網住了幾十隻肥兔！使這種法兒，要比射獵強得多了！」

大群的人冒著尖寒的風到野地上去圍獵了，差不多每個人都很快的學會了歪胡癩兒傳授的獵法，用醃藏的獵物和少許留來作種的餘糧生活下去。

人們總是那樣，原本敏銳的心硬被左一次右一次磨難弄鈍了；日子朝前數著過去，一粒粒慘愁的閃光。好像覺著什麼，又好像什麼全不覺著；那些彈嘯、驚呼、殺喊，那些瘟疫、水溜和屍身，刀一般的砍劈在日子裏，把過往的安寧攔腰斬斷了，變成存活在世上一種黯黑而浮動的背景。它襯托出艱難的意義。

希望也不是沒有的，但像一顆發了霉的麥種，一條牽在風裏的游絲，既不增長，也不斷落，似有還無的把人給牽著，朝前去，朝前去，去到一種淡得連影子也看不見的安慰裏面；在那裏徘徊著，任眼前慘愁的閃光一粒一粒的亮著，沒有什麼確定的意義，但人心浸潤在裏面，並且跳動，並且呼吸。

野地上的殘雪融了，風仍然是寒的，寒裏略帶半分粗心人不會覺得的暖意，春又悄悄的來到荒原。那在表面上同樣難以覺察，草在發芽前，碧嫩的草芽是柔軟孱弱的，沉重的含滿雪水的泥土禁錮著它的生長，使那些小小的芽尖被壓出變形的扭曲來，但草芽本身不自覺的生命具有一種推動的力量，使它戴著泥土的帽子，從一點點裂隙裏呼吸到風的氣味。樹木在發芽前仍舊是枯黑的，它們顫立在地上，傾聽它們軀幹裏生命流動的聲音。融化的雪水滲到地層下面去，第一層泥土鬆潤了，它滲向更下一層，同時也滲入樹木的根鬚。

無數生命在地層下蠕動，螻蛄，蚯蚓，毛茸茸的刺蝟，食屍蟲……無數聲音在傳遞著春來了。

在地層吸飽了水份，以足夠的溫潤去蜉化更多生命的時候，多餘的雪水便淙淙瀝瀝的向凹處匯流，聚成清澈透明的沼澤，溫柔的凝固著，一面鏡子似的映出天的顏色，使天空和大地遙向默契。

挺立的樹木的黑幹也臨沼映照它們的影子，雪水從樹梢緩緩的滑落下來，使那些灰黑粗糙的表皮上留下一段一段濕痕。背陽的一面，原留在椏隙間的魚鱗狀的蘚苔首先復活了，擺脫一冬的黯淡和乾澀，發酵似的膨脹著，擴大綠色的浸染，驚奇的向周遭回顧如初醒的嬰孩的眼睛。在更高的枝梢上，隆起無數小小的瘤狀粒，透明的浮皮包不住粒尖欲吐的顏色，使人感到一種彷彿從極遠處來的，溫柔而又迷人的春的氣息。

一些腳步從野林附近踏過來，又踏過去了。

歪胡癩兒領著七八個小夥子在四姓泓的泓灣處下罟。天剛破曉的光景，紅馥馥的晨光從地平線下湧射上來，東邊沒有一片雲，晨光就像水似的，把整個天壁全染紅了，那是極清潔極純靜的紅光，使地上遍留著它的影子。

「春草連夜發！」歪胡癩兒在遠近應和的鳥喧聲裏感嘆說：「這次圍獵過後，接得上樹葉和野菜了！」他倚在一棵樹幹上，眼望著鳥翼下的晨光，一串露滴從枝梢落下來，碎在他疤痕滿佈的頭上，適才一段路走得太急促，他一個人扛著一大捆罟捲兒，額頭上業已微沁出汗粒來了。

「每年春荒沒有今年重，大夥都覺得苦兮兮的，餓得滿肚皮酸水。」身子瘦削的小羊角坐在罟捲上說：「有您歪胡癩兒爺在澤地，凡事都不在我們眼裏了，真砍實殺全不在乎，還怕餓肚皮勒褲腰嗎?!」

「我倒不是真有什麼能爲。」歪胡癩兒忽然被什麼觸動似的說：「人若看透生死兩個字，什麼樣的災難，也全折磨不倒他了！我在想——」他彎腰捏起一撮鬆軟柔潤的泥土：「有一天，我死了，不要棺材，能埋在這麼一把潤土裏，還有什麼再能磨難到我頭上?!腿伸著，眼閉著，那時天再掉下來，只好換旁人去頂了！」

「誰能像您這樣，一個人頂著湖東這角崩天？」石七說。

「誰都行。」歪胡癩兒臉漾著笑：「只要他能看開生死。像我這種人，天生不是顯姓揚名的英雄豪傑，在官府眼裏，是個土牛木馬大老粗，我打鬼子八路就是打鬼子八路，活一天打一天到死爲止，誰要我說出奧妙來，我是沒有的！——來罷，貴隆！你跟二黑兒涉水過去張上頭道罟，石七跟小羊角抬著罟捲兒朝前去，到狼壇那邊張二道罟！其餘的跟我進林去，散開來歇著，等各批人把罟張妥了，我們就響銃。」

貴隆和石七他們抬著罟去了。

歪胡癩兒肩上靠在一旁的火銃，迎著愈來愈亮的晨光，挺起堅實結壯的胸膛，伸一伸兩臂，他淡淡的影子是碩大而長的，一棵樹樣的伸佈在沼澤上，他各處的關筋全喀喀嚓嚓的發出有節奏的飽蘊著力量的響聲；初來的春天的氣息在他身邊瀰漫著，並進入他的呼吸，他野性的力量是勃勃然的，像他周圍的春天一樣，——他把大地的生意帶進心裏去，在這一剎那，澤地上的春荒只像一條小泓，他只消一伸腳就跨過去了。

另外幾批圍獵的人在四姓泓的泓脊上走，扛著銃，抬著罟捲兒，彼此打著招呼。

太陽出來時，各處張妥了罟，銃聲就從遠遠的泓頭一路響了過來；圍獵的人們除了響銃，還發出大聲的呼喊，使長竿撥動灌木，使受驚的獵物群起奔竄。那些獵物竄過濡濕的地面時，留下一路清晰可辨的爪印。

油工扁頭緊跟著歪胡癩兒沿著林子跑，把獵物攆下四姓泓的泓脊去，響銃之後，他已經看見四隻兔子了。「這種獵法真夠味兒，」他說：「像我這種樣兒，只配朝天響銃，嚇唬嚇唬那些小玩意，讓牠們自朝罟裏鑽；若真叫我瞄著牠們打，我怕連一根兔毛也打不掉！」

「那你得學著點，」歪胡癩兒說：「盛世的詩書，亂世的槍刀，一樣的斤兩。你學會開銃放槍，並不一定用在打獵上，我早先要不練好槍法，再多十條命也沒有了！」

他橫過一片淺沼時，突然停住腳步，蹲下身凝望什麼。——在淺沼邊灰黑色的濕砂上面，深深的劃出一路爪印。「噢！是牠！」他自言自語說：「是紅草裏的那個鬼玩意兒！」油工扁頭跟過來，伸著頭一瞅，兩腿一軟就坐在地上。

「我的天！」他叫說：「這是一隻狼，牠怎麼離開紅草荒盪子，跑進澤地來了！」

「早先有狼進澤地嗎？」歪胡癩兒說。

「也有過。」扁頭齜著大門牙：「牠們只傷過畜欄裏的牲口，沒傷過什麼人。狼壇在那邊，狼神管轄牠們，不准亂傷人的！」

「那可說不定。」歪胡癩兒說：「我相信天底下狼性全是一個樣，不會比杉胛跟蘇大混兒強到哪兒去！牠沒傷人，只是沒碰上機會罷了！你看，牠竄進四姓泓去了，罟怕攔不住牠，我們快尾過去！」

他們翻上泓脊朝西跑，頭道的罟鈴業已響成一片。

六指兒貴隆跟二黑兒揀泓灣處張罟，兩人蹲在灌木叢旁張緊罟繩，響銃後不久，他們看見獵物奔竄過來，一條青灰帶黑的影子在前邊閃動，六指兒貴隆一眼就看出那是一隻狼了。張起的罟網離地少說有四尺多高，但用它是擋不住狼的，當小獵物撞響罟鈴時，那隻狼前爪一發力竄起六七尺高，連縱幾縱，就連影子也見不著了。

歪胡癩兒和油工扁頭奔過來。

「你們看見那玩意了?!」歪胡癩兒說。

許多小獵物在落下的罟網裏掙動著。

「一隻大狼！」貴隆說：「牠輕輕一縱，就打罟上竄過去了！」

「我得尾著牠！」歪胡癩兒說：「這種害人的玩意兒，不能讓牠留在莊戶附近，要不撂倒牠，早晚會弄出事兒來！」

直到各處全收了罟，人們裝了滿簍的獵物回去，歪胡癩兒才悶悶的趕回來；他一路尋找狼的爪印，但那爪印在狼壇那邊消失了。「雷莊的幾個，該帶著槍回莊去！」他說：「那玩意要是不回紅草窩，牠就會在雷莊附近出現的！」

但那隻狼並沒如歪胡癩兒所想的在雷莊附近出現，有好些信奉荒野傳說的人反勸歪胡癩兒不用擔心牠，既有狼壇立在荒野地上，狼神自會約束牠的子孫。

日子流淌過去，春把荒野的顏色塗濃了。

眼望著那些綻出的葉簇，初放的野花，茁節的麥苗，出土的草芽，有什麼東西從地層下探出來，給人們一種生命的鼓動；屈指數算日子，昨天的飢饉會變成今天的安慰，因他們畢竟熬過了昨天。沒有人帶來外界的消息，人們甚至也忘了那隻出現在四姓泓的狼。——直到雷老實家的長工王四和那隻狼在打鬥中斷了腿，人們才又驚悸起來。

長工王四是個爛糟糟的半老頭兒，只准他自己老，不准旁人說他老。人長得不矮，他說他比毛驢高，要不是有點籮筐腿，更要高一截兒。一年四季身上不離油衲襖，一股驢騷味也不准人捏鼻子。腰眼的草繩上，掛著黑布百寶囊，囊裏裝的是小玉猴兒，大銅錢，大把鑰匙，桃核刻的龍，黃布符，火刀火石，還有一把剃頭刀。不論朝哪兒一蹲，王四就會掏出小玉猴，像摸骨牌似的搓著捏著，說是玉器要人汗浸，浸久了，變成透明的活玉就能護身。

他相信他的小玉猴是塊活玉，常把它銜著日頭照著說：「喏！瞧，玉心好像一汪水，你沒看見一塊黑點兒在動來動去嗎？……」

要是掏出剃頭刀，他就摸著下巴乾刮鬍子，刮得嘴皮兒外邊血淋淋的，像亂塚堆裏竄出來、剛吃過嬰屍的癩皮狗。假如刮下一根變白的鬍子，旁人說：「王四，是根白鬍子罷？」那，王四會說：「哪有白鬍子來?!剛剛我舀麵，粉沾的！」

除了不認老，膽大心粗也是王四的特色，不怕黑裏見鬼，野地上遇狼。有一回，王四在石家土堡喝醉了酒，石七誑他說：「王四叔，你今夜回不去了！西亂葬坑裏鬧狼，你裝了一肚酒，不要便宜牠喝了！」

王四的膽子本來就大，又藉著酒勢，更大得沒了譜，團著舌尖說：「你四爺我是在狼窩裏長大的，公狼不敢沾我邊，草狼見我就朝地上蹲，怕我發起酒興來，扯下褲子打牠的窩！不信?!我們賭個什麼……我敢在西亂坑墳頭上睡一夜！」

石七有意捉弄他，他一本正經的和他打了賭，到了半夜，領著一條灰毛狗去嚇他，那條灰狗是常跑亂坑的食屍狗，破蒲包裏的棄嬰沒斷氣牠就敢拖。石七領著灰狗，踩荒來到亂坑裏，王四真的揹了捲破蓆，躺在一座大墳前，頭枕著碑座兒呼呼的打鼾呢。

石子聳狗過去，那狗心貪嘴饞，竟然假戲真做上了！但凡狗拖人屍，狗都要繞著人轉圈子，先轉大圈，後轉小圈，再蹺起腿來，衝著那人溺泡溺，溺完了聞嗅，嗅完了，揀下口的地方舐。灰狗過去繞圈兒，王四連鼾也不打了，直腿直腳僵挺著，像死人一個樣。灰狗圈子越繞越小，繞到王四

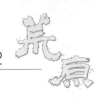

身邊，剛要蹺腿撤溺，誰知王四一伸手把狗腿撈住了，尖起嗓門學鬼叫。嚇得灰狗吱著牙哭，掙脫王四的手在地上打滾。

王四那一抓不怎麼樣，灰狗從此癱了一條腿，再不敢下亂坑去拖屍了。後來王四醒了酒，壓根忘了打賭的事，倒問石七說：「怎麼搞的？那夜竟會倒在墳上睡一夜?!做夢夢見一隻灰狼來吃我！嚇得我鬼叫！」

那件事從石七嘴裏傳開，被人談論過很久，沒想到這回王四真的遇上了狼。雷莊的雷老實親自騎驢到土堡來傳信，說是王四在屋後捋榆樹葉子，剛捋沒半籮筐，就見那玩意大模大樣的坐在樹底下守著他，王四沒在意，還當牠是條狗哩，那時日頭沒下西邊的屋脊，誰也不會想到是狼。

王四又捋了一晌，心想夠了，早點回去上鍋蒸罷，剛要下樹，那玩意迫不及待，拜月似的站起來嗅他的肉味。王四一瞅，我的媽，哪裏是狗?!尾巴蓬蓬，一把掃帚似的，明明是隻餓極了的狼嘛！王四收回腿，蹲在樹椏上不敢下來了，狼也餓軟了腿，蹲在樹底下，眼盯王四淌口水。王四想喊叫歪胡癩兒爺遣回來的槍隊上的人來攆牠，脖頸鬼掐似的叫不出聲，看著看著太陽就下去了。

「要不是倚仗那隻活玉猴，他就不會傷了腿了！」雷老實說：「他離莊後不遠，一聲喊得應，等天黑定了，他再不回來，自有人會打著火棒子找尋他，用不著他自去鬥那狼，……誰知他偏信活玉猴兒能護身，單憑一隻籮筐，一把剃頭刀，就和那狼鬥了起來。他跳下樹，狼撲他。他一籮筐正卡在狼頭上，橫著狼肚皮抹了一刀，抹得牠皮破血流。那狼也真狠，挨了刀還不鬆勁，好像吃不到王四一塊肉不甘心。王四跌坐地上，把剃頭刀翻得口朝外護住脖子，氣喘咻咻的罵說：『箇雜種，諒你不敢咬四爺喉嚨管兒！』」

「那狼嚐了苦頭，曉得王四是歪死纏，行動頓然飄忽起來，一忽兒東，一忽兒西，兩隻鬼眼綠熒熒的，兜著王四打轉。王四空有一把剃頭刀，顧了前，顧不了後，老覺腦瓜後面涼颼颼的，索性把籮筐頂在頭上，轉臉朝莊上跑。他這一跑，狼可攫著機會了。那狼是個機伶的老傢伙，曉得撲他頭上的籮筐沒好處，弄得不好還會挨一刀，剃頭刀雖不大，割破了皮滋味不好受，牠竄過去，一口咬住王四的小腿肚兒。再等王四停腳蹲身，一塊活肉早落進了狼嘴去了！」

「虧得那一咬，把王四咬出了聲，叫了一個『狼！』字，莊上人聽見了，雷一炮、方樑、小羊角幾個，掄著槍搶向莊後去，狼是竄走了，頭套在籮筐裏的王四還拖著腿在爬哩！後來的打著火棒子一照，王四右邊腿肚兒整沒了，紅裏帶白，露出骨頭……火不照還好，一照他就昏過去了。」

等雷老實說完一番話，歪胡癲兒搖頭說：「我早知留牠在澤地會壞事，你們偏信狼神會約束牠。這種單行獨溜，飄忽游移的傢伙，多半傷過人，又機智、又狡猾，最是難打！澤地目前還算平靖，這時不打牠，牠趁亂害人，誰也沒功夫打牠了！」

「歪胡癲兒爺！」雷老實說：「容我說句不中聽的話，您打鬼子八路，神佛佑您，您攆狼嚇狼全行，求您不要害牠的命！狼神見了罪，可不是鬧著玩的！」

「我說，老實爹！」歪胡癲兒說：「我不信狼神不狼神，牠沒傷人，我沒傷牠，牠既已鬧出事來，我找到牠定剝牠的皮！我這人做事，一向講公平，該怎樣，沒價錢還！」

在人們燒起篝火去燻紅狐的夜晚，歪胡癩兒跟六指兒貴隆說起打狼的事。

「澤地從沒有人打殺過狼。」貴隆望著在竹籠裏閃搖的篝火：「要不然，祖上就不會起狼壇了。我自小，我爹就教我防狼的法子，只有防狼，沒有殺狼的。」

一隻被塞住洞口的煙火燻急的紅狐竄出來，竄進一個正安置在沒起煙的洞上的方籠。一些人在歡快的呼叫著。歪胡癩兒兩手撐著腰，斜坐在草地上，癡癡然的望著貴隆。

「我自幼也聽我爹說過，說火銃不准衝著人瞄，更不能衝著人放。」歪胡癩兒聲音有點兒淒愴：「我說，貴隆，等我殺的人連自己也算不過數了，還想過，陰世見了爹，只好說：『死在我槍口下的不是人，全是淡無人味的畜牲！……上一代不知下一代的苦，人，做事前摸摸心就行了，不用聽旁人。』」

「歪胡癩兒叔，」貴隆說：「您當真要打殺那隻狼，我沒話說。不知您怎樣能找著牠？……幹這事，不像打鬼子八路，沒人肯幫您的忙。」

又有一隻紅狐進了籠子，有人樂呵呵的唱著……

「這不是一隻狼的事情，貴隆。」歪胡癩兒挺直了身子；火舌被風絞成兩股，中間一條黯影落在他臉上扭動著：「我要你曉得，澤地抗過蘇大混兒，假如鬼子氣燄一消，老中央是遠水不救近火，八路勢非捲過來不可，到那時，澤地就……完了！我是個包皮肉長的，貴隆，打不死是假話，我有口氣，要讓人明白——該幹就幹！」

「您說澤地會完嗎？」

「不談那個。」歪胡癩兒避開貴隆的眼：「明天你得幫我找隻羊，狼喜歡吃活東西，尤獨是羊。我用羊，只是引牠出來，不是設陷阱，我要放單鬥鬥牠，不要央誰幫忙。」

「放單去鬥狼？」貴隆說：「我跟您一道去，我帶上匣槍，——萬一要來一大群狼，我好幫幫您。」

歪胡癩兒沉吟了一會。「好吧，」他說：「我會告訴你，怎樣弄得那羊直叫，讓匿在林子裏的餓狼聽到。」

篝火黯下去了，淺淺的月光鋪了一地的霜。歪胡癩兒跟在獵狐人後面，走向另一處標妥的狐洞去。忽然，他聽見了一隻狼迎著月亮長嗥的聲音，有兩隻遠遠的應和著，在沒有什麼風的靜夜裏，嗥聲很響，同時久久的在林子中迴盪著，他略停了停腳步，側著頭分辨嗥聲起在哪裏。

「像在雷莊那邊，不是嗎？」貴隆聽了一會說。

「牠想把狼群招引過來！」歪胡癩兒說：「這隻老傢伙咬了王四，嚐出甜頭來了，想把狼子狼孫全招出紅草，若不早點兒剷除牠，麻煩就大了。」

「明早我就找一隻羊。」貴隆說。

「我本想使攮子對付牠的。」歪胡癩兒自言自語說：「看樣兒，明晚怕不止一隻，我得要捎桿槍了。」

歪胡癩兒要獵殺那隻闖進澤地的狼，土堡和雷莊的人全都不安起來。多少年來，沒有人像歪胡癩兒一樣從外界進入他們的生活，他具有一種懾人的力量，使人們由懷疑、驚懼、依附到關心。除了像雷老實那種執拗人，其餘的人對歪胡癩兒的敬畏，幾乎和許多傳說中的戒律相等，雖然沒有什麼人跳出來幫他去獵狼，但誰全盼他真能獵得那隻狼。

歪胡癩兒帶了槍彈、乾糧和水，六指兒貴隆把匣槍別在腰眼，牽了羊，揹著一把鍬，一把斧，和一捆麻繩，一大早就出門了，堡裏的婦人們站在圩上目送他們，好些土垛上都插著香。

「妳相信狼神不會怪他？」石七他媽拉著銀花說。

銀花搖搖頭：「別說狼神了，石大媽，像歪胡癩兒叔這樣正直的烈性人，只怕天也會讓他三分。」

歪胡癩兒聽不見一切身後的言語。他和貴隆走到雷莊背後的林子裏察看地勢。二月中旬，風軟軟的兜著嫩色的林葉。歪胡癩兒和六指兒貴隆卸下肩上的東西，拴定了羊，兩人就分頭尋找那隻狼留下的痕跡。

那邊有棵分椏的老榆樹，樹下留一攤乾捲的榆葉，四邊的短草被人作踐過，草上還放著一雙斷了耳的草蒲鞋。

「王四叔在這兒爬的樹。」貴隆說：「榆樹葉兒是他在樹上捋下來的，草蒲鞋是他爬樹時脫的。」

「朝前走！」歪胡癩兒說。

他們從榛莽上踏過去，一直走到林子中間一片三十畝地大的空地上，那兒前面有一棵黑皮老樟樹，樟樹旁邊有一排較矮的苦楝，老樟樹背後橫著一條帶彎的泥水塘，塘面不甚寬，但足以阻住狼群。

「瞧這邊，」貴隆說：「沼邊有那玩意的爪印。」

歪胡癩兒繞著黑皮老樟樹轉了一圈，朝東數著步子走，數到二十步，停下來，拔出攮子，在地上劃了三尺左右的方塊。

「我們在這兒挖阱。」他說：「你取鍬，照我劃的界兒朝下挖，挖有肩膀深就夠了，方阱朝後，橫著掏個大洞，洞口要低，洞裏要能睡得人，我帶斧到那邊砍木頭，來打成阱口的木欄。出土不要堆在附近，把它鏟進泥塘去。」

當天不到晌午，阱就安妥了。兩人取用乾糧時，歪胡癩兒跟貴隆講起獵狼時應該留意的事。

「這不是陷阱獵法，」歪胡癩兒說：「我只是放羊在死阱裏。你該留在下面撥弄羊耳朵，拿羊叫聲把那玩意引過來，一隻嚐過人血的老傢伙，當牠看見我，牠就會不顧那隻羊了。」

「您爲什麼不安活阱呢？」貴隆說。

「我說過，那樣不公平。」歪胡癩兒說：「你記著，太陽下去，你看天頂泛紫霞了，你在洞口伸手去搔撥羊叫，叫一陣就鬆開牠。然後，每聽一聲狼嗥，嗥聲一落，你就去搔撥那羊，至於怎樣鬥牠，那就是我的事了。」

「不成！」貴隆瞪眼說：「若真來了成群大陣的，眼看你鬥不了他們，我在阱裏幫不上忙！我這管匣槍，帶著有什麼用?!」

歪胡癩兒打了個呵欠，背靠在老樟樹幹上：「不要擔心，十三歲那年，我就攜槍去獵狼了，狼牙再銳，撕不掉我半塊皮。」

野蠻的閃光又從他眼瞳裏爆出來，沒有緊張，沒有驚懼，信心和經驗揉合在一起，使他料準了即將來到的一夜；那不是單純的獵殺一隻狼，而是要從澤地人們的心裏撕掉一種保守而執拗的東西。再沒有多少時間了，他穿過北地那些百里無人的焦土，他在大塊焦土上憑弔過已逝的角聲。——那是保守的、被動抗爭的悲慘結果，使許多銃隊、刀會、槍隊，被逐一屠殺在他們自己的莊頭。

八路是一把魔性的野火，犧牲者的血液更加染亮了它的顏色，紅潑潑的席捲而來。要想把住湖東這個犄角，保守性的勇敢是不夠的，必得使澤地、吳大莊、紅泥墩子，和其它散碎的力量凝在一起，跟中央在湖西的力量相連。在大悲劇臨近時，他要跟湖東一帶的生靈一起迎接它，衝破它；至少，他要取得公平的代價。他是個粗野的人，也只能看這樣遠，在直感的閃光裏，他決定要跟澤地上某一些傳統挑戰，他要撕碎那些，讓未來的抗爭產生更巨大的力量！這些思緒在午寐的朦朧中游離，逐漸聚合。在悠漾的風裏，西方的幾縷橫雲托不住斜墜的太陽，天漸漸的晚了。

「下阱去的時刻，別忘把阱蓋縛牢。」他說。

晚霞在頭頂上變幻著。一群又一群歸林的鳥雀在彩雲下抖動著黑影。殘陽的碎光走動在葉簇上。悠漾的風裏有一種細細的朦朧蜜語；光的蜜語，葉的蜜語，鳥雀的蜜語，在人靈腑深處流動著。所有的思緒全斷了，只有一種半帶淒遲的溫感，隨著霞雲凝結成心隨意赴的顏色，慢慢的黯化，隱入蒼茫。

咩咩的羊聲把他弄醒了。立即有一種強烈單純而敏銳的感覺撲進他剎間無緒的心底，他圓睜著的右眼彷彿能穿透那層初昇的地氣，洞燭林中曠地上所有的動靜。

狼嗥聲起來了，那是起在夏家泓南的紅草深處，聲音遠而弱，碎成無數朦朧的小翅，在黯裏游舞著。他有足夠的時間去回憶早年，他的影子落在光禿的岩山上，每一張硝得硬硬的狼皮上，都顯示他生命生長的痕跡。他特別偏愛那種摸上去刺手的、剛硬帶野性的皮毛，寒風呼號的隆冬之夜，他睡在狼皮褥墊上，夢也夢的是冰下的寒水，雪蓋的山峰。

開頭他倚仗槍和銃，進山去打狼，他輸得奇慘。有兩回，他在最適當的機會，最逼近的地點，衝準亂石中的鬼眼開槍，但那玩意兒似乎比鬼還難捉摸，鬼眼一閃一滅，在半空飄盪著，彷彿不沾地的靈火；明該射中牠，但牠仍然無傷。壓尾，牠彷彿從他指縫裏竄出去，無聲無息的消逝在夜暗裏，再不回來了。那使他頗爲自信的槍法失了作用，儘管他能在鹹場（**註：北方獵鹿人常以鹹水灑在預定的野地上，鹿最愛嗅鹹味，獵鹿人預伏在附近，較平常逐獵收穫為大**）邊射中輕靈的驚鹿，但他對付不了一隻狡猾的狼。

說失望嗎，不如說羞愧，但他沒灰過心，他只是一個初出道的獵手，有時間讓他學習更多更難的事情。整整一冬，他從年老的獵手那裏聽取許多關於狼的傳說，諸如：狡猾的老狼會使鼻孔吹燈。雪路上野狼跟車走，會使騾馬發癲狂，奔下路溝。野狼打轉，五狼攔路，不見人血不退等等。他並不完全聽信那些傳說，也不過份輕視傳說的無稽。他一樣樣體驗那些，他活生生的思想流進狼群的心裏。

慢慢的，他體會到狼的習性了，從一隻初生的小狼的世界，到垂暮老狼的世界，那一串由於維護生存而獵取並造成殘忍習性的過程，全裝進他的心和眼。他心目裏的狼再不是可怕、神祕、難鬥的東西，他對付牠們的法子是最原始，最野蠻的，他把從牠們那裏學來的諸種技巧全反用到牠們頭上，憑他的頭腦和機智，憑他超人的體力，他贏了。

頭一回殺狼，他用的是攮子。

甚且他記得起那個春夜，記得河水滾過滿佈漂石河心的聲音，那夜的月色很柔媚，像妻漾著笑的臉，臉上亮著春華。妻剛生過頭胎子不久，他跟她抱著孩子翻過大石稜稜的荒山走岳家，在那邊山旬子上看過一場野戲，摸黑趕回家，路途並不遠，只隔一個山頭。對一個獵手，一座山並不難翻，他走熟那條山道，曉得哪兒有彎，哪兒有澗，哪兒有行路人坐著歇腿的石頭，但對妻來說，早一程加上晚一程就遠了。

在路上，他讓她走前面，月亮沒露頭，星粒兒又疏又遠，她一上黑路就有點兒惴惴的：「毛娃兒他爹，天這麼黯，路上不會冒出狼來罷。」

他用一種使她安心的聲音笑著：「狼來更好，咱們毛娃兒多床狼皮褥子好過冬。」

一路荒山碎石翻過了，妻累得不時蹲下身去捏鞋尖。

「找塊石頭歇歇罷，那邊河岸上有。」他說：「妳看，月亮快出山了。」

河從背後兩座壁立的山崖中撞出來，在東邊朝南滾流著。她從他手上接過孩子，解懷餵奶，他們坐在一塊石上，肩靠肩，在流寒的風裏互傳溫熱，兩人滿心有話也給了星，給了河，給了嘩嘩的流水；在那樣溫存的黝黯裏，野蛛絲黏黏的，一忽兒黏上她的手，一忽兒又飄上她的臉，他伸手替她去捏，捏開她臉頰上那根絲，她回手去捏他肩上的那一根，兩人捏的是一根絲的兩頭。他不能忘卻，無數心裏的蛛絲那樣把他和她牽連在一起在那早春的充滿情愛的永夜。

「月亮要出來啦，」她拍著孩子說，聲音透著溫柔。

「嗯。」他緩應著：「它要出來……了！」

山根前的月夜有著荒涼奇幻的美，月從東方起，月出前，暈輪搖盪在水面上，一片散碎的橘黃顏色，暈輪彎彎的，弧裏帶著弧，越湧越闊，越翻越亮，它射透了山缺間卷積的雲朵，把一道道重疊的雲影也映進河心。山在北邊兀立著，沒有什麼山茅草，山的影子永也擋不住水上月色的溫柔，他們沉醉到連蛛絲也懶得去捏了。

扁大的月亮終於淩波了，像隻黯黯的紅盤，可惜有些殘缺。他們還是靜坐著，河心的波浪、月亮和遠處亂抖的光帶，彷彿全搖盪在人的心上。

「今夜的月亮多好！」她喃喃的說：「多好！」

他抿住嘴沒再吭聲；一件事情使他發怔——就在她那邊的一塊大石背後，亮起兩盞怪異的綠燈，那是狼的眼。

開初他隱忍著，不願驚壞她，驚壞眼前的夜色，他想過，只要牠不打歪算盤，他就放過牠，他一點也沒有殺牠的意思。但她立刻從他的臉上覺察到異樣的事。「什麼？」她悄悄的伸過手，她手掌帶著顫索。

頓然間，他惱怒起來，他覺得牠不該闖入他們平靜安寧的天地。「沒什麼！」他說：「只是一隻狼，聽我話，只當沒見著牠。」

「我怕！」她說：「牠準是打食的，就會撲過來……」

「別驚著毛娃兒，」他說：「我自會對付牠。」

她屏住氣貼近他，她和孩子的柔弱激發他，使他本能的抽出攮子反握著。月亮穿過一塊厚雲，清光頓然黯下去，那隻狼拖長尾巴，偏著身子溜動了，鬼眼倏現倏沒，突然出現在他身邊三丈遠近，使前爪交換的刨著地，刨得石稜兒亂滾，他知道牠正在磨牠將要撕人的鉤爪。牠舌尖上流著發亮的黏涎。他一動沒動，用眼角的餘光罩住牠，等著牠起撲。

猛可地，牠淩空躍撲過來，但攮子比牠爪尖更快，準準的攮進牠頸下的嫩肉，他不自覺的鬆開攮柄，扼住那隻狼的頭項，牠掙扎著，但逃不出他十把鐵鉤似的手指，他拖著牠朝大石上硬碰，牠的血從嘴邊飛落到他的臉上。

那不是一種道理，而是一種本能的直覺。從那時起，每當他自我世界被暴力侵淩，那種直覺就隨之昇起，那不是衛國保鄉之類的言詞，當直覺湧昇，他內心只有火燄，沒有言詞。離家之後，打鬼子、殺杉胛、除劉五、抗八路、降服盧大胖子，都是這種直覺的擴大和延伸。他不是在獵狼。

咩咩的羊叫聲又響了，那邊的阱蓋掀起，六指兒貴隆跳上來了。他在黯黑裏挨過身來，坐到歪胡癩兒身邊。

「我悶不過。」貴隆說：「那玩意不會來了！」

「下阱去！」歪胡癩兒望望四野，隔著地氣的林子黑沉沉的晃動著：「只要牠在附近，不愁牠不來！你留在上頭，我沒法照看你。」

「我寧願上樹去，」貴隆說：「阱裏悶得人喘不過氣來，我把阱蓋反捆了，讓羊羔留在那裏罷，牠自會叫的。您聽，牠不正在叫嗎?!」

「那你就快上樹。」歪胡癩兒這話是用近乎耳語的聲音說的：「牠來……了！」

貴隆像猴子一樣爬到那棵黑皮老樟樹上，歪胡癩兒業已把馬槍抄起來了。他一點兒也不緊張——地氣也擋不住那狼兩盞綠燈似的眼，那強烈的綠燄正灼灼的燒亮他正前的濃黑，牠無聲無息，出現得像個鬼靈。這時刻恰對他有利，就在牠出現時，月亮起暈了。

夜露把黃昏時泛起的一股地氣淋落下去，月亮出現時，光仍是亮而帶紫的，彷彿有一股極輕極淡的紫煙散在光裏似的透明，但透明中有摸不著的紫色。牠不像他早年所遇過的任何一隻狼，牠穩穩的蹲坐在陷阱的正前方大約卅多步的樣子，長而黑的林影在地上劃出一條齒狀的黑線，牠正蹲在月光和林影分界線上。

他兩眼一瞬不瞬的望著，黑和白也劃在他心上。就在今夜，他要選取多年前他和妻共擁的月亮；那樣的月光和那樣溫柔的情愛，使他勇悍的和一切出自黑暗的野獸抗鬥，鬼子、八路、或是一隻侵迫安寧的狼。

他看出來，牠是個異常碩大的老傢伙，瘦嶙嶙的脊背分開月色，一根根脊毛反射出濛灰色彩，一粒粒光亮在牠脊毛的毛尖上跳動著。

時間在人與狼中間流淌過去……

狼沒有動過，陰沉冷鬱的等待著什麼；歪胡癩兒也沒有動過，彷彿是塊嵌在泥地裏的石頭。那狼似乎知道牠今夜遇上了死敵——馬槍準星尖上跳起的光比牠還要冷鬱，他不比前些時遇到的那個頭頂籮筐的人，他是個鐵人。但時間對牠有利，牠等著。

慢慢的，歪胡癩兒覺得什麼地方有些異樣了，牠不是一隻孤單的狼，牠領著一個族系。許多鬼眼在遠處，在林下的黑裏亮了。羊羔又在咩咩的叫著。

「一窩七八隻。」貴隆在大樟樹的葉簇裏咕噥說：「牠們圍上來了！」

歪胡癩兒用他自己的心跳計算著時間。那些綠色的火燄逐漸攏聚，朝前游漾過來，月光勾出牠們的額頂；有一隻母狼翹著鼻，發出古怪的低嘷，嘷聲只在喉裏翻滾；另一隻斜過身，拖著掃帚尾巴，大模大樣的逡巡著；幾隻上前，幾隻退後，在那隻最早出現的巨狼後面彷彿計議什麼。

歪胡癩兒眼光沒離過那隻巨狼，他懂得群狼的習性，在這一群之中，他只有一個要翦除的對手，那就是他當面的那隻巨狼，在牠沒動之前，牠身後的一群沒有一隻會單獨起撲的，他沒把那些食肉者放在眼裏。

大樟樹的樹影從西邊的泥塘裏移到北面，又在月斜時迴轉到東面來，逐漸伸長。他感覺一夜已去了大半，月亮正在下沉。月亮正在下沉，在下沉，他仍然一動不動，但他能用樹影和月色的變化，想像出月落的景況。

依照日子推算，十二、三、四，三晚，月落時正在五更初起，如能在那時擊殺牠，他的槍彈足可維持到天亮。現在，他清楚只要他略動一動，惹得那狡詐陰沉的巨狼閃撲，狼群就會蜂湧而上，即使他擊殺前者，他也會讓狼群撕碎。在這種景況裏，他和巨狼的搏鬥只有一擊的時間。

「放槍罷，」貴隆在他頭頂上說：「爲何不放槍殺牠！」

「不！」他說。

老樟樹的影子伸長，伸長，黑影的尖端接近了巨狼的鼻尖。原本泛著銀色的月華忽然經過一陣朦朧，頓又轉亮了，銀白褪去，轉成略帶蒼黃。他雖背朝落月，但他知道下沉的月亮正穿過了一道踡伏在天腳與西邊林梢上的帶形橫雲，不再要一袋煙的功夫，它就要落下去了。

「是時候了！」他心裏想。他用極緩的動作，使平端的槍口低垂下去，裝出恍惚的樣子，瞇起的眼縫裏仍吸進巨狼的影子。來罷！鬼傢伙！

巨狼仍然沒動，牠舌尖滴落的黏涎在風裏飄著。沒有一隻狼光顧那陷阱，十來隻鬼眼散成扇形，齊齊釘在他身上。

他忽然把身子仰靠在大樟樹上，他的眼瞇著，臉歪著，槍順在手邊；在這最後一刻，他渾身平靜，內心透明，他相信牠會鬥贏那隻巨狼。

月光由淺而深，轉成略帶黯紅的黃色，他眼縫中的對手站立起來，即使有了這樣的機會，牠的行動仍那樣慎重，牠用極巧的步子，前腿碎而快，後腿緩而輕，向兩邊飄忽的挪移兩次，遠遠兜著他走動。很明顯的，牠和他選取了同一拚鬥的時刻，在牠沒成功前，牠習慣謹慎的隱藏住牠兇殘的暴怒——牠等得太久了。

牠繞著陷阱打轉，牠走得那樣輕靈，一根草葉的搖曳都難逃牠的知覺，牠又走得那樣沉著，使那些貪饞的灰色同類屏息，牠確是不同於牠們的急性和粗率。

若依往常慣例，牠在起撲前，多少要有些跡象，但牠沒有，牠在兩丈開外的地方，沒用前爪刨地，沒有蹲身，就箭一樣的急竄過來。牠狡就狡在這點上——對於一個裝佯的死敵，任何準備動作都會造成對方的機會，牠不放過這一點。

而歪胡癩兒以靜制動，比牠的撲勢更快，灰影一閃之間，他雙手橫掄馬槍，只用槍托部份劃了一個猛力的、極小的圓弧，他清楚狼是銅頭、鐵腦、麻稭腿、豆腐腰，若想一擊成功，非用小圓弧打狼的要害不可。而這個圓弧，正如賭桌上旋轉不定的骰子，決定他抓哪副牌——釐十或是天子九。

圓弧那樣有力，帶風的槍托正打中狼的後腰，在他滾身躍起時，那玩意兒從他頭上直直的摔了過去，牠長長的哀嗥因牠嘴喙沒入泥塘，而變成一串水泡。那一槍托似嫌用力過猛，餘弧直射至老樟樹幹上，使槍柄和狼身一齊飛脫，落在泥沼面上，驚遁了林尖上的落月。

所有的時間全聚在槍托劃出的圓弧裏，等到狼群發嗥著撲來時，六指兒貴隆的匣槍發火了，歪胡癩兒指叉挑住斷柄馬槍的槍帶，舒手抓住苦楝的橫枝，挫身彈起，攀上了大樟樹，他從容的用馬槍發射，狼群驚遁了。

日出後，那隻重傷的巨狼還掙扎著，從泥塘裏爬出來，但牠實在不能爬得更遠了，牠失落光燄的眼泛著死沉沉的綠，狠狠的凝固在草尖上，牠前爪曾將塘緣潮濕的泥土刨成凹坑，牠就伏在坑旁，任陽光和葉影在牠身上搖曳。不久之後，牠走動毛浪的抽搐停止了，牠的頭軟軟的垂在牠自己刨成的坑凹裏，牠白礫礫的尖牙揣地，牙縫裏掛著黏黏的血絲。

「牠身上找不出傷。」貴隆走過去翻弄說。

「牠五臟六腑全換了地方了。」歪胡癩兒平靜的說。

在面對著死亡的一夜，他沒有想過旁的，只想讓那飄遠了的世界重新回來，讓生者共享，那也就是他活著的意義了。

就在他和六指兒貴隆倒拖著死狼回土堡時，何指揮的隨從陳積財渾身是血，也進了土堡的柵門。吳大莊在血戰中……

第十二章・落日

何指揮手拎著白朗寧（註：槍名），貼伏在南邊那座磚堡頂上一層的垛口；賀得標頭上裹著白布，血滲得一片殷紅，有三具死屍躺在樓板上，三灘血淌到一起，凝固了，變成紫黑色。垛口外面，遠處的散戶被縱火燒過，屋基上還起著濃黑的煙柱。近處的草垛正在起火，火光在日光下顯不出顏色，但見黑蟲般的火蝗子漫天飛舞，莊院的瓦脊在眼下排開，到處是槍彈射裂的碎瓦，磚院裏留有手榴彈爆炸時的痕跡、人屍、血塊、碎肉，和沒人拾取的槍枝……

殺喊聲恍惚仍在各處響著。「還有多少槍火？」他說。

「至多再撐一天。」賀得標鬱鬱的說：「若是突圍求援的人再不來，我們就……完了！我排裏三十七個人，兩天下來，只剩十五。東西兩個堡子連絡不上，不知怎樣了?!」

一顆啞啞的流彈，恰從垛孔穿進來，擊中了堡頂的方木大樑，灰塵紛紛撒落。何指揮伸出白朗寧，回敬兩響，南面長牆上扔開一支長槍，那人身子一冒，橫擔在牆頭上，頭歪著，頸彈著，大伸兩隻胳膊，彷彿要在牆角撿回那支槍。倒流的血順著膀子滴，從指頭滴在槍上。

殺聲猛烈起來，西邊堡子裏，劉金山排的加拿大機槍張了嘴，打的是兩發點放。

「跟八路接火，要摸清他的鬼門路！」何指揮說：「黑裏他要的是『草船借箭』，嗬嗬著不撲，槍手心慌了，也不知黑裏湧上多少?!沒命地掃射，空費了槍火；如今大白天，人逼到堡腳，子彈不足，倒打起點放來！不上一回當，不曉得學乖。」

「活見鬼！」賀得標罵說：「八路夜貓子，白天不打硬火，這回硬打硬上，什麼意思?!」

槍聲頓然密集，蓋過人聲。在西邊，劉金山排據守的磚堡陷入苦戰，各處的屋頂上，全看得見一朵一朵淡淡的槍煙。

「他們這是耗我們的槍火。」何指揮說：「好歹就看今夜了！天黑後援兵不到，我們只有熬到死光為止。」

「我沒料到會有這場惡火，」賀得標說：「紅泥墩子在北，澤地在南，兩頭他不攻，偏要打中間，洪澤湖支隊傾巢出，加上兩縣民運團，總有八九百支槍……」

「我料到。」何指揮說：「吳大莊是根扁擔，一頭挑著紅泥墩子，一頭挑著澤地，他們要破這個長蛇陣，必得攔腰鏟斷它，然後個別打包圍，吞下湖東這塊地。鬼子氣盛時，他們搶地沒有用，只顧發展武力，鬼子氣衰了，是他們搶地盤的時候了。」

消耗性的攻撲又移到南邊的磚堡附近來，洪澤湖支隊對何指揮的攻撲是明目張膽的。淤泥河在南邊的金沙窩裏淌流著，兩岸飽含沙金的野地在陽光下顯出白沙沙的光亮。從磚堡上可以看見洪澤湖支隊的主力，一個連隊一個連隊排成的方陣，坐在河岸附近的草地上歇息，若無其事的架著槍，彷彿直到吳大莊三座磚堡全部陷落也不用他們上手。

即使主力沒有上，趁夜侵進莊院的兩三百人也夠纏的了。吳大莊的住戶們的銃槍隊，被擠到三座堡子中間的房頂上，挺住朝北的那一面，槍響時，雙方佔據的房頂上全見朝下滾人，對方的土造手榴彈隔著牆朝裏扔，十顆有七顆不炸，冒著煙，在磚地上嘰哩骨碌亂滾，像野田的瞎老鼠。有一個房頂上，兩個揣著手榴彈的傢伙竄著瓦爬，聯莊銃隊的人擊出一銃，中銃的一個倒著朝下滑，另一個想拉住他，誰知反被那個拖住腳脖子，要跟他「同生共死」；被拖的心有不甘的抱住脊端的三塊豎瓦，嘩啷一聲，三塊瓦碎落在他頭上，他就像吊嗓子黑頭那樣大叫著，被中銃的拖下瓦面去了。

「除非他們撞堡門，不准開槍！」何指揮說：「槍火全留到夜晚用，只要能撐過今夜，紅泥墩子和澤地有一處來了援兵就成了。」

賀得標爬到梯口，朝下層傳話。

「拿屍首塞住沒人佔著的槍眼。」何指揮說：「趁白天幹完這事，防他們摸上來，趁黑夜朝裏塞手榴彈！把頂下面那層堡子裏的幾桿槍聚到第二層，把槍火重分分。」

他吩咐這些話時，槍彈在他身邊颼颼的流響著，有一粒撞在垛角上，射崩了一塊磚頭；但他兩眼一直望著遠處。陳積財該到澤地了。他想起上回遭伏擊，澤地單憑火銃、木棍、單刀，和蘇大混兒在暴雨裏的爭鬥。想起陳家集，煤油燈映亮歪胡癩兒舉事前無畏的笑臉。

他是正式軍旅出身，對於一般農民在學習保衛過程中所表現的魯鈍、愚拙，和歪胡癩兒那種草莽氣質，開初他總難習慣；但自石家土堡和陳家集戰後，使他深深體察到任何型態的自覺的抗拒，都會產生巨大的力量，那種力量激發他，鼓盪他，使他了無遺憾的等待今夜悲慘的拚鬥和覆沒。也許援兵不會及時趕來，但他已不再孤單。

日影漸漸的偏西了，日光從射孔，垛口，一把把劍刺般的射進來，落在木板上，照亮那些死屍和血跡，也照亮沉默的生者，受傷的人用自己的衣袖、褲腿包紮傷處，呻吟已經過去了，餘下的只有忍耐；堡裏沒有藥物，沒有比忍耐再好的治療。陰濕在磚堡下層鬱結，到處泛著粉色和綠色間生的霉斑，木樑上凝結著濕氣蒸聚而成的水粒，糧房、炊室、薯窖、糞坑，用木條隔開，但隔不開各式各樣的氣味，那些酸臭、發酵、霉濕的氣味刺人眼目。

爲了堅守住那扇一半埋在土層下的鐵門，除了在門後加了三道巨木的門槓之外，那挺從杉胛指揮所擄獲來的六五輕機槍，仍架在下層的地道口，朝外鎖著進路。何指揮領著四桿槍據守頂上一層，其餘的全叫集聚到第二層來，包括十個能打的和六、七個重傷的。有人一度提出，想把死屍撳下堡去，立即被何指揮拒絕了。

「不要讓他們算出堡裏還有幾顆人頭！」他粗暴的說。

當射進堡裏的陽光向上移昇，轉變成淡淡的紅色時，全堡浮滿了可怕的幽暗，死的氣味在各處飄浮，沾著每個人的毫孔，透過每個帶血的衣衫。何指揮也沉在死的預感裏，眼看手下的弟兄們一個一個的死了，內心有著強烈而痛楚的撞動。這是一支不同尋常的隊伍，他背得出每一張臉和他們所來的方向，許多故事、許多血淚，許多墨圖，那樣奔聚到一起，而在今夜，他們全將在洪澤湖支隊十倍人數的圍攻中終結了。這是一場難解的噩夢。

沒有時間讓他悲悼夥友，攻撲在黃昏即已開始。

遠處方陣形的黑影拉成一條條蠕行的黑線，在紫霾霾的沙野上牽過來，投入攻撲戰鬥。這一回攻撲是萬分獰惡的，他們先在上風頭縱起大火，利用濃煙擋住堡裏人的眼，然後搭梯子爬過長牆，猛襲南邊的堡子。

但這方法很快受到挫折，劉排的那挺加拿大早已標好了，槍彈齊著長牆的牆頭橫掃了兩匣火，使爬牆的傢伙翻下來像疊羅漢似的疊了好幾層。終於有一股人翻進長牆來，落在五十步寬的方磚大院裏，磚堡兩翼房頂上的銃槍可派上了用場，一銃轟出去，當場翹了兩個，還有兩個衣裳著了火，不肯就地打滾，反大張兩臂亂衝亂跑，那長長的慘叫聲能割開厚實的牛皮。

煙那邊的大火燒得比殘霞更紅，成一種淒淒滴血的顏色，火中的煙霧濃毒毒的隨風滾騰著，掩蓋了房頂、院落和磚堡，使人覺得好像裹在昏天黑地的大霧裏面。槍彈不斷挖掘磚面，碎屑飛濺，五六隻牛角嗚嗚的嚎叫著招魂。

「還不開槍嗎?指揮。」賀得標爬上來報告說：「他們六七個人，扛了一支碓木（註：北方舂米、穀所用之農具）在撞牆，等到牆撞開，一窩蜂湧進來，打也打不及了！」

「堡下的六五機槍衝準長牆。」何指揮說：「那挺槍還釘多少槍火?!」

「兩箱。您知六五機槍兩天只打過一匣火。」

「吃緊的當口，衝準缺口打掃射。」何指揮嗆咳著：「看樣子，他們打的是窩心拳，困緊東西兩個堡子，專撲南面，我們這座磚堡若叫攻開，吳大莊就算陷了！」

煙味濃得使人直嗆。撞牆的聲音不斷的響著。月亮不知何時出來的，在火和煙霧那邊，慘白無光的貼著，像是一張白紙。猛然間，天崩地塌似的一聲響，長牆倒塌了，由於撞牆的碓木撞點太低，那座原本已朝外傾斜的長牆有三丈多寬反朝外塌，正壓在幾十個抱槍蹲在牆根的傢伙頭上，使那個新現出的大缺口一時沒有人撲上來。另一批人撲湧過來時，正遇上六五機槍的猛烈掃射，使他們一個個趴在碎磚堆上，像是扒開磚頭救人的樣兒。

那一陣功夫，洪澤湖支隊輸了五六十人。第一次猛撲南邊磚堡的攻勢，隨著火光逐漸變弱了。對方的指揮人員料不透三座磚堡在經過兩天兩夜的攻撲後，究竟還剩下多少實力，除了南邊堡子，東西兩座堡子的火力全沒有減弱的徵兆。兩天下來，七百多人死傷了三百多，今夜要再踹不開，那就前功盡棄了。

在八路魯蘇皖游擊邊區司令部的眼裏，並不在乎何指揮和湖東這點兒槍枝；主要是湖東這塊荒野地，必須在鬼子投降之前廓清。這樣，他們便能完成大湖東的封鎖，阻擋可能由六合、天長（註：縣名）北上的中央受降軍。在這種動意下，洪澤湖支隊出湖時受的是決命令——無論如何，要廓清紅泥墩子、吳大莊、澤地一線的「頑固」武裝力量！

一想到這個，指揮人員的腦瓜就麻了大半邊。

在蘇大混兒沒命的慫恿下，新的猛撲又開始了，這回又翻出新的花樣來；東、南兩面一槍不響，專撿西邊的劉金山排打；槍聲、人聲、銃聲、彈炮聲和殺喊聲絞纏成一片，像一鍋滾騰的爛粥，其中夾著威脅的叫降的聲音。

天到三更了，援兵還沒有影子。

「看光景，劉金山那邊撐不住了！指揮。」賀得標在梯口探上黑忽忽的頭，額上的白布的影子晃動著。

「守住你的射口。」何指揮臉朝堡外說：「這邊靜得有些異樣！當心他們指西打東！他們不會放你閒著打盹的。」

話剛說完，一大群黑影子鬼靈似的從牆缺處的屍堆上爬了過來，隱進一排房舍的黑裏去，六五機槍張嘴，打得另一批沒敢抬頭。

「給他一顆葡萄彈！」

何指揮身旁的徐老吉抹去保險簧，一顆日造的沒柄手榴彈就扔下去了。那種玩意的威力遠比小黃柄和黑油瓶（**註：均為土造手榴彈**）強大，爆炸時，橘紅色的閃光帶著極亮的藍暈，能照亮堡中的人臉，有個不認得貨的傢伙，還當是慢引信的有柄手榴彈（**註：日造手榴彈發火極快，沒有撿起回擲的時間）伸手去撿，爆開的彈片就把那隻手炸飛到房頂上去了。

儘管六五機槍的槍管打得透紅，也擋不住蜂湧而來的潮水；何指揮料得不錯，他們正藉著佯攻西面磚堡，趁機全力突擊南面。過度的逼近使磚堡上的槍枝失去效用，守堡的人只有換用手榴彈，拉火後送出射口，讓它筆直的掉落下去，在密集的人群裏開花。饒是這樣，長梯還是在射孔和射孔中間的死角處搭住，許多傢伙盲目的朝上爬，誰知梯身的長度搆不到頂上一層，而手榴彈爆開的破片，正搆著梯上的人。

兩把帶索的爪鉤飛上堡垛，鉤尖打著磚塊，嘩啦嘩啦響。徐老吉想用刺刀去割繩頭，叫何指揮拉住了。

「他們會塞手榴彈進來。」徐老吉說。

「傻傢伙！」何指揮說：「這可不是梯子，他們跳進垛口前，決騰不出手去拉火，你儘管把槍倒掄著，進來一個打一個，使槍托劈他後腦，只許他朝裏倒，不許他朝外掉，若叫後面的曉得，他就不爬了。——那二位，你們管拖，我們揍倒人，你兩個拖著碼在那邊……」他突然閉了嘴，探手揪住一個從垛口撐進上半截身的傢伙，重重一手槍打在他後腦上，那傢伙只像熟人碰面打招呼似的嗯了一聲就倒滑進來。

「碼罷。」何指揮說：「碼了免得佔地方！」

正說著，徐老吉也砸昏了一個，拖屍的黑裏不知輕重，還怕徐老吉沒把他打死，伸手一摸，腦瓜全砸碎了，兩眼突在眶外像鴿蛋似的。

第二層堡樓上，賀得標領著人沒命送下手榴彈去。磚堡被連接不斷的爆炸震得搖晃著。拖屍的唸經似的數到十八。一聲巨響過去，包鐵的堡門被炸開了。第十九個攀索的傢伙算走運，沒挨打悶棍，卻轉到堡門那邊挨了機槍，彷彿臨死也要挑一挑死法兒，換一換口味。

掌著六五機槍的槍手朱世宏，原是八十九軍的老槍手，經驗足，膽子大，外面挖穴埋炸藥時，他就拎著槍退上木梯，裝滿一匣子彈護住梯口。堡門被炸開半扇，露出一個洞，但門後的三道橫槓還沒炸斷，誰要想衝進來，得心平氣和，挨個兒朝裏爬。外面的傢伙不曉得，炸煙沒散就一哄而上，被擋在橫槓那兒，看熱鬧似的圍成一團，朱世宏抓住機會，機槍哈哈叫唱開了，一匣火掃過去，屍首又補住那個炸開的缺口。

有一個機警的傢伙蹲的早，沒帶傷，但被死人壓住了，只露個頭，嘴張瓢大叫說：「同志的，鬆點壓，我好摸手榴彈！」一陣熱糊糊的血從旁人腔子裏淌到他臉上，他自言自語說：「怎麼？我的頭？頭？頭！頭……」他就「自作多情」的暈過去了。

有一顆土造黑油瓶在第二層爆開，兩塊破片打中兩邊的堡牆，不服氣的木柄要多管閒事，打中一個弟兄的屁股，那人回手摸說：「狗操的，你扔塊磚頭倒好些，這算什麼玩意？」

殺聲在堡外重揚；那些由莊民組成的銃隊，掄著刀叉從堡後的平屋裏面衝撞出來，和攻堡的捲成團兒廝殺，方磚大院裏，斜照的月光下，殺聲鼓盪，人群滾來滾去，像兩窩吵架的螞蟻。

銃隊衝出來參與搏殺是出乎意料的，出乎意料的搏殺保全了危急的堡子，在這種面對面的砍殺中，對方的槍枝、手榴彈遇上了原始的刀叉就沒門兒了。方磚大院究竟嫌窄，雙方三四百人擠在裏邊砍殺，想跑也沒法脫身。不一會功夫，遍地都是屍首，人就在屍首堆上跳著，爬著打。

一個傢伙劈面挨了一刀，血像茶壺嘴兒似的朝外冒，人沒倒，翹著嘴唇，趕驢似的哀叫著，四肢抖得像跳大神。另一個被三股長叉穿心挑起，持叉的莊民不知哪來的一股蠻力，叉桿兒一抖，那傢伙就像一束草把似的飛到長牆外邊去了。

也有些一瞅情事不妙，伸長腦袋，爬得快過驚窩的兔子，末尾一個被人追上，雙手抱起叉桿，衝準他腰眼搗下去，叉柄穿過他的肚皮釘在另一具死屍背上，那傢伙還不死心，拖住前面一條腿叫：「呃，喲喲喲……拉我一把！」誰知前面活的早已爬跑，被抓的那個老幾早涼了，只能拉他走黃泉路啦！

這當口，瘋狂的銃隊紛紛跳牆衝出去，追殺從長牆裏遁出的殘兵。但那種不自覺的勇悍使他們遭到很重的傷亡，對方密集的槍火鎖著長牆缺口，銃隊爬過屍堆時，不是死就是帶傷。

天到四更了，澈骨的夜寒被槍火煮沸，儘管在前兩次攻撲中觸了霉頭，第三回攻撲還是那樣猛烈。銃隊在拚殺中零落了，堡裏的手榴彈也用光了。東邊的堡子被炸藥炸裂一條一尺多寬的裂口。西邊堡子的加拿大機槍也熄了火。有十來個傢伙拖開屍堆，衝進南邊的磚堡嚷著「交槍」，朱世宏手端六五機槍又打完一匣火，被三把刺刀頂在梯口，他交了槍——只交了槍托，打在一個傢伙的腦袋上。直到刺刀戳進他胸口，他還攥緊灼熱的鐵管。

「把槍扔出來！你們完啦！」一個傢伙扶著梯子叫：「我們只找姓何的算賬，其餘一概不究！」

上面不知是誰開了一槍，扶梯子的傢伙伏在梯子上。一顆手榴彈在上面開了花，賀得標手下只剩三個人了。一匣槍火從賀得標手裏潑出去，他對最後兩個弟兄說：「快抽上梯子！」那兩個抽不動梯子，對方業已撲上來了，爲頭的一個斜舉著上了刺刀的槍，要刺殺二度負傷的賀得標，出現在更上一層梯口的何指揮卻搶先發射，使他從梯口滾落下去。

在這最後的時刻，何指揮明知完了，依舊苦撐下去。另一顆手榴彈被他趕上一腳踢下梯口。那顆黑油瓶也真怪，見到外人不敢炸，見到自己人反而多炸幾大塊。他用一支白朗寧衝著爬梯子的打，連著打死四個，使衝進堡來的又退了出去。

「抽上梯子！」他說：「我們還有五個人，五支槍……天快亮了……」

大束的麥草扔進堡來，外面的又叫了：「堡裏快交槍，送出姓何的來！要不然，馬上點火燒！」

東西兩面的堡子附近，喊殺的聲音還在上揚著。賀得標滴著血說：「我跟……指揮多……年……快走一……步……了……」

何指揮在黑裏摸著他：「得標，閉上眼，你夠本……了！」死寂瀰漫在堡子裏，五個活著的全曉得，只要麥草一燒著，誰也不會活了。

那把火沒燒起來。一陣突如其來的槍聲從莊北響了過來。一大陣馬蹄從長牆外閃過，像平地敲起一陣急鼓。圍著堡子的一窩人怔住了，不知誰先醒過來，吐出一串「盧」字，其餘的就拔腿朝外跑。

盧大胖子的馬群一點兒也不像打火，夾著馬硬朝人堆裏撞，別看來的只是四十多匹馬，那種氣勢簡直賽過大軍。盧大胖子雙手兩支快機滿膛四十粒火，走馬潑出火去，硬像撒種似的朝人頭上栽，幾十桿馬槍遠打近劈，兩圈一兜，洪澤湖支隊就潰散了！

天亮時，他們會合打追擊，洪澤湖支隊沿著淤泥河岸朝西潰散，一路上扔著糧袋、血衣、刀刺、屍首、槍械，有些跑不動的，雙手抱著後腦，跪在地上喊饒命，有些泅水過河，被馬槍撂倒在沙灘上。

「指揮您聽著，我管追，您只管撿槍就得了！」

盧部拉出紅泥墩子，三更天就到吳大莊北面，依祁老大的意思，立即衝進去解圍，盧大胖子堅持等到五更天，原因是馬戰只是一股猛勁，時間一拖長，把馬群陷在莊裏反而不妙，不如等到破曉前，趁對方疲累不堪的時刻放馬衝，天亮好打追擊。

不是盧大胖子誇口，三幾百潰散的殘兵，在平原上遇到馬群追擊，真是連還手的機會全沒有，朝西十八里到湖邊，這一路的地勢全在盧大胖子巴掌上擺著。

「追過去，夥計！」盧大胖子叫著：「一直追到雜種的船上！」

盧大胖子放馬追擊洪澤湖支隊殘兵時，歪胡癩兒正領著澤地的槍隊設伏在離湖七里的馬家夾溝，他們星夜踩荒赴援，先鏟斷攻者的後路。正好拉進馬家夾溝就遇上了潰散的敗兵，幾十桿槍一開火，那些傢伙就像水溜遇上石頭，一股南，一股北，分作兩叉兒跑。

馬家夾溝朝東一路平沙，兩三里地沒有一棵樹木，春二月裏，遠近平踏踏的，最怕遇伏，夾溝裏一響槍，打得那夥人喊爹叫媽。那腿快的拔腿早，槍彈激起的沙煙追著他們跑，那腿慢的眼看走不了，索性蹲在地上，像三天沒喝水的傢伙碰上蘿蔔地，儘拔！

歪胡癩兒的白馬散著韁，啾啾嘶叫著，他挺身站在夾溝外的一座小丘上，馬槍一理就是一個，一理又是一個，油工扁頭樂得連槍也不放了，在一邊替他數著數兒。

「七個了！」他翹著門牙說：「再來三個湊整數！」

「蹲著的不打！」歪胡癩兒說。

有三四十個交了槍。

盧大胖子追擊的馬群淌過來，幾年來湖東地面上最慘烈的血戰就算收場了。洪澤湖支隊配合兩縣民運團八百多條槍猛壓吳大莊，三天三夜血戰之後，留下一百多俘虜，四百多具屍首，各式槍枝五百條。吳大莊周圍全是槍巢、狐穴，火燒的胡牆框兒，黑焦焦的殘樑，麥場頭，汪塘邊，到處挺的人屍，南邊磚堡附近，攤開一片屍海，你枕著我，我壓著你，扯扯連連，方磚大院裏，找不著一塊沒染血的磚頭。

何指揮手下的弟兄，銃隊裏死的莊民，一共也有一百多人，在歪胡癲兒跟盧大胖子離莊前下葬。葬地定在莊東一里的果樹園邊，正憑著淤泥河岸。果樹園那兒有排玉李樹，滿開著慘淡的白花。澤地的槍隊和紅泥墩的馬隊上的人，全幫著挖坑。有一瓣李花飄落在六指兒貴隆的腳下，貴隆怔怔的停住鍬，凝望著，白色的花瓣上帶著洗不掉的隱隱的淡紅，彷彿春天也不能洗褪血堡裏死者的鮮血。

一百多具死屍全使蘆蓆捲紮著，用牛車運到葬地來，每捆蓆筒上插一支白木削成的牌子，牌上寫著姓名和鄉里，那全是何指揮親筆寫的，他記得他手下每一個弟兄的故事。

沒有香燭紙馬，從各處地窖裏鑽出來的婦孺們被那樣慘烈的景象嚇傻了。一具一具蘆蓆送下坑去，誰拖長聲音叫著：「封……坑……」許多人鼻尖酸酸的，熱淚直朝下滾。封了坑，木牌插在墳頭上。

「各位先走的弟兄英靈在天！」何指揮說：「今天當著歪胡癲兒爺和盧老大，容我指天發誓，不讓各位的血白滴……了！」

盧大胖子雙手按著槍把兒，牙盤挫動，根根鬍子怒張著說：「各位，請受我盧志高三個頭，除非它狗娘養的把咱們這三股辮兒連根剪掉，湖東這塊荒野地算守定了，它就來了千軍萬馬，我照踹它的營盤，要讓我攮到蘇大混兒跟那幾個興風作浪的湖妖，我要做對肉蠟燭，親來各位墳上燒！」

歪胡癩兒本想說什麼，咽喉有些噎，強自掉過臉去，望著河面上的日影。

午時過後，他們就在果樹園那兒分開了。臨行時，歪胡癩兒拉住何指揮的手，緊握著說：「雙方對陣，死傷難免，老鼠拖木鍁——大頭在後邊，澤地跟紅泥墩子兩把人，到東到西，全在您一句話！」

「兄弟，算你看得透！」何指揮說：「我們這個犄角是八路眼中釘，這回沒拔掉，下回他還會來，早晚要替你拔掉！你該記得陳道口（註：地名，抗日英雄王光夏部據守，匯集眾近萬人，圍攻七晝夜，死傷狼藉，為抗日期間蘇北地區最悲慘壯烈的戰役），我們就是鐵打的，他們也會把你熬化。目前成敗業已不在我心上了，橫豎命只一條，死也只死一回，無愧於天地就成了！」

「回澤地，我打算進城辦槍火。」歪胡癩兒說：「順便瞧瞧鬼子還能撐持多久？……縣城若落進八路手，運河線失了咽喉地，八路怕不一直拉到長江邊?!」

第十三章・殺戮戰場

大運河從這裏流過去，河面上映下十里城牆寂寞的灰影，這裏是縣城了。淪陷六年的日子裏，古老的灰白色的城牆被改變過，東洋鬼子到處搬磚弄瓦，經營起無數角堡炮壘、伏地堡、瞭望塔和蜂窩似的坑壕。在石基上端，寫下「締造大東亞共榮圈！」「天皇萬歲！」等類的巨型標語，六年的風吹雨打，白粉的字跡上業已生起了苔痕。

早年自誇是皇軍精銳的南木大佐的馬隊，曾經在西校場耀武揚威的出過馬操，幾百匹齊鬃短鬣的東洋馬，聽從悠揚的鼓號操演方陣，那種不可一世的氣概，令人擔心牠們的鐵蹄真會踏翻這塊古老的大地。但到今天，西校場變成荒地，遍生著萋萋的野草；那些老去的戰馬不知換了多少主人，最後仍然卸去馬鞍，散放在草野上咀嚼當年，春風拂動褪落的殘毛，牠們也感觸到什麼似的，不時興起悲嘶。

那些步兵隊裏的老「皇軍」，幾年變成看家鬼，好像支那就只是這一座灰城，每開到幾十里外去清一次鄉，回來就失落許多熟臉，和他們對抗的，並不是支那的正規軍。起先缺了人，還有運兵車運些新兵來增補，好歹湊成原數，後來運兵車發來的不再是日本皇民，而是朝鮮、琉球各地的徵佚，到壓尾，連那些好腿好腳的徵佚也沒了，運來的全是些斷腿缺胳膊的傷患，他們只要醫院，不要兵營。

血紅的太陽旗仍然在城樓上招展著。磨損了的鐵釘鞋卻難得踩過街面上橫鋪的石板了，偶爾有一小隊破落戶裏繳出來似的「皇軍」，軍裝綻了線，到處打補釘，有些是從死屍上剝下來的，儘管漿洗過，也洗不褪大和武士們的血跡。有時，帶隊的軍曹為了維持體面，也命令那撮人唱唱進行曲之類的戰歌，兵士們扭歪著臉，嚎叫著，但聲音愈唱愈啞，愈唱愈加淒涼。

櫻花在夢裏開了，又落了，在三味線顫音繞耳的春夜，日本海岸的浪花遠而溫柔；或有人夢見井上的紅葉，楓林邊，水井之湄的汲水婦的影子，在彩色郵便（註：明信片）上，以癡迷的神情望著遠雁。……八年了，八年的腥風血雨使許多聯隊、師團，許多戰馬、槍炮和號角埋進無邊遼闊的支那野地，它那樣承載著無數鋼鐵、火流，和硝煙。是那片埋滿數千年支那人祖先骸骨的野地上所孕育出來的生靈，用他們的鮮血染紅了天壁；使皇族皇民所供奉的戰神經不住長年燒灼，在他們心裏崩解……

遠方的捷報張佈在沿河馬路、東關、堡壁和黑色的電桿木上，「南太平洋，神風隊沉毀米艦（註：日人稱美國為米國）！」「皇軍進剿黔滇大捷！」沒有人在那些捷報前停足，城裏人們寧可翹著頭，望著天上的訊息……

遮天的機群日夜東航，像無數白天鵝，穩定的浮在天的晴藍裏面。沒有誰再能掩得住那種消息：「緬甸遠征軍正在慶祝反攻得勝。」「滇緬路車運忙碌得日夜不停。」「美軍在南太平洋痛殲日本艦隊。」「麥克阿瑟元帥揮軍攻克琉球、塞班……等島。」——這已是很早發生的舊聞。現在是七月了。

一架中央的飛機低低的飛臨縣城上空，誰都能看得清機翼下的青天白日的標誌，它繞著城盤迴了很久，南木大佐不在城裏，守城的鬼子龜伏在堡裏，警報響過三遍，人們卻沒命的朝高處、亮處跑，指劃著，談說著，當飛機直衝著人群掠過時，歡呼聲便高揚起來。大批由江南開來的偽軍，混在滿街的民眾中央，和他們一起歡呼，有一些更朝空扔出他們的帽子。

那次飛機出現後，縣城陷在混亂中。敵偽政權所屬的機關行庫的玻璃窗上，全貼了蛛網似的防彈震膠紙，有些單位搬空了，全部藏進地堡裏。而偽軍對鬼子也不再那麼恭順了，駐紮在城外的偽師部開始把各地零散的單位編成「剿共部隊」，增加北邊一些鎮市的駐軍，防止八路趁機入侵。在態勢已經看得出來——他們準備守住城池，等候中央收編。

八月初的一個夜晚，北邊一個集鎮上被八路擊潰的偽軍兩個大隊撤到東關來。一支經過慘戰而突圍的隊伍，亂糟糟的擠滿兩邊街廊，在許多盞懸掛的馬燈光裏，輕重傷患們的板門成排的停放著，一些從民眾醫院裏被拉起來的醫生，在替他們檢查傷勢，注射和重新包紮。

一街被吵醒的民眾全跑到戶外來，打聽這場火的情況——事實使民眾們同情偽軍的處境：在中央受降大軍北上之前，誰都巴望偽軍能挺得住八路的攻打，不要使八路攻陷縣城。

一些僞軍架妥了槍枝，被大群民眾圍繞著，談起八路在北邊鎮市上攻撲的情形。拴在廊柱間的牲口，包括少數馬匹，大部份馱運的騾子和毛驢不安的叫著，噓噓的噴著鼻，夜色裏充滿了悽慘，驚懼，混亂的氣氛。

這時候，一個穿黑衫，戴竹笠，腰別匣槍的大漢帶著三四個便衣的人出現了。沒人注意他們，滿城全駐有各地民眾自行組成的純地方團隊，一些人和一些槍枝，他們沒有番號，沒有組織，也不隸屬於誰，鬼子管不了他們，僞軍也約束不到他們，那些人喊明叫亮的講：「我們只是拉起槍來打八路，等中央。」

這是歪胡癩兒第二次進城了。同來的是六指兒貴隆，石七，二黑兒，油工扁頭。他們正住在東關老貨郎施大的小舖兒裏。

僞軍的大隊長後腦瓜叫槍彈掀掉一塊，繃帶解開時，露出一個圓洞，圓洞裏是一層油皮包著的腦子，連血絲都看得清楚。附近一個外科醫院的大夫是從夢裏被吵起來的，帶著睡眼惺忪的樣子。

「這是一種奇怪的槍傷。」外科大夫呵欠連天的說：「他根本沒受什麼重傷，只是叫槍火弄掉了一小塊腦殼。若能找到那塊腦殼，事情就好辦了。若沒有那一小塊硬玩意兒，就算他沒危險，他也別想仰著臉睡覺。」

「他得要送進醫院。」馬臉的大隊副說；「不管大隊長他跟我有多厚的交情，我也沒法找回他那塊腦殼。」

外科醫生搖頭了：「實對您說，我只能替他打針，——我從沒動過大手術。」

馬臉的大隊副有點兒懊惱和焦急。「好罷！」他說：「就煩你先打針。大隊長他也夠糊塗，爲何他不順手拾起那塊腦殼？看樣子，只好找個死人腦殼來雜配了！」

他掏出半包揉縐的小刀牌（**註：紙煙名**），抽出一支燃上了，倚著廊柱，把自己裹在悶沉沉的煙霧裏。許多小青蟲碰擊他頭頂上的馬燈罩，叮叮的響著。黑黑的天空裏，閃著密密的繁星。

歪胡癩兒從人群裏擠過去，笑著和馬臉大隊副打了個招呼。「喝杯酒壓壓驚去，我請客。」他說：「大隊長他這個傷不關緊，城裏多的是名醫，『仁慈』醫院一送，不用十天包好。——街角有個專做夜市的館子。」

馬臉的大隊副敬了歪胡癩兒一支煙捲。

「我們在哪兒見過？我的記性不好。八路這一火把我打昏了。——機槍不住嘴掃，槍管火毒毒的冒煙，他們還是撲。他們三個大隊抽籤，一支紅頭，一支黑頭，誰抽紅頭誰先攻。後頭有機槍壓著，誰退掃誰。那前頭爬圩牆的，腰眼扣根繩，有人抓著繩頭，一栽倒就朝回拖。啊！繩床，門板，加上六七層打濕的棉被，他們頂著機槍朝上跑，……一群惡鬼！」

「走罷，邊吃邊談。」歪胡癩兒說。

夜市上的生意忙碌得很。閘口的水濤在窗外嘩嘩的奔瀉著。他們揀了臨窗的桌子，歪胡癩兒引見了六指兒貴隆幾個。酒一上了桌，馬臉大隊副的話就多了。

「不是我說喪氣話，中央大軍不到，鬼子頂好不丟槍！你知北邊八路來了多少？少說總有兩三萬人，平時喊抗日，影子也不見他，如今眼看鬼子要倒了，搶起地來比誰都兇。和平軍（註：偽軍自稱）這點兒實力，七股八雜。張團不管李營，要想把住運河線一串十來個城，那真是難了！」

「瓦罐裏摸螺——沒處走。」扁頭吱著大門牙說。

「叫你說準了。」馬臉的大隊副又倒了一杯酒：「運河線，地勢窄，若讓八路攻了去，中央兵再多也展不開。再想收回蘇北區，非走大湖東，跨過南三河，翻過荒野地不可，那邊挺不住，八路就猖狂了。」

他使筷頭兒蘸著酒，在桌面上劃出湖東那塊荒野地來：「諒您聽講過，那邊有個頂天立地的漢子歪胡癩兒，一桿槍打過杉胛，編過盧大胖子，我們雖然沒出息，在鬼子下巴底下喝露水，可是誰他媽不等中央誰就不是人。大夥提起他，沒有不誇的。春天中央有個何指揮被困在吳大莊，他一到就解了圍，可惜這種人物，若想硬抗八路，他早晚會輸……了……」

歪胡癩兒酒喝的不多，可有些醺然的悲愴。

「乾！」他說：「歪胡癩兒是個不服邪魔的人！也只皮包肉長，一鼻兩眼的凡夫俗子。實不瞞您，我就是！」

馬臉的大隊副捏著酒杯的手一鬆，一杯酒全潑在馬褲上。

「我的天！」他身子傾向前，手捂在嘴上說：「您怎麼這大的膽子?!您在陳家集殺了張世和跟杉胛，如今鬼子還沒投降呢！」

「坐著談。」歪胡癩兒說：「我是今晚剛到。您曉得湖東那塊荒野地關緊，我何嘗不知道?!我缺少槍火。如今七九槍火只有你們有，我若沒有足夠的槍火跟人手，赤手空拳擋不了八路，倘若澤地一鬆，大湖盡敞著，只怕縣城也保不得幾天。」

「這個忙我幫不上。」馬臉的大隊副說：「我們大隊配下的槍火，這一場全耗光了。再要槍火，也只得到師部去領，按人頭配火，到手也是有限的。……地方團隊裏，有些傢伙平時倒有槍火買賣，也只小零小數，論排不論箱。這如今，眼看有戰事，有火也不會鬆手。您要槍火，主意只能朝師部那兒打，他們有存火，說不定能分出幾箱。」

「那我就去師部！」歪胡癩兒說。

第二天傍午，撤來的隊伍進了城，歪胡癩兒帶著六指兒貴隆他們四個一道兒混進了城門。城裏空得很，家家關門閉戶，窄窄的石板街上連個人影兒也沒有，巷尾街頭，到處全壘著沙包；有些洋式的樓房上，靜靜的爬著不開花的藤蘿；一些古色古香的飛簷橫桁間，麻雀兒吱喳飛竄著。從東關到北門，遇上更多的隊伍拉進城來，各形各色的都有。

鬼子的卡車隊夾在中間朝裏開，那些土黃色的卡車沒汽油燒，加裝鍋爐改燒木炭，車上堆山一樣的擠著鬼子，滿頭滿臉沙灰，好像趕長途的樣子，風兜著帽耳拍拍的打臉；每當一輛車噗呀噗呀的滾過大街，鍋爐裏滾騰的黑煙就濃得像起了大霧，燻得人只管揉眼。

走到一處叉街口，馬臉指告歪胡癩兒說：「歪胡癩兒爺，有幸在這兒能跟您同桌吃頓飯，我至死不忘！那邊就是師部，能不能見著師長，全在您了！我們大隊奉令守南門，我一心學著您的樣，洗洗這一身羞愧……您保重！」

叉街口有一輛卡車拋了錨，開車的鬼子掀開頂蓋檢修，弄得滿臉黑機油滿頭汗，還是搖不出火來。前面一不動，後頭的車隊壓住了，一個軍曹跳下車，嘰哩哇啦一吼，乘車的鬼子全跳下來，翹著屁股推車，車盤朝右一打離了正街，恰朝師部門前的方場推。歪胡癩兒一招手，六指兒貴隆幾個就插手幫忙推起來了。一個軍曹樣的老鬼子朝歪胡癩兒笑笑說：「阿里阿多！」又換華語說：「謝謝！」歪胡癩兒一聽鬼子會說華語，精神一振就聊上了。

「車子壞得厲害嗎？」

「機器太老了。」鬼子軍曹操著道地的華語說：「我們從北徐州開下來，路上遇見土匪放冷槍，這部車，車頭中了彈，一路拋錨，要費好半天才能修的好！」

「方場太陽大，」歪胡癩兒說：「不如推過那道鐵門，到師部西邊院裏修，你看，那裏邊有樹蔭，我去伙房替皇軍們找些水喝！」

「要……些！要些！」（註：日文為：好！好！）軍曹說。

鐵柵門原是師部的旁門，有兩個僞軍站在崗亭裏，一見鬼子推車來，問也沒問就把鐵門拉開了，車子推到球場旁邊的樹蔭底下，歪胡癩兒跟那個軍曹說了兩句，那個軍曹就叫所有推車的鬼子抹下水壺。

「你們幾個分著拿！」歪胡癩兒對六指兒貴隆說：「到那邊替皇軍們找些水去！」

他們走到一個有水池和假山石的房子前面，一個衛兵一合槍，上前攔住路說：「你們哪兒去?!」

歪胡癩兒朝那邊呶呶嘴說：「北徐州來的鬼子卡車壞了，借師部樹蔭底下修車，要我們找廚房討點兒水。」

「廚房要打右邊繞過去，第七棟房子，帶煙囪的就是！」衛兵說：「這兒是師長室，師長正在會客，你們說話走路要輕些兒！」

衛兵正轉臉指路，一支匣槍半露的槍口已抵上他的腰。「帶我去見師長！」歪胡癩兒冷冷的說。

「八……八……八……路?!」衛兵說，聲音低而惶恐。

「放屁！」後面那個說：「你太不識貨，我們是中央！」

衛兵舒了一口氣說：「我帶你們去，既是中央，何必這樣嚇唬人?!」

師長正在室裏會客，衛兵一聲「報告」沒喊完，嘩的一聲門響，五支長短槍把他逼住了，那個衛兵傻鳥似的捧著槍進門，腿一軟跌坐在師長面前，活像曹操獻刀。歪胡癩兒上前兩步說：「冒昧冒昧！我是澤地來的歪胡癩兒！我來討些槍火打八路！」

那個師長歪著頭，驚異的望著他，半晌說：「請把門關上。有話坐下談，我是沒有槍的。」

六指兒貴隆掩上門。歪胡癩兒當真拖張椅子坐下了。

「這是中央委派來的吳專員，」那個師長說：「我們一家人——我業已暗裏受編了！目前我正跟專員商議，萬一鬼子交了槍離境，我們怎樣對八路？您來得正好！——那邊抽斗下面，有我的委令，我不騙您！」

「你們幾個去跟鬼子弄水去。」歪胡癩兒看過委令說：「這一說，我這個粗人更冒失了！」

師長轉身拉開座椅背後的活板，一幅色彩鮮明的地圖赫然呈現出來。

「這一帶連著沂蒙山區，」他吃力的舉起手，在地圖右上方畫了一個半圓的弧線：「土匪的新一師，老三師，黃鼠狼栗裕的新八師……已經集結。白馬廟是陳胖子的老窩，有兩個快速縱隊。漣水東，有山東縱隊，老十團，鹽阜支隊，洪澤湖地區，有李一泯那幫傢伙！」

他轉身取了一枝紅藍筆，在適才所指的地方加上紅圈，幾個紅圈一加，歪胡癩兒覺得不對勁了，那使整個蘇北地區十成去了七成，只落一個北徐州和運河線一個窄條兒。那些地區對於他不是空洞的地理名詞，他記得東海岸風裏的鹽味，記得灑下鮮血的城鎮，連雲的雲台山，被炮彈掘翻的硝石層，小瀧海附近，荒盪裏他負傷爬過八里地，大廟台，夏夜的流星，遠天的雲樹，……那觸目的紅圈！

「真他娘！咱們流血流汗，抗日是爲了他抗的！」

師長望著他，有些尷尬，頓了一頓說：「鬼子是敗局已成了，交槍只在早遲而已。我既奉中央令，就得拚死保守這座城池。我們只有一個師四個獨立團，和一些民眾團隊，號令不統一，戰力有參差，空缺多，火不足，萬一八路壓下來，不知苦撐多久才能接得上受降的大軍？」

專員站起來，從師長手裏接過筆，在地圖外打了兩個藍圈。「這是皖西基地。這是南京城。這是三戰區。」他說：「就算鬼子馬上投降，受降軍也沒八路來得快；遠水不救近火，只能長期撐下去，少說得要兩三個月！」

師長垂著頭坐了下來。

「我蹚過渾水，洗不掉漢奸的罪名。」他淒然的朝歪胡癩兒說：「我只打算死在這座城裏，死後能少受人啐幾口吐沫，我就安心了！您是真英雄，鐵漢子，您抗日的擔子到鬼子投降該卸了！如今大勢擺在眼前，我不敢拖累您。湖東有多少人槍，您要朝哪兒拉全行，我負責找輪船……」

歪胡癩兒笑著，獨眼閃著光：「我說過了，我只要點兒槍火。實對您說，湖東那塊地上，沒有一個是官兵，全是些耕田耙地的老百姓，只有一個何指揮算是真正中央的人，我歪胡癩兒不是什麼，是個叫八路卸散了的部隊裏的一個殘兵。湖東是塊咽喉地，它扼著大湖口，就像縣城扼著運河線一樣。百姓要抗八路，我是死活跟他們在一起。我歪胡癩兒不想中央賞我大紅頂兒戴，我不是那種料兒。」

師長搖搖頭，他想用另一種方法說服歪胡癩兒，他曉得，八路要攻運河線，那塊荒野地是重兵結集地之一，任歪胡癩兒再勇，也殺不光漫野的兵。

「拉進城也好些。」他說：「那邊首當其衝，我換一個營去設防。」

「我要的只是槍火！」

「那會拚光的。」師長說：「那些耕田耙地的人……」

「槍火！」歪胡癩兒說。

師長摸起電話：「……嗯，我是……廿箱七九步槍火，一張通行證……」他手掌有點兒顫，放下聽筒說：「好了！在這邊用完便飯，槍火馬上送到。除了槍火，我派一個管打的營守張福堆，多少有個接應。」

但澤地來的幾個小夥子跟油工扁頭卻一點也不擔心什麼，歪胡癩兒教會了他們，打火好像獵狼打兔子，扔出手榴彈也不過像扔個大蘿蔔，他們壓根兒沒要打什麼火，誰要找上門，只好硬起頭皮去幹，那種感覺很明顯，它使他們不再戰慄，不再向邪魔鬼道彎腰。

卡車停在樹蔭下檢修，幾十個鬼子分坐在一排行樹下休息，那是許多洋槐，枝梢的葉子圓而嫩，迸出一片透明的鵝黃色，枝葉間垂著成串成串香氣很濃的白花。會說華語的軍曹抹下肩上的頭盔當板凳坐著，把一雙張了嘴的破短靴和汗透的布襪全脫下來，兩腿在沙上平伸著。六指兒貴隆把灌了水的水壺遞給他。

「皇！皇軍……」貴隆費力的說：「您的水。」

一股憤恨驟然擊打著他，若不是歪胡癩兒在這裏，若不是在這種地方，他會拔出匣槍打碎他那醜陋的頭顱。那個鬼子是很老的兵了，總有四十七八歲的樣子了，頭顱骨笨實沉重，像一隻馬戲班裏耍的黑熊。太陽把他粗糙的生著鬍刺的臉皮曬成淺醬色，太陽穴附近，生著許多小瘤疙瘩，額上，手背上，起皺的皮上留著灰而帶赭的斑。他笑的時候，皺紋又深又亂，彷彿要把那張臉劃成淒苦欲哭的樣子，厚嘴唇朝外凸出著，露出參差的黃牙。

「你有多大歲了？」他向貴隆說。

「十九。」貴隆悶悶的答了兩個字。

鬼子軍曹並沒注意貴隆臉上慍悒的神色，他的嘴角習慣的朝下撇著，眼睛停留的凝視著一簇晃動的葉子，彷彿在回想遙遠的事情。

「在湘西，」他說：「在一條壕塹裏，一個大膽的少年中國兵，端著槍衝向我，我的刺刀戳穿他的肋骨。『鬼子！鬼子！』他那樣咬著牙。……我在北海道海邊有一個孩子，今年也是十九。」

「這裏，」他又指著水壺帶上的墨字：「謙田重義，我的名字。在北海道。我在漁船上。冬天的白令海峽。許多冰山。看這照片，我兒子七歲那年照的。後來我被徵調到滿洲。我兒子今年十九了。他像我一樣喜歡遠洋漁船。春天航回去，那些船總在春天回航。……在湘西，那個少年的中國兵很像我的兒子，我寫信回去，不曾有回信。」

他現出很疲倦的樣子，把脊背靠在樹幹上，那樣哼唱起漁船出海時漁人們所唱的漁歌來，只唱一兩句，葉篌的陰影晃動在臉上，他的眼神是陰鬱的。六指兒貴隆像望一隻熊樣的望著他，內心憤恨的火談漸漸低了。

「他們這一批，統統是朝鮮人。」軍曹抽起一支煙說：「他們希望和——平！他們不敢說，像你們不敢當面叫『鬼子！』一樣。」

「你想回家嗎？」

軍曹點點頭。「我喜歡漁船。那些船總在春天……嗯……」他的眼睛闔上了。一串洋槐的殘花落在他的頭上，像是凋謝了的夢。

八月十九的深夜，交了槍的軍曹乘著卡車到受降區集中，歪胡癲兒和六指兒貴隆又回到澤地來了。師部忙碌著，六部作戰電話嗡嗡的，響得像一群在蛛網上振翅的蒼蠅……丁塘坊，曹家花園，八里岔，老渡口，沿線都受八路的猛攻。三天之後，灰色的潮水湧過了北三河。

誰也不知道原子彈是什麼樣古怪的東西，誰也沒看見勝利。盧大胖子的馬群撤離紅泥墩子，澤地的槍隊也拉到吳大莊，湖東各地的刀會、銃隊，全聚集到一起了，合計有六百條槍，四百桿銃，兩百八十多張單刀，一千五百多人。

許多城鎮在滾騰的大火中陷落。

灰色的人潮向南湧流著……

刀會正式舉行設壇拜刀的儀式，兩桿長木上高挑著蜈蚣旛，壇主被推選出來，壇上的香煙結成霧，圍繞著那青龍偃月形、繫著九隻響鈴的宗刀。

刀會裏的漢子們，個個脫去上身的褂子，繫著紅布腰絛，排成一列橫陣，右手撇刀，刀尖點地，靜靜的等待著。一疊疊的黃表紙上劃著一筆到底的硃砂符，頭號黃盆裏，盛著血汁似的神砂水，壇後急響著帶木架的九環巨鼓，鼓槌像麵棍，槌頭包紮著紅綢，每一響鼓響，地殼和人心同時都興起一種震顫。

壇主在鼓聲停歇時，用古怪的顫音唸誓詞：

「朱……毛……妖兵……叛國……害民……

祖師……臨……壇……宗刀顯靈喲！

位分八卦……陣按五行……

神靈……護……佑……剿滅……妖氛……」

唸完誓詞，猛喝一聲：「請——宗刀！」那邊的何豁嘴就托地跳將出來，渾身抖戰著，上壇拔起宗刀，在壇前斜舉著，刀會上的人魚貫而行，在刀前叩頭，彎腰走過去，讓放平的刀面輕輕拍擊他們的脊梁。走到壇前香案頭，抽取一張神符乾吞下去，使木杓舀口神砂水喝了，再蘸些餘瀝點在頭額心窩等處。行完這個儀式，就演起刀陣來。單刀，雙刀，九人陣，連環陣，伏地滾堂刀……從晌午一直演到黃昏。

這時候，淮海縱隊的先頭離吳大莊只有七里遠近了。銃隊上的人忙著裝火藥，藥量是事先量好的，幾合藥摻進多少鐵砂，一竹筒恰好裝一槍。野灶上燒著熊熊的火，一排幾十口大鍋全在烙麵餅，用著戰陣時的乾糧。

何指揮和歪胡癩兒正站在高高的堡頂上瞭望著盧大胖子的馬群出發，在逐漸變得蒼茫的遠處，馬軍只是一些散碎的跳動的點子。

根據北邊逃下來的人們的傳說，沿著砂石稜稜的旱黃河凹一直到北三河，卅里地遍野全是八路，過了三河分成兩叉，一股流向縣城，一股流向澤地，少說也有一兩萬人，幾千民伕，幾千擔架。依照何指揮的意思是退守禿龍河，護住張福堆的側面，當他們攻撲守軍的時刻，攔腰剷著打。歪胡癩兒卻另有他的看法。無論用哪種方法打，久守待援的希望是沒有了，守既不能守，只有攻。澤地地勢凹，林木多，犯火，刀會和馬隊展不開，不如吳大莊地勢開闊，宜於野戰。

「橫豎是一個死字！」盧大胖子附和歪胡癩兒的看法：「打蛇先打頭，告訴那些邪玩意兒，荒野地多的是石頭——啃了磞牙！我他娘不管三七廿一，我打頭陣！刀會跟在後面掩殺，衝破他們的陣勢，我分開來回馬，再繞至刀會後面打掩護。銃隊、槍隊分作兩分兒，一邊在左，一邊在右，我們殺他一陣朝莊裏退，他一追，兩邊合上夾攻他！」

「好主意，盧老大！」歪胡癩兒說：「我們這點兒人，只能零敲麥芽糖，敲下它一塊算一塊！有一個人不死，我們不將湖口一帶讓給他。」

但八路的淮海縱隊並沒把澤地附近這點兒人馬看在眼裏，溜頭從吳大莊東面直朝南捲，張福堆上的守軍浴血抗了兩天，悉數被肅清了，他們轉向東去，把縣城合了圍，只留下五個地區的民兵和一個二級戰力的大隊橫擋著吳大莊東面的沙溝。

縣城被圍後，一連六七夜全燒著火，在幾十里外看不見火勢，只能看見一道天邊隱隱的發赤，好像黯雲背後沉睡著一個太陽。槍聲和爆炸聲偶然會聽見，一陣夜風又會把它們飄遠。

歪胡癩兒決定先敲頭一塊糖。——撲殺東北七里外的那股人，減輕縣城方面的壓力。他估量到，若在澤地大勝一仗，就會使圍城的八路分出一支兵來反擊。

惡戰就那麼開始了。

盧大胖子的馬群衝過沙溝和溝東那些散莊上的前哨接觸時，對方立即焚燒住屋用來照明。主力大隊的機槍在紅紅的火亮中移動槍口找人，盧大胖子的幾十匹馬早衝進人窩裏去了。要是在白天，幾十匹馬實在不算事，可當夜晚，火光襯出馬的威勢，馬嘶襯出火的顏色，潑響的蹄聲，不要命的喊殺，把夜暗塗刷上極大的混亂和驚怖的色彩。那些土八路平時只是攻攻孤堡，放放野哨，哪裏經過這種擲地有聲的硬仗?!黑裏睡得正酣，被槍聲和火光弄醒了，有的還沒揉開眼來，有的摸錯了槍枝，方向還沒認清，黑棗（註：子彈別稱）就嵌進了腦瓜。有些一看苗頭不對，掉頭就朝黑裏跑，恍惚看見馬群掠過那邊的人堆，再趕理槍放，中槍的卻是自己人。

馬群一闖進主力大隊的後方，那個大隊也就亂成一團糟，原因是開頭就輕敵，認定對方一定死守堡子和莊院，哪想到他們會打突擊？既沒防這著兒，當然也沒設防，馬群闖過去，兩挺架在村屋上的機槍急忙跟著調方向，調了方向又不能打，若是一打，倒楣的只是民兵。就在猶疑不定的當口，刀會裏幾百張刷亮亮的單刀瘋狂的滾殺過來。那吞符點額的鄉民個個都是光著身的老虎，子彈打在胸口，他還照跑五十步砍倒兩三個人。

單刀滾過來，八路的主力大隊倒了楣，一部份竄出散落的莊子，白送腦袋去試刀，一部份窩在矮屋裏，槍攥在手上找不到射口，兩把刀衝進去砍倒兩個，其餘的就丟了槍。那個大隊指戰員遁出後面的窗戶，跳在一家的豬欄裏頑抗，何豁嘴領著九張刀撲他，那傢伙使匣槍潑了一匣火，只打傷一個鄉民的腿，那八張刀一齊撲過去，每人砍了他一刀，那傢伙挨了八刀，上半身全裂了還不倒，何豁嘴扳著瞅瞅，原來豬欄後一支尖頭椿頂住了他的腰眼。在那邊，也有幾個膽小的跳進糞坑去，一聽腳步響，連頭全埋在臭水裏面。屋上的機槍手不打了，舉起雙手：「不要殺，不要殺！我替你們打機槍！」

盧大胖子的馬群一衝到底，他和祁老大各領一半弟兄向左右散開，反捲到刀會的後面。前面一空開，八路的機槍手被人刀架在脖子上反掃起來，那兩挺機槍彷彿剛才錯過了機會，這回非洩洩悶氣不可，六親不認的吐火，打得五個地區的土八路拖著槍跑。有一股跑昏了頭，正跑到歪胡癲兒領著的右翼槍隊裏，一個也沒能走得掉。

沒等天放亮，這一戰就完了

盧大胖子頗不愜意說：「豬八戒吃人參果，連打火的滋味也沒嚐著。我的馬還沒發汗呢！——那兩個活抓來的民運團長在哪兒，我說過要做對肉蠟燭祭祭果樹園那邊的墳頭！」人帶了來，他不愜意的勁兒更大了——兩個裏，沒有一個是蘇大混兒。

「雜種命長！」祁老大說：「又讓他漏了！」

這一次局部的大勝並不能扭轉大勢，縣城在苦撐了十三天之後終於被攻陷了。灰色的潮水流向更南的城市去，使荒野地上這支人馬裏在四周的黑暗裏，背腹受敵。直到野草枯黃的時候，吳大莊方在八路四五千人的八晝夜攻打中陷落。

沒有人曉得陷落的詳情，當它陷落時，它已被燒成一片灰燼，雙方的死屍遍散在野地上。河灘、坑窪、果園、竹叢，到處都是死人。當白晝來臨，這裏是死了，再沒有有形的反抗力量了，這裏連鳥蟲也飛走了，只留下愛吃人肉的烏鴉招朋引類的麇集著，在淡紅色的晨光裏翻弄翅膀。

淤泥河朝東南流淌著，河水是紅的，河灘一帶是刀會的葬地，血水凝在含金的沙上，成一種觸目的紫紅色，凝結的血塊卻是朱紅的，一些老而顫的蒼蠅叮在上面，浮屍擱淺在岸邊的老蘆葦裏，被河水沖刷成慘白色，在另一天，它們會隨波淌下去——那就是荒原的故事，它不是用語言寫成的。

澤地的槍隊大部份都死在果樹園裏，那裏被大火焚燒過，每棵樹全是焦胡的，那些屍體也都成了黑炭，被埋在一層半灰不白的灰燼裏面。死樹並不倒下去，每一枝幹，每一椏杈，仍然保持著原有的樣式，一種不屈的痛苦的掙扎那樣顯露在九月的蒼穹下面，它們靜立。

從果園東邊的屍海上看，戰鬥多半在曠野上進行的；那是一種半原始的野戰，對方的人數和強熾的火力節節進逼，使守衛者逐步後退被殲；但馬隊、銃隊、刀會，全在槍隊的支援下不斷反撲過，死馬橫陳在沙溝附近共有十七匹，朝後一段地又有五匹，其餘的全在果園外圍不遠的地方。左翼的槍隊死在堡樓裏，直到槍火打空才被大火燒死，沒有一個人還有子彈。縱火者是歹毒的，那把火不但燒死了槍隊，也燒死許多莊民裏的老弱婦孺。

當天下午，八路的餘眾湧入這塊死地，搜尋活人，辨認屍首。在野地上，他們找到兩個重傷的，一個是祁老大，一個是油工扁頭。祁老大身上帶著三處槍傷，又被手榴彈炸掉了右手，他們找到他的時候，他被壓在青鬃馬的馬腹下面，僅剩一口游漾氣，但他的眼還活著，頑強的凝固著朝向天上。油工扁頭伏在玉李樹邊的一座墳頭上，對面一個屍體和他頭對頭，彼此的刺刀全戳進對方的腮幫，兩人全沒死，卻誰也沒勁再去拔刺刀，就那樣昏昏沉沉的過了大半天，彼此把槍握得挺緊。他們把兩人穿通耳後的刺刀拔出來，對面那傢伙痛暈了，扁頭沒暈，他認準對方的胸脯，端著槍朝前傾跌下去才暈，他的刺刀到底進了對方的胸脯！

「補他一槍！」一個說。

「慢點，慢點。」另一個說：「要靠他認屍呢！日後養好了傷再殺還不是一樣？」

但油工扁頭是聽不見了，他斷氣時仍然笑著，呲著那對大門牙。

還是一些躲在地窖裏的婦人認出八路要找的人來，何指揮被燒死在南面磚堡裏，春天他抗擊蘇大混兒的地方。盧大胖子死在果園東，兩把打空了的匣槍全扔了，身上釘了七八處槍眼，手裏還握著一把鈍口厚背的馬刀，迸濺的血跡銹在刀身上面。有人在遠處的河岸上牽回歪胡癩兒散韁的白馬，但誰也無法從果園當中拖出來的胡炭裏認出誰是那打狼的人。

即使這樣，人們認定歪胡癩兒一定是死了，因爲那種神話人物的生死是關乎天象的。而吳大莊陷落的第三天，湖東一帶落了冷子（註：細粒冰雹），遍野都是白色的晶粒，落冷子時，灰雲背後有連綿不斷的沉雷響，像石滾兒碾磨一樣。人們相信冷子落在地上，是這塊荒野地替他戴孝，滾動的沉雷是天公擂響的天鼓。立即有童謠那樣唱著：

「天上天鼓響
湖東將星沉……」

任何成人聽見那徐緩的童謠，都會感到撲鼻的淒酸……

第十四章・火神

又到澤地的禁火季了。今年卻沒人再放著牛車去埋禁火的木牌，祭神的鼓聲沒有響，也沒有人再像當年的老癲子那樣；夜夜冒著霜寒，到各村去敲梆子喊火了。吳大莊這一戰，差不多死光了澤地上年輕力壯的男人，連石倫老爹也死了。當人們站在荆家泓的泓涘上望見北邊連夜的大火黯淡下去，風裏槍音稀落時，誰都知道吳大莊陷落了。婦人們沒有呼天叫地的哭泣，只陷進一種極度的沉默裏；六七年裏，她們哭得太多了，清鄉、催捐、瘟疫、大汛、春荒，和一連串的兵燹，使每家每戶十死九傷。

在澤地的婦人們過的是那樣的日子，天地比男人家更小，春天她們蹲在野地上過，死沉沉的挑著野菜助食，一天挑的正夠一鍋熬，農忙季她們紮上青布巾，活在田裏，跟在耙齒後面，一把一把的撒種，或者幫著砍割禾子，揚場播豆，做完莊稼活，回來飼餵牲畜，補綴衣裳。她們的心，沉靜而細微，每一件微不足道的小事，刻在她們心上，就像木刻的桃符。

荒亂開初，聽說遠處亂槍蓋倒一個人，三五成群聚在一起，談三天，聒三天，晦嘆得渾身軟，眼淚滴在衣襟上；誰家叫亂兵扒走二斗糧，心疼得要抽筋。儘管那個人不一定沾親帶故，總是冤死鬼，屈死魂，令人擔心他死後得不得超生。儘管那二斗糧不值幾文，她們親手點，親手割，親自登場碾播收進甕的，雖說沒粒粒數過，至少她們摸過每粒進甕的糧。慢慢的，災禍一宗一宗接著來，打得她們頭昏眼黑，淚乾心碎了，眼淚、嚎哭、勸慰，全不能推開魔魘，她們不哭了。

但銀花哭得很兇。夏天她有了身孕。她沒有告訴貴隆。槍隊拉出土堡那天，貴隆在門邊緊捏她三次手。他捏得那樣用力，幾乎捏疼她的心。

「我們的仇人蘇大混兒在那邊！」貴隆的聲音還在耳邊盤迴著：「碰上他，我鋼槍朝他頭上放！我要剁碎他！像早先旁人割杉胛那樣！」她抖著，臉伏在他肩上，她心裏亂得很，不知說什麼才好。

她常夢見大風，嗚嗚怪吼著，把她捲起來在半空舞盪著，空虛得可怕；夢見大雨，嘩嘩瀉潑著，使她浸在入骨的冰寒裏，張開嘴喘不出氣來，雨水匯成汪洋，把她淹沒。只有貴隆能止住她的驚恐，使她存活。

她四更天回到棚屋裏，摸黑掌起燈，忽然聽見有人低低的叫了聲銀花，她一扭頭，嚇得手指壓著嘴唇，登登的朝後退了三四步。貴隆貼在板門上，渾身上下全是血，門板經他手一靠，就印著一隻血手印，那不是染血沾血，直是在血泊裏洗過，血水從他腳跟朝下淌，漓漓冽冽的一大灘。

「不要怕，銀花。」貴隆說：「吳大莊……陷了……人……全死……光……了。」

銀花放下燈盞，趕過去掩門，門板上透紅的一大片。貴隆踉蹌打跌，伸手抱著一根柱子喘，一身狼狽勁兒實在不能說了，他的短髮上結著好些血漿、血餅，好像打碎了一盤生雞蛋；他眼眶、兩頰瘦出洞來，滿眼都是黑灰、泥污和起皮兒的血疤。

「給我舀瓢……水……喝……」他說：「我……乾極了！」

銀花舀了水，貴隆像牛飲似的喝了半瓢。

「你傷在哪兒了？」

貴隆搖搖頭：「歪胡癩兒叔，他，死了！……我揹他出來，走西路，順著湖邊蘆葦地，我跑了十八里！我揹他出來時，他身上中了七八槍，還能說話。『補我兩槍，貴隆。』他滿嘴朝外溢血：『我沒能幫你除掉……蘇大混兒……我完……了！』石老爹睡在他左邊，頭打沒了，只有半個下巴，一撮黏血的鬍子。四邊全是……死人。全是火。……」

「『揹歪胡癩兒爺走，貴隆！』石七跟我說：『我們再撐一陣，無論……死活，不要讓他落在八路手裏！你快點，如今沒帶傷的，只你一個人了！』我揹起歪胡癩兒叔撲路奔西。刀會只剩七八十張刀，在河灘拚殺著。天剛落黑，果樹園也在……起火；兩陣排槍沒蓋著我，我揹他泅水到河南岸上。石七哥，他說得對，我不能讓他落在……八路手裏……沒有他，澤地早完……了，絕不到今天。雖說人……死光，歪胡癩兒叔，他盡了力！」

「吳大莊，守八天，我們打得好，人人都打夠了本。歪胡癩兒叔一桿馬槍，少說撂倒五六十人……我們槍火光了，八路愈來愈多……歪胡癩兒爺沒敗過。他中了好幾槍，還撂倒對方兩個。到了蘆葦地，他不行了。他說：『放下我！』我說：『不！』他喘氣呐呐響，好像拉風箱。『這不是兩軍戰陣上，一千多人，只有指揮跟我……守土有責，死而無怨。這是……屠殺！屠殺！』他嘴鼻溢出一陣血，就嚥了氣了！堡樓附近殺喊連天。大火燒得幾里外地上現人影。我揹著歪胡癩兒叔的屍首，沿湖走，一直走到狼壇。」

銀花默默的聽著，滿眼溢著淚。

一顆灼亮灼亮的流星拖著光尾，劃過棚窗角，落在西南方。貴隆到門後去摸鍬。

「湖東黑了，銀花。」他說：「不定明天，不定後天，八路就會到。幫我削根葵火棒，趁著天沒亮，先把歪胡癩兒叔埋進……土。妳要記住那座墳頭；等我喘口氣，我要報仇……！」

他們悄悄的走出西堡門。

「拿什麼報仇呢？」銀花憂愁的說：「成千人，死盡了！」

「我不是孬種人，我一身染著澤地人的血，銀花……」貴隆說：「妳叫我怎能在豬狗面前獨活?!歪胡癩兒叔爲澤地……死……了，他爲什麼?他本可去湖西，憑他在澤地這番行徑，他領得千百兵。幾年來，他沒教人旁的，他教人學會了做人!……在魯南，他一樣有家，有著親人在，誰能好生活著不貪生？」

葵火燃起來，狼壇的古樹下面躺著歪胡癩兒的屍體，貴隆把葵火插在地上，火光裏走動的黑浪在那張滿佈疤痕痂結的臉上幻曳著，他七竅流著血，黏黏的血絲緩緩的朝下滴，但他臉上仍漾著沒把什麼放在眼裏的那種野性的笑容，露出一排白白的牙齒，牙縫裏留著血絲。

「幾年頭裏，我敲防火梆子，就在狼壇上遇見他，」貴隆說：「那邊燒著一堆火。他就躺在如今他躺的地方。」

銀花跪下去，拉住歪胡癩兒一隻手。

「那晚你害霍亂要死了，我手在你眼前繞，你瞳仁不動。大叔他來救了你……今夜當著他的面，我不牽你在世上獨活……貴隆哥，假如那時不虧他，你死，一門，就……絕……了。」

貴隆怔住了：「怎麼？銀花……」

銀花這才不顧腥，不顧血，摟著貴隆哭起來：「親……人！他在我身上，三個月了……我說我不會牽著你……我會活下……去。」

「讓他長大……」貴隆的熱淚也奪出了眶：「讓他認得歪胡癩兒叔的墳頭。讓他守著田地。讓他……也會打狼……」他用血袖抹著眼：「我來起坑，銀花，快五更了……」

坑就起在狼壇上，狼神碑前，歪胡癩兒曾燒過野火的地方。也是這個季節，寒氣吹透了貴隆的血衣。他足足挖了五尺深，把歪胡癩兒埋進坑去填實了土，挪一塊青石壓著。他不能忘記初遇的那夜，那一堆熊熊抖抖的火亮，他的一生就像那堆火，在黑裏照著光，他留下那光，卻沒留下他自己。一個全新的世界在貴隆心裏展開了，它平靜，遼闊，光亮，沒有憂愁……

天亮前，他們回到棚屋，使井水沖去血跡，貴隆也換下血衣，把那支原是歪胡癩兒使用的匣槍和僅賸的三顆槍火包紮起來。

「我會找到蘇大混兒！」他說：「這就是我報仇的本錢。」

「大叔他在地下會佑護你！」銀花幽幽的說：「但願你報得仇，趕上老中央的大軍一到，你就別再那樣彆著心眼兒了。你在遠方不要緊，等到真的太平了，孩子怕已長得很高了。」

「天快亮了。」貴隆吹熄了燈，一縷灰白的晨光從窗隙透了進來：「我今晚騎驢上堆頭。五福兒哥也在吳大莊刀會裏，他們全死了。我去報個信。蘇大混兒不會到別處去，我料定他一定在張福堆那條線上。」

天再黑的時候，六指兒貴隆到了堆頭。堆頭的小街上聚滿了驚恐的人，用悲哀嘆息的聲調談著吳大莊和歪胡癩兒，也談著堆頭一帶的刀會和銃隊，有些婦人當街啜泣著，沒有兵，沒有馬，沒有八路的影子。不知誰說起老中央已打通了津浦路，運兵到北徐州。

「八路邪窯子貨，沒什麼好神氣。」一個老頭兒說：「像這樣胡作非爲，天下就讓他得了，民怨沸騰，他也坐不穩萬里江山。」

「老中央也真是器量大，聽說對八路不講打，講和談，」另一個接碴兒說：「這不是衝著老虎討皮毛?大後方不開眼，看不見湖東叫打得這麼慘!不是盼他回來撐天亮日，耕田種地的人會拿槍?」

「蘇大混兒這可攫著了！」老頭兒拚命朝地上磕煙灰，好像敲誰的腦袋：「荒野地，一本賬，一半該記在他頭上！別看他穩坐陳家集，早晚會成第二個杉胛！」

貴隆心裏被什麼撞了一下。他決定去陳家集。

爲了攻克吳大莊這最後的據點，下鄉來的八路趕羊似的，把鄉民趕進那個集鎮去舉行慶祝大會。由於抗拒八路接收，陳家集也經過戰鬥，到處仍留著殘牆斷瓦，街兩邊的壁上，全是潦潦草草的標語字，白粉、黃泥、鍋煙灰，像野戲臺上的大花臉。許多從老區窮穴洞裏來的文娛團隊，這裏一堆，那裏一簇，敲著鑼、打著鼓，撐旱船踩高蹺兒的，耍獅舞龍的，打鑾琴說相聲唱江淮調的，全有。

慶祝大會的會場設在保安宮，當初歪胡癩兒窩倒張世和的地方。方場口兒上那座牌坊左右，搭了兩座簡陋的木臺，正演著街頭戲。擠在人群裏的貴隆閃到戲臺對面的拱廊下站住了，他站的地方在卞家煙坊東邊，正是他第二次和歪胡癩兒碰面的地方。

長長的拱廊在前幾個時辰還停過擔架，一些血點兒還留在青色的方磚上。那是攻撲吳大莊的傢伙們留下的。貴隆覺得兩邊太陽穴緊綳綳的發熱了。熱風。閃電。嗆喉的煙氣。人體在挨刀中槍時倒跌的姿態。殺喊。大霧。碎肢和血的顫動。飄起在吳大莊的大火以及悲慘的沉落。那些——

昇起昇起昇起昇起……幻化成一縷遠游的煙霧……

戲臺上的鑼鼓和灰衣隊裏的掌聲把那些煙霧沖散了，廟後的天空是一片淡淡的藍，橫著雲氣，喧鬧聲驚震不了高又遠的天空。他覺得強烈的孤單洞穿肺腑。現在，他不能不從渾噩的最後血戰的記憶裏走出來，孤單回想那沉落的斤兩了。

這是頭一回，他推倒內心朦朧的直感，運用他的苦思。一顆拖曳光尾的流星就那樣落了，他心上永刻著葵火光亮裏那張凝定的臉，和那種連接生死的不變的笑容，他爲何要選擇沉落？這裏不是魯南，不是他的家鄉！牛車、毛驢，三十里地，澤地上的人的故事寫在腳印兒上，沒有人肯把血滴落在陌生的地上，歪胡癲兒叔爲何要死在這裏？那張臉是一道光，照亮了他十九年的黑暗。他死了，那道光還在眼前閃爍著。他實在不能推究得更深更遠，他只能循著那光，使自己活得清醒一點。

「蘇大混兒上臺講話了！」誰在身邊擦過去說：「聽說要槍殺紅泥墩子馬隊裏的祁老大了！」

「天啊！天啊！你連眼皮兒也不眨嗎？」一個瘦老頭朝著廟頂上的天：「吳大莊慘死的人，連屍全不准認，留下一個重傷的活口，也要拖出來殺嗎？」

六指兒貴隆的臉變白了。

蘇大混兒撥開人群過來了，右頰上一塊帶毛的灰記在陽光下閃亮著。一些人朝卞家煙坊的欄杆邊湧過去。貴隆伸手到脅下的衣裏，扳起匣槍的槍機。

只當是打狼的罷！他想。卞家煙坊一共三間鋪面，右首是店鋪，中間是穿堂，左邊是刨煙絲的作坊，屋子中間放著一副由兩段極沉重的巨型方木做成的煙榨（註：榨壓煙葉使用的特別器具），榨外是打捆上夾、斜置在地槽裏的煙葉，一把斧形的切煙刀擔在刀架上，架旁是車轂轆大的絞盤，茶杯粗的麻繩把上扇榨絞至樑頂去，祁老大就睡在榨裏邊的木板地上，他的身體被下扇榨的榨身擋住，使隔著短欄杆的貴隆只能看見他一個頭和半邊肩膀。

「他傷得很重。」一個擠在木欄邊的人悄對另一人說：「你瞧，血把上身藍褂全染透了，還要槍殺他……」

「噓，蘇大混兒進來了。」

作坊裏的光很黯淡，榨木、夾板、牆壁，一片煙黃色，帶著欲從濃烈的陰黯裏逃出去似的油光。祁老大的眼裏裝滿了那種光，乾血黏滿他的衣裳，結成硬餅，他的右邊身已經死了，但他還活著，能感覺在陰鬱裏迸裂的火花，那些光在他心裏像火花一樣的迸裂著。多少年前他是鐵匠，他從沒有打製過殺人的刀槍。

蘇大混兒進來了，他一直走到榨盤那裏，雙手捺在榨板上，朝前佝著身子，三四個土八路端著刺刀圍著垂危的人，生怕誰會把他搶走似的，那使圍在短欄外的民眾興起一種輕蔑和憎惡，有人把口水吐在地上。

「人民要槍殺你！你還有什麼話要說沒有？」蘇大混兒說：「歪胡癩兒到哪裏去了？你們的盧老大又到哪裏去了？當初你們駐馬紅泥墩，不服八路的編！八路的力量你該看見了；反抗他的，就得死！今天在湖東，誰還敢衝著姓蘇的放槍？」

祁老大的眼光直刺刺的望著他。綠裏帶藍，藍裏帶紫的火花，一層一層，一熠一熠，在迸射著，迸射著，鐵錘擊打在鐵砧上的聲音，不斷發出嗡嗡的回響。「我恨不能殺你！」他用眼睛說。

短欄邊的人群越圍越多了，一些顫索的帶怒的手在六指兒貴隆的身後伸過來，抓緊那道欄杆。後面的壓力束緊他，使他無法抽回手去拔槍。

「拿繩拴住他的腳跟！」蘇大混兒說：「把他倒拖出去槍斃掉，讓湖東人看看抗八路的下場！」

那把巨斧形的切煙刀使貴隆在急中改變了主意，他從欄杆空隙間飛起一腳，踹中高高的刀架，廿多斤重的切煙刀伸出的刀柄脫開凹槽，筆直的從六尺高的架頂鍘落下來，正鍘中絞榨的麻索，麻索中斷，上扇榨的榨身轟然一聲巨響和下扇榨合壓到一起，使蘇大混兒被活生生榨斷，上半身成為肉糊，下半身落在榨外的地上，榨縫裏流著鮮紅，飛濺的血雨激射到兩邊的牆壁上。

嘩然的沸騰壓過蘇大混兒的半聲慘號，人群像一股沖毀了閘的怒潮，朝四處湧散。槍聲響了。中槍的人倒下去了。人群用磚塊作為武器向拿槍的報復。戲臺被衝倒了，文娛節目停演了。有人硬扳斷綁在人腿上的高蹺當棍使，打呀！打呀！歪胡癩兒爺顯靈了！

四桿槍守在煙坊裏，那些土八路在出事時刺殺了祁老大，但被人群踹斷欄杆湧進去，使磚頭磕死在牆角上，四個頭偎在一堆，好像各帶逞雄味兒，比一比腦瓜上的窟窿。

在整個集鎮的暴動裏，蘇大混兒的隊伍垮桿兒了，那些原從四鄉來的鄉民又空著手散回去。

「怕什麼？」一個農民用有恃無恐的聲音對貴隆說：「讓他們殺！除非殺光湖東的老百姓！」

貴隆又回到澤地。這一回，他彷彿悟通了一種道理，他和何指揮、歪胡癩兒不同，他只是一個耕田耙地的莊稼人，他還有機會活下去，一直活到最後的時辰，當蘇大混兒碎在榨盤裏，他內心的火燄仍在揚昇，那已經不僅是一家一戶的私仇。神不在天上，神就在他心裏。

這一次暴動是六指兒貴隆事先根本沒料到的。對八路來說，更是一種極大的震撼。他們認爲湖東荒野地是特別頑固區，吳大莊有生力量被消滅後的死灰復燃。運河線上的軍事掠奪順利進展著，先頭縱隊眼看已望得見長江，但後方這個瘤卻割除不了。在其它地區，放手發動群眾的工作早已開始了，而在澤地，連幹部也沒站穩腳跟。

十一月裏，一支從興泰（註：興化、泰州，江蘇縣名）前線抽回來整補的隊伍開赴張福堆來了，名義上是整補，骨子裏是鎮壓剷除反動。同時心懷鬼胎，一面準備打泰興，一面防著中央大軍會從六合天長一帶進剿，留著這支兵好扼緊湖口。這支兵並不留駐張福堆，卻一直開進澤地來，他們在砂石平灘砍伐蘆柴和紅草，沿湖駐防，他們侵入一向無人進入的紅草區八里。

澤地被劃成一個鄉區，新上任的鄉長是當初歪胡癩兒一槍沒打死的攔路虎陳昆五。陳昆五一到，頭一著棋就用了當頭炮——連夜抓捕澤地的男人。雷莊的雷老實，長工王四，土堡的石三老頭，一共二十幾個老頭全被抓了，只跑了一個貴隆。原來貴隆在陳家集殺了蘇大混兒之後，就帶著銀花回到火神廟去了。

八路的隊伍開下澤地時，跟著來了一個傳言，說是中央大軍就要從湖口翻過三河拉過來，這支八路定是拉下來鎖湖岸的。跟歪胡癩兒這幾年，六指兒貴隆變得機警敏銳了，他活著就爲等待這一天。

月黑頭的夜裏，陳昆五帶著七八個鄉丁抓完了西邊村上的男人，撲到火神廟來抓貴隆。兵乓一陣打開柴笆門，只有銀花在房裏，陳昆五到處搜人沒搜著，搖著火把叫說：「他走不遠，一定翻泓奔南去了，那邊替我上泓崖，看見草動，就拿亂槍蓋他！」

七八支葵火棒子翻上泓涘，夏家泓一片無際的紅草在火光照不亮的黑裏呼嘯著。泓背後的灌木叢發出和應聲。突然從南面的泓涘發來一匣槍，打得陳昆五扔了火棒子，捂著右腿打滾──那槍打得太巧，恰中在舊疤上面。

「插定火把，追過去！」陳昆五咬牙說。

第二槍射過來，打中陳昆五的腦袋。鄉丁空放了一陣亂槍，插下火把翻過泓去，黑黑的泓背下響著六指兒貴隆的聲音：「過來罷，我交槍了！」一支匣槍真的扔了出來。鄉丁圍過去，分開紅草去找人。

貴隆把咈燃了的火絨繩扔在草葉上……

「開過來罷！老中央！」他朝南禱告說：「成千累萬的人活夠了！也只有這麼做，湖西才能看得見火亮！」

一莖乾枯的草葉被引著了，跳到另一莖上去，火在初起時一點兒也不猛烈。沒有火龍、火馬、火槍、火箭，初起的火苗慢慢旺盛起來，在風裏飄搖，那並不像傳說裏的天火那樣可怕，它只像一個故事，在童年，在沒有刀槍，沒有驚恐的世界裏，他和銀花在這樣的火旁共過一個夜晚。但那已不再回來。

火燄經風旋壓。牽燃更多的紅草，貴隆抽身跳上泓涘去，翻過那道泓崖，一個驚惶失措的鄉丁朝他開了一槍，打中貴隆的腰眼，一陣麻木從脊背昇起，但他仍滾身過去，撿起陳昆五手裏扔下的匣槍。

「火燒你們！火燒你們！」他說。

那幾個鄉丁被貴隆的匣槍鎖死在火區裏，他們朝橫裏奔跑，火燄已徑舔燃了他們的棉衣。

現在，大火已經形成了，風向北裏偏東，直朝西南捲騰過去，有一股火頭從西邊反竄過來，燒著了澤地這邊的樹林。他在這塊荒涼的野地上出生長大，沒有誰比他更愛這裏的荒涼，他兩眼一動不動的望著火燄。

火燄高起來，火燄活生生的翻動明亮的舌頭，無數無數舌頭，無數無數呼喊，他聽過那些聲音，在人們嘴裏，在他自己心上，他等著這把火等得夠久了！他不能長年眼望著頭頂上虛無飄緲的晴藍，他不能坐等著洪澤湖的故事重演，使湖東成為另一片汪洋。上一代人那樣等待過，他們含悲忍辱的歸入泥土。

大火在黑夜裏捲騰，火頭直衝天頂，並發出虎虎的嘯聲，身後的林鳥驚起來了，野兔成群的從他眼前竄過，他內心也有一把火，從心裏燒到眼裏，再奪眶而出，和眼前的大火合在一起。地面、天空全是睜不開眼的紅光，這比八路火燒吳大莊的火勢要大過萬倍。這勝過一千個勇悍的歪胡癩兒，兩千個盧大胖子，三千個何指揮，這比一萬桿槍更難拒抗，在今天夜晚，在澤地和紅草荒盪裏，它是一股抗不了、壓不服的力量，它要像食蟻獸舐一窩螞蟻，把湖邊那支兵舐光。

大火燒到紅草的深處密處了，火燄高得像伸進雲裏的大山，夜空裏的絮狀雲也彷彿落進了火種，從裏朝外燒著，燒成火炭色、橘皮色、窯釉色，紫金鴿翅色，靜靜的絮狀雲在火區上起了微旋，向天的四周滾動，再牽引更多迎火的雲，從更高處反昇，聚合成一圈瑰麗的彩蓋，彷彿是火神爺頭頂上罩護著的千層羅傘。成千成萬的火球在半空裏拋來擲去，彈落到哪裏，延燒到哪裏，那種橫著奔跑的東西，也許就是古老傳說中啣弄火燄的飛天火鼠罷！

狼在嗥哀，嗥聲被火嘯捲壓下去，火嘯聲轟轟轟轟，像地裂，像崩山，像決堤，巨大的響聲裏有著隱隱的雷鳴。火屑不斷騰揚，使紅光裏劃著星星點點的火花，黑火蝗急速游竄上去，再向各處散落，像一陣一陣的黑雨。蟒蛇從泓壁間洞穴裏游出來，地面沁出熱汗，白騰騰的地氣在各處瀰漫著，林木在斷折，魯魯的火星搖擺著，像是大年夜施放的燄火。

六指兒貴隆那樣伏在地上，血從他腰間的傷口朝外流，緩緩的染紅身下的泥土，他不覺得疼痛，也不覺得血紅得怎樣可怕，血沒有火那樣紅，那樣亮，那樣隨著人的心志，無拘無束的滾騰。心裏有無數觸角，小小的觸角，溫柔的觸角探出來，讓今夜的火光重新燭照著。

有一年禁火季，他一個人偷跑到地上燒野火，他當時沒想過旁的，只想看看那明亮的火燄的那種活生生的飄搖。一堆小小的火，他插了許多斷枝當著邪魔，他是火神，要懲罰他們，當火燄把那些斷枝燒成灰燼時，他快活得真像是個神明。但爹撲熄了火，把他抓雞似的抓回去、罰他頂著香爐跪半天。

「你要記得禁火律，貴隆，除了火神爺，誰也沒有權柄燒那片紅草……」

「就算是天意罷……爹。」

他的嘴唇朝著火噏動著，但沒吐出聲音。他在疲弱的狀態裏停留著，自覺他就是那把火，被憤怒和希望搧揚起來，朝黑夜和邪魔燒撲過去，他不是縱火的人，沒有人會那樣——縱火焚燒他自己的家鄉……

「貴——隆——哥……」

「貴——隆——哥……」

銀花的叫聲把他喚醒了。天和地被猛烈得出奇的火勢牽連在一起了，風在開初撥動火頭，如今反被大火牽引，變成分不出方向的巨大的漩流，把火柱絞成無數旋舞上昇的紅龍，風也是紅的，它走過時會留下千百團火的腳印，空氣灼熱得隨時可以爆裂，許多無根的流火像受驚的紅羽鴿，唿啦唿啦，在空氣裏擦亮一下，又擦亮一下，急飛到遠處去，地面上的黑蝗落得更多了。

「貴——隆哥……喲……」銀花的聲音幾乎在附近哭泣著。

但六指兒貴隆看不見別的，濃煙把天空遮滿了，沒有月，沒有星，也沒有亮雲，地像蒸籠蓋一樣濕熱，白霧把銀花隔在那邊，三面的火包繞著這道涘脊。

銀花終於奔過來，奔進他眼裏這一片透明的慘紅世界。他記起瘟疫。那個紅絨般的黃昏。她和他是同根的樹，生死相連。他一度努力抗拒死亡，從濛濛灰綠的死境中攀出，但今夜不行了，槍彈貫穿他的脾臟，每淌一滴血，生命就微弱一分，銀花撲上來時，他生命的光已經非常黯淡了。

「看！那火！那……火……」他說。

銀花沒有看火，只傻傻的看著他的臉。

「不要……哭。」

「我沒哭。」銀花的唇顫動著，火光亮在她的瞳仁裏：「我不再哭了，親……人。」

他用手指著東邊。地面熱得很，煙霧比雲更濃，他鼻孔裏，肺葉裏，呼著吸著的，也全是火，全是火。火鴿子在他頭頂上飛流，唿啦，唿啦。他死的時候，那隻手仍指著東邊。

銀花向東邊去，她過了禿龍河回望，火神廟頂上正響著瓦炸的聲音。

大火一共燒了三天三夜，澤地變成一片灰燼。北邊村莊的婦孺並沒有死在這片駭人的火場，她們逃過了荊家泓。八路的「蘇皖邊區政府」下令封鎖那片火場，沒有人知道有多少惡貫滿盈的傢伙被燒死在湖邊……陷區的百姓已經豁上了命，而老中央還在忍著氣，真心真意的跟對方在會議桌上討論著「和平」。

第十五章・劫後歸人

民國卅五年六月，八路萬把人攻陷老中央在長江北岸的重要據點泰興城直薄江邊，爲了鞏固京畿，中央的大軍渡江北擊，進行了蘇北掃蕩戰。八月初，張靈甫將軍麾下的一支精兵從六合天長北上，經過澤地，像一道撕破黑夜的大閃，攻克了大運河與張福河交叉手臂上的縣城。

第二年的春天，老貨郎施大的小舖裏來了一位陌生的訪客。東關外，窄窄的石板街上正落著春雨，那人撐著一把油紙傘，找什麼似的望著招牌。雨絲裏著濛霧，石板凹處的積水面上走著細細的銀絲。那人在小舖門口站住了，隔著簷下的雨滴，朝灰黯的櫃檯裏說：「有個貨郎施老爹還住在這兒嗎？」

一隻憔悴的灰狸貓從櫃檯板上跳下來，咪嗚——咪嗚——的叫了兩聲，拖著顫硬的尾巴，貼著牆根溜走了。沒有人回答他的話，簷下的雨滴打在傘沿上，響起一片滾豆的聲音。那人在沁骨的寒氣裏踟躕著。一匹馱著北地來客的毛驢，踏亂一街水窪走過去，石板上的蹄聲敲碎了窄街的沉寂。

一張亂髮蓬蓬的女人的白臉出現在布簾子後面，手裏捏著搧火的破扇子。「請問您找哪位？」她啞啞的說。布簾子後面有嬰兒的哭泣聲。

「我想打聽，早先那個施老貨郎……」

「哦，」女人侷促不安的望著灰塵零落的鋪子，聲音裏帶著注意：「請進來罷，他在後面，他病得很重……」

那人進來了，油紙傘一收，傘光消失，小鋪裏更加黯淡了，早春的寒氣彷彿都膠掛在泛著雨跡的牆上。女人忙不迭的使袖口拂乾淨一張圓面的凳子，那人仍然站著。

「他病得很重，」女人說：「我正在替他熬藥。」

「我姓夏，」那人說：「前年我曾經捎過一封信回家，託人先送到施老爹這兒轉過去。他跑澤地最勤。」

女人倚在穿堂的門角上：「您是青石屋的……夏大爺？」

「是的是的，我是夏福棠。我剛從南邊回來。」夏福棠驚詫的仔細打量著他對面的女人：「在省城，有人告訴我，澤地在收復前遭過一場大火，也提起過吳大莊跟歪胡癩兒，說是張靈甫將軍正派人找尋他的骸骨。」

「青石屋……完了。」女人平靜的說，平靜裏飽含著悲哀，彷彿在述說很遠的事：「老神仙死在瘟疫裏。夏大奶奶是鬼子清鄉後入的土……那回清鄉，夏二爺是死在鬼子手上的。」

「澤地也完了，我知道。」夏福棠回頭望著門外的雨和暗沉沉的天色：「抗戰這多年，我走過好些省份，眼裏沒離過火，沒想到澤地毀在鬼子投降之後，澤地人要是不想活，會熬過六七年嗎？……無論如何，人飄到外方去，總要回來的，我打算看看施老爹，然後回澤地去，我不求旁的，只求親眼看看老家……」

「妳，在跟誰講……話，銀花。」

「我。」夏福棠搶過去挑起布簾：「我是青石屋的福棠。」

套間地方更窄，向著小院的窗口潑進一股黯綠，那些帶著水紋的幻光繞牆流轉著，映亮了老貨郎的臉。他費力的半撐著身子，頭靠在榻後的板壁上，六七年的日子把那張臉磨變了，眼窩深凹進去，臉頰起了兩個黑洞，就落一張皺皮包著幾塊骨頭了。

「夏……夏大少爺?!」老貨郎忽然振作起來，伸出雞爪一樣乾癟的手，彷彿朝空裏接住了什麼：「盼你回來，盼得久了，沒想能在臨終前……見你一面！澤地自打遭過火，只落你一個男子漢了。你是讀書明理的人，該曉得八路是什麼鬼邪魔?!一鼻兩眼中國人，卻比鬼子還兇狠，把普天世下的老民害得這……麼……慘……」

夏福棠走過去，抓住那雙手：「別難過，老爹。」

老貨郎眼窩裏滴出淚來：「我不難過……他們若留人一步生路走，歪胡癩兒爺不會死在吳大莊，澤地也不會起那把火……了！八路陷縣城整一年，東碼頭，西校場，殺人像殺豬屠牛一個樣，我常以為，凡事都見過了，只有這個，我參不透……？」

夏福棠沉吟著，他無法用理論對他面前垂死的老人分析什麼，批判什麼。

「有些人得了失心瘋，」他說：「想拿砒霜治百病。八路要人信共產，末了把人共光，他好坐江山。這就好像洪澤湖故事裏的那個扁頭的關東漢，不信神，不敬天，設了巫會，唆使人供胡仙，拜長仙一個樣兒，迷了人的心性，把人朝死路上領。」

「天哪，」老貨郎說：「這場劫何時得了呢?!」

「總會過去的。」夏福棠說：「這些邪魔，不是槍桿能剿得了的，要等人人在心裏拔去邪根，它的魔火就燒不起來了。老中央負著良心債，那幫邪魔負著人血債！終有一天，大火不止是燒在澤地，它會在各地燒起來！魔火見不得真火，澤地那把真火，您業已見著了！」

銀花揹起孩子掌燈過來，夏福棠這才覺得天色晚了。窗外的小院裏，放著一些用破瓦盆、破鐵桶養的千葉草、萬年青，叫雨水濯得透綠，幾十年前，他在縣城上小學，常到老貨郎的鋪子裏來，那時的小院子也正是這個樣子。大火能把澤地燒成灰嗎？火後又經過兩次春天了。

「你不會認得她罷？」老貨郎疲倦的說：「獵戶發財的閨女，火神廟老癩子的媳婦。澤地起火時，她從火場逃出來的，寄居在這兒，拾荒貨餬日子，成天念著要回澤地去，一個沒依沒靠的苦命人，娘家婆家死光了，只留一個把抓大的遺腹子，要她回去啃那片荒地嗎？……我病下來，沒人照應，她才答允留下來。到夏天，我的病沒指望了，生意歇了，沒進項，乾油盞，怎麼熬？」

「這全在我身上。」夏福棠說：「明早送你入院，銀花要回澤地，頂好跟我同路回去。火燒過了，田地還在著，有人有口就能活得下去。如今世界就壞在那幫瘋子手上，這個派，那個系，各有各道理，各有各主義，不管老民要不要，硬朝人頭上攤派。即算道理正，主義好，也得真的拿出來，讓人看，讓人服才行，鼻尖抹糖舐不著還是空的；我們老祖宗沒有聽過花言巧語，幾千年也活下來了。真哪，老爹，我在中央做事情，一分薪，一分俸，都是萬民的血汗，放著邪魔剿不滅，眼看萬民受災難，還有什麼好談?!」

銀花從壺裏傾了碗湯藥來，親手去餵老貨郎。

夏福棠站起來。「老爹，您好生歇著，我得打點您進院的事。安排妥了，我打算後天回澤地去，也不光是拜墳掃墓，省府交代我來查歪胡癩兒的事蹟，我還得在湖東各處多留些日子。」

老貨郎指著銀花說：「要問，你問她，貴隆那孩子，跟歪胡癩兒爺頂近。歪胡癩兒爺的屍首就是他揹回澤地的，他夫妻倆葬他，她曉得歪胡癩兒爺埋骨的地方。吳大莊那一火之後，貴隆幹了兩件事，一件是用煙榨榨死蘇大混兒，報了父仇，一件是……放了那把……火！」

夏福棠渾身震動了。他原信只有高級知識份子才能從理論上認識共產主義的邪惡本質，作爲一個真正的反共者；一般農民，尤其像家鄉澤地那種落後地域，是不會從根本上認識反共的。他們反共，只是一種天然的保衛，保衛他們傳統的意識以及在那種意識下所表現的古老生活方式，他們迷信，固執，反抗一切暴力去改變他們！但事實擺在眼前，像歪胡癩兒，像貴隆，僅僅憑藉著單純的直感，他們已經完成了最高潔、最壯美的反抗暴力的行爲！這種行爲足使一些專談反共理論的自感羞辱。

有一天，擊破共產邪勢人皮大鼓的，不在那些理論，而是那些原始的刀叉棍棒，牙齒和拳頭！同樣的，他們渴盼老中央，也只是基於一種和他們古老觀念融合的正統。建國以來，一重重內憂外患，使老中央並沒能帶給他們什麼，但他們——包含一個內在的自我，所需所求的極爲單純，只要有那麼一陣微溫的風吹拂在荒野上，緩緩靜靜的，使人們從一個古老的夢境過渡到另一個新的夢境……

送老貨郎進院後，夏福棠帶著銀花去澤地了。一輛從第七綏靖區長官公署借來的軍車載他們到陳家集，集上一些士紳們熱情的設宴款待這位還鄉的遠客，聽說找到了歪胡癩兒爺的骸骨，全鎮人都驚動了。有些人主張地方政府報請政府褒揚他，有些人主張立即呼籲縣民替他修墓。

在酒席上，一位紳士吩咐備了宣紙，打恭作揖對夏福棠說：「福棠兄，湖東一帶，您算是個才子，歪胡癩兒爺他爲湖東打鬼子，抗八路死了，既找著骸骨，理應立碑紀念他，您就寫個碑記罷，寫了送進縣城，著人勒石去！」

另一位卻說：「碑文等夏先生酒夠了再動筆，夏先生好比李太白，酒越多，越是才氣橫溢，現在還請夏先生即席說幾句話罷。」

夏福棠站起來了：「我抗戰初起，離家遠去後方，六七年後回來，算是家破人……亡了。我們怨過恨過東洋鬼子，等他們放下槍，一本賬不完也算完了！我們就殺光東洋鬼，一樣拉不起遍地的死人來。至於剿滅八路，大夥要認清，這全是自己的事，不要凡事不管，一心依仗老中央，國是空帽子，它要民來撐，老中央不過是辦事的一個機關衙門，做得好不好，還是個問題？桌椅、板凳合起來也砸不碎幾個人頭！那富人要是行仁義，那窮苦的要是安份，誰會拋家棄子去行險道?!八路這種作爲，實在是從人的貪心惡心邪心裏紮的根！人心不改變，空指望老中央調兵打它絕不是辦法！」

一頓話把全席說得鴉雀無聲。

夏福棠帶著酒意說：「各位推兄弟寫碑文，請問有誰曉得歪胡癩兒姓名的沒有？有誰曉得蘇大混兒在這個集鎮上死在誰手裏？誰在澤地放了那把火？……實跟各位說，人要有心，誰都能做歪胡癩兒，碑文勒在石頭上，遠不如把它勒在人心上。」

說完話，他推開椅子，到那邊抓起筆寫下兩行字來，沒頭沒尾，寫的是高適「燕歌行」一詩裏的兩句：

「相看白刃血紛紛，
死節從來豈顧勳。」

他猛力的擲去筆，狂笑起來，那驚人的笑聲比嚎哭更爲悽愴。

第十六章・世代的夢

春天在火後的荒原上生長著。

當大地在寧靜中沉睡的時候，誰也想不到有一天它會憤怒，一場火對於它，直如抖脫一冬老去的皮毛，湖水被陽光蒸發變成含有水粒的雲，降下雨來沖刷它身上的灰燼，那些流沙會埋去樹木的殘骸，在死去的老樹邊，又發出一蓬一簇的新芽。而幾十里的紅草又若無其事的生長了，初茁的草尖直立著，像一把把嫩綠的小劍，高舉在地上朝天宣誓，宣誓它們永不死亡。

灌木是發芽很快的一種，靠在雪水匯成的沼澤邊，蓬勃而有生氣。荆棘，觀音柳，圓葉的青崗木，帶刺的金橘，那樣豎著葉片，怒挺起枝條。被炭質火肥浸潤過的泥土是最適宜它們生長的，它們從一個春天的第一聲雷響中甦醒，現在已經是另一個春天了，更有無數的春天排列在後面。

荆棘是灌木中粗野頑強的一種，大火燒不壞它深埋在地層深處的老根，它的枝條柔韌而帶彈性，適宜編製方筐、畚箕、粗籃子。李聾子生前常在沿泓一帶割取它們，使淤泥浸軟那些青灰色的表皮，使籃子編得圓，編得密些。到分根的季節裏，農夫們常把它們的根刨起來，打掉泥土，澆上大肥，成排放在向陽的地面曝晒，大肥有一種濃烈的鄉野的香味，使它們活潑的心迫不及待的要朝外吐芽，那些多孔多稜的根鬚，像水裏的螞蟥，快斧把它分成千百枝，它就會長出千百簇來。只有一些年歲太久的，人們嫌它發出的枝條太細碎，就用它們生爐火，荊棘的老根燒起火很賣力，又有長勁，不像一般柴火那樣愛衝動，它會沉住氣燒上一整夜，使人在滿野大雪裏夢著春天。

觀音柳是灌木裏的大閨女，細皮嫩肉又有點羞勁兒，枝條比荊棘細得多，編什麼像什麼，遇上精工的巧手，能編出各形各式的花來。有些農家用觀音柳的細籃子盛放年節的糕餅，新嫁娘騎驢回門或走親戚，做姑爺的傻小子除了揹著大紅包袱趕驢，有時也用它盛著各處送的禮物回來。它是喜旱的植物，最怕大水淹，故總爬在較高的斜坡上，披著春風的柔紗，盼顧生姿。

青崗木有向陽向火的脾氣，它的葉片是綠裏的綠色，人若走過青崗林，那種放射的強綠硬能染綠人的臉和人的衣衫。人們用它劈成柴火，不但生火容易，同時一塊抵得普通木材兩塊的火力。但在野地上，它是春神的眼，綠得那樣翠活，那樣柔媚。

帶刺的金橘是一些有骨氣的傢伙，好像鄉下佬賭起氣來一個樣，拗勁大得很。傳說它本生長在江南，樹上長滿又甜又大的橘子，不知誰多管閒事，硬把它移到江北來，它氣得渾身豎起毛刺，誰碰它它就扎誰！而且不再結甜橘子了，只結一種酒盞大的硬毛球，表示它不服異鄉的水土，害著懷鄉的病。散戶上的人家摸清它的脾氣，並不強它結什麼橘子，只讓它們手牽手做成活的圍籬，密密的阻擋著野獵之類的動物偷盜和劫掠。

春雨後，野草勃發了綠火，以驚人的燎原之勢在各處蔓延著；淺澤邊的荇草拖著帶褐邊的齒狀的長葉。野蜈蚣吐出微紫的花苞。蓼汀就生在水裏，在浮泥上紮下根鬚。各種的蒿草喜歡佔據泓隙和凹地，拚命朝高拔起，顯出其特別豐肥。劍茅在初生時幾乎和紅草相似，但它的葉子短而剛勁，葉尖捲成矛尖形，紫中帶黑，銳得像一把把鋼針。鬼棒子又叫鬼見愁，害邪病的病家常用它的紅仁熬水，喝了驅鬼。車前子是一種湊熱鬧的草，鬧哄哄的長滿這裏那裏，好像愛串門子的長舌婦。而牛蒡草不同，它喜歡穿著肥大的綠裙，寂寞的蹲在朝南的斜坡上晒太陽。

在荒僻的野林區中心的斷木堆裏，菟絲子怯怯的寄生在木孔裏和暴起的樹根旁，葉子細柔得禁不得風吹似的，要高大的薹草替它撐著傘。毒莽草虎虎有生氣的生長著，草莖裏含著劇毒，但凡生在荒原上的人都認得它，孩子認得，連牛羊也認得，嚙草時棄它不顧。

鬼塘附近，人跡常到的地方，許多比較為人熟悉的草類綿綿萋萋的展佈著：鳳尾草、嘓嘓丁、毛狗子、馬鞭兒、白芨草、扒根草、通天荻，互相蜜語，說著天的話，雲的話，傳給微帶寒意的溫風。少數火後餘生的孩子們在野地上出現了，他們用鐮刀割取那些草，放進他們背上的小筐簍。

在野胡胡的曠地上，天空顯得分外的高藍，他們瘦小的影子突出在天界上，顯得分外的怯弱，分外的孤伶。曾被歪胡癩兒抱吻過的女孩子也在那一群裏，她一點也不覺得缺少什麼，她爹的墳就埋在她旁邊不遠，她媽帶她來焚過紙錠兒，她已經忘記了。春天那樣好，她赤裸的小腳踏在潮濕的沙上，一步一個腳印子。

太陽照在草野上，有些小小的野花已經開了，天越向遠處去越淡，淡得像褪了色的月白布，連個影兒也看不見了。三四個割滿了草的男孩在墳間的平地耍起拋刀賭草的遊戲來，有一個摘了一枝長草串起螞蚱，說燒了吃比豆兒還香。她沒有去捉螞蚱，雖然她很餓，想吃很多東西。她摘了一把毛狗兒編著一隻狗，好拿回去哄弟弟。

墳頭有枝通天菼，她認得，媽講過那樣的故事，說通天菼是一種象徵吉祥的草，墳位安在靈穴裏，風水好，通天菼就會從棺木裏長出來，一節一節串著長，直到繞墳三匝。她用小手引著細蘆一般的草，使它繞墳，一面帶著迷茫的天真無邪的祝福，緩緩唱著：

「通天草……喲，節節高，……

保佑兒孫多富貴呀，

年年上墳把紙燒……喲……」

銀花揹著她的孩子火生，蹲在鬼塘邊挑野菜。火生這名字，還是夏福棠夏大爺替孩子取的，很響亮，她很喜歡孩子有這樣響亮的名字。唸到火生，就會想起貴隆來，也想起歪胡癩兒叔和那場驚天動地的大火。但那些都成過去了，留在她眼裏的，只有春天。日子像一場夢似的，彷彿在昨天，她也唱過那樣緩緩的謠歌，在一座不知名字的墳頭上。

她解下背上的火生來餵奶。一喝菜汁兒，奶就清淡了。夏大爺臨走除把青石屋託給她，還丟下一筆錢。她不想浪費那筆錢，留著秋後買條牛，自己掌犁，開耕火神廟的幾十畝地，貴隆也那樣託付她，使她感覺雙肩沉重起來。

天是那樣的高邈而藍，在這塊蒼天底下，有許多她不懂的東西，她必得學著慢慢懂得它，至少等火生長大了；火生該懂得很多事情，懂得歪胡癩兒叔和貴隆所做的。

「好生熬下去，銀花，抗日雖說勝利了，亂世還沒完哩！」她想起夏大爺臨走丟下的話來。

「好生熬下去，乖乖。」她摟著火生說，簡直要哭了：「媽跟你一起。我們在一起。有田地在，有野菜，也不會把母子倆餓死……好乖。」

風兜著她的青布頭巾打在孩子的臉上，孩子安詳無恐的笑，兩粒黑瞳仁像兩口黑沉沉的深井，能洗淨她一切不幸和悲傷。她也安心了，一野的綠把春天妝點得那樣豐實，那樣繁華。她又用包頭把孩子縛在背上，一鏟一鏟的挑起野菜來，孩子在她背上睡熟了，他的呼吸吹在她耳朵上，正像夏大爺所說的那一陣溫熱的風。

時間在荒原上流淌過去……

她細心的挑取七角菜、狗薺頭、馬金菜、紫花地丁、小蒜、和大朵的紫苜蓿、黃苜蓿。那些野菜是荒亂年成無數人養命的天糧，千百年前的老祖宗在無法耕作時，就用它們填滿肚腸，許多出生在東方這塊大地上的人知道這些，野菜對於老民所貢獻的，實超過歷史上任何有道的帝王。而銀花不懂得那些，她只懂得帶著孩子熬下去。她巴望著再沒有什麼驚恐的聲音和顏色擾亂孩子的夢！她的心苦得像菜汁兒一模一樣……

火生三歲那年，銀花教他認野菜的名字，帶他上歪胡癩兒的墳，像上一代的母親一樣，在小油盞的光霧裏，爲他講述很多的故事；大湖氾濫的故事、火的故事、狼的故事，但加上歪胡癩兒的故事，和他爹貴隆、吳大莊的故事了。

銀花沒有講夏大爺的故事，她不知道夏大爺的消息。她招了長工，替青石屋理事管家。但夏福棠不再回來。——他在卅七年的隆冬，死在東北遼陽附近的雪野上，他的血和無數沒有名字的保衛者的血流在一起。

荒原仍然沉睡在湖東。

荒原孕育了許多代人的夢，但它始終是那個樣子。它靜謐，沉默而蒼涼……

全書完

司馬中原經典復刻版
荒原

作者：司馬中原
發行人：陳曉林
出版所：風雲時代出版股份有限公司
地址：10576台北市民生東路五段178號7樓之3
電話：(02) 2756-0949
傳真：(02) 2765-3799
執行主編：朱墨菲
美術設計：吳宗潔
行銷企劃：林安莉
業務總監：張瑋鳳

版權授權：司馬中原
初版日期：2018年7月
ISBN：978-986-352-563-9

風雲書網：http://www.eastbooks.com.tw
官方部落格：http://eastbooks.pixnet.net/blog
Facebook：http://www.facebook.com/h7560949
E-mail：h7560949@ms15.hinet.net
劃撥帳號：12043291
戶名：風雲時代出版股份有限公司

風雲發行所：33373桃園市龜山區公西村2鄰復興街304巷96號
電話：(03) 318-1378
傳真：(03) 318-1378
法律顧問：永然法律事務所 李永然律師
北辰著作權事務所 蕭雄淋律師

行政院新聞局局版台業字第3595號 營利事業統一編號22759935

定價：280元

國家圖書館出版品預行編目資料

荒原 / 司馬中原著. -- 臺北市 : 風雲時代, 2018.03
面； 公分. (司馬中原經典復刻版)

ISBN 978-986-352-563-9 (平裝)

857.7 107003416